SÓ POR UM VERÃO

Elle Kennedy

SÓ POR UM VERÃO

Tradução
ALEXANDRE BOIDE

paralela

Copyright © 2023 by Elle Kennedy

A Editora Paralela é uma divisão da Editora Schwarcz S.A.

Grafia atualizada segundo o Acordo Ortográfico da Língua Portuguesa de 1990, que entrou em vigor no Brasil em 2009.

TÍTULO ORIGINAL The Summer Girl
CAPA E ILUSTRAÇÃO DE CAPA Vi-An Nguyen
PREPARAÇÃO Renato Ritto
REVISÃO Luíza Côrtes e Marise Leal

Dados Internacionais de Catalogação na Publicação (CIP)
(Câmara Brasileira do Livro, SP, Brasil)

Kennedy, Elle
    Só por um verão / Elle Kennedy ; tradução Alexandre Boide. — 1ª ed. — São Paulo : Paralela, 2024.

    Título original: The Summer Girl.
    ISBN 978-85-8439-414-2

    1. Ficção canadense I. Título.

24-211767   CDD-C813

Índice para catálogo sistemático:
1. Ficção : Literatura canadense C813

Cibele Maria Dias — Bibliotecária — CRB-8/9427

Todos os direitos desta edição reservados à
EDITORA SCHWARCZ S.A.
Rua Bandeira Paulista, 702, cj. 32
04532-002 — São Paulo — SP
Telefone: (11) 3707-3500
editoraparalela.com.br
atendimentoaoleitor@editoraparalela.com.br
facebook.com/editoraparalela
instagram.com/editoraparalela
x.com/editoraparalela

SÓ POR UM VERÃO

1

CASSIE

JULHO

"Acho melhor a gente não transar mais."

Ai, meu Deus.

Não.

Não, não, não, não, não.

Eu falo, é por essas e outras que festas deviam parar de existir. Estou falando sério. Precisamos voltar aos tempos do proibicionismo, mas banindo os eventos sociais, em vez do álcool. É a única forma de evitar esse tipo de vergonha. Ou melhor, de vergonha alheia, porque não sou nem *eu* quem está levando um pé na bunda.

Essa honra cabe ao cara de voz grossa e brincalhona que ainda não entendeu que a menina está falando bem sério com ele. "Isso é algum tipo meio bizarro de preliminar? Porque não entendi nada, mas, beleza, eu topo."

A voz da garota vem seca e carregada de um humor ácido. "Eu tô falando sério."

Ela faz uma longa pausa e fico pensando se seria possível vazar daqui sem que o casal perceba.

A menos de três metros deles, estou sentada num tronco na praia, escondida pelas sombras. Mas uma fuga discreta seria difícil, porque os dois resolveram terminar no pior lugar possível — no exato local em que a grama vai rareando para dar lugar a uma faixa de areia dura. Só penso em estratégias bem no estilo *Missão: Impossível* para sumir daqui desde que o Pé na Bunda começou. O casal está virado para o mar escuro, o que significa que, se eu tentar voltar para a festa pela praia, vão acabar me vendo. E se eu quiser passar de fininho por trás deles vão acabar me ouvindo. Você já tentou andar sem fazer barulho na grama da praia? É como se estivesse com um chocalho de vaca pendurado no pescoço.

Não tenho opção a não ser continuar escondida até tudo terminar. Tanto a conversa como o *relacionamento*. Porque já é fato que ninguém gosta de levar um pé na bunda, e se isso acontecer na frente de uma plateia a coisa fica mil vezes pior, então estou oficialmente presa aqui. Refém da etiqueta social.

De *todos* os momentos que eu poderia ter escolhido para me afastar da fogueira e vir dar uma olhada nessas estrelas estúpidas, eu tinha que escolher justamente *este*.

"Acho que já deu", diz a chutadora de bundas.

Não dá para ver a aparência de nenhum dos dois. São apenas sombras. Uma alta e outra mais baixa. Acho que a mais baixa tem cabelo comprido, algumas mechas soltas sendo sopradas pela brisa da noite.

Da outra ponta da praia, o vozerio, os risos e o som distante do hip--hop viajam pela beira da água, atiçando o meu desejo desesperado de voltar pra festa. Não conheço ninguém lá, mas acho que nunca quis tanto estar na companhia de completos desconhecidos quanto neste momento. A festa está acontecendo num lugar a que uma pessoa daqui se referiu como "casa do Luke". Era pra eu encontrar minha amiga Joy, mas ela me deu o maior bolo de última hora. Estava literalmente descendo do carro quando recebi a mensagem; caso contrário, teria ficado em casa. Mas aí pensei, enfim, eu já estou aqui. Posso tentar ficar um pouquinho, de repente conhecer gente nova.

Só que devia ter voltado para o carro no mesmo segundo e fugido enquanto tinha a chance.

O cara finalmente está percebendo que não é brincadeira. "Espera aí, sério mesmo? Pensei que a gente estivesse se curtindo."

"Quer que eu seja bem sincera? Ultimamente, não muito."

Ai. Eu sinto muito, cara.

"Ah, não me olha assim, vai. Não estou falando de sexo. Essa parte é sempre boa. Mas a gente já está nesse lance de amizade colorida faz quase um ano. Eu sei que a gente vive terminando e voltando, mas acho que, quanto mais tempo a gente continuar nessa, mais risco os dois correm de se apaixonar. E a gente deixou bem claro desde o começo que não era para ser nada sério, lembra?"

"É, eu lembro, sim."

A sombra mais alta se levanta e passa uma das mãos no cabelo. Ou isso, ou está fazendo carinho em um gato minúsculo sentado em cima da própria cabeça.

Não dá mesmo para ver porcaria nenhuma daqui.

"Não estou interessada em nada sério por enquanto", acrescenta ela. "Não quero namorar ninguém."

Os dois ficam em silêncio. "E o Wyatt?"

"O que tem ele? Eu já cansei de falar pra ele que somos só amigos. E eu quero ficar um tempo sozinha." Ela dá uma risadinha. "Escuta só, nenhum de nós dois vai ter problemas pra encontrar alguém pra transar de vez em quando, Tate. E, se você quiser mais que isso, também arruma uma namorada rapidinho. Só não vai ser eu."

Ai, ai, ai.

Mas eu admiro essa sinceridade. Ela não está querendo desperdiçar o tempo de ninguém. Não está só enrolando o cara. Quer dizer, pelo que ouvi da conversa, eles são só dois amigos que transam, mas terminar esse tipo de relacionamento pode ser ainda pior. Ter uma amizade com a pessoa antes de começar com o rala e rola e querer voltar a ser só amiga depois? Isso não é para qualquer um.

Nunca levei um pé na bunda real — para isso, precisaria ter tido algum relacionamento de verdade —, mas, se tivesse que ouvir um discurso de término, ia querer que fosse parecido com esse. Direto, papo reto. Um soprão na vela enquanto o pavio ainda tá meio aceso. Já era. Vida que segue.

Quer dizer, eu digo isso agora. Mas, considerando que choro assistindo a comerciais de empresas de entregas em que uma vovozinha solitária recebe um cartão dos netinhos, eu provavelmente abriria o maior berreiro assim que sentisse o pé da pessoa chegando perto da minha bunda e ia querer me internar em uma clínica psiquiátrica chique para tratar minha melancolia.

"Tudo bem. Beleza." Ele dá uma risadinha, ainda que sem nenhum humor. "Acho que é isso, então."

"É isso", repete ela. "Então a gente tá tranquilo?"

"Aham. A gente se conhece desde os treze anos. Não faz sentido deixar de se falar só porque não vamos mais transar."

"Olha que eu vou cobrar, hein?", avisa ela.

Então, quase que como um milagre divino, eles encerram por ali. A conversa termina. Os chinelos dela batem ruidosamente na areia enquanto se afasta, liberando o caminho para que eu volte para a festa pela praia.

Uma já foi.

Agora só falta o outro.

Para minha decepção, o cara chega mais perto da água e fica parado feito uma estátua, encarando as ondas. Agora a luz do luar reflete um pouco nele. É alto. Musculoso. Está usando uma bermuda larga e uma camiseta, mas não dá para ver a cor, porque está escuro demais para isso. Acho que talvez o cabelo dele seja loiro. E, nossa, mas que bela bunda. Não costumo reparar muito nessas coisas — na verdade, acho que não sou do tipo que curte bundas —, mas essa chamou minha atenção.

Como ele está de costas para mim, é a chance que eu tenho de dar no pé. Devagarzinho, começo a me levantar e limpo as mãos suadas no short jeans. Cara, eu não tinha percebido o quanto estava tensa. Normalmente minhas mãos só ficam suadas assim antes de um primeiro beijo ou de uma situação especialmente horrível. Ou seja, qualquer conversa que eu tenha com a minha mãe. Corrigindo, minhas mãos ficam suadas o tempo todo.

Respiro fundo e dou um passo discreto.

O alívio me domina quando o cara nem me nota. Sim. Vou conseguir, total. Só preciso chegar até aquela duna a uns três metros de distância. Se ele se virar para mim depois disso, posso fingir que estava vindo pela grama. Ah, desculpa! Vim só dar uma volta, nem vi você aí!

Já consigo me ver fugindo. Consigo até sentir o gosto da liberdade. Mas, claro, quando estou mais ou menos na metade do caminho, meu celular decide arruinar meus esforços, anunciando em alto e bom som a chegada de uma mensagem.

E depois de mais outra.

E mais outra.

O cara se vira na minha direção, assustado.

"Ei." A voz grave e desconfiada dele chega até mim, carregada pela brisa noturna. "De onde você veio?"

Sinto o rosto esquentar. Ainda bem que está escuro demais para ele ver que estou toda vermelha. "Desculpa", me apresso em dizer. "Eu, hã..." Meu cérebro luta para encontrar uma explicação razoável para a minha presença ali. E fracassa. "Não ouvi nadinha daquela hora em que vocês terminaram, juro."

Puta que pariu. Você é um gênio, Cassandra.

Ele solta uma risadinha honesta. "Nadinha mesmo, é?"

"Não, nem um segundinho de conversa. É sério. Posso garantir que *não* fiquei sentada aqui ouvindo você levar um pé na bunda." Minha boca está fora de controle. Está agindo por vontade própria. Assumiu o controle do meu corpo. O que me leva à outra coisa que acontece comigo quando fico nervosa: começo a tagarelar sem parar. "Aliás, você aceitou tudo muito bem. Tipo, não caiu de joelhos, agarrou as pernas dela e ficou implorando para não abandonar você. Ainda bem, fiquei feliz com isso. Poupou nós dois de passar a maior vergonha, né? É quase como se você soubesse que eu estava ali atrás daquele tronco e não tinha como escapar disso."

"Ah, pode acreditar, se eu soubesse que você estava aqui, ia acrescentar uns duzentos por cento no fator tristeza. Incluir umas lágrimas, de repente, e praguejar contra os céus, lamentando pelo meu pobre coraçãozinho partido."

Ele chega mais perto e, quando vejo melhor seu rosto, meu coração até para de bater. Caralho, ele é lindo. Onde aquela garota estava com a cabeça para dar um fora num cara assim?

Percorro as feições clássicas dele com os olhos. Queria saber a cor dos olhos dele também, mas está escuro demais aqui. Mas eu estava certa sobre o cabelo loiro, o que me faz pensar que os olhos dele talvez sejam claros. Azuis. Talvez verdes. Com essa bermuda de surfista e a camiseta um pouco amarrotada, parece o típico boy surfista.

"E por que você faria isso?", pergunto.

"Ah, sabe, só pra deixar você ainda mais sem graça. Tipo um castigo por estar me espionando."

"*Involuntariamente*."

"Isso é o que todo mundo que espiona os outros diz." Ele abre um sorriso malicioso, que imagino que deva ser sua expressão padrão, e inclina a cabeça para o lado, pensativo. "Mas quer saber? Vou deixar passar. Não consigo guardar rancor de meninas bonitas."

Meu rosto fica ainda mais quente.

Ai, meu Deus.

Ele me acha bonita?

Tipo, meu look de hoje não foi nem pensado para isso. Só vesti um short curto que passa a impressão de que minhas pernas são mais compridas e um top justo. E preto, porque é a única cor que faz meus peitos parecerem menores. Se eu uso cores claras, eles ficam quicando feito duas bolas descontroladas, mesmo num sutiã de alta sustentação.

Mas percebo que não é para lá que ele direciona o olhar. Ou, se fez isso, foi de uma forma tão discreta e natural que nem percebi. Os olhos dele estão fixos no meu rosto, e por um momento fico sem palavras. Vejo caras bonitos parecidos com ele em Boston o tempo todo. Na faculdade onde estudo, então, brotam de qualquer buraco. Só que tem alguma coisa nele que está me deixando de pernas bambas.

Antes que eu consiga pensar em uma resposta espertinha para o comentário dele me chamando de *menina bonita* — ou em qualquer resposta, na verdade —, meu celular apita de novo. Encaro a tela. Mais uma mensagem de Peyton. E depois mais outra.

"Tem alguém bem popular por aqui", ele brinca.

"Hã, pois é. Quer dizer, não. É só a minha amiga." Cerro os dentes. "Ela é daquele tipo irritante que manda, tipo, dez mensagens de uma linha em vez de uma de dez linhas, então fica chegando uma atrás da outra e o celular não para de apitar. Dá vontade de quebrar o aparelho na cabeça dela. Detesto isso... você também não detesta?"

Ele fica boquiaberto. "Ah, *sim*", responde, com uma sinceridade tão grande que não consigo conter o sorriso. Ele balança a cabeça. "Caralho, como eu *odeio* isso."

"Né?"

Então vem um último apito, totalizando seis mensagens de Peyton.

Quando vejo as notificações, fico mais uma vez contente por estar escuro, porque com certeza o meu rosto ficou ainda mais vermelho.

PEYTON: *Como está a festa?*
PEYTON: *Tem algum cara bonito?*
PEYTON: *Alguém para ser sua foda fixa?*
PEYTON: *Tenta tirar umas fotos dos melhores!*
PEYTON: *Eu quero muito fazer parte do processo de escolha.*
PEYTON: *Queria estar aí com você!*

Eu bem que gostaria de dizer que Peyton está brincando, mas o pior é que ela não está. O principal motivo para eu ter vindo a essa festa foi encontrar um bom candidato a ser o meu casinho de verão.

Já faz um tempo que não passo as férias em Avalon Bay, mas ainda me lembro de que várias amigas minhas mergulharam de cabeça em casos amorosos de verão — passionais, tórridos e arrebatadores, desses que uma pessoa é incapaz de largar a outra porque as duas sabem que é só uma coisa temporária. Cada momento é precioso porque, quando setembro chegar, adeus. Eu morria de inveja dessas garotas e desejava um amor assim pra mim também, mas era difícil me concentrar em romances com a minha família em constante estado de ebulição.

Depois que os meus pais se divorciaram, quando eu tinha onze anos, minha mãe e eu continuamos vindo passar o verão aqui, pelo menos no começo. O lado dela da família, os Tanner, têm uma história de longa data com Avalon Bay. Meus avós têm uma casa de praia na parte mais rica da cidade e sempre insistiram que todo mundo fizesse uma viagem anual para visitar. Antigamente, meu pai e minha mãe ainda fingiam que conseguiam conviver um com o outro por minha causa. Mas, quando meu pai se casou de novo, a coisa ficou feia. A raiva e o desdém da minha mãe por ele ficaram escancarados, e vice-versa, o que transformava as férias de verão em um cenário de guerra psicológica.

Felizmente, minha mãe também se casou de novo logo e avisou que não ia mais passar as férias na cidadezinha da Carolina do Sul onde nasci e fui criada. Foi um alívio, não dá pra mentir. Isso significava que, quando eu vinha para cá, podia ver meu pai numa boa e me divertir. Obviamente, quando eu voltava para Boston, minha mãe me interrogava sobre cada palavra que o meu pai tinha dito dela. Isso era bem irritante e injusto comigo, mas ainda assim era melhor do que ficar no meio do fogo cruzado.

"Vai responder a essas mensagens aí?"

A voz dele interrompe meus pensamentos. "Ah. Vou nada. Respondo depois."

Guardo o celular às pressas no bolso de trás do short. Ouvir aquele pé na bunda já foi bem embaraçoso, mas não seria nada em comparação com a maneira como eu ia me sentir se ele visse as mensagens que Peyton acabou de me enviar.

Ele fica me observando por um momento e diz, por fim: "Meu nome é Tate".

Fico um pouco hesitante. "Cassie."

"Veio pra cá de férias?"

Faço que sim com a cabeça. "Estou ficando na casa da minha avó, lá no sul da cidade. Mas na verdade fui criada em Avalon Bay."

"Sério?"

"Uhum. Me mudei pra Boston depois que os meus pais se divorciaram, mas o meu pai ainda mora aqui, então acabei virando aquela garota que só vem pra cá quando está de férias, geralmente no verão. Quer dizer, no verão mesmo, só volto uma ou duas semanas em julho. Mas esse ano vou ficar até setembro. Mas é só por um verão."

Para de tagarelar!, eu me ordeno.

"E você?", pergunto, ansiosa para desviar o foco de mim por ter falado de verão umas quatro milhões de vezes na mesma frase.

"O contrário de você. Me mudei pra cá quando ia começar o sexto ano do colégio. Antes disso morava na Georgia. Em St. Simon's Island." Tate parece meio melancólico. "E fiquei com inveja desse lance de Boston, pra dizer a verdade. Eu meio que queria ter ido para uma cidade grande, em vez de trocar uma cidadezinha de praia por outra. Você estuda lá?"

"Sim. Na Briar."

"Uma garota da Ivy League, então?"

Nós começamos a andar na direção da festa. Foi uma coisa instintiva, nenhum de nós precisou dizer nada.

"Estou indo para o último ano", acrescento.

"Legal. E está estudando o quê?"

"Literatura inglesa." Lanço um olhar de canto de olho para ele. "É, eu sei. É bem inútil se não quiser dar aula."

"E você quer ser professora?"

"Não."

Ele sorri, e consigo ter um vislumbre de seus dentes branquinhos e alinhados sob o luar. Um sorriso perfeito. Capaz de fazer qualquer garota se perder.

Eu me obrigo a olhar para a frente, enfiando as mãos nos bolsos enquanto ando. "Sabe o que mais me irrita, Tate?"

"O que mais te irrita, Cassie?" Consigo sentir que ele ainda está sorrindo para mim.

"Todo mundo fala que a gente vai encontrar algo que gosta de fazer quando entrar na faculdade, né? Mas, pela minha experiência, até agora só tive um monte de festas chatas, noites viradas estudando e o mesmo falatório vazio de sempre na sala de aula. E enquanto isso ainda preciso ficar fingindo que gostei do livro chatíssimo que fui obrigada a ler, quando na verdade até ver água ferver na panela seria preferível à maioria dos clássicos da literatura. Pronto, falei. Clássicos são um porre, tá? E a faculdade é um tédio."

Tate solta uma risadinha. "Talvez o problema seja que você anda frequentando as festas erradas."

É verdade. Talvez este seja o problema, mesmo. Porque nunca fui a uma festa em que tenha conversado por tanto tempo com um cara bonito igual ao Tate.

Quando chegamos mais perto da fogueira, o caminho fica bem iluminado. O volume da música continua alto, um reggae que vários casais dançam agarradinhos, mexendo o corpo no ritmo da batida sensual. Os convidados parecem ser todos da cidade. Ou, pelo menos, se tem alguém aqui que frequenta o country club, não reconheci. As pessoas que vêm pra cá só no verão geralmente não socializam com o pessoal que mora aqui. Joy acha que só fui convidada porque o tal Luke devia estar querendo transar comigo. "Esses carinhas daqui adoram seduzir meninas ricas", falou ela, aos risos, na hora do almoço.

Mas eu não tinha como saber disso. Nunca fui seduzida por um cara daqui. E também não me considero uma *menina rica*, ainda que talvez seja. A família da minha mãe tem grana. Bastante. Só que eu sempre me vi como uma garota criada na Sycamore Way, numa casinha aconchegante em um bairro residencial não muito longe desta parte de Avalon Bay.

Com a luz da fogueira permitindo que a gente se enxergue melhor, Tate olha para o rabo de cavalo que estou enrolando nas pontas dos dedos e solta um suspiro de admiração. "Você é ruiva", diz ele, com os olhos brilhando. São azul-claros, como eu esperava.

"Nem vem com esse papo de ruiva", protesto. "Meu cabelo é *castanho acobreado*."

"Isso nem existe."

"Mas meu cabelo é castanho", insisto. Pego o rabo de cavalo e aproximo do rosto dele. "Tá vendo? É um tom de vermelho bem escuro. Praticamente castanho!"

"Aham, tá. Continua se enganando, ruivinha."

Ele parece distraído. O olhar se volta para a fogueira e eu me viro para onde está olhando, para uma garota com um cabelo bem vermelho. Uma menina ruiva de verdade. Ao contrário de mim, que tenho cabelo *quase castanho*.

A ruiva está conversando com duas outras garotas, e as três são deslumbrantes. Rostos bonitos e cabelos reluzentes. Roupas curtinhas. E aqueles corpos perfeitos de verão que sempre me deixaram insegura. Sempre me perguntei como seria ter medidas assim proporcionais. Deve ser incrível.

O rosto de Tate se entristece por um momento e ele desvia os olhos da ruiva.

Então eu me dou conta. "Ai, meu Deus. É ela? A que te deu um pé na bunda?"

Ele cai na risada. "Não foi um pé na bunda. E nós ainda somos amigos... isso não vai mudar. Só fui pego de surpresa, foi isso. Geralmente sou eu que termino esses lances."

"Quer que eu vá até lá e dê uma surra nela?", ofereço.

Com um sorriso, ele avalia meu tamanho. Tenho um metro e sessenta e sou meio que uma fracote. Magra, a não ser pelos peitos. Sério mesmo, meus peitos devem fazer mais estrago numa briga que os meus punhos.

"Não", responde ele, franzindo os lábios. "Não quero me sentir culpado pela sua morte."

"Ai, que fofo."

Ele dá uma risadinha.

"Tate!", alguém chama, e nós dois nos viramos na direção do grito.

Um cara bem alto, com uma barba arruivada, está ali perto, oferecendo um baseado, que estende na direção dele. Tate levanta as sobrancelhas. É um convite. Ele responde com um aceno de cabeça, avisando que já vai.

"Por que tem tanta gente ruiva aqui?", pergunto. "É uma convenção ou coisa do tipo?"

"É você que tem que me dizer. É a sua galera."

Rosno para ele, que ri mais uma vez. Gosto do som da risada dele.

"Quer que eu apresente você pras pessoas?", oferece Tate.

Fico hesitante. Dividida. Por um lado, seria legal ficar por aqui e me divertir um pouco. Mas a garota ruiva está olhando para nós agora, a expressão meio irônica no rosto bonito. Na verdade, tem *um monte* de gente de olho em nós, pelo que estou percebendo. Sinto um gostinho do tipo de atenção que um cara como Tate atrai por aí e de repente me pego desejando que estivéssemos escondidos pela escuridão da praia, só nós dois. Detesto ser o centro das atenções. E não consigo nem imaginar o quanto de tagarelice vou despejar em cima de cada pessoa que conhecer.

Então faço que não com a cabeça e digo: "Na verdade, eu já estava de saída. Tenho um compromisso em outro lugar".

Ele sorri. "Beleza. Então vai lá, sra. garota mais popular do pedaço."

Até parece. O único lugar para onde vou depois daqui é para casa. Mas acho que é melhor ele ficar pensando que estou pulando de festa em festa hoje à noite, igual a todas as sextas-feiras na vida de qualquer menina baladeira. Peyton aprovaria a ideia. *Sempre vá embora deixando um gostinho de quero mais*, é o lema da minha melhor amiga.

"Você falou que vai ficar até setembro?"

"É", respondo, casualmente.

"Legal. Então com certeza a gente ainda se vê por aí."

"É, quem sabe."

Que merda. Isso soou bem desinteressado. O que eu *deveria* ter feito era dar uma resposta espertinha e maliciosa, tipo *Espero que sim*... e pedido o telefone dele. Eu me repreendo por dentro, procurando um jeito de consertar o erro, só que já é tarde demais. Tate está indo na direção dos próprios amigos.

Quando eles olham pra trás, é um bom sinal, é o que Peyton sempre diz.

Engolindo em seco, fico vendo Tate se afastar a passos largos, deixando pegadas na areia.

E aí...

Ele olha para trás.

Solto um suspiro de alívio e aceno com a cabeça de forma meio desajeitada para me despedir antes de me virar e ir embora. Meu coração está acelerado quando atravesso a trilha de grama até a rua, onde estacionei o Land Rover da minha avó. Quando tiro o celular do bolso, recebo outra mensagem.

PEYTON: *E aí??? Já encontramos o sortudo?*

Mordo o lábio e viro a cabeça na direção da festa.

Sim.

É, acho que sim.

2

CASSIE

Encontro minha avó na cozinha na manhã seguinte, tirando uma assadeira com muffins do forno. Ela a coloca sobre a bancada, perto das três outras fôrmas que já estão lá.

"Bom dia, querida. Pode escolher à vontade", diz, toda contente, olhando para mim por cima do ombro. "Tem de banana com nozes, de aveia, de cenoura e os de mirtilo acabaram de sair, então precisam esfriar um pouquinho."

Com certeza levantou antes das sete da manhã e não saiu da cozinha até agora. Para uma mulher com mais de setenta anos, ela tem uma disposição invejável. O que chega a ser meio engraçado porque quem vê pensa que é toda frágil, bem magrinha, com mãos delicadas e uma pele que está ficando cada vez mais fina por conta da idade, deixando evidentes as veias azuis.

Mas na verdade Lydia Tanner é uma força da natureza. Ela e o meu avô Wally foram donos de um hotel por cinquenta anos. Compraram um terreno à beira-mar por uma ninharia no fim dos anos 1960, depois que o meu avô voltou ferido do Vietnã e foi dispensado das Forças Armadas. Ainda mais incrível é o fato de que ergueram o Hotel Beacon do zero quando tinham a minha idade. Nem imagino como deve ter sido construir e depois administrar um hotel aos vinte anos, especialmente um do tamanho daquele. E, até dois anos atrás, esse prédio com vista para o mar era a menina dos olhos dos meus avós.

Só que então o meu avô morreu, e o hotel ficou praticamente destruído depois da passagem do último furacão que atingiu essas bandas. Não foi a primeira vez que o Beacon sofreu estragos causados por uma tempestade — já tinha acontecido antes, em duas ocasiões —, mas ao contrário das outras vezes ninguém da família estava disposto a assumir a responsabilidade pela reforma. Minha avó não tinha mais idade ou energia para continuar fazendo tudo sozinha, principalmente sem o vô Wally ao lado dela, e sei que, apesar de não dizer nada, ficou decepcionada com os filhos por não terem se voluntariado a assumir o negócio da família. Mas minha mãe e os irmãos dela não estavam interessados em salvar o Beacon, então minha avó finalmente tomou a decisão de vender. Não só o hotel, mas a casa também.

A transação de venda da casa se concretiza em dois meses, e o Beacon vai ser reaberto em setembro sob nova direção, que é justamente o motivo para estarmos aqui. Minha avó queria passar um último verão em Avalon Bay antes de se mudar para mais perto dos filhos e dos netos.

"Como foi a festa?", pergunta ela enquanto se senta à mesa da cozinha.

"Foi ok", respondo, dando de ombros. "Eu nem conhecia ninguém lá."

"A festa era de quem?"

"De um cara chamado Luke. É um instrutor de vela lá do clube. Foi lá que a Joy conheceu ele. E, por falar nisso, ela nem apareceu! Me convidou para a festa e depois me deixou na mão. Fiquei me sentindo uma penetra."

Minha avó sorri. "Às vezes é ainda mais divertido quando é assim. Ir a um lugar onde ninguém conhece você..." Ela levanta uma sobrancelha fina. "Pode ser muito interessante se reinventar e interpretar uma personagem só por uma noite."

Eu faço uma careta. "Por favor, não vai me dizer que você e o vovô se encontravam em bares de hotéis e fingiam ser outras pessoas pra apimentar o casamento."

"Tudo bem, querida. Não vou dizer."

Os olhos castanhos dela brilham, o que a faz parecer uma adolescente. Chega a ser engraçado. Minha avó está sempre toda elegante e inacessível em público. Ela se veste como se tivesse acabado de descer de um iate particular, com esses looks chiques que combinam mais com um lugar metido a besta tipo o Nantucket do que com a simplicidade praiana de Avalon Bay. Juro, ela tem milhares de echarpes da Hermès. Aí, quando está com a família, essa fachada de pedra desmorona e o que aparece é a mulher mais carinhosa do mundo. Adoro passar um tempo com ela. Isso sem falar que ela é muito engraçada. Às vezes solta uma piadinha obscena do nada no meio de um jantar em família. E o choque é ainda maior por causa do jeitinho dela de falar, que tem um sotaquezinho bem discreto e que faz todo mundo morrer de rir. Minha mãe detesta isso. Mas também, minha mãe nunca teve senso de humor, mesmo.

"Você conheceu gente nova?", minha vó pergunta.

"Não. Mas tudo bem. Posso sair com a Joy enquanto estiver na cidade, e a Peyton pode vir passar uma ou duas semanas aqui em agosto." Vou até as assadeiras com os muffins para escolher um. "Ainda estou arrependida de ter deixado você me convencer a não procurar um emprego de verão."

Minha avó quebra um pedacinho do muffin de aveia à sua frente. Desde que me entendo por gente, o café da manhã dela é um muffin e uma xícara de chá. Provavelmente foi assim que conseguiu manter a mesma silhueta por todos esses anos.

"Cass, querida, se você estivesse trabalhando, não ia poder tomar o café da manhã comigo, não é?"

"Isso é verdade." Escolho um muffin de banana, pego um pratinho de vidro no armário e me junto a ela à mesa. Um pedaço de noz cai do meu muffin e o enfio na boca. "Então, o que vamos fazer hoje?"

"Pensei em irmos até a cidade e conhecermos uma das lojas novas que abriram, que tal? O Levi Hartley assumiu a obra de reconstrução do calçadão. A construtora dele está reformando todos os comércios que foram atingidos pelo furacão, um de cada vez. Passei na frente de uma loja de chapéus bem bonita outro dia e queria entrar para dar uma olhada."

Só a minha avó Lydia mesmo para querer ir a uma loja de *chapéus*. A única coisa que já coloquei na cabeça na vida é o boné da Briar U que deram no primeiro dia de aula no meu ano de caloura, e isso porque fomos obrigados a vestir aquilo na hora de jurar lealdade à nossa universidade. Acho que deve estar perdido no fundo do meu closet até hoje.

"Comprar chapéus. Mal posso esperar."

Ela dá uma risadinha gentil.

"Ah, aliás, preciso comprar um presente de aniversário para as meninas, então, se você puder, a gente poderia dar uma passada naquelas lojas de brinquedo. Ah! Será que podemos ir até o hotel também? Quero muito ver o que fizeram por lá."

"Eu também", responde a minha avó, franzindo de leve os lábios. "Aquela jovem que comprou, Mackenzie Cabot, prometeu que ia preservar o estilo que seu avô e eu criamos para o prédio, manter o charme e a personalidade. No começo chegou até a me mandar as plantas da reforma que estão fazendo, umas fotos para mostrar como estão as obras. E realmente estava cumprindo a promessa de restaurar o máximo possível do jeito que era originalmente. Mas não me mandou mais nada desde junho."

A preocupação dela é nítida. Sei que esse é o maior medo da minha avó — que o Beacon fique irreconhecível. O hotel é o legado dela, que sobreviveu a três furacões e foi restaurado com todo o carinho pelos meus avós duas vezes. Eles colocaram a vida deles ali. Sangue, suor e lágrimas. E amor. E me dá um pouco nos nervos que nem um dos quatro filhos moveu uma palha para mantê-lo como um negócio familiar.

Meus dois tios, Will e Max, moram em Boston com a esposa e têm três crianças cada. Os dois foram firmes em dizer que não voltariam ao sul só para reformar um hotel de que nem gostavam. Minha tia Jacqueline e o marido, Charlie, têm uma casa em Connecticut, três filhos e nenhum interesse em entrar no ramo da hotelaria. E aí também tem a minha mãe, com uma vida social bem agitada em Boston, onde se ocupa em gastar o dinheiro do ex-marido, e a essa altura só faz isso por pirraça, já que era rica antes de se casar; os Tanner têm um patrimônio milionário. Meu ex-padrasto cometeu o grande erro de ter pedido o divórcio antes, e a minha mãe é rancorosa até não poder mais.

Passo os dedos pelos últimos pedacinhos de muffin no prato e levanto da cadeira.

"Certo, se vamos lá pra cidade, preciso colocar uma roupa mais apresentável", digo, apontando para meu short velho e minha camiseta larga. "Não posso comprar chapéus neste estado." Dou uma olhada na calça social impecável da minha avó, a camisa sem manga e a echarpe de seda listrada que está vestindo. "Principalmente com você. Tipo, caramba, mulher. Parece que você tá indo almoçar com a família Kennedy."

Ela dá risada. "Esqueceu que eu tenho uma regra muito importante nessa vida, querida? *Sempre saia de casa vestida como se fosse...*"

"... *ser assassinada*", complemento, revirando os olhos. "Sim, eu tô lembrada."

Sabe, a vovó é meio mórbida às vezes. Mas o conselho não deixa de ser bom. Penso bastante nele, inclusive. Uma vez saí do alojamento estudantil usando a última calcinha da gaveta, aquela que serve de lembrete de que você precisa lavar roupas, sabe, uma laranja fluorescente com um furo na frente de tão velha. Quando percebi, quase tive um treco pensando que, se eu fosse assassinada naquele dia, o legista tiraria minha roupa em cima daquela mesa de metal e o buraco na minha calcinha ia ser a primeira coisa que veria. Meu cadáver ia ser o único do necrotério com a cara toda vermelha.

No andar de cima, encontro um vestidinho leve cor-de-rosa e o visto e faço uma trança no cabelo. Meu telefone toca quando estou prendendo tudo com um elástico. É Peyton. Eu não liguei para ela quando cheguei ontem à noite, mas mandei uma mensagem intencionalmente misteriosa que com certeza a deixou maluca.

"Quem é ele?", ela exige saber, quando ponho a ligação no viva-voz. "Me conta tudo."

"Não tem nada pra contar." Vou até a penteadeira dar uma olhada no meu queixo. Sinto que tem uma espinha querendo aparecer, mas o reflexo no espelho diz outra coisa. "Conheci um cara gostosão, recusei o convite dele pra ficar mais tempo na festa e voltei pra casa."

"Cassandra." Peyton está perplexa.

"Pois é, eu sei."

"Por que você fica fazendo isso, caramba? Você *só* saiu ontem à noite pra arranjar algum cara! Aí você arranjou! E ainda disse que ele é gostosão?"

"O cara mais gostoso que eu já vi", resmungo.

"Então por que foi embora?" A confusão dela tem um leve tom de acusação.

"Ai, porque eu sou uma cagona", confesso. "Fiquei meio intimidada! E você precisava ver as garotas que estavam lá... todas perfeitas, umas musas fitness altas. Com aqueles peitos proporcionais ao corpo... ao contrário de alguém que você conhece."

"Ai, meu Deus, Cass. Para com isso. Você sabe que eu não gosto disso de ficar se criticando assim."

"É, eu sei, você sente vontade de socar a minha cara. Mas é inevitável, sério mesmo. Aquelas garotas eram maravilhosas."

"Ué, você também é." Um ruído de exaustão ressoa do outro lado da linha. "Cara, eu tenho muita raiva da sua mãe."

"O que a minha mãe tem a ver com essa história?", pergunto, com uma risadinha.

"Tá me zoando? Eu já fui na sua casa. Vi o jeito como ela fala com você. Inclusive, eu conversei com a minha mãe esses dias justamente sobre isso e ela me disse que todos aqueles comentários de merda da sua mãe acabaram afetando a sua autoestima."

"Você estava conversando com a sua mãe sobre mim?", questiono, sentindo a vergonha me provocar um nó na garganta.

Ter uma melhor amiga que é filha de psicóloga pode ser um pé no saco às vezes. Conheço Peyton desde os onze anos — não muito depois de me mudar para Boston com a minha mãe —, e a mãe dela sempre tentava mensurar minha saúde mental naquela época. Me fazia falar sobre o divórcio dos meus pais, como eu me sentia a respeito, como as críticas da minha mãe me afetavam. Blá, blá, blá. Não preciso de terapia para saber que existe uma relação direta entre as minhas inseguranças e os ataques verbais da minha mãe. Ou que a minha mãe é uma maluca descontrolada. Sei muito bem de tudo isso.

Nas pouquíssimas vezes em que conversei com o meu pai sobre ela, ele admitiu que a minha mãe sempre fez a balança pender para o lado do *eu primeiro* na escala do altruísmo. Mas o divórcio mudou alguma coisa nela. Fez o comportamento dela piorar. E ele ter se casado um ano e meio depois e ter duas outras filhas também não ajudou em nada.

"A minha mãe acha que você precisa silenciar a sua crítica interior. Ou seja, a voz da sua mãe falando coisas horríveis dentro da sua cabeça."

"Eu obrigo a minha crítica interior calar a boca o tempo todo. Tudo tem um lado bom, esqueceu?" Se a regra que norteia a vida da minha avó é estar sempre pronta para ser assassinada em suas melhores roupas, a minha é sempre ver as coisas por um ângulo positivo. E fazer isso em todas as situações, porque a outra opção — afundar na escuridão — é extremamente destrutiva.

"É, eu sei, você tem esse negócio de ser meio Poliana", ironiza Peyton.

"Sempre tem um lado bom... como é que eu fui esquecer?" A voz dela assume um tom de desafio. "Beleza, então me diz aí qual é o lado bom de deixar o gostosão escorregar pelos seus dedos."

Penso a respeito. "Ele é gostoso demais", respondo, por fim.

Ouço a risada do outro lado da linha. "E esse era o motivo pra você *não* deixar ele escapar." Então ela solta um barulho de campainha com a boca. "Vai, tenta de novo."

"Não, mas é isso mesmo", insisto. "Imagina se o primeiro cara com quem eu for pra cama for gostoso *nesse* nível? Vai fazer todos os homens que vierem depois parecerem sem graça! Vou ficar querendo que todos sejam parecidos com ele e ninguém vai chegar nem perto, vou ficar arrasada."

"Você não existe mesmo. Pelo menos pegou o telefone dele?"

"Não, eu te falei. Fugi igual uma gatinha arisca que é bem tagarela."

Ela solta um suspiro alto e pesado. "Isso é inaceitável, Cassandra Elise."

"Minhas mais sinceras condolências, Peyton Marie."

"Se encontrar com ele de novo, trata de chamar o cara pra sair, tá me ouvindo?" Minha amiga entrou em seu modo totalitário. "Sem essa de ficar falando demais. Sem essa de vir com desculpinhas. Promete que vai chamar o cara pra sair se vocês se encontrarem de novo."

"Eu vou, sim. Prometo", digo num tom casual, mas só porque tenho certeza de que nunca mais vamos nos encontrar de novo.

Mas, como sempre, quem cospe para cima toma na cabeça.

Assim que eu e a minha avó saímos pela porta, cinco minutos depois, dou de cara com ninguém menos que Tate parado na entrada da garagem.

3

TATE

Demoro um instante para me dar conta de que a ruivinha gata que está na varanda da frente é a mesma da festa de ontem. Ela estava certa — o cabelo dela é mesmo mais puxado pro cobre do que pro vermelho. Acho que foi a fogueira que fez parecer mais claro. Meu olhar desce um pouco até os peitos dela, só para dar uma espiadinha rápida e confirmar que não me deixei enganar por uma fantasia adolescente ontem à noite. Mas, não, realmente não foi um sonho. São espetaculares. Claro que eu reparei, ué. Sou homem. Esse tipo de coisa nunca passa despercebida.

Ela está usando um vestido curto cor-de-rosa que chega até o meio das coxas, em contraste com as unhas vermelhas dos pés que a sandália de tiras deixa aparecer. E está olhando para mim meio que sem saber como interpretar minha presença aqui.

"Sr. Bartlett, o que traz você aqui hoje?"

Meu olhar se volta para a mulher ao lado de Cassie. "Bom dia, sra. Tanner." Lanço um sorriso para ela que os meus amigos dizem ser capaz de desarmar até um ditador. Não que Lydia Tanner seja uma ditadora. É uma senhora boazinha, a julgar pelas minhas interações com ela cuidando da casa vizinha. Já é o quarto verão que passo na residência luxuosa de frente para a praia de Gil e Shirley Jackson. Fazia semanas que eu estava ansioso para esse momento chegar.

"Só passei pra avisar que vou cuidar da casa dos Jackson de novo durante esse verão", digo a ela. "Então, se a luz estiver acesa em horários aleatórios ou, sabe como é, você acabar vendo uns bonitões por aí andando pelados, não precisa se assustar... e pode olhar à vontade." Dou uma piscadinha.

Cassie solta uma risada sarcástica.

"Cassandra", repreende Lydia. "Deixe o rapaz pensar que está nos seduzindo."

"Pensar?", digo, em tom de brincadeira. "A senhora sabe que me ama, não é, sra. Tanner?"

"Como eu disse no ano passado, fique à vontade para me chamar de Lydia. Essa aqui é a minha neta, Cassandra."

"Cassie", corrige ela.

"Na verdade, a gente se conheceu ontem à noite", aviso a Lydia. "Numa festa. Tudo bem, ruivinha?"

"Não me chama assim." Cassie olha feio para mim.

Lydia se vira para a neta. "Ora, veja só, querida. Estávamos falando da sua falta de opções de amizades e agora você vai ter um amigo logo aqui do lado. E ele já inventou um apelidinho ótimo pra você! Que maravilha." Ela estende a mão e dá um tapinha no braço de Cassie, como se estivesse acalmando um cachorrinho assustado.

O rosto de Cassie fica ainda mais vermelho. "Você é a pior de todas", ela resmunga para a avó.

Com uma risadinha, Lydia desce os degraus da varanda que contorna a casa toda. "Eu vou ligando o carro."

"Ela falou isso de propósito só pra me fazer passar vergonha", murmura Cassie, estreitando os olhos. "Eu tenho amigos."

Pisco algumas vezes, fazendo cara de inocente. "Ah, parece mesmo."

"*Eu tenho, mesmo*", insiste ela, com um ruído de irritação.

Sou obrigado a segurar o riso. Porra, como ela é linda. Tipo, absurdamente. Eu tenho um fraco por sardentinhas. E por garotas que ficam vermelhas quando sorrio para elas.

"Isso significa que você não quer ser minha amiga, então?", pergunto, lançando para Cassie um olhar brincalhão.

"Amizade é um compromisso sério. É melhor a gente se tratar só como vizinhos mesmo. Mas você está com sorte, porque isso significa que a gente pode fazer muita coisa legal juntos." Ela faz uma pausa. "Só não sei muito bem o quê. De repente ficar de frente um pro outro na janela com lanternas e mandar mensagens em código Morse?"

"É isso que você acha que vizinhos fazem?"

"Sei lá. A janela do meu quarto no alojamento dá para um muro, então ninguém manda mensagens secretas para mim, a não ser que você esteja levando em conta um cara de uma fraternidade que sempre se perde no caminho pra casa e fica gritando por aí que a lua não é de verdade. E eu não sou amiga de nenhum dos vizinhos da casa da minha mãe em Boston. Não que a gente seja amigo, né. Tipo, eu nem conheço você. Somos desconhecidos um pro outro. Só o que eu *sei* é que você levou um pé na bunda e que foi uma situação bem constrangedora pra nós dois, e aí acho que presenciar um momento humilhante desses forçou, tipo, uma intimidade entre a gente que ninguém merece..." Então ela para de falar. "Quer saber? Tenho que ir. Vou até a cidade com a minha avó. Tchau, Tate."

Meus lábios se contraem em uma tentativa de segurar o sorriso. "Uhum. Legal. A gente vai se falando, vizinha."

Cassie sai bufando e meu sorriso se liberta assim que ela se afasta. Abaixo o olhar e dou uma conferida rápida na bunda dela. Porra, uns peitões *e* uma bunda linda. Só que ela é meio baixinha. E eu sempre gostei de garotas mais altas. Como tenho um e oitenta e cinco, não gosto de precisar ficar abaixando para beijar. Cassie deve ter aí por volta de um e sessenta, não muito mais que isso, mas alguma coisa na postura dela e no jeito como anda a faz parecer maior. E ela é engraçada. Meio esquisita. Mas engraçada. Agora estou ainda mais ansioso pelas oito semanas que vou passar na casa dos Jackson. Ser vizinho da Cassie é a cereja na cobertura de um bolo que já estava delicioso.

A Range Rover branca embica para fora da garagem circular, com a sra. Tanner no volante. Vejo o carro ir embora e vou até a casa vizinha. Como as residências dessa parte da praia ficam em uma encosta, não tem muito espaço entre uma e outra, o que significa que os vizinhos vivem se encontrando, pelo menos os das casas que dão para o lado da rua. Mas essa localização mais elevada a oeste da cidade também proporciona uma vista espetacular de Avalon Bay e um pôr do sol inesquecível.

A casa dos Jackson sofreu alguns estragos na última tempestade, mas Gil contratou imediatamente um empreiteiro para fazer consertos e uma empresa de paisagismo para levar as árvores caídas e outros destroços. Só o que sobrou foram os carvalhos cobertos de musgo e as árvores mais antigas, que permanecem de pé há décadas. É um imóvel com personalidade. Fico impressionado toda vez que venho pra cá.

Atravesso as belas colunas brancas que dão para a varanda coberta e entro pela porta da frente. Lá dentro, dou uma boa olhada no impecável andar térreo. Sempre fico paranoico quando cuido desta casa, com medo de quebrar alguma coisa de valor inestimável ou derrubar cerveja em um tapete caríssimo. Vou até a cozinha, digna de um chef, que tem a maior ilha que já vi na vida. Meus dedos passam pela superfície lisa de carvalho pintada num tom de azul náutico. A empregada, Mary, passou por aqui ontem, então está tudo limpo e sem poeira. O cheiro de limão e pinho se mistura ao aroma salgado e familiar que entra pela porta dos fundos. A primeira coisa que fiz quando cheguei foi abrir as três portas francesas que ocupam toda a parede dos fundos da sala de estar. Meu humor fica mil vezes melhor quando sinto o cheiro do mar.

Meu celular vibra, e quando tiro o aparelho do bolso vejo uma mensagem da minha mãe.

MÃE: *Conferiu tudo certinho por aí?*

Digito uma resposta rápida.

EU: *Aham. Desfiz as malas e estou pronto pra dois meses de liberdade. Vocês já estavam me dando no saco.*
MÃE: *Ah, sim, imagino que comida caseira quentinha todo dia na mesa seja um horror mesmo.*
EU: *Pô, me pegou nessa. Tudo bem, disso eu vou sentir falta. Mas Gil acrescentou um Fountain Lightning à frota particular dele, então acho que isso vai me fazer queimar toda a comida gordurosa de fast food que vou ter que comer.*
MÃE: *Vou passar aí pra deixar umas lasanhas congeladas. Se entupir de gordura não é brincadeira.*
EU: *Como estão os meus filhos? Sentindo a minha falta?*
MÃE: *Então... Fudge acabou de tirar um cochilo de meia hora e Polly acabou de comer um inseto. Então acho que... não, né?*
EU: *Na verdade, isso é um mecanismo de defesa deles pra lidar com a saudade.*

É melhor deixar eles dormirem na sua cama, pra não ficarem se sentindo muito sozinhos.
MÃE: *Engraçadinho! De jeito nenhum.*

Abro um sorriso olhando para a tela. Meus pais são dois sádicos que se recusam a deixar que os cachorros durmam na cama deles. Nunca vou entender isso.

EU: *Enfim, preciso ir. Mando mensagem pra você amanhã.*
MÃE: *Te amo.*
EU: *Também te amo.*

Nem ligo se parecer a coisa mais brega do mundo, mas às vezes sinto que a minha mãe é a minha melhor amiga. De longe, a mulher mais gente fina que conheço. E posso contar quase tudo para ela. Quer dizer, não sobre a minha vida sexual, claro, mas fora isso não tem mais nada que eu não converse com ela. E com o meu pai também. Inclusive, acho que ele também é meu melhor amigo.

Caralho, talvez eu seja *mesmo* um coitado.

Deixo o celular no balcão, saio pelas portas francesas e olho lá para fora. Para além da parte coberta que acomoda a mesa de jantar, da churrasqueira e da lareira externa, tem uma escadinha de madeira que leva ao deque do andar de cima. E depois *disso*, mais adiante, fica o caminho para o deque de baixo e o atracadouro particular e completo dos Jackson, com até um guincho elétrico para os barcos e uma área coberta. Concentro o meu olhar na ponta do píer e admiro as duas embarcações atracadas lá no momento. O premiado iate Hallberg-Rassy de Gil, chamado *Surely Perfect*, está na marina do iate clube, mas ele deixa a lancha esportiva de alta performance e o barco de pesca Boston Whaler Sport Fisherman em casa durante a temporada.

Um arrepio percorre meu corpo quando olho para aquele barco vermelho e branco poderoso. The Lightning. Cara, eu mataria para poder dar uma saidinha com ele, mas é estupidamente caro de manter e eu nunca nem sonharia em pedir a Gil para usá-lo.

Tenho uma tremenda inveja da vida desse cara. Milionário, dono de um império imobiliário. Ele tem propriedades espalhadas pelo mundo inteiro e basicamente uma frota inteira. Gil e Shirley vão passar dois meses na Nova Zelândia, onde vão procurar mais um imóvel para acrescentar ao portfólio. E, se bem conheço Gil, mais um veleiro. Sortudos de merda. Essa vida parece um paraíso para mim — velejar ao redor do mundo, conhecer lugares novos...

A parte de velejar, em especial, é a que mais me atrai. Ser instrutor de vela de meio período no clube não basta para mim; já faz anos que quero trabalhar só no mar, mas isso é simplesmente inviável porque preciso ajudar na Bartlett Marine, o negócio da minha família. Não é um trabalho chato, sabe, de jeito nenhum, e toda vez eu fico impressionado com o quanto as pessoas estão dispostas a gastar com barcos. Mas, mesmo assim, eu preferia estar *dentro* do barco, e não entregando as chaves dele para os outros.

Como estou de folga — e tenho a autorização de Gil para usar o Whaler e os jet skis Sea-Doo —, volto para a cozinha e pego o meu celular. O tempo está perfeito para um dia no mar, então abro as mensagens e tento decidir qual cara vou chamar pra colar.

Tenho certeza de que Danny, que também é instrutor no iate clube, está trabalhando hoje.

Luke deve estar em casa, mas provavelmente ainda de ressaca da festa de ontem à noite. Quando fui embora, umas duas da manhã, ele ainda estava virando doses de tequila com as nossas amigas Steph e Heidi.

Até poderia chamar o meu camarada Wyatt, nosso tatuador local, mas a coisa anda meio estranha entre a gente. Não por culpa minha. Eu estava na minha, ficando com Alana de vez em quando, e Wyatt de repente terminou com a namorada de longa data e enfiou na cabeça que estava a fim dela também. Quando fui ver, estava no meio de um rolo em que eu nunca quis entrar, e por causa de uma garota que na verdade não quer nada com nenhum de nós dois.

Mando uma mensagem para Luke, que responde sem meias-palavras.

LUKE: *Tô numa puta ressaca, cara. Se for pro mar, vou acabar vomitando nessa sua cara feia.*

Convido Evan Hartley logo em seguida, apesar de ter quase certeza de que ontem à noite ele mencionou que ia ter que trabalhar em um canteiro de obra hoje com Cooper, o irmão dele. Mas chamo mesmo assim, porque, dos dois gêmeos, ele é o que mais tem chances de jogar as obrigações pro alto e passar o dia enchendo a cara num barco comigo.

EVAN: *Não dá. A gente tá atrasado pra caralho com essa porra de obra.*

Merda. Acho que hoje vou ser só eu mesmo.

EVAN: *Mas vou tomar umas com o Danny mais tarde. No Rip Tide. Lá pras 7. Topa?*

Digito a resposta na mesma hora.

EU: *Tô dentro. Até.*

4

CASSIE

"Você acha que uma menina de seis anos ia gostar disso?" Mostro uma camiseta vermelha com uma estampa de um unicórnio roxo em cima de uma prancha de surfe. "Do que crianças gostam hoje em dia? Não faço ideia do que é apropriado pra essa idade."

A risada da minha avó ecoa entre nós. "E eu vou saber? Acabei de fazer setenta e quatro anos, querida. Quando tinha seis, os dinossauros ainda não tinham sido extintos."

Solto uma risadinha pelo nariz. "Setenta e quatro anos não é velha. E você nem parece ter essa idade, aliás."

Penduro a camiseta de novo na arara porque achei as cores meio berrantes. Quando vi as meninas na Páscoa, elas estavam usando tons pastel. Hummm. Mas talvez aquilo fosse só por causa da Páscoa. Sei que Nia, minha madrasta, adora vestir as duas de acordo com o feriado. No ano passado, quando fiz uma visita no Natal, elas estavam com vestidos vermelhos combinando e faixinhas com estampa de ramos de visco no cabelo.

Aff. Isso é difícil demais, o que só ressalta que na verdade não conheço as minhas meias-irmãs direito. Mas acho que não tem outro jeito, já que a mãe delas sempre dificulta de todas as maneiras que eu passe mais tempo com elas. Aposto que, se dependesse dela, eu não iria nem na comemoração dos aniversários no mês que vem. Coitada da Nia. Deve ter ficado furiosa por dentro quando as gêmeas vieram ao mundo no mesmo dia do meu aniversário. E, nossa, que ironia do destino... as filhas mais novas do meu pai nascendo no mesmo dia e no mesmo mês que a mais velha, me apagando de vez da vida dele e...

Mas tem um lado bom!, a voz na minha cabeça grita, antes que eu me afunde ainda mais nesses pensamentos.

É mesmo. Respiro fundo. O lado bom de fazer aniversário junto com as minhas irmãs... é que só preciso ir a uma festa de aniversário, em vez de duas. Fazer as coisas em grupo é sempre melhor.

"Sei lá." Meu olhar percorre mais uma vez a arara de roupas infantis. "E se a gente fosse até aquela loja de jogos de tabuleiro? Aquela que fica do lado do lugar que vende smoothies?" Comprar esse presente está virando uma tarefa surpreendentemente desafiadora.

Minha avó e eu saímos da loja para o calor opressivo de julho. Esqueci como fica quente aqui no verão. E a loucura em que se transforma a rua principal. Mas eu não me incomodo nem com a temperatura nem com o movimento. Avalon Bay não é só o exemplo perfeito de cidadezinha litorânea, com seu calçadão de madeira, lojas de suvenires e um festival anual com direito a parque de diversões na beira da praia — é minha casa. Eu nasci aqui. Todas as lembranças que tenho da infância estão ligadas a esta cidade. Eu poderia ficar cinquenta anos longe que teria a sensação de familiaridade e pertencimento quando voltasse.

"Quando vai ver o seu pai?", pergunta a minha avó enquanto andamos pela calçada. O ar está tão quente e úmido que o pavimento debaixo dos nossos pés está praticamente fumegando.

"Sexta", respondo. "Vou jantar lá. E no sábado à noite talvez a gente saia com as meninas pra algum lugar. Um minigolfe, talvez."

"Ah, que legal. Ele não conseguiu ver você neste fim de semana?"

Apesar de eu não sentir nem um pingo de acusação na pergunta, me sinto obrigada a sair em defesa do meu pai. "As meninas tinham um monte de aniversários pra ir. Acho que todo mundo que elas conhecem nasceu em julho."

E ele não podia reservar uma horinha para ir almoçar com você?
Ou jantar?
A mãe das meninas não podia ficar sozinha com elas por um tempinho?
Elas não vão dormir, tipo, às oito da noite?

Seriam todas perguntas válidas, mas minha avó tem mais tato do que isso e sabe que a minha relação com o meu pai é complicada.

Sendo bem sincera, sempre fui uma espécie de personagem secundária na vida dele. Durante anos, ele fez um claro esforço para evitar ficar sozinho comigo, aproveitando todas as oportunidades que podia para pôr Nia e as gêmeas entre nós. E com certeza sabe que eu percebo isso, mas não reconhece que é o que está fazendo, e nem eu, aliás. Então a distância entre nós só aumenta, com uma montanha de palavras não ditas entrando no caminho. Começou só com um montinho, mas agora é um pico de altura insondável, cheio de sentimentos guardados e obstáculos. Acusações pequenas que eu jamais vou fazer em voz alta.

Por que você não tentou conseguir a minha guarda na justiça?

Por que não me quis?

"Está ansiosa para ver suas irmãs?"

Afasto os pensamentos melancólicos e abro um sorriso luminoso para a minha avó. "Estou sempre animada para ver as gêmeas. Elas são tão lindas."

"Elas ainda falam francês com fluência?", pergunta ela, curiosa.

"Aham. Falam inglês e francês com a mesma facilidade." Minha madrasta é haitiana e foi criada falando francês, por isso fez questão de que as filhas conhecessem sua língua materna. É divertido ver Roxanne e Monique conversando em francês. Às vezes, Roxy está falando em francês e Mo responde em inglês, ou vice-versa, e fica parecendo uma história sem pé nem cabeça. Eu amo demais as minhas irmãs. Queria poder passar mais tempo com elas.

Minha avó parece estar andando mais devagar, então desacelero o passo também. "Tudo certo aí?", pergunto.

Estamos fazendo compras há duas horas. Não é muito tempo, mas está um calorão de quase quarenta graus e ela está vestida de seda da cabeça aos pés. Estou inclusive surpresa por sua roupa não estar toda colada no corpo. Eu estaria suando em bicas. Mas a minha avó é sempre elegante, mesmo cozinhando debaixo do sol.

"O calor está me incomodando", admite ela, desenrolando a echarpe do pescoço e usando uma das mãos pálidas para abanar a pele exposta. O sol não dá trégua pra gente. Minha avó ainda está vestindo um chapéu de abas largas, mas eu não, apesar de termos passado na loja de chapéus.

"Vamos só até a loja de jogos e depois pra casa", sugiro.

Ela assente. "Acho que é uma boa ideia."

Estamos quase chegando ao lugar que vende smoothies quando a traidora aparece na janela da frente da loja. Joy bate no vidro, acena para mim e mostra o indicador para pedir que eu espere um pouco.

"Ah, a Joy está saindo", aviso minha avó.

Eu a pego pelo braço para abrir espaço para um grupo de pedestres passar. O fluxo de pessoas é incessante. Avalon Bay é um destino turístico muito movimentado. Famílias, casais e grupos de adolescentes barulhentos lotam as ruas e a praia e, com o parque de diversões que está sendo instalado bem no fim do calçadão, a cidade vai ficar ainda lotada nas próximas semanas. Estava com muita saudade daqui.

Joy sai bebendo seu smoothie com um canudinho. Está usando um minivestido branco que contrasta bastante com sua pele escura, sandálias de plataforma e óculos escuros de lentes enormes da Gucci, sua grife preferida.

"Que bom que encontrei você", diz ela, toda animada, os olhos castanhos brilhando. "Eu estava literalmente pegando o celular pra te chamar pra sair hoje à noite."

Finjo que fecho a cara para ela. "Pra quê? Pra você furar comigo de novo?"

Ela solta um suspiro de arrependimento. "Aff, eu sei, desculpa por ontem à noite."

"Que porra foi aquela? Você me enche o saco pra ir numa festa na casa de um estranho daqui da cidade e depois nem aparece?", reclamo.

"Foi mal", diz ela, só que num tom mais leve, já sem nenhum remorso. Joy é assim avoada desde que nos conhecemos, e não é de ficar muito tempo se lamentando. Quando se desculpa por algum erro, segue em frente na velocidade da luz. "Estava saindo do clube e ia pra casa me trocar pra festa, foi o que escrevi na mensagem que te mandei, só que quando cheguei encontrei o Isaiah me esperando na frente de casa."

Isaiah é o cara com quem Joy tem um relacionamento cheio de idas e vindas desde os dezesseis anos. Mas, da última vez que conversamos sobre isso, ela me disse que aquilo era página virada. Estalo a língua para demonstrar decepção. "Ai, não vai me dizer que você voltou com ele, por favor."

"Não, não. Foi só pra levar uma caixa com coisas que eu tinha deixado na casa dele. E tinha umas fotos lá que eu imprimi, daí a gente começou a ver, aí uma coisa leva à outra e — por favor, tapa os ouvidos, sra. Tanner — a gente acabou transando."

Minha avó solta uma gargalhada. "Que bom ver você também, Joy", diz, antes de dar um tapinha no meu braço. "Cass, que tal eu voltar para casa e Joy assumir o meu lugar como acompanhante das suas compras?"

"Tem certeza?" Franzo a testa. "Você está bem pra dirigir sozinha?"

"Fui eu que dirigi o carro até aqui", ela me lembra, levantando as sobrancelhas como quem diz: *não questione os mais velhos, querida*.

Mas questiono mesmo assim. "É, só que você falou que está incomodada com o calor. Se estiver desidratada..."

"Vai ficar tudo bem. Pode ir. Divirtam-se, vocês duas. Parece que tem bastante papo pra vocês colocarem em dia." Com um brilho nos olhos, minha avó se vira e nos deixa sozinhas.

Fico olhando minha avó se afastar e as passadas firmes e a posição de seus ombros, alinhados como sempre, amenizam minha preocupação. Às vezes é fácil esquecer que ela é uma mulher durona quando a mais leve brisa parece ser capaz de derrubá-la.

"Então, o que a gente vai comprar?", pergunta Joy.

"Queria dar uma passada na loja de jogos de tabuleiros pra encontrar um presente pro aniversário da Roxy e da Mo."

"Uau, a Nia vai deixar você ver as preciosas filhinhas no dia especial delas?"

"Pega leve."

"Não, pegar leve é com você, que é a boazinha. Eu sou a filha da puta esquentadinha, esqueceu? É por isso que a nossa amizade funciona tão bem."

É uma amizade interessante mesmo, eu admito. Peyton eu conheci só quando me mudei para Boston, mas com Joy convivo desde os cinco anos de idade. Ela também era como eu, só vinha aqui para passar o verão com a família todo ano, saindo de Manhattan em junho para voltar só em agosto. Quando crianças, a gente costumava ser inseparável, mas no fim acabamos nos afastando, e só nos reconectamos aos dezesseis anos, quando vim passar uma semana com o meu pai. Minhas irmãs tinham menos de dois anos na época, então meu pai tratou de se ocupar e passar pouquíssimo tempo comigo. Acabei ficando a maior parte do tempo na piscina do country club, onde encontrei Joy um dia de manhã e retomamos o contato.

"Pois é, mas onde estava a minha companheira ontem à noite?", questiono. "Ainda não consigo acreditar que você me deu um bolo. Eu não conhecia ninguém lá." O que não é nenhuma surpresa, considerando que provavelmente consigo contar nos dedos os moradores daqui que conheço pelo nome.

O pessoal que vem nas férias geralmente não socializa com os moradores. Os círculos sociais são diferentes, e essa galera costuma passar a maior parte do tempo nos iates caríssimos da família ou no country club, onde eu espero passar as minhas férias. Num futuro próximo, prevejo muito sol em espreguiçadeiras enquanto fico apreciando os estudantes gatos de escolas particulares.

Mas veja bem, eu não quero parecer uma dessas meninas ricas que se recusam a trabalhar. Faço bicos de meio período desde os dezesseis anos e passei os últimos três anos da faculdade trabalhando como barista. Herdei essa ética de trabalho do meu pai, que não é de uma família milionária igual à da minha mãe e sempre fez questão de inculcar a importância disso na minha cabeça. A minha avó, porém, está se recusando a me deixar procurar um emprego por aqui este ano, determinada a passar o máximo possível de tempo comigo. Não que eu esteja reclamando, claro. Prefiro a companhia dela à da maioria das pessoas.

"Ouvi dizer que foi divertido", comenta Joy, quando começamos a andar juntas. Ela dá um gole no smoothie. "Sabe o cara que me convidou... Luke? Me mandou mensagem hoje mais cedo pra perguntar por que não fui. Coitadinho, ficou arrasado." Ela abre um sorrisinho. "Eu teria transado com ele, com certeza. É lindinho. Mas aí aquele idiota do Isaiah... não consigo me livrar desse babaca."

"Isso é um problema mesmo", concordo, bem séria.

"Você não conversou com mais ninguém mesmo?", insiste ela. "Nem mesmo com os famosos irmãos Hartley? Ouvi dizer que um deles estava lá."

Tá, tudo bem, *esses* moradores eu conheço de nome. Com certeza todo mundo, sejam locais ou pessoas que só vem pra cá pra passar o verão, já ouviram falar dos Hartley. Irmãos gêmeos gostosos pra caralho e que costumavam tocar o terror na cidade. Segundo os boatos, um tempo atrás roubaram um bode e um carro de polícia e o passeio que deram pela cidade acabou com um deles no hospital com uma concussão. Mas isso parece absurdo demais pra ser verdade. As histórias das numerosas proezas sexuais deles, principalmente com as garotas do Garnet College que chegam em setembro... bom, nessas eu acredito.

"Eu não vi nenhum dos dois lá", digo, vasculhando a memória. Lembro de um cara alto de cabelo escuro e tatuado, mas na verdade podia ser qualquer pessoa. "Mas conversei com um carinha, sim."

"Ahhh! Eba! Isso aí. Quem?"

"Tate." Tento me lembrar do sobrenome que ouvi minha avó dizer de manhã. Sr... "Bartlett. Tate Bartlett."

Joy fica boquiaberta. "Sério? Ah, eu sei *tudo* sobre ele."

"Sabe mesmo?" Estou surpresa. Como falei, além dos encontros às escondidas, a galera que vem passar o verão e os moradores daqui não são socialmente compatíveis.

"Ah, claro, ele tava transando com a minha irmã nas férias passadas."

"Não brinca! Fala sério! Com a Louisa?" Juro pela minha vida que não consigo imaginar a irmã mais velha da Joy fazendo sexo casual com ninguém, muito menos Tate. Louisa é toda certinha, nariz empinado. Sempre pensei que estivesse se guardando para o casamento. "Menina, ela abriu o cinto de castidade?"

Minha amiga solta um risinho de deboche. "Parece que alguém achou a chave dele e o nome desse alguém é Tate Bartlett. Ele é instrutor no iate clube, assim como o tal do Luke. Eles são amigos."

Não consigo me acostumar com a ideia de Louisa com Tate. "Como foi que isso aconteceu? Ele e a Louisa?"

"Ano passado ela tava nessas de se aventurar. Lembra que ela pintou o cabelo naquele tom horroroso de loiro platinado? Eu cheguei a mandar uma foto pra você."

Assinto com a cabeça, bem séria. "Não ficou nada bom nela."

"Não mesmo." Joy torce o canudo do smoothie com o dedo. "Enfim, os dois se conheceram no clube, saíram juntos e ficaram. Mas, pelo que ouvi dizer, não chegaram a transar de verdade, sabe? Só... foram até metade do caminho. Porque, sabe como é, minha irmã ainda é a minha irmã. Mas, pelo que me disseram, ele é o maior pegador."

Isso não chega a ser um choque pra mim. Caras bonitos assim costumam conseguir ficar com quem eles querem.

Mas ouvir que ele é um pegador tira um pouco do brilho de Tate. "Então ele tem fama de ser um merda?"

"Acho que é justamente o contrário, amiga. O cara troca de mulher igual troca de roupa, mas ninguém fala mal dele. Quando você cita o nome dele, as pessoas se derretem todas. Começam a falar que ele é muito fofo e maravilhoso. Além de bom de cama, claro."

"Claro", repito, revirando os olhos. Por dentro, fico um pouco aliviada de saber que o filme dele não está queimado.

"Como vocês se conheceram? E sobre o que conversaram?" Ela engancha o braço no meu. "Me conta tudo."

Passamos a hora seguinte na cidade, onde não consigo encontrar nada para dar de presente para as meninas. Percebo que vou ter que pedir sugestões para o meu pai, o que vejo como uma derrota. Joy me deixa em casa e combinamos de ir ao calçadão mais tarde para ouvir um pouco de música ao vivo. Ela vai embora prometendo que vem me pegar às oito, e que de *jeito nenhum* vai me dar bolo dessa vez.

Quando chego em casa, passo o restante do dia lendo na beira da piscina e trocando mensagens com Peyton, e mais tarde janto com a minha avó no deque com vista para a praia. Me ofereço para jogar baralho com ela depois de jantar, mas ela vai para a cama cedo, então nos despedimos no alto da escada, ela indo para o próprio quarto, e eu, para o meu.

Sempre fico no mesmo quarto quando estou aqui: um decorado em tons de branco e amarelo, espaçoso e arejado, com piso de madeira, um banheiro privativo e uma janela saliente enorme com um banco para sentar e ler. Além da escrivaninha e do armário antigos, o único móvel é a cama grande de quatro colunas, onde jogo meu celular.

Preciso tomar um banho, lavar o cabelo e escolher um look bem bonito para usar à noite. A Operação Pau Amigo foi um pequeno fracasso ontem à noite, mas se eu quiser arrumar um carinha pra sair no verão — o que eu quero —, então está na hora de elaborar um plano.

Em um mundo ideal, meu vizinho gostosão e mais do que aberto ao sexo casual seria a pessoa com quem eu sairia, mas já tive duas oportunidades de tomar uma atitude, ou pelo menos pegar o telefone dele, e arruinei as duas. Portanto, apostar todas as minhas fichas nele talvez não seja uma boa ideia. Preciso estar disposta a conhecer outros caras. Ampliar meus horizontes.

E não existe melhor momento para isso do que hoje.

Solto o elástico do cabelo e começo a desfazer minha trança, indo até a janela para fechar a cortina antes do banho, só por precaução.

Mas aí fico paralisada. Meus dedos ficam imóveis, e eu me esqueço da trança, desfeita pela metade.

Da minha janela, tenho uma vista panorâmica da casa vizinha. E da janela virada para mim. A que agora está diretamente à minha frente. E, como os dois imóveis são separados por poucos metros, não tem nenhuma árvore no caminho entre uma residência e outra. Por isso, sou contemplada com uma visão clara, direta, perfeita e gloriosa de Tate tirando a roupa no quarto em frente.

Minha respiração fica presa na garganta.

Ele está de costas para mim, e chego a babar quando vejo aquelas costas musculosas dele jogando a camiseta de lado. Os ombros dele são largos, e os braços, bem definidos. Tate leva a mão à cintura do calção de banho.

Quando eles também vão ao chão, quase engasgo.

Puta merda. Sabia que a bunda dele era bonita, mas vê-la assim em toda a sua glória é... de outro mundo. Não consigo desviar os olhos. Estou me sentindo uma tarada sem noção e sei que, se a situação fosse inversa e ele estivesse me olhando pela janela, eu chamaria a polícia. Mas estou paralisada e sou incapaz de olhar para outra coisa.

Vira para o outro lado, Cassandra.

Vira para o outro lado.

Para com isso.

Minha boca está completamente seca. Aquele corpo é espetacular. Todo durinho, esguio, com músculos definidos e bronzeados formando um único homem gostoso demais. Nossa, fiquei até sem fôlego. Com o coração disparado. Tate passa uma das mãos pelo cabelo, que parece bagunçado pelo vento, perambulando pelo quarto como se estivesse procurando alguma coisa. Completamente sem roupa. Sem nem desconfiar que a vizinha do outro lado está espiando.

Mas aí ele se vira para a janela.

E de repente não só desconfia como sabe.

Tate fica visivelmente assustado quando nossos olhares se encontram. Franze a testa, entreabre um pouco a boca. Dou uma rápida última espiada nele de frente antes de virar as costas para a janela. Estou oficialmente quase tendo uma parada cardíaca. Ele me *pegou* olhando. O que eu vou fazer agora, gente? E se ele prestar queixa ou contar para a minha avó...

A tela do meu celular acende.

"Ai, meu Deus", resmungo, em voz alta.

Mal consigo chegar até a cama, de tão bambas que estão as minhas pernas. Meus dedos tremem enquanto tento alcançar o celular, que pego e corro para o banheiro, para o mais longe possível daquela maldita janela.

Na tela, vejo que alguém está tentando me mandar uma mensagem pelo AirDrop.

Tate B.

Com um dedo trêmulo, aperto o botão de *aceitar* e a mensagem aparece.

Acho que precisamos conversar sobre isso. — Tate

Logo abaixo, o número dele.

Talvez eu morra de vergonha. Mas também não sou tonta a ponto de pensar que posso varrer isso para debaixo do tapete e fingir que não estava espiando enquanto ele se trocava. E, apesar de normalmente eu ser o tipo de pessoa que grita, corre e foge bem rápido de qualquer conflito, isso é uma coisa que precisa ser resolvida o quanto antes. Caso contrário, vai ser um verão longo e constrangedor.

Clico no número de Tate para iniciar uma conversa.

EU: *PUTZ, DESCULPA MESMO. Juro que não tava espiando você. Tava só olhando pela janela quando você chegou e começou a tirar a roupa.*

TATE: *Ah tá, aham. Com certeza foi isso mesmo que aconteceu.*

EU: *É verdade! Eu vi você pelado por, tipo, uns três segundos no máximo.*

Ele faz uma breve pausa.

TATE: *Gostou do showzinho?*
EU: *Eca. Não.*

Eca, não?
Que porra foi essa? É por *isso* que estou solteira. Uma pessoa está tentando flertar comigo abertamente e tudo o que eu consigo dizer é *eca, não*. Eu devo ter algum problema *sério*.

EU: *Quer dizer, eu quase não vi nada.*
TATE: *Então volta pra janela.*

Minha pulsação acelera de novo.

EU: *Não.*
TATE: *Volta rapidinho, pô. Eu prometo que não estou com a mão no pau nem fazendo nada bizarro.*

Ainda desconfiada, saio do banheiro. Como prometido, Tate não está fazendo nenhuma bizarrice. Está parado na frente da janela com uma toalha enrolada na cintura e o celular na mão. Quando me vê, abre um sorriso sacana e levanta a outra mão, que está segurando uma lanterna. Estreito os olhos e ele começa a digitar com uma das mãos.

TATE: *Como que a gente faz pra sinalizar "voyeur" em código Morse?*
EU: *Aimeudeus, para com isso. Como se eu já não tivesse passado a maior vergonha.*

Então me dou conta de que, em vez de mandar mensagens, seria mais fácil abrirmos a janela e falarmos um com o outro. Mas aí, também, vai que ecoa pela água; não quero que a minha avó escute nem um segundo dessa conversa.

TATE: *Olha só, Cassie. Vou ser bem sincero aqui. Agora você já viu a minha bunda. Nada mais justo do que me mostrar a sua, então.*

Solto um gritinho, indignada. Ele não consegue ouvir, mas deve ter percebido que fiquei escandalizada, porque o sorriso que abre vai de orelha a orelha.

EU: *De jeito nenhum.*
TATE: *Só uma parte, vai?*
EU: *Não!*
TATE: *Tudo bem, então. Negociar com você é dureza. Beleza, vai, mostra os peitos e não falamos mais nisso.*

Sei que ele está brincando. E acho que, se qualquer outro cara me dissesse isso, eu ia pensar que ele é um tarado. Mas a beleza e o sorriso encantador desse cara têm alguma coisa diferente. Nada nele transmite uma vibe de pervertido.
Mesmo assim, não posso incentivar esse tipo de conversa. Não quero criar um precedente nem nada do tipo. Então me aproximo da janela enquanto digito uma última mensagem.

EU: *Ih, vai ter que usar a imaginação mesmo.*

E aí fecho a cortina.

5

TATE

Meu pai me liga quando estou indo encontrar os caras no Rip Tide. O celular se conecta automaticamente ao Bluetooth do carro e joga a ligação para o viva-voz; atendo com um "Fala, pai". Como estou com a capota do jipe abaixada, pego leve no acelerador para a voz dele não ser abafada pelo vento.

"Será que você podia fazer um favorzão pro seu velho amanhã, garoto?"

Reviro os olhos, não consigo evitar. Tenho vinte e três anos, mas ele ainda me chama de *garoto*. Na verdade, se alguém aqui é um garotão, esse alguém é o próprio Gavin Bartlett. Meu pai é basicamente um menino crescido, tão cheio de energia e de vida que chega a ser cansativo, às vezes. Ele era um craque do beisebol lá na Georgia, então cresci ouvindo de todo mundo na ilha que o meu pai era incrível. Daí mudamos para Avalon Bay, onde ele não conhecia ninguém e, em questão de um ano, conquistou todo mundo por aqui também. Todos gostam do cara em qualquer lugar. É uma daquelas pessoas que se dão bem com todo mundo, sem um pingo de arrogância. Está sempre pensando na família em primeiro lugar. É humilde. Engraçado pra caramba. E, fora quando fazia umas reclamações na minha época de adolescente por eu não demonstrar a menor intenção em seguir os passos dele como esportista, é um ótimo pai também. Felizmente, o amor que temos pelo mar compensou o meu desinteresse pelo beisebol, então somos muito próximos mesmo assim.

"Depende", respondo, porque a concordância cega pode ser a maior furada. "O que é?"

"Será que você podia vir trabalhar por umas horinhas amanhã de manhã? Quero ir com a sua mãe até Starfish Cove."

"Vão comemorar o quê?"

"E precisa de motivo? Um homem não pode querer levar a mulher para um piquenique surpresa num domingo? É uma coisa romântica!"

"Cara... prefiro não pensar nos meus pais se beijando num piquenique romântico, por favor."

"Só beijando? A gente vai chegar bem mais longe que isso, garoto."

Solto uma risadinha nervosa para ele ficar contente. A verdade é que existem coisas bem piores no mundo do que ter pais que ainda são apaixonados pra caralho depois de vinte e cinco anos de casados.

Sou um dos poucos no meu grupo de amigos que tem uma família absurdamente normal e unida. Sou filho único, então nunca precisei lidar com essas merdas de rivalidade entre irmãos. Minha mãe adora jardinagem, e meu pai ainda joga beisebol numa liga amadora da cidade. Quando as pessoas me perguntam por que sou tão tranquilo e levo tudo numa boa, a verdade é que, bom, nunca tive muitas dificuldades na vida. A barra mais pesada que a gente enfrentou como família foi durante o breve período de adaptação depois da mudança de St. Simon's para Avalon Bay. O estresse da mudança e mais a nova carreira do meu pai provocaram umas discussões entre os dois e uns atritos em casa. Mas isso logo passou.

Acho que sou um cara de sorte.

"Beleza, pode deixar", eu cedo. Por mais que não goste da ideia de ter que trabalhar em dois lugares amanhã — de manhã na loja e à tarde no iate clube —, sei que a minha mãe vai adorar um piquenique em Starfish Cover. E sou daqueles que fazem de tudo para ver os pais felizes.

"Valeu, garoto. Fico te devendo uma. Ah, e fica de olho pra quando um cara chamado Alfred aparecer. Ou será Albert? Não lembro. Enfim, ele falou que passa aqui às nove para dar uma olhada no Beneteau de cinquenta pés que o Sam Powell acabou de trazer."

"Quê? Ele vai vender o Beneteau?", pergunto, inconformado.

"Já vendeu. Assinamos tudo na sexta."

"Porra, sério? Ele não fez uma reforma completa em 2019? E gastou uma grana naquele deque novo de tábuas de teca, né?"

"Foi por isso que pôs à venda. A reforma jogou o valor lá pra cima. É a hora certa de vender."

"Mas o Sam ama aquele barco."

"Não mais do que ama a filha dele. Ela foi aceita em Harvard. Estudar numa universidade da Ivy League custa dinheiro, né?"

"Que treta."

Conversamos mais um pouco antes de desligar. Quando viro à esquerda na principal via de acesso à cidade, ainda estou pensando em Sam Powell abrindo mão do seu amado veleiro. Cara, eu não quero nunca ter que escolher entre o futuro de um filho e um barco. Não que eu tenha alguma das duas coisas, claro, mas a minha meta é trabalhar para conseguir uma embarcação própria. Acho que até consigo comprar um Bristol usado de quarenta pés ou talvez até um Beneteau Oceanis em uns dois anos, se guardar dinheiro.

Depois disso, bom, o ideal seria sair velejando pelo mundo, só que isso é mais um sonho do que uma meta. Um sonho distante, aliás, porque não tenho a menor condição de simplesmente me mandar e passar meses fora. O meu pai já planejou tudo o que vai fazer a partir de agora — quer se aposentar mais cedo e, quando fizer isso, quem assume a Bartlett Marine sou eu, vendendo para as pessoas os barcos dos meus sonhos em vez de comprar um pra mim. E, apesar de não negar que a loja dá um bom lucro, ser dono não é bem o que eu quero pra minha vida.

A rua principal já está lotada de carros, sem nenhuma vaga para estacionar. Acabo tendo que parar em um dos caminhos de cascalho que dão acesso à praia e andar quase um quilômetro até o Rip Tide, onde encontro meus amigos em uma mesa alta perto do palco. Jordy, que faz parte da nossa galera, toca com sua banda de reggae no bar quase todo fim de semana, mas não são eles que estão no palco hoje. No lugar deles tem um grupo de heavy metal com um vocalista gritando palavras ininteligíveis.

Cooper, de camiseta preta e calça jeans rasgada, está bebendo uma cerveja e fazendo careta ao ouvir o barulho infernal que vem do palco. Não vejo a outra parte dele por perto, e com isso estou falando do Evan, irmão gêmeo dele, porque, se for para falar de Mackenzie, eu teria chamado de *melhor* parte dele, o motivo de esse cara sorrir mais vezes no último ano do que vi em todos os outros que nos conhecemos somados. E estou falando de sorrisos de verdade, não daquela expressão arrogante que surgia no rosto dele quando íamos aprontar alguma.

Chase está ao lado de Coop, distraído com o celular, enquanto Danny escuta a apresentação da banda com uma expressão sofrida no rosto.

"Esses caras são péssimos", comento, me perguntando quem chamaria uma banda dessas para tocar aqui. Neste momento, o vocalista está fazendo uns ruídos estranhos de respiração com a boca, e os dois guitarristas estão sussurrando no microfone. "Por que eles começaram a sussurrar do nada?"

"Pera, a letra é *my skull is weeping*, é isso mesmo?", pergunta Cooper, franzindo a testa.

"Não. É *my soul is sleeping*", corrige Danny.

"Acho que é as duas coisas", diz Chase, sem tirar os olhos do celular. "*My skull is weeping, my soul is sleeping*. A letra é isso aí mesmo."

"Que profundo", ironizo, e o meu crânio quase chora de alívio quando a música — se é que dá para chamar isso assim — termina e o vocalista — se é que dá para chamá-lo assim — anuncia que a banda vai fazer um intervalo de dez minutos.

"Porra, ainda bem", diz Danny, respirando aliviado.

Minha visão periférica percebe a passagem de uma garçonete, e me viro para ela antes que suma de vista. "Becca", chamo, porque todo mundo aqui na cidade se conhece pelo nome.

"Tate! Oi! O que vai ser?"

"Você se incomodaria de me trazer uma Good Boy?", pergunto, escolhendo uma cerveja artesanal local.

"Pode deixar. Uma Good Boy para um bom menino." Ela dá uma piscadinha e se afasta.

Cooper bufa. "Acho que não tem nenhuma garçonete na cidade que não tenha visto o seu pau ou o do meu irmão."

"E daí?", retruco, com um sorriso. "Garçonetes são intocáveis agora?"

"Desde que vocês não façam nenhuma merda com elas, tudo bem. Eu é que não quero ninguém cuspindo nas nossas bebidas."

"Ha, fala isso pro seu irmão. Eu nunca tive nenhum rolo que não tenha terminado numa boa. Já o Evan... falando em Evan... cadê o cara? Não foi ele que deu a ideia de vir aqui hoje?"

"Pois é." Cooper revira os olhos. "Mas aí ele teve a brilhante ideia de se trancar com a Genevieve no quarto quando a gente chegou do trabalho e aí já era."

Não consigo segurar o riso. Evan estava louco para voltar com a Genevieve desde que ela se mudou de volta para Avalon Bay depois de passar um ano em Charlotte. E não só conseguiu como os dois agora estão noivos. O que é ótimo para ele, aliás. Evan é apaixonado por ela desde o oitavo ano do colégio, sabe? Caralho. Isso tinha que rolar.

"Ainda não consigo acreditar que eles vão mesmo se casar", comenta Chase, balançando a cabeça.

"É muito louco mesmo", concordo.

"Ouvi dizer que você vai ser o próximo", diz Danny, me cutucando com o cotovelo. "Quando vai fazer o pedido pra Alana?"

Finjo que estou pensando nisso. "Acho que a data certa pra isso é... nunca. Acho que nunca conheci uma pessoa menos interessada em casar do que a Alana. Além disso, a gente não tá mais junto."

Cooper olha para mim, intrigado. "Ah, sério?"

"A amizade colorida já era", respondo, encolhendo os ombros. "Voltamos a ser só amigos mesmo."

Danny assobia. "Ela te deu um pé na bunda?"

"Pra isso a gente precisaria estar namorando, o que nunca rolou."

"Você já contou pra Steph?" Cooper dá uma risadinha. "Acho que as meninas apostaram que você ia acabar se apaixonando pela Alana. Acho que a Steph apostou tudo o que tinha que você ia."

"Me apaixonar?" Levanto uma sobrancelha. "Cara, eu não tenho culpa se a Steph aposta o dinheiro dela nessas merdas. Ela por acaso não me *conhece*?"

Que porra é essa de amor, aliás? É o tipo de palavra que as pessoas falam o tempo todo sem a menor responsabilidade, como se fossem grãos de arroz num casamento. *Eu amo isso. Amo aquilo. Amo você. Eu também te amo.* Isso também não quer dizer que eu seja incapaz de amar. Amo minha família, meus amigos. Mas amor romântico? Me apaixonar a ponto de sentir a presença da outra pessoa na alma? Meu único relacionamento de verdade foi com uma garota que namorei por um ano na época do ensino médio. E foi divertido. O sexo era fenomenal. Mas será que era amor mesmo?

No fundo, acho que era só tesão. E o mesmo vale para todas as minhas outras empreitadas com mulheres. As transas, os rolos... nada disso teve a ver com amor, e isso inclui o lance com Alana.

"Ei, Tate." Sinto um porta-copos bater na minha testa.

Volto para a realidade e escuto as gargalhadas dos caras. "Mas que caralho?", reclamo, esfregando a testa.

"Você saiu do ar por uns dez minutos", Danny me diz.

"Dez minutos?", questiono.

"Tá, beleza, foi mais tipo uns dez segundos, mas mesmo assim. A Becca te trouxe a cerveja e você nem agradeceu."

Que merda. Olho por cima do ombro, mas Becca já está atendendo outra mesa. Pego minha Good Boy e, quando dou um gole, um som horrendo de microfonia toma conta do bar.

"Ah, não", reclama Danny. "Puta que pariu. Eles voltaram."

Sem o menor entusiasmo, nós quatro viramos para o palco, onde a banda está de volta mesmo. E sem perder tempo eles começam a mandar um riff inexplicável de surf rock que não tem nada a ver com os gritos de sofrimento que saem da boca do vocalista.

"É, já deu", diz Cooper, batendo com a garrafa na mesa e olhando para mim. "Vira logo essa cerveja pra gente poder vazar daqui. Não vou conseguir escutar isso aí até o fim."

"Lá no Joe's tá tendo dose dupla", avisa Chase, já descendo do banquinho. "Eu voto pra gente ir pra lá."

Danny franze a testa quando percebe que eu não estou bebendo. "Não ouviu o que ele disse? Vira isso aí", ele demanda, apontando para a minha garrafa. "Meus ouvidos vão sangrar daqui a pouco, cara."

"Beleza." Faço uma careta, inclino a cabeça para trás e bebo dois terços da Good Boy antes de desistir.

Enquanto a banda continua agredindo os tímpanos dos clientes do Rip Tide, meus amigos e eu vazamos, subindo às pressas a estrada estreita que dá para a rua. Saímos para a noite, e o calor úmido aquece meu rosto. Está tão barulhento aqui quanto na rua principal, mas prefiro o vozerio, as risadas e os ruídos que vêm do parque de diversões do que a câmara de tortura que ficou para trás.

Antes de conseguirmos dar cinco passos na calçada, um rosto familiar surge no meu campo de visão.

Ora, veja só. Minha vizinha temporária. Está com uma amiga, uma garota com o cabelo alisado e a pele impecável. As duas estão de vestido curto, mas o da amiga é bem mais justo que o de Cassie.

"Sério mesmo, ruivinha?", eu a chamo com um sorriso. "Você chegou na cidade faz o quê, menos de uma semana, e a gente já se cruzou umas oitenta e nove vezes mais ou menos? Desse jeito vou achar que está me stalkeando."

Cassie fica boquiaberta. "Claro que não. E para com esse negócio de *ruivinha*. Meu cabelo é castanho acobreado." Ela cruza os braços para enfatizar a indignação que sente, mas isso só enfatiza o próprio decote, juntando os peitos de uma forma mais do que intrigante.

Porra. Esses peitos. Eu não resisto. E os outros caras também reparam. Até Cooper, que é tão apaixonado pela namorada que até chega a ser chato, baixa os olhos para o peito de Cassie. Ela percebe que está chamando atenção e sei disso porque fica vermelha e abaixa os braços.

A amiga dela parece achar graça. "Não adianta negar, Cas." Dá uma piscadinha pra mim. "A gente seguiu você até aqui mesmo."

"Seguiu nada", rebate Cassie, batendo com o cotovelo na amiga. Depois aponta para a porta do Rip Tide. "A gente só veio aqui para ver a banda."

"Ah, acho que você não vai querer ver isso aí, não", aviso. "Confia em mim. O som deles é uma bosta."

"Ah, não, sério?" Ela parece decepcionada de verdade. "É um dos únicos lugares que tem música ao vivo hoje. Uma bosta por quê? Que tipo de som eles tocam?"

Cooper solta um risinho de deboche. "Porra, sei lá."

Danny pensa em uma resposta. "Beleza. Se eu tivesse que definir um gênero, diria que é, tipo... um metal rockabilly surf emo."

Olho na direção dele. "Cara. Pior que é essa porra mesmo que você falou."

Cassie e a amiga fazem caretas idênticas, franzindo o nariz. "Parece péssimo", ela complementa.

"Acho que tem uma banda tocando no Sharkey's hoje", sugere Chase, tentando ajudar.

A amiga de Cassie balança a cabeça. "Pois é, mas lá não tem como", ela responde, fazendo biquinho. "É o único lugar que pedem documento pra servir bebida."

Cooper se vira para mim. "Cara, a gente tá andando com menor de idade agora?" Ele bufa.

"Ei, eu já tenho vinte e um", protesta a amiga, apontando o dedo com unha francesinha para Cassie. "É ela que tá empatando o rolê."

"Caramba, valeu", responde Cassie, num tom sarcástico.

"Mas não precisa se preocupar", a amiga garante a Cooper, claramente esticando o olho para ele. "O aniversário da Cassie é no mês que vem, daí a gente vai lá encontrar vocês dois" — ela aponta para mim e para Cooper — "no Sharkey's quando a minha amiga estiver liberada. Que tal? Daqui a um mês. Às oito, no Sharkey's. Por mim fechou."

"Joy", repreende Cassie. Ela olha de novo na minha direção. "É só zoeira."

Eu levanto uma sobrancelha. "Então o seu aniversário não é no mês que vem?"

"Não, essa parte é verdade. Ela está zoando sobre esse negócio da gente ter um date de casal. Eu garanto pra você."

"*Eu* toparia esse date", avisa Danny, soltando um gemido de tristeza, fingindo estar ferido. "Mas não fui convidado."

"Eu sou gay, então pra mim foda-se", fala Chase para as duas.

Cooper solta outra risadinha irônica.

"Enfim, foi bom rever você", Cassie me diz, já se afastando. Ela olha para os meus amigos. "Aliás, meu nome é Cassie. E essa é a Joy. E não estou stalkeando ninguém, não importa o que o seu amigo idiota diga. Nunca fiz isso na vida. Bom, a não ser se a gente considerar a época de colégio, quando eu ficava atualizando a página de um cara no Facebook pra ver se o status de relacionamento dele ia mudar, porque tinha ouvido dizer que andava brigando com a namorada, mas isso está mais pra cyberstalking, acho, e não sei se conta..." Ela se interrompe quando percebe que está tagarelando sem parar.

Com um sorrisão no rosto, Joy não faz a mínima menção de ajudar a amiga. Acho que já está acostumada com Cassie falando sem parar, e eu meio que adoro o fato de ela não interferir, só deixar que a amiga continue se complicando.

"Tate", eu me apresento para Joy, que sorri de um jeito que me diz que já sabia disso. Acho que minha fama me precede. Eu apresento os caras, deixando Cooper por último, que no fim as duas garotas também já sabem exatamente quem é.

"Você é um dos gêmeos bad boys", comenta Joy, com uma alegria escancarada.

Ele abre um sorrisinho amarelo. "Tudo o que você ouviu falar sobre mim é mentira."

"Que ótimo", responde ela, com um sorriso malicioso. "Porque ouvi dizer que você tem namorada. Agora que sei que não tem..."

Seguro o riso. Nessa ele se deu mal.

"Tá, essa parte é verdade", corrige ele, com uma risadinha.

"Ele é praticamente casado", confirmo. "Tá vivendo uma porra de um conto de fadas e vai construir um império hoteleiro com a namorada."

"Ah, é mesmo!", exclama Joy. "Eu ouvi falar nisso também." Ela se vira para Cassie. "A namorada dele é a nova dona do Beacon."

Isso atrai o interesse de Cassie, que imediatamente se concentra em Cooper. "Foi a sua namorada que comprou o Beacon?"

Ele assente. "A gente passou um ano inteiro reformando o prédio. A reinauguração é em setembro."

"Eu sei. É por isso que estou aqui. Foi a minha avó que vendeu pra ela. O Beacon foi da minha família por mais de cinquenta anos."

Coop fica surpreso. "Tá zoando? Você é neta da Lydia Tanner?"

"Sou, sim", confirma Cassie. "Estou passando as férias com ela. Ela vendeu a casa que tem aqui também. Vai entregar as chaves em setembro e se mudar para o norte, para ficar mais perto dos filhos. A minha família inteira vai vir para a reinauguração. A minha avó está toda ansiosa para ver."

"Porra, não conta isso pra minha namorada." Coop sorri. "Mac está estressada demais com isso. Ela não quer decepcionar a sua avó de jeito nenhum."

"Ah, duvido que ela vá decepcionar. Sendo bem sincera, a minha avó está contente por ter uma pessoa dedicada a preservar o projeto original do hotel."

"A gente fez o possível para isso", responde ele, falando bem sério. E, quando percebe que as duas não são só turistas no calçadão atrás de uma transa, passa a ser bem mais compreensivo com elas. "Vocês podem ir no Big Molly's em vez de no Sharkey's", ele aconselha. "Vai ter uma banda lá também, e tenho certeza de que o barman não se incomoda de servir um ou dois drinques para uma garota de vinte anos." Ele dá uma piscadinha. "E manda um abraço pro Jesse."

"Obrigada pela dica", fala Cassie, abrindo um sorriso de gratidão.

Danny interrompe a conversa, claramente entediado. "Beleza, gatas. Foi um prazer conhecer vocês, mas a gente tem muita coisa pra beber hoje ainda, camaradas."

Nós nos despedimos e seguimos cada um para um lado. Atrás de mim, ouço Cassie dizer para Joy que precisa usar o banheiro antes de irem ao Big Molly's. "Eu espero aqui fora", é a resposta de Joy, e os caras e eu estamos quase a um quarteirão de distância quando escuto o som de saltos altos batendo na calçada.

"Tate", murmura uma voz. "Espera."

Olho por cima do ombro e vejo Joy correndo na nossa direção com o vestido vermelho balançando ao redor das coxas bem torneadas.

"Hum, interessante", murmura Cooper, claramente achando graça.

"Espera só um segundo", digo para os caras, me separando do grupo para encontrar Joy a alguns metros deles.

Ela está ofegante depois de correr de salto alto. "Eu preciso ser rápida", Joy vai logo dizendo. "Antes que a Cassie volte."

Puta merda. Ela está dando em cima de mim? Espero que não, porque é um lance meio sacana fazer isso pelas costas da Cassie desse jeito.

Mas ela me surpreende quando pergunta: "O que você acha da Cassie?"

Franzo a testa. "Em que sentido?"

"Em todos os sentidos. Você acha ela bonita?"

"Ela é gata pra caralho", corrijo, abrindo um sorriso.

Joy se anima. "Ah. Perfeito, então. Nossa, foi até fácil. E você se incomoda com a tagarelice dela quando fica nervosa?"

"Em que sentido?", repito. "Como assim, se eu me incomodo? Por que você tá perguntando tudo isso?" Estou me sentindo meio burro. Às vezes parece que as mulheres falam um idioma completamente diferente do meu. A minha mãe faz isso o tempo todo, como se continuasse uma conversa que só aconteceu na cabeça dela, porque eu não faço ideia do que está falando. O meu pai e eu sempre trocamos olhares por trás dela, tipo, *porra, como assim?*

"Escuta aqui." Joy parece bem séria. "Cass e eu estamos procurando um casinho de verão."

"Pera, quê?"

"Bom, quer dizer, *ela* está procurando. Eu posso ou não ter voltado com o meu ex-namorado babaca e egoísta, mas isso é outra história." Ela faz um gesto de desdém com a mão de unhas bem-feitas. "Enfim, Cassie está procurando um casinho de verão e acho que você seria o candidato perfeito."

Não consigo deixar de achar graça naquilo, e preciso morder o lábio para conter o riso. "É mesmo?"

"Ah, é, sim. Só que ela nunca chamaria você pra sair, então resolvi tomar uma atitude. Principalmente depois de ver vocês juntos. Parece que rola um climinha entre vocês, né? E, pelo que eu vi, você pode estar interessando em... sabe, naquilo que nós dois estamos pensando..."

"É, pode ser", respondo, devagar. "Quer dizer, eu tô sempre a fim de... aquilo que nós dois estamos pensando..."

Ela sorri para mim. "Beleza, então. Vou passar o número do celular dela pra você."

Olho para ela com um ar pretensioso. "Eu já tenho."

Joy fica boquiaberta. "Sério? Aquela safadinha..." Ela balança a cabeça. "Bom, então tá certo. Esse é o meu trabalho. Sabe? Ventilar a ideia, de repente, de você estar a fim dela e sugerir que pode ser que ela também esteja a fim de você. Tô só sendo a cupido aqui pra ver se vocês transam."

"Ah, sim, entendi. Porque isso é, tipo, uma carreira profissional, né?" Eu inclino a cabeça. "Agora você vai me entregar um papelzinho escrito *Você gosta da Cassie?* e eu vou ter que marcar um sim ou não?"

"Ô, meu lindo, a gente já vive na era em que recebe foto de pau e mensagem de *oi, sumida*, esqueceu?", retruca ela, revirando os olhos. "Daqui pra frente, é com você."

6

CASSIE

Na terça de manhã, minha avó e eu finalmente vamos ver o Beacon, uma experiência paradoxal que eu descreveria como entrar numa cápsula do tempo que preservou o passado e também numa máquina do tempo que nos leva para o futuro. Mackenzie Cabot fez escolhas estéticas que de alguma forma conseguiram preservar o aspecto original do hotel e modernizá-lo ao mesmo tempo. É uma coisa incrível de ver. Ela derrubou paredes que eu jamais pensaria em botar abaixo, enchendo o prédio de luz natural e acrescentando mais de uma dezena de quartos com vista para o mar.

E, mesmo com todas as mudanças, ainda me sinto tomada de nostalgia. Tudo o que vejo desencadeia uma lembrança diferente. No saguão, enquanto subimos a escadaria principal, passo os dedos pela balaustrada com entalhes intricados e lembro de ouvir o vô Wally se gabar: *Tá vendo isso aí, garota? Fui eu que lixei tudo sozinho. E sua avó me ajudou a pintar.*

Quando Mackenzie mostra que conseguiu reproduzir os metais dourados dos banheiros, a voz empolgada do vô Wally ressoa na minha cabeça, explicando: *Esses toalheiros elegantes? Foram criados para navios de passageiros. Aqueles transatlânticos. Sua avó viu em uma revista náutica e falou: Wallace, a gente precisa disso para o Beacon!*

A memória dele era mais que afiada, cada detalhe do prédio gravado em sua cabeça. Isso provavelmente foi o que tornou tudo ainda mais doloroso quando ele começou a se esquecer das coisas, nos anos finais de vida. A primeira delas foi o nome dos netos. Depois o dos filhos — minha mãe, e a irmã e os irmãos dela. Até meu tio Will, o filho mais velho e o favorito dele, acabou se misturando ao mar revolto em que se transformou o cérebro do meu avô. Por fim, ele parou de reconhecer a minha avó quando ela ia visitá-lo, e nesse momento soubemos que estava perto do fim. Mentalmente, ele não estava mais aqui, mas o corpo dele ainda demorou mais um ano para ir embora. Às vezes acho que a demência foi pior inclusive do que a morte em si.

Mackenzie irradia orgulho enquanto guia o nosso passeio pelo prédio, mostrando todas as melhorias que foram feitas. Refizeram toda a parte elétrica. Instalaram um novo encanamento. Trocaram os dois elevadores. Remodelaram os fundos do prédio, mudando o restaurante de lugar para que aquela parte se tornasse um pátio externo com vista para a piscina. Então fazemos uma visita ao spa, que passou do terceiro andar para uma área recém-construída com acesso por trilhas entre palmeiras, com uma fonte lindíssima de pedra branca no meio do caminho principal.

Uau. A garota investiu um dinheirão nisso aqui. E é bem nova. Não deve ter mais de vinte e três anos, mas de alguma forma se tornou proprietária de um hotel à beira-mar na Carolina do Sul. Eu quero ser que nem ela quando crescer.

"Você fez um trabalho maravilhoso", diz vovó Lydia para a jovem. "Simplesmente belíssimo." É difícil saber o que a minha avó está de fato pensando quando está em público, mas neste momento a satisfação que demonstra é inegável, assim como o brilho de aprovação em seus olhos.

Mackenzie solta um suspiro de alívio. "Você não tem ideia do quanto fico contente em ouvir isso. Juro, toda vez que precisei mudar alguma coisa no design, tentei me ater à visão original de vocês."

"Dá para perceber, querida. Isso é..." Minha avó olha ao redor. Terminamos o passeio pelo prédio no pequeno café no saguão, a antiga loja de presentes, que Mackenzie mudou para outra ala. "É perfeito."

Um sorriso enorme se espalha pelo rosto de Mackenzie. "Obrigada. Estou muito feliz que você tenha gostado." Ela aponta para um lugar atrás de nós. "Aceitam um café ou alguma coisa pra beber?", oferece. Tecnicamente, o hotel ainda não está aberto, mas ela conta que a cafeteria já está funcionando há algumas semanas para atender aos trabalhadores, que ainda estão dando os toques finais no local.

"Um chá seria ótimo", responde minha avó.

"Eu aceito um café", digo. "Com creme e sem açúcar, obrigada."

Mackenzie assente e vai até o balcão, onde troca algumas palavras com o barista, um homem vestindo uma polo azul-marinho com as palavras THE BEACON bordadas em dourado do lado esquerdo do peito.

"Isso aqui está impressionante", murmuro para a minha avó enquanto a levo para uma mesa do lado de fora.

A cafeteria tem um pequeno pátio com um punhado de mesas. À nossa direita está a escada pintada de branco que dá acesso a uma ampla varanda com cadeiras de balanço feitas à mão, um lugar agradável para sentar e ficar olhando para o mar.

Minha avó ajeita o chapéu para prendê-lo melhor à cabeça. Sempre cuidou muito bem da pele. *O estrago que o sol faz não é brincadeira, Cassandra*, foi o que cresci ouvindo. Esse é o único discurso que ela tem em comum com a minha mãe, que também nunca deixa de lado o protetor solar e os chapéus. Embora, no caso da minha mãe, seja mais medo do envelhecimento do que de ter câncer. A aparência é tudo no mundo dela.

"A Mackenzie é bem legal", admito ao me sentar. "Ah, e eu conheci o namorado dela no calçadão no fim de semana."

"É mesmo?"

"É. Joy e eu cruzamos com o Tate por lá. O cara que está cuidando da casa do vizinho. Ele estava com uns amigos, e um deles era o Cooper, o namorado da Mackenzie."

Minha avó parece contente. "Que ótimo você estar fazendo amizades."

"Quer dizer, sei lá se eu tô fazendo amizades. Falei com o nosso vizinho no calçadão e fui apresentada pros amigos dele. Foi só isso." Dou uma risadinha. "Para de tentar me forçar a fazer novos amigos. Não precisa. Eu tenho a Joy."

"Eu sei, mas seria bom se tivesse um grupo maior de amigos com quem passar o verão." Ela assume um tom meio distante. "Nos meus tempos de menina, todos os jovens daqui andavam juntos. Um grupo de quinze ou vinte. A gente saía de barco e passava horas no mar, ou as garotas ficavam tomando sol na praia enquanto os garotos jogavam alguma coisa, todos besuntados de óleo." Ela dá uma risadinha. "E também talvez tivesse uma quantidade bem grande de álcool envolvida nisso tudo."

Abro um sorriso, tentando imaginar minha avó de biquíni e chapelão andando para cima e para baixo por Avalon Bay com um bando de adolescentes barulhentos. Mas é impossível. Sempre que tento imaginar a minha avó com a minha idade, meu cérebro se mostra incapaz de realizar essa tarefa. O mesmo vale para a minha mãe. É ainda mais difícil pensar nela como uma pessoa jovem e despreocupada. Me recuso a acreditar que ela algum dia foi diferente de uma mulher de nariz empinado de quarenta e poucos anos vestida com roupas de grife.

Como se estivesse ouvindo nossa conversa, meu celular começa a vibrar. A minha mãe tem a mania perturbadora de sempre me ligar quando estou pensando nela.

"Aff. É a minha mãe. Preciso atender." Vejo que Mackenzie está voltando com as bebidas numa bandeja, então levanto. "Já volto."

Minha avó assente com a cabeça. "Manda um oi para ela. E não precisa ter pressa."

Atendo à ligação no saguão vazio. "Oi, mãe", digo, já me preparando para o pior. Nunca dá para saber que personalidade ela decidiu assumir no dia. Mas tenho experiência de sobra para lidar com ela e estou sempre pronta para qualquer ataque que ela possa tentar. Às vezes a crítica já vem na hora ou então ela faz uma exigência furiosa para que eu explique alguma decisão que tomei e que ela considera um erro. Às vezes ela começa boazinha, faz até elogios, te induz a baixar a guarda e aí *bum*! Dá o bote.

Mas eu não sou mais uma menina ingênua. Conheço todos os truques da minha mãe e as táticas que preciso usar para lidar com cada um deles.

Então, quando ela diz "Estou chateada, amorzinho! Por que faz três dias que eu não ouço a sua linda voz?", naquele tom leve e brincalhão, sei que é uma armadilha. Ela não está chateada coisa nenhuma, está puta. E não está brincando, o que significa que não posso responder com uma piadinha.

"Desculpa", digo, com a medida certa de lamento na voz. Se eu parecer muito arrependida, ela desconfia. "Tem razão. Eu deveria ter ligado antes. É que está um caos aqui."

Minha estratégia funciona. Nada agrada mais à minha mãe do que ouvir essas duas palavras: *Tem razão*.

"Acho que a sua avó está mantendo você bem ocupada", comenta ela, o que é sua maneira de me "perdoar" pela minha falha.

E, apesar de claramente ser uma abertura para transferir a culpa de mim para a própria mãe, não vou entregar a minha avó de bandeja assim.

"Na verdade, não. A gente até saiu pra fazer compras no fim de semana, mas na maior parte do tempo fiquei pondo a conversa em dia com a Joy. Como é que estão as coisas aí em Boston?"

"Na cidade inteira? Nossa, quem pergunta isso?"

Seguro um suspiro e logo mudo de tom, soltando uma risadinha afetada e falsa. "Ha, ha, tem razão, que pergunta mais boba. Às vezes eu sou meio tapada assim mesmo. Enfim, na verdade eu queria saber como você está. Curtindo a cidade ou ansiosa para..."

Abortar missão!

Me arrependo da pergunta assim que sai da minha boca. Porra, acho que estou destreinada.

Às vezes é fácil esquecer que não estou lidando com um ser humano normal. Narcisistas são uma raça à parte.

Eu quase consigo sentir o gosto da amargura dela do outro lado da linha. "Não tem nada no mundo que eu queira menos do que ir até essa cidade aí." Ela solta uma risadinha de deboche. "Mas temos que cumprir nossas obrigações familiares."

Ela está furiosa por não poder desistir de vir, tenho certeza. Mas os meus tios e a minha tia se comprometeram a fazer a viagem para se despedir do Beacon e, se tem uma coisa que a minha mãe não suporta, é fazer o papel de vilã.

Mas a ingratidão dessa história é bem inacreditável. O Beacon foi uma propriedade da nossa família durante décadas. É o motivo da riqueza que a minha mãe tanto valoriza e da qual tira tanta vantagem. O mínimo que ela poderia fazer era participar da despedida, das últimas palavras da família Tanner. É tipo abrir mão de um barco muito querido e ver os novos donos o batizarem com uma garrafa de champanhe antes de navegar para bem longe dali para nunca mais voltar.

"Inclusive, estou no hotel agora", conto, na esperança de conseguir amolecê-la com um de seus assuntos favoritos: dinheiro. "A nova dona torrou uma nota preta, e valeu muito a pena. Está maravilhoso. Juro que você vai adorar. Acabamos de passar pelo spa, e os produtos são todos customizados, fabricados na Itália. Uma linha exclusiva criada só para o Beacon."

Isso atrai o interesse dela. "Ah, bom, parece legal!"

"Né?" Então, apesar de preferir arrancar a minha língua a apelar para essas palavras, me forço a dizê-las mesmo assim: "A gente podia fazer um dia de spa de mãe e filha", sugiro, impregnando a maior dose de falso entusiasmo de que sou capaz na minha voz.

O lado bom de falar com narcisistas é que eles partem do pressuposto de que todo mundo os adora e estão ansiosos por desfrutar da companhia deles, o que significa que quase nunca percebem quando estão sendo enrolados. No modo de pensar distorcido que eles têm, *é óbvio* que queremos passar nosso tempo na presença deles, porque são perfeitos e notáveis, uma dádiva para a humanidade.

E a pior parte é que a maioria das pessoas não consegue enxergar isso. Pelo menos, não de cara. Já perdi as contas de quantas vezes ao longo dos anos as pessoas me disseram que a minha mãe é uma pessoa maravilhosa. Ou fui acusada de ser "sensível demais". Ou de enxergar coisas onde não há nos comentários negativos velados que ela faz — e muitas vezes nem tão velados assim. *Ah, a Cassie é tão insegura que procura uma ofensa em cada palavra que sai da boca da mãe.*

Só que, mais cedo ou mais tarde, as pessoas acabam caindo em si. Ainda me lembro da epifania da Peyton, quando a minha mãe levou a gente para jantar numa noite em que ela foi dormir lá em casa. No alto dos nossos treze anos, com os olhos arregalados e balançando a cabeça, ela anunciou: "Acabei de perceber que a sua mãe não presta mesmo".

Não existe sentimento mais libertador do que ter as suas experiências traumáticas validadas desse jeito.

"Que ótima ideia!", minha mãe responde à minha sugestão. "E, não tinha pensado nisso, mas já que você está aí, podia pedir para conhecer a academia também."

Meu maxilar fica tenso. Já sei onde essa conversa vai parar.

"Ah, sim, a gente deu uma olhada", respondo, cautelosa. "Fica do lado do spa, mas está fechada porque os equipamentos ainda não foram entregues."

"Você pode usar a academia do clube, então. Pelo que vi no Instagram da Joy, ela está indo todo dia de manhã, e parece estar em ótima forma."

Sufoco o grito entalado na minha garganta. Detesto essa ideia de a minha mãe seguir as minhas amigas nas redes sociais. A conta da Joy é fechada, aliás, mas ela disse que ia ficar se sentindo muito mal se não tivesse aceitado a solicitação da minha mãe.

"De repente ela pode te dar umas dicas de academia", acrescenta ela, porque uma conversa com a minha mãe não fica completa sem conselhos sobre como eu deveria cuidar de mim mesma.

"Tá, eu falo com ela", digo, obediente.

"Ah, e por falar no Instagram, entrei no seu perfil hoje de manhã também e vi a foto que você postou. Sabe aquela que você tá de blusinha cor-de-rosa e short jeans? Aquele short ficou uma graça!"

Fico esperando pela próxima alfinetada.

"Mas a blusinha... você sabe que eu não falo por mal, mas acho que talvez seja melhor apagar essa foto. Esses croppeds não combinam muito com você, Cass. Por causa da proporção do seu corpo, sabe. Ah! A gente pode sair pra fazer umas comprinhas também, quando eu estiver aí, que tal? De repente fazer uma viagem até Charleston?"

"Que ideia legal! Eu adoraria, na verdade. Adoro ouvir as suas opiniões."

Então ela fica em silêncio por um instante e sei que, em sua mente negativa e egocêntrica, está se perguntando: *isso foi uma resposta sarcástica?*

Mas seria inaceitável para o seu ego admitir isso, então, em vez de me questionar, ela muda de assunto, como sempre. "Você já viu o seu pai? E a enfermeira dele?"

Afasto o celular do ouvido por um instante e grito em silêncio algumas obscenidades, fazendo caretas para a tela.

E, como eu sou sortuda assim mesmo, um homem usando botas de operário e cinto de ferramentas entra no saguão neste exato momento. Ele a princípio parece assustado com a minha atitude, mas depois cai na risada e sai andando.

Volto o celular à orelha. "Ainda não. Vou jantar com eles amanhã."

"Ele enrolou uma semana inteira para ver a própria filha?", questiona ela, indignada. "Isso é egoísmo demais até para o Clayton."

Quando o assunto é egoísmo, a maior especialista é você.

Mas, dessa vez, ela não está totalmente errada. Estou pensando a mesma coisa desde que cheguei em Avalon Bay. E daí que as meninas estão fazendo recreação nas férias e o meu pai e Nia trabalham? Eles ainda jantam juntos toda noite, né? Qual é a dificuldade de me convidar para ir comer lá?

Por outro lado, considerando que a ex-esposa amargurada dele se refere à atual como *enfermeira*, talvez seja compreensível que Nia não queira a filha dela em sua casa. Esse tipo de comentário me incomoda também, principalmente porque não faz o menor sentido. Nia nunca foi enfermeira do meu pai. Foi fisioterapeuta dele depois de um acidente de carro sofrido não muito tempo depois que ele se divorciou da minha mãe. Meu pai precisou fazer uma cirurgia para reconstruir o tendão do bíceps e Nia o ajudou na recuperação. Foi assim que os dois se conheceram e se apaixonaram.

"Mãe, eu preciso ir", digo, cansada daquela conversa. "A vovó está me esperando para me levar para casa." Na verdade, ela está falando com a Mackenzie, e as duas estão totalmente entretidas com a conversa.

"Tudo bem, querida. Até o mês que vem."

"Até, tô ansiosa desde já."

Quando volto para a mesa, estou exausta. Quando converso com a minha mãe, parece que fui para a guerra. Minha avó me olha com preocupação. "Está tudo bem?"

"Está, sim", minto. Porque é isso que eu faço. Abro um sorriso e finjo que os ataques à minha aparência, ao meu pai e à minha vida inteira não me afetam em nada.

"Eu estava contando para a sua avó agorinha que vai ter uma fogueira à noite lá em casa", diz Mackenzie, abrindo um sorriso simpático. "Chamei uns amigos. Quer vir também?"

Meu primeiro instinto é agradecer e dizer que tenho outros planos. Costumo ficar muito sem graça no meio de pessoas desconhecidas. Mas então me lembro de que o namorado de Mackenzie é amigo de Tate. Isso significa que Tate deve ir também. O que significa que talvez eu consiga criar coragem para... o quê?

Chamá-lo para sair, acho.

Pedir pra ele ser minha foda fixa.

Fazer um strip rasgando as minhas próprias roupas e dizendo que ele me deixa louca de tesão.

Tá, beleza, talvez essa última parte não. Mas estou na cidade já faz uma semana e o Tate é o único cara que conheci que mexe com o meu coração. Talvez eu me arrependa se nem ao menos *tentar* parar de tagarelar e finalmente chamá-lo para sair. E acho que não existe ocasião melhor que essa.

7

CASSIE

Os irmãos Hartley moram numa casa de praia com uma varanda enorme e nenhum vizinho à vista. Não é nada parecida com a dos meus avós, que foi construída em tempos mais recentes e tem uma arquitetura mais moderna. É o tipo de construção que está com uma mesma família há gerações. Antiga e cheia de problemas, mas com personalidade de sobra, um testemunho da resistência ao tempo e às intempéries. Mas o telhado parece novo, e a varanda coberta foi claramente pintada há pouco tempo, o que sugere que os moradores vêm fazendo algumas reformas.

A porta da frente range audivelmente quando Mackenzie a abre para me deixar entrar. "Oi!" Ela parece contente de verdade em me ver. "Você veio!"

"Obrigada pelo convite." Sem jeito, fico repuxando com os dedos os passadores de cinto do meu short jeans. Apesar das críticas da minha mãe, estou usando um cropped que mostra um pedaço da barriga, e chinelos pretos que Mackenzie me avisa que não preciso tirar.

"Estão todos lá no fundo", avisa ela, me conduzindo pela sala de estar e pela cozinha ao estilo casa de campo até uma porta deslizante de vidro.

Lá no fundo tem um deque enorme com vista para o mar, e uma escada serpenteante de madeira que leva à praia. Só aquela vista já vale milhões de dólares, e minhas sobrancelhas vão parar lá em cima quando saímos para o deque.

"Uau", comento. "Essa vista é *incrível*. Eu tô até surpresa que as construtoras ainda não tenham tentado comprar essa casa aqui. Pra construir um predinho ou coisa do tipo."

"Ah, bem que tentaram, mas a gente não vende de jeito nenhum", diz

Cooper Hartley, aparecendo atrás de nós. Ele sai da cozinha sem camisa e descalço, com um calção de banho vermelho, os dois braços tatuados e a barriga exibindo um tanquinho. Fico até meio atordoada de olhar para ele.

Um instante depois, um segundo Cooper aparece à minha esquerda, pela escada um tanto instável. Também está sem camisa, mas esse Cooper está molhado e parece que acabou de sair do mar. O corpo alto e musculoso dele espalha água pelo piso do deque enquanto anda.

"Ah, nossa." Olho para Cooper e depois para seu irmão gêmeo. "Vocês são idênticos mesmo."

"Nem tanto", fala o irmão. "Eu sou bem mais bonito."

"Ah tá, vai nessa", retruca Cooper.

Revirando os olhos, Mackenzie me apresenta para Evan, o irmão de Cooper, que abre um sorriso sexy antes de desaparecer dentro da casa.

"Vem", ela me chama, pondo a mão no meu braço. "Todo mundo já tá lá na praia."

Descemos para a areia, onde várias espreguiçadeiras e cadeiras de madeira estão dispostas em uma roda improvisada ao redor da área demarcada para a fogueira. O fogo ainda não foi aceso porque o sol não se pôs, e está tão quente que acrescentar o calor das chamas seria uma redundância.

Em uma das espreguiçadeiras, uma loira platinada está sentada no colo de um cara que, mesmo sentado, parece enorme. Deve ter no mínimo um metro e noventa e cinco, e braços musculosos que provavelmente são capazes de levantar qualquer um aqui no supino. Uma moça de cabelos pretos e linda, vestindo um biquíni preto de tira fina, está deitada na espreguiçadeira ao lado, mexendo no celular, enquanto outra garota com um rabo de cavalo alto e pele mais escura está em pé ao lado de uma mesa de plástico cheia de bebidas, servindo uma dose num copo plástico alto.

Mackenzie apresenta todo mundo bem rápido. A menina ao lado da mesa é Steph. O casal na cadeira são Heidi e seu namorado, Jay. A morena é a irmã de Jay, Genevieve, que é noiva de Evan Hartley.

Isso me causa espanto. "Vocês vão se casar?"

"Com certeza", responde Genevieve. Então estreita os olhos para mim. "E nem vem com esse papinho de que *a gente é muito novo*. Eu já escuto isso todo dia dos meus irmãos."

"Vocês são muito novos", o irmão dela resmunga ao ouvir isso.

"Eu não ia dizer isso, não", garanto para ela. "É que é bem raro encontrar pessoas dispostas a se casar com vinte e poucos anos."

"É, mas a gente precisa assinar logo esses papéis se quisermos abrir a fábrica de filhos. Decidimos que vamos ter pelo menos seis. Né, Hartley?", grita ela na direção do deque.

Evan se debruça sobre o gradil acima de nós. "Sete", ele responde. "É meu número da sorte."

"Quer beber alguma coisa?" Mackenzie vai até a mesa, onde cumprimento Steph com um sorrisinho constrangido.

"Vou fazer pra você o mesmo que estou bebendo", diz Steph, pegando outro copo plástico. "Estou testando uma receita nova. É um drinque que leva um pouco de vodca sabor baunilha e limonada com framboesa. Ou vai ficar doce de doer o dente, ou vai ser a coisa mais deliciosa que você já bebeu."

"Ah, eu quero muito descobrir qual vai ser", respondo, com uma risadinha.

Enquanto espero o drinque ficar pronto, olho para o deque, onde os gêmeos estão rindo de alguma coisa debruçados sobre o gradil. Acho que Tate não está aqui. Nem a ruiva da festa da semana passada, percebo. Alana. Por algum motivo, isso desperta em mim uma pontada de ciúme. E se tiverem voltado a sair?

Ignoro o nó que se forma em meu estômago e pego a bebida que Steph me entrega. Estou com sede, então viro um belo gole de uma vez e só depois de engolir me dou conta do que estou bebendo. O líquido desce queimando até o meu estômago, provocando um acesso de tosse.

"Doce demais?", pergunta ela, preocupada.

Fico de boca aberta, com os olhos cheios de lágrimas depois da última tossida. "Quase nem senti o gosto da limonada", consigo dizer. "É, tipo, quase que vodca pura."

Steph sorri. "E?"

"E eu não estava esperando por isso. Nossa. Essa coisa precisa vir com um aviso."

Voltamos para onde estão os outros, ao redor da fogueira ainda esperando ser acesa. Steph se acomoda numa das cadeiras enquanto Mackenzie e eu dividimos uma espreguiçadeira. Dou um golinho no meu drinque forte. Dessa vez já sei o que esperar e tomo a decisão consciente de ir devagar. Um copo dessa coisa provavelmente vai me deixar bebaça.

Mackenzie e as amigas não são assim tão mais velhas que eu, só que por algum motivo me sinto uma criança perto delas. Vai ver é porque são todas maravilhosas. Genevieve é praticamente uma supermodelo — pernas compridas, corpo bem torneado e brilhando de óleo de bronzear, óculos escuros apoiados no narizinho arrebitado. Ao meu lado, Mackenzie parece ter acabado de descer de um iate, com ombro bronzeado aparecendo na camiseta listrada e os cabelos escuros soltos e caídos sobre as costas.

Mackenzie olha para Genevieve. "Gen, a Cassie é neta da Lydia Tanner."

"Ah, é mesmo?", exclama Gen. "Eu era *obcecada* pela sua avó na adolescência."

"Sério?" Dou risada.

"Nossa, sim. Ela andava pela cidade com aqueles óculos escuros enormes e echarpes de seda. Sempre usava echarpe, mesmo no verão."

"Ainda usa. É a marca registrada dela."

"Era a mulher mais elegante que eu já tinha visto na vida", comenta Gen com um ar sonhador. "Eu queria ser igual a ela quando fosse adulta, e meu sonho era trabalhar para ela no Beacon um dia. Doce ilusão. No fim estou trabalhando para esta aqui." Ela aponta com o polegar para Mackenzie, mas o brilho em seus olhos deixa claro que é uma brincadeira.

"Você trabalha no Beacon?", pergunto.

"Vou trabalhar, depois da inauguração em setembro. Vou ser gerente geral."

"Uau. É uma responsabilidade e tanto", comento. "Eu me lembro do antigo gerente de lá, um cara britânico. James De Vries. Minha avó trouxe ele de Londres depois de conhecê-lo num hotel cinco estrelas perto do Palácio de Buckingham. Estava sempre de paletó azul e..."

"... uma gravata-borboleta dourada", completa Genevieve, dando uma risadinha. "Ah, eu me lembro bem dele. Lembra dele, Heidi? Do sr. De Vries?"

"Ai, meu Deus, lembro, sim." A risada de Heidi é um pouco maligna.

"A gente pulava a cerca da piscina e tentava invadir a cabana dos hóspedes e o De Vries aparecia do nada."

"E todas as vezes", continua Gen, "todas mesmo, ele abria um sorriso falso e perguntava com toda a educação se a gente estava hospedada no estabelecimento, sendo que sabia muito bem que a gente era só um bando de adolescentes arruaceiras que não respeitava porra nenhuma."

"Mas ele nunca punha a gente pra correr", complementa Steph. "O cara tinha classe. Acompanhava a gente até a saída e se despedia com um daqueles acenos de Rainha da Inglaterra, todo chique e classudo."

Dou risada, entendendo muito bem o que elas estão falando. James era a imagem perfeita de um cidadão britânico educado e caricato.

"E enquanto isso", Genevieve fala para mim, soltando uma risadinha de divertimento, "você devia estar lá numa boa, tomando sol na beira da piscina legalmente e vendo a gente sendo retirada gentilmente de lá."

"Ah, na verdade a gente nunca ficava no hotel", admito. "Antes do divórcio dos meus pais, a gente morava em Sycamore. E, depois disso, só ficava na casa da minha avó quando vinha passar um tempo na cidade. Nossa, eu faria qualquer coisa pra poder passar um verão inteiro no Beacon."

"Bom, então você está com sorte", engata Mackenzie, toda animada, "porque agora tem um quarto vitalício lá. Por conta da casa."

"Não acredito", retruco. "Eu jamais aceitaria uma coisa dessas."

"Sério? Porque *eu* aceito", avisa Genevieve. "Eu com certeza topo um quarto grátis." Ela grita para o deque de novo. "Ei, Evan, a gente tem a nossa própria suíte lá no hotel."

"Legal", ele grita de volta.

"Ah", fala Mackenzie de repente, girando o corpo na minha direção. "Eu já ia me esquecendo, queria te perguntar uma coisa."

"Ah, é?" Constrangida, eu me mexo na cadeira e dou mais um gole da minha vodca com limonada — ou melhor, minha vodca pura com uma colherinha de limonada. Já estou sentindo o álcool subindo e se espalhando pelo meu sangue.

"Os Beach Games são no mês que vem", diz ela. "Você já ouviu falar, né?"

"Ué, claro. É tradição."

Os Beach Games são um evento anual em Avalon Bay, onde os times que representam os negócios locais disputam... bom, jogos de praia. Dura dois dias, e acho que os vencedores levam vales-presentes e troféus, mas a maioria compete só pela glória. No caso, a honra de levar o título de *Campeões da Baía*.

A última vez que acompanhei a competição foi uns anos atrás, pouco antes de entrar na faculdade. Estava com o meu pai e foi bem divertido. A competição de cabo de guerra naquele ano ficou bem séria. Lembro que duas velhinhas da confeitaria xingaram sem dó os caras da oficina mecânica. A frase *Vocês estão fodidos na nossa mão, seus filhos de uma puta* foi pronunciada mais de uma vez. Mais tarde, meu pai e eu fomos tomar um sorvete e passear pelo calçadão. Foi legal. Talvez ele queira ir de novo este ano.

"No ano passado não deu pra participar", conta Mackenzie, "mas agora que o Beacon está sendo reaberto, precisamos montar uma equipe. Eu e a sua avó conversamos de manhã e ela me disse que nunca ninguém da sua família participou dos Beach Games. Ela achou que você poderia querer fazer parte da Equipe Beacon."

"Eu?", pergunto, surpresa.

Ela assente com a cabeça. "Você seria a nossa quarta participante. No momento, somos eu, Gen e o diretor de eventos, Zale."

"Desculpa... Zale?" O irmão de Genevieve solta uma gargalhada. "Não é possível que seja o nome do cara de verdade."

"É, sim", responde Gen, com um sorriso. "Eu duvidei também, daí ele me mostrou a carteira de identidade."

"Pode ser que seja falsa", insiste Jay.

"O Zale é bem engraçado", Mackenzie me diz. "Com certeza você vai gostar dele."

Ainda não sei o que pensar sobre essa proposta. "Quer mesmo que eu seja a quarta integrante? Minha avó te forçou a me convidar?", pergunto, desconfiada.

"De jeito nenhum. Ela só comentou que você talvez gostasse da ideia."

Pelo jeito, minha avó está irredutível na tentativa de arrumar um grupo de amigos para mim. É inacreditável. Sério mesmo. Por que ela acha que eu sou uma menina tapada e antissocial? Não sei que sinais estou transmitindo para ela pensar que tenho a habilidade social de uma batata, mas talvez já seja hora de a gente ter uma conversinha.

"Ah, tá. Então sim, claro", cedo, porque, *mesmo* se for coisa da minha avó, parece divertido. "Eu topo participar dos Beach Games."

"Como você definiria sua capacidade de construir castelos de areia?", pergunta Gen.

Eu penso a respeito. "Hã... acima da média?"

Ela assente com a cabeça, satisfeita. "Beleza. Porque Mac e eu temos uma aposta rolando com os gêmeos."

"Ou melhor, com os *vencedores*", interrompe a voz presunçosa de Evan, descendo a escada todo fanfarrão, seguido por uma cadela golden retriever animada e com uma bola laranja na boca.

Evan joga a bola na praia e a cachorra dispara como um foguete, levantando uma nuvem de areia com as patas.

"Vocês ainda não ganharam porra nenhuma", rebate Gen.

"Ah, mas a gente vai ganhar." Ele abre um sorrisão. "Ou seja, vocês vão perder. E feio, sem dó."

Aos risos, olho para os dois. "O que vocês estão apostando?"

"Ah, foi bom você ter perguntado, Cassie", responde Evan, com um tom todo solene. "Porque, *quando* a gente ganhar, minha linda noiva aqui e a namorada até que bonitinha do meu irmão..."

Mackenzie mostra o dedo do meio para ele.

"... vão ter que cozinhar e servir um jantar pra gente..."

"Não é tão ruim assim", digo para as garotas.

Mas Evan ainda não terminou de falar: "... vestidas de cortesãs francesas".

Mordo o lábio para segurar o riso. Os outros não demonstram o mesmo tato. Jay, Heidi e Steph se contorcem de tanto gargalhar.

"Não", rebate Gen. "Quando *a gente* ganhar, o meu noivo engraçadinho e o irmão irritante dele vão segurar cartazes anunciando a reabertura do Beacon no calçadão..."

"Isso não é tão ruim...", digo para Evan.

"... usando uma tanguinha rosa-choque."

Respiro fundo.

"Caraca, mas não mesmo. Isso não vai rolar de jeito nenhum", anuncia Cooper quando se junta ao grupo. Ele vestiu uma camiseta e está com uma cerveja na mão.

Alguém vem atrás dele pela escada e meu coração dispara quando vejo que é Tate, vestindo uma camiseta branca, uma bermuda cáqui e óculos escuros de estilo aviador no rosto. Por algum motivo, o cabelo dele sempre parece meio bagunçado pelo vento, afastado do rosto para destacar seus contornos. Ele está tão lindo que minha garganta seca. Tento resolver isso dando um gole do meu drinque e só lembro tarde demais que é basicamente vodca pura.

Minha tosse atrai a atenção de Tate. Um sorriso fácil se abre em seu rosto. "Ruivinha", diz ele. "Não sabia que você vinha hoje."

Encolho os ombros, meio sem jeito. "Ah, pois é. Mackenzie me convidou. E para de me chamar de *ruivinha*."

"Vou parar quando o seu cabelo parar de ser ruivo."

"É castanho acobreado", retruco, irritada.

"Vocês se conhecem?" Os olhos verdes de Mac vão de mim para Tate.

"Somos vizinhos", explico.

"Só durante o verão", acrescenta Tate, pegando uma cadeira de madeira e arrastando para perto da nossa espreguiçadeira.

"Ah, é mesmo. Você está cuidando da casa dos Jackson", comenta Evan. "Porra, eu adoro aquela casa. Lembra daquela noite bem louca uns dois anos atrás?"

Tate solta uma risadinha de deboche. "Ah, tá falando daquela noite que você tomou body shots da bunda da Gen em cima da mesa de centro entalhada a mão que a Shirley Jackson mandou buscar na Dinamarca?"

Os olhos de Evan brilham e ele dá uma piscadinha para a noiva. "Cara, que noite."

Os olhos de Genevieve estão igualmente acessos. "Que noite", repete ela, e os dois trocam um olhar tão cheio de malícia e desejo que sou obrigada a virar a cabeça para o outro lado. Parecem prestes a transar na frente de todo mundo — a química entre eles é bem poderosa mesmo.

"Bom, aquele showzinho não vai ter replay", avisa Tate aos amigos. "Eu precisei pagar uma equipe inteira de limpeza pra dar conta da bagunça que vocês fizeram. Foi uma vez pra nunca mais." Ele dá um gole da cerveja, me olhando por cima da garrafa. "Mac já mostrou o hotel pra você?"

"Mostrou sim, hoje cedo", confirmo.

"E a Cassie acabou de entrar na nossa equipe dos Beach Games", conta Gen.

"Ah, é?" Ele inclina a cabeça para mim. "Então somos oficialmente arqui-inimigos agora."

"Você vai competir também?", questiono.

"Claro. Alguém precisa representar o iate clube. Além disso, é a primeira vez que os gêmeos vão participar, e eu nunca perco a chance de ensinar uma lição pra esses dois."

"No fim o tio de vocês decidiu se vai entrar pra equipe também?", pergunta Steph para os irmãos Hartley. "Tá aí uma coisa que eu pagaria pra ver."

"A gente convidou, mas ele disse que nem ferrando", responde Cooper. "Então quem entrou pra equipe também foi o Alex, o mestre de obras, e um cara chamado Spencer, da equipe de construção." De sua cadeira do outro lado do espaço delimitado para a fogueira, ele abre um sorriso presunçoso na direção da namorada. "Se prepara pra ser massacrada, princesa."

Ela leva uma das mãos ao coração. "Você é tão romântico."

Cooper solta uma risadinha.

O restante da noite passa voando, para minha surpresa. Mas a conversa está tão animada, e as pessoas, tão divertidas que, quando percebo, já estou há três horas aqui. Estou me divertindo muito. Mac é uma querida. Gen é engraçadíssima. Heidi é meio chatinha, mas com o tempo você se acostuma com o jeito dela. Em algum momento, Steph põe outro copo de vodca com limonada na minha mão enquanto Evan e Cooper, que são literalmente idênticos dos pés à cabeça, começam a discutir sobre quem é mais bonito. Durante o tempo todo, lanço olhares de canto de olho para Tate, me perguntando como alguém pode ser tão gostoso. Tipo, chega a ser um crime. De tempos em tempos, meu olhar é atraído para o tanquinho dele porque, sempre que passa a mão no cabelo, a bainha da camiseta sobe, mostrando uma parte dos músculos.

Nossa, que vontade de dar uma lambida.

E é assim que eu sei que o segundo copo de vodca definitivamente já subiu.

Inclusive, sinto os joelhos meio bambos quando me levanto e vou até a mesa de bebidas, remexendo nos coolers menores em busca de água. Preciso me hidratar. Fiquei bem doida pensando no tanquinho do Tate.

"E aí, vizinha."

Tenho um sobressalto ao ouvir a voz grossa dele. Nem percebi que Tate estava do meu lado, mas é bem onde está, a menos de dois passos de distância, com um esboço de sorriso no rosto.

"Desculpa, não queria te assustar", diz ele, levando a cerveja à boca e dando um longo gole. "Está se divertindo?"

Antes que eu possa responder, Steph grita: "Olha ela aí".

"Finalmente! Mulher, onde é que você se enfiou?", pergunta Heidi.

Viro para ver quem é a recém-chegada e fico um pouco abalada quando vejo que é Alana. Ela vem andando até o grupo com os cabelos ruivos soltos ao redor dos ombros e os olhos refletindo o brilho da fogueira que Cooper acendeu uma hora atrás. Não deixo de reparar que ela lança um olhar para mim e para Tate antes de se concentrar nos próprios amigos.

Bebo um pouco de água e me afasto da mesa. Tate vem andando ao meu lado.

"Preciso ir até lá me apresentar?", pergunto, acenando com a cabeça de forma discreta na direção de Alana. Sinto que sim, mas ela está conversando com as pessoas. Eu vou fazer o quê, interromper o papo só para soltar um *Oi, meu nome é Cassandra, e o seu?*, feito uma idiota?

"Não esquenta", responde Tate, para o meu alívio. "Uma hora ela vem até aqui."

"Ou vai te evitar por achar que você ainda está chateado com ela."

Ele revira os olhos. "Eu não estou chateado. E ela me conhece e sabe disso."

"Então você já superou?"

"Totalmente", confirma ele.

"Qual é, pelo menos um *pouquinho* a fim dela você ainda deve estar", insisto, arriscando outra olhada para Alana. "Ela é linda."

"Ela é bem gata mesmo", concorda ele, balançando a cabeça. "Mas não tanto quanto *quem tá do meu lado*." Tate percorre lentamente o meu corpo com os olhos sem disfarçar nem um pouco.

Uma parte de mim pensa *caralho*, porque eu já tinha questionado minha decisão de usar essa blusinha e agora comecei a questionar de novo. E essa não só fica coladinha nos meus peitos como mostra muito mais do que estou acostumada.

Só que uma outra parte de mim gosta muito, muito mesmo, de ter aqueles olhos azuis sobre mim.

"Vai ficar me secando assim mesmo?", questiono.

"Vou." Tate dá outro gole na cerveja. Fico pensando se ele não está bêbado. Os olhos dele estão meio enevoados e parece que sim. Mas ele está falando e andando normalmente.

Mesmo assim, falo: "Você está bêbado".

"Não. Só um pouquinho alto." Ele encolhe os ombros, abrindo um leve sorriso. "Eu tô bem, você tá gata. Não tenho do que reclamar da vida no momento, Cass."

Dou risada. Passo a língua pelos lábios, porque de repente ficam secos.

Tate percebe. "Caralho", comenta ele, com um gemido baixinho.

Franzo a testa. "Que foi?"

"Você lambendo os lábios assim."

"O que é que tem? Minha boca está seca, então passei a língua pra umedecer... ai, meu Deus, que palavra horrível. *Umedecer*. Não é horrorosa?" Balanço a cabeça, incrédula. "Desculpa ter usado a palavra *umedecer*."

Tate solta um ruído estrangulado, algo entre um riso e um suspiro. "Cara, juro, parece que você faz questão de quebrar o clima."

"Que clima?", pergunto, e meus lábios ficam secos de repente de novo. "Estava rolando um clima?"

Ele dá uma gargalhada de fazer balançar os ombros. "Sim, Cassie, estava rolando um clima. Entre a gente."

Eu pisco algumas vezes, confusa. "Ah, é?"

"Bom, *eu* achei que tava." Ele parece um pouco irritado agora. "Caso não tenha percebido, eu ia te beijar."

8

TATE

"Sério?" Cassie estreita os olhos, como se fosse impossível entender por que eu iria querer beijá-la.

"Sério", respondo, me segurando para não rir. Essa mulher é um mistério para mim. Não tem como ela não saber que é linda, né? A não ser que tenha passado a vida toda sem se olhar no espelho ou se visto sem blusa, não consigo acreditar que não conheça os atributos que tem.

"Você disse que ia... isso significa que não vai mais?"

A ruga que se forma na testa dela fica mais profunda.

"Ué, depende de você." Levanto uma sobrancelha. "Você quer?"

Ela hesita e, mais uma vez, fico sem entender nada. A amiga dela, Joy, parecia saber do que estava falando no outro dia, quando me parou na rua para dizer que Cassie estava a fim de um casinho de verão. Se não estivesse atolado de trabalho, eu já teria ligado para Cassie essa semana. Hoje foi a minha primeira oportunidade de sair e encontrar pessoas. Inclusive, estava até pensando em chamá-la pra sair no fim de semana, mas isso foi antes da coisa de não saber se ela queria me beijar.

Talvez a amiga dela só estivesse tirando uma com a minha cara.

Meu olhar se fixa na sua boca. Porra, ela está passando a língua nos lábios de novo. Acho que não faz ideia do que isso provoca em mim.

"Ou você prefere continuar falando sobre a palavra *umedecer*?", sugiro.

Ela solta uma risadinha. "Não. Desculpa. É que... eu não sou boa com essas coisas. Tipo, o cara mais gostoso que eu já vi na vida tá bem do meu lado e acabou de me falar que quer me beijar, mas o meu primeiro instinto é fazer um monte de perguntas porque não sei lidar com..."

Ela se interrompe, algo que estou começando a reparar que sempre faz quando percebe que está tagarelando.

Então me surpreende de verdade. Com um resmungo de impaciência, murmura um "Foda-se", e quando vejo os lábios macios dela estão colados aos meus.

Caralho. *Sim.*

Minha surpresa logo se transforma em outra coisa, e uma onda de calor desce diretamente para o meio das minhas pernas quando a língua de Cassie encontra a minha e ela solta um gemidinho. Nada me deixa com mais tesão do que um beijo bem dado. Eu também adoro sentir a boca da mulher no meu pau, claro. E a sensação de entrar e sair de uma boceta quente e apertada também é maravilhosa. Mas nada supera um bom beijo. Principalmente quando o beijo encaixa e as línguas ficam provocando uma à outra enquanto as mãos encontram uma bunda firme e durinha para apertar.

Cassie geme quando aperto a dela por cima do short. O corpo dela se cola ao meu, esfregando-se contra a minha virilha. Ela tem gosto de vodca com framboesa e é gostosa demais. Aprofundo ainda mais nosso beijo, grunhindo contra os lábios dela e me esquecendo completamente de onde estou até que alguém grita o meu nome.

"Tate!"

A gente se solta bem rápido. Olho por cima do ombro e vejo Mackenzie acenando para mim do deque, com a sobrancelha levemente franzida.

"Preciso da sua ajuda pra carregar umas caixas de cerveja", grita ela.

Precisa nada. Jay West está ali do lado, um cara que tem força pra levantar até uma montanha, isso sem falar do namorado dela, que pega no pesado o dia todo trabalhando com construção. E ela vem pedir a minha ajuda para carregar coisas?

Cabot tá sendo empata-foda de propósito.

Mas, sejam quais forem os motivos que tem pra isso, conseguiu estragar o clima. Cassie dá um passo para trás, prendendo as mechas soltas do cabelo atrás da orelha. Está com o rosto todo vermelho. Um instante atrás, era porque estava excitada. Agora é por causa da vergonha de ter todos os olhares sobre nós.

"Hã... ah, beleza." Minha voz sai toda rouca. Limpo a garganta. "Espera só um pouco. Eu já volto."

Enquanto me viro, dou uma ajeitada rápida por baixo da bermuda. Porra, esse beijo deixou meu pau muito duro. Minha pulsação ainda está acelerada também. Enquanto vou para o deque, pego Alana me encarando. Eu a cumprimento com um gesto de cabeça e ela responde revirando os olhos quando passo. Engraçado. Qualquer outra garota demonstraria pelo menos um pouco de ciúme ao ver um caso antigo se agarrando com outra, mas a expressão de Alana é de indiferença total.

Mas eu não beijei Cassie para deixar Alana com ciúme. Fazia tempo que não conhecia alguém que me fizesse rir como Cassie. E ela é uma delícia. Aquele corpo exerce um efeito imediato sobre mim, desperta alguma coisa feroz. Alana era a última coisa que estava passando pela minha cabeça naquele momento. Assim que a amiga de Cassie me disse que ela estava a fim de achar um cara pra ser o tal casinho de verão dela, o meu pau se manifestou mais depressa do que o tempo que se leva para dizer *tô nessa*.

No deque, Mackenzie me encara com um olhar divertido, mas, em vez de falar comigo, me chama para entrar com ela.

Incomodado, eu a sigo. "Que porra foi essa?"

"O quê?" Ela me olha antes de voltar a andar, atravessando a sala na direção da porta da frente.

"Como assim, *o quê*? Estava na cara que eu estava ocupado", reclamo.

"Ah, é, eu percebi." O tom dela não é de quem está se desculpando, o que confirma a minha suspeita de que interrompeu nosso beijo de propósito. Só não sei o motivo.

Mac e eu não somos extremamente próximos nem nada do tipo, mas pensei que ela fosse minha amiga. E sempre achei ela muito gente boa, principalmente para uma menina rica. O pessoal daqui chama pessoas como ela de clones, mas, se por um lado as garotas do country club parecem que saíram todas da mesma fábrica com aquele jeito meio metido a besta e as aulas de ioga, não demorei muito para perceber que Mackenzie Cabot era diferente. E estou começando a questionar se nós, moradores daqui, não estamos sendo injustos com os clones, porque Cassie também não se encaixa nesse estereótipo. A família dela pode até ter grana, mas não é nem um pouco nariz empinado, nem de longe.

Só quando entro na garagem dos gêmeos é que Mac deixa claros seus motivos. "Por que você precisa pegar qualquer mulher que respire perto de você?", pergunta ela, com um suspiro.

Pisco algumas vezes. Estou chocado. "Nada a ver", protesto.

"Nem começa. Toda vez que aparece uma garota nova, em cinco segundos você já está querendo enfiar a língua em sua boca."

Minha surpresa dá lugar à indignação. Não sei de onde ela tirou essa ideia e não estou gostando nada dessa conversa.

"Tá tentando chamar a atenção da Alana ou alguma coisa assim?"

"Nem um pouco", respondo, o que a deixa um tanto incrédula. Reviro os olhos diante daquela reação. "Qual é, Mac. Nós dois sabemos que a Alana só estava matando o tempo comigo, e eu com ela. Era só pra espantar o tédio", explico, encolhendo os ombros. "Eu gosto da Cassie, então a gente se beijou. Não tem nenhum problema nisso."

"Eu também gosto da Cassie. Mas e se isso for, sim, um problema?"

"Como assim?"

"Tipo, ela é toda meiga e boazinha. Não quero que acabe quebrando a cara com você."

Engulo em seco, segurando a raiva. Por que as mulheres precisam pensar sempre no pior cenário? E por que sempre presumem que um simples beijo já é o primeiro passo para o altar? Tipo, porra. Calma aí. Às vezes as pessoas se beijam só porque é gostoso.

"Não tenho a menor intenção de magoar a garota", respondo, fechando a cara. "Eu gosto dela. E a gente só estava se beijando."

"Então talvez seja melhor parar por aí e ser só amigo dela, mesmo."

Não consigo conter a irritação. "Você agora virou fiscal do meu pau, Mac?"

"Não, mas..." E faz uma pausa, assumindo um tom de confissão em seguida, envergonhada. "Hoje de manhã conversei um pouco a sós com a avó dela no Beacon e Lydia me pediu pra ficar meio que de olho nela. Sei lá... acho que só fiquei meio preocupada. Você é o rei do come e some. O que também não tem problema nenhum, aliás", ela se apressa em acrescentar. "Não estou te julgando nem nada. Talvez seja por isso que aquele seu lance com a Alana funcionava tão bem. Nenhum de vocês dois parece estar interessado em ter um relacionamento sério. É só que a Cassie parece ser o tipo de garota pra namorar... Você entende o que estou dizendo, né? Ela parece ser mais séria do que o tipo de garota com quem você costuma sair."

Sinto minha testa enrugando. Ela não está totalmente errada. Cassie é diferente *mesmo*. Mais meiga, como Mac falou. E não é tão confiante e experiente como as outras com quem já estive.

"Só achei melhor falar com você antes que as coisas ficassem... antes que não desse mais pra voltar atrás."

Solto um suspiro trêmulo. Quanto mais penso com a cabeça de cima, mais percebo que a interrupção de Mac, na verdade, talvez tenha sido uma ótima decisão.

"A não ser que você esteja atrás de uma namorada, o que eu não acho que seja o caso. Tipo, você passou meses saindo com a Alana, que nós dois sabemos que é a melhor opção pra alguém que não está querendo nada sério. Ela seria a primeira a dizer que não está a fim de relacionamento com ninguém e vive se definindo como emocionalmente indisponível."

Fico em silêncio. Sendo bem sincero, nunca pensei muito no motivo para ter ficado tanto tempo com Alana. Mas o que o meu instinto me diz é que Mac tem sua dose de razão. Desde que nos conhecemos, Alana sempre se mostrou distante, inacessível. A mulher esconde os próprios sentimentos atrás de uma barreira de aço. Nunca tive nenhuma ilusão de que fosse conseguir romper essas defesas.

"Enfim, vou parar de me meter na sua vida. Mas me comprometi com a Lydia e queria dar um toque, pra você entrar nessa sabendo o que está fazendo."

"Beleza, toque entendido."

"Então tá bom." Ela começa a andar na direção da porta e acrescenta, por cima do ombro: "Ah, e eu preciso mesmo que você leve mais cervejas lá pra fora".

"Pode deixar, mãe."

Atravesso a garagem até a geladeira resmungando baixinho. Apesar da irritação, não consigo ficar com raiva de Mac por ter nos interrompido. Agora que o tesão foi embora e a minha cabeça está no lugar, fica fácil ver o erro que eu estava prestes a cometer.

Levar adiante esse lance com Cassie é um desastre anunciado. Para começo de conversa, somos vizinhos. E se a gente transar e as coisas ficarem esquisitas depois? Eu ainda vou ter que ser vizinho dela até setembro e a situação pode ficar insustentável.

E também tem o fato de que eu gosto dela pra caralho. Gosto de conversar com ela e acho que nós podemos virar ótimos amigos durante essas férias. Para algumas pessoas, isso pode parecer um belo bônus, em vez de uma desvantagem, mas sei o quanto as amizades entre homens e mulheres podem ser frágeis. Depois que Cooper e Heidi transaram, uns anos atrás, a amizade deles correu o risco de nunca mais ser a mesma. Tá, tudo bem, a Alana também era minha amiga quando a gente começou a transar, mas, como Mac disse, a Alana não é a Cassie.

Não sei se Cassie consegue ter um lance casual. Claro que uma boa conversa esclareceria tudo, mas só se ela for muito honesta consigo mesma em relação ao que estiver sentindo. Minha experiência me diz que muitas mulheres *dizem* que topam sexo sem compromisso, e talvez estejam sendo sinceras num primeiro momento e realmente achem que vão conseguir levar a coisa num nível puramente físico. Só que, na maioria das vezes, os laços afetivos se formam num piscar de olhos, e de repente você está sendo acusado de ser um cuzão egoísta. É uma coisa que costuma acontecer bastante com os meus amigos mais putões, mas comigo só rolou uma vez.

No último ano do colégio, transei com uma menina bonita que fazia parte do comitê de produção do anuário da escola sem me dar conta de que, em primeiro lugar, ela era virgem, e que além disso era a fim de mim fazia anos. Lindsey garantiu que só queria alguém com quem ficar até ir para a faculdade. Só que, quando fui ver, todas as amigas dela estavam me xingando no meio do corredor, dizendo que eu tinha partido o coração dela e arruinado a vida da garota. Até hoje me sinto mal com essa história. Minha intenção nunca foi magoar Lindsey, mas eu tinha deixado claro que não estava a fim de ter um relacionamento sério.

Inclusive, ainda não quero compromisso, e muito menos magoar Cassie.

Às vezes, ter uma amiga de verdade na vida é mais recompensador do que umas noites quentes e gostosas de sexo.

Mas os planos de Cassie são outros. Quando volto, está de pé na beira do mar, as costas voltadas para a fogueira. Ao escutar meus passos, gira o corpo com um sorrisinho no rosto.

E, cara, como ela é linda. Soltou o cabelo do rabo de cavalo e as mechas acobreadas que caem por cima dos seus ombros voltam a parecer ruivas sob a luz do fogo.

"Oi", ela diz.

"Oi. Desculpa a interrupção."

"Não tem problema."

"Então..." Chego mais perto, mas mantendo alguns passos de distância dela.

Cassie percebe, porque seus olhos se voltam para o espaço entre nós. "Então...", repete ela, mordendo o lábio inferior e me encarando por um tempo.

Merda. Não sei se falo do beijo e aviso que não vai mais poder rolar ou se finjo que ele nunca aconteceu. Enfio as mãos nos bolsos, inquieto e desconfortável. Ainda estou tentando decidir o que dizer quando Cassie fala primeiro.

"Você pula de cabeça comigo nessa loucura?", fala ela, parecendo expulsar cada palavra.

Pisco algumas vezes, confuso. "O quê? Você quer que eu pule com você? Tipo, no mar?"

Ao ouvir isso, ela cai na gargalhada. "Claro que não! Por que eu ia querer pular no mar a essa hora?"

Dou uma risadinha. "Sei lá. Foi uma pergunta meio esquisita. Então achei melhor deixar tudo bem claro."

Ainda rindo, ela explica. "Estou perguntando se você quer pular nesse lance comigo. Sabe, ser meu casinho de verão."

Puta merda.

Ela disse isso mesmo.

E Joy achando que Cassie nunca ia ter coragem de me perguntar.

Eu meio que me pego desejando que não tivesse mesmo, porque vou parecer um babaca completo me recusando a transar com ela dez minutos depois de ter retribuído o beijo que ela me deu. Se isso não for motivo o bastante para fazer uma mulher ficar ressentida, eu não sei o que seria.

"Ãh. Cass." Coço a testa com a mão, que logo em seguida uso para puxar o cabelo para trás. Só pra ganhar tempo. Mas isso significa que também estou aumentando o meu tempo de agonia, o que só piora tudo. Solto o ar com força e respondo: "Então, escuta só, eu estava pensando e... bom, na verdade foi bom terem interrompido a gente".

"Ah." O rosto dela assume uma expressão defensiva de imediato, mas não sem antes eu perceber uma pontinha de mágoa.

"É bom terem interrompido a gente antes que a coisa fosse longe demais, sabe como é? Eu gosto de você, e te acho incrível, mas não sei se é uma boa ideia rolar um envolvimento agora. Tipo, sexualmente." Caralho, que tortura. "É melhor a gente ficar só na amizade mesmo."

"Tudo bem." Ela me observa por um momento, com uma expressão indecifrável. "Posso saber por quê?"

Encolho os ombros, sem saber como responder. "Só não acho que seja uma boa ideia, principalmente considerando que estou morando do lado da sua casa. Vou estar bem ocupado durante o verão inteiro. Tenho dois empregos, sabe? Não vai sobrar tempo pra passar com você e, mesmo se a gente combinar que vai ser um lance bem casual, sem nenhum tipo de cobrança, isso não costuma dar certo. Esse tipo de coisa sempre termina em briga e, sendo bem sincero, gosto demais de você pra arriscar essa amizade que a gente..."

"Não, beleza, eu já entendi", ela interrompe. "Tá tudo certo."

"Tem certeza?" Ainda não consigo decifrar a expressão dela.

"Aham, tá sim. Eu posso achar um outro cara pra ser meu casinho de verão, né?"

"É", respondo, assentindo aliviado. "E você é uma tremenda gata. Não vão ter nenhuma dificuldade em encontrar alguém que tope. Posso até te ajudar, se você quiser."

Sério mesmo?!, grita uma voz indignada dentro da minha cabeça.

Eu queria poder voltar atrás e apagar o que acabei de dizer do mesmo jeito que alguns aplicativos deixam você apagar mensagens que ainda não foram lidas. Mas não. O que eu falei está falado.

Cara, eu basicamente dispensei a garota e agora estou me oferecendo para *procurar alguém* pra ela? Isso é que é enfiar a faca e depois virar. Eu sou um cuzão do caralho mesmo.

Ela claramente concorda, porque me lança um olhar incrédulo e uma risada sarcástica. "Hã, então... essa parte eu já não sei." Revirando os olhos, ela vai pra longe da beira da água. "Vamos voltar lá pra festa, então, amigo. Acho que preciso beber mais."

9

CASSIE

No primeiro ano de faculdade, fui atormentada por um sonho recorrente causado pela ansiedade. Minha mente adormecida era torturada por aquilo no mínimo uma vez por semana, e o sonho acontecia sempre do mesmo jeito. Eu estava na frente de uma mala pequena; atrás, uma parede com pilhas e pilhas de cadernos de questões de provas — aquelas brochuras que distribuem quando a gente faz uma prova mais longa. Minha tarefa? Eu tinha que pôr os cadernos na mala. Todos eles. Precisava fazer caber de qualquer jeito. Era fundamental que coubesse tudo lá dentro.

E de alguma forma, por algum milagre, eu conseguia. A ansiedade então aliviava, meu subconsciente soltava um suspiro de alívio e eu pensava: *Graças a Deus, eu consegui.*

Tudo certo, então?

Não. Depois disso eu tinha que puxar a mala de rodinhas até a sala em que tinha aula de literatura inglesa e na qual precisava apresentar um seminário sobre um livro das irmãs Brontë. Mas não de Charlotte ou Emily, e sim de Anne. A irmã menos conhecida. Ainda não tinha lido o livro, mas não era com *isso* que estava preocupada. Vai entender. Mesmo assim, eu me saía muito bem na apresentação.

Tudo certo, então?

Não. Agora minha tarefa era entregar a mala para o professor. Enquanto andava até ele e chegava no centro da sala, a mala lotada acabava abrindo e o conteúdo se espalhava pelo chão. Só que, por alguma razão inexplicável, o que tinha lá dentro não eram mais os cadernos de questões.

Tinham sido substituídos por fotos minhas sem roupa.

O chão da sala ficava coberto de fotografias de tamanho vinte por vinte e cinco dos meus peitos, minha bunda e minhas partes íntimas expostas. Um mar de nudes.

Daí eu acordava.

Não sei o que isso revela sobre a minha psique — ou o que eu estava vendo na tevê quando dormi e tive o sonho pela primeira vez —, mas esse pesadelo ficou encravado no meu subconsciente feito prego enferrujado. Eu sabia que ele viria, toda semana sem falta, e todas as vezes acordava com uma sensação de humilhação e era dominada por uma onda poderosa de insegurança.

Mas posso dizer com toda a sinceridade que a noite de ontem foi mil vezes pior.

Nunca chamei um cara pra transar.

E nunca mais quero chamar na vida.

Porque a rejeição dói pra caralho. Suga sua alma, destrói sua confiança. Não consigo tirar da cabeça a expressão de desconforto no rosto de Tate. O pânico nos olhos dele quando sugeri que ele fosse meu PA. A falta de jeito dele para falar que queria ser só meu amigo.

Foi brutal.

Porra, brutal demais.

Se eu tivesse uma pá naquela hora, ia cavar um buraco no chão, me esconder e me enterrar viva. Mas, com a sorte que tenho, minha vida após a morte acabaria tendo como cenário aquela sala de aula forrada de nudes minhas.

Agora sou obrigada a trazer tudo à tona de novo enquanto conto a história para Peyton, cuja voz sai pelos alto-falantes do carro enquanto vou até a casa do meu pai para o jantar.

"Não tem como ter sido o beijo, impossível", garante Peyton.

É uma resposta à suspeita que acabei de expressar: a de que Tate tivesse me beijado, sentido um asco tão grande que o vômito subiu até a garganta dele e então decidido que nunca mais ia querer me beijar de novo.

"E que outra explicação pode ter?", rebato. "Uma hora a gente estava se pegando. Aí ele se afastou por um tempinho e, quando voltou, me disse que queria ficar só na amizade. Isso significa que ele odiou o beijo."

"Não necessariamente." Ela faz uma pausa. "Mas se é para especular em cima dessa teoria... ele demonstrou não ter gostado? Tipo, tentou parar em algum momento?"

"Não." Solto um grunhido. "Muito pelo contrário, ele chegou mais junto! E juro que o pau dele ficou duro. Eu senti roçando na minha perna."

"Uau. Obrigada pela informação?" Ela pensa mais um pouquinho no assunto. "E se ele estivesse mais bêbado do que você pensava?"

"Caraca, valeu aí, Peyton. Então quer dizer que um cara só pode estar completamente louco pra querer me beijar?"

"Não foi isso que eu quis dizer! *Mas*... ele podia estar bêbado quando te beijou, e todo mundo sabe o que as pessoas fazem por impulso quando bebem, né? Então pode até ter parecido uma boa ideia no momento, mas aí ele pensou melhor e falou qualquer coisa pra te dispensar. O que ele *quer mesmo* é fazer o que der na telha durante o verão sem se prender a ninguém. E *também* tava falando a verdade quando disse que te acha incrível e sente atração por você, mas não quer arriscar a perder sua amizade. Uma coisa não exclui a outra."

Ela tem razão. Mas a conclusão da história continua sendo a mesma: eu fui rejeitada por Tate Bartlett.

"Olha, pra ser bem sincera, acho que é melhor assim. Lembra que eu tento ver tudo pelo lado bom, né? Se eu nunca transar com ele, não estrago todos os que vierem depois por causa de um cara gato demais com quem rolou só um casinho. Não posso esquecer disso também." Contraio os lábios. "Eu preciso encontrar alguém que seja, tipo, nota sete. Ou talvez seis."

"Eu *me recuso* a deixar que um cara nota seis seja seu PA." Ela está completamente indignada. "Só por cima do meu cadáver. Mas a gente pode achar um meio-termo entre um seis e um dez... pera, Tate é um dez, né?"

"Ah, sim", digo, amargurada.

"Beleza, então a nossa meta é um oito. Você podia sair com a Joy amanhã pra ver se conhece alguém e me manda foto pra eu avaliar se ele é um oito mesmo."

"Talvez, sei lá. Acho que vou ter que superar essa rejeição primeiro." Entro na Sycamore Way e diminuo a velocidade. "Enfim, acabei de chegar na casa do meu pai. Mando mensagem pra você depois."

"Beleza. Te amo, amiga", responde ela antes de encerrar a ligação.

É bem estranho voltar pra casa da minha infância e lembrar que meu quarto não é mais meu aqui. As gêmeas ficaram com ele porque é maior que o outro, que o meu pai e Nia transformaram em quarto de hóspedes, onde eu durmo quando venho visitar, a confirmação definitiva de que nunca mais vou voltar a me sentir em casa aqui. Além disso, Nia redecorou a casa inteira logo depois que se mudou pra cá. Minha mãe é adepta de tons de cinza, bege, branco e móveis modernos. Já o gosto de Nia é por cores vivas. Ela adora mobílias que não combinam, peças que criam uma sensação de aconchego em vez de um aspecto de museu. Não tenho como negar que gosto mais da decoração da Nia.

E também não tenho como negar que fico chateada com isso de as novas filhas do meu pai terem ficado com o meu quarto.

Gritos empolgados me recebem no hall de entrada. Dois furacões de cabelos escuros vêm na minha direção, depois dois pares de braços se agarram nas minhas pernas feito dois tentáculos.

"Cassie!"

As duas estão berrando o meu nome como se não tivessem me visto poucas semanas antes. Sinceramente, isso massageia meu ego. Dou um abraço de urso nas duas, mas Monique está pulando sem parar, tão empolgada em me ver que acaba escapando dos meus braços e caindo de bunda no chão. Roxanne, a irmã dela, cai na gargalhada.

Eu ajudo Mo a se levantar. "Oi, pequenas", digo. "Como anda a vida?"

"A vida. Anda. Horrível", anuncia Roxy, a porta-voz da dupla. Minhas irmãs são fofas e amorosas, mas Roxanne é definitivamente a mais mandona e está sempre falando num tom autoritário. Ela é a irmã mais velha das duas por dois minutos e leva esse papel bem a sério. Mesmo se não tivesse uma marca de nascença do lado esquerdo que me permite diferenciar uma da outra, eu saberia qual era Roxy só pela voz.

"Horrível por quê?", pergunto, me segurando para não rir.

"Conta pra ela", instiga Mo, como se Roxy não fosse fazer isso de qualquer jeito.

"A mamãe não quer dar uma tartaruga pra gente."

Fico olhando pras duas. "Uma tartaruga?"

"É!" Roxy bufa alto. "Eles *prometeram* que a gente ia poder ter uma tartaruga quando fizesse seis anos e até agora nada."

"Até agora nada!", repete Monique.

Elas estão com a mesma carinha de indignadas e, como têm rostos idênticos, essa expressão transmite uma vibe meio *redrum*, de *O iluminado*.

"Tipo, uma tartaruga de estimação?" Ainda estou perplexa. "Espera um pouco. Vocês decidiram que querem pedir um bichinho de estimação e escolheram uma *tartaruga*? Nossa, eu faria de tudo pra ter um cachorro quando era criança."

"A gente não liga pra cachorro", responde Roxy, fungando. "Eles dão muuuito trabalho."

"E a gente ia ter que pegar o *cocô* deles", acrescenta Mo. "Isso é nojento."

"*Mega* nojento." Roxy olha para mim com os olhos castanhos faiscando de malícia. "Você sabia que cocô em francês é *merde*?"

Seguro o riso. Com certeza o termo que elas usam é bem mais grosseiro do que a palavra *cocô*. De qualquer forma, é engraçadíssimo ouvir a palavra *merde* saindo da boca de uma menininha de seis anos.

Um cheiro delicioso vem da cozinha, então vou até lá com as gêmeas ainda em meu encalço. Não vejo meu pai nem Nia, mas percebo que tem alguma coisa no forno e várias panelas fervendo no fogão.

A cozinha grande e arejada foi o primeiro cômodo que Nia refez quando se mudou para cá, trocando o piso de cerâmica por madeira e pintando os armários brancos de um tom de azul bem vivo. Também trocou a ilha de mármore por uma de cedro, por não gostar da sensação da pedra fria sob as mãos. Falou para o meu pai que as bancadas eram todas frias e sem vida e que isso jogava o astral dela lá pra baixo. Não sei se bancadas de cozinha podem ter mesmo todo esse poder sobre uma pessoa, mas acho que no fim ela não está errada. O gosto estético da minha mãe pende mais para o frio e insensível mesmo.

Mais adiante fica o solário, que também serve de sala de jantar, com a parede envidraçada com vista para o quintal. Dou uma espiada lá dentro, mas não tem ninguém.

"Onde está todo mundo?", pergunto, e nesse momento ouço passos atrás de nós.

"Olha aí a minha menina!" Meu pai aparece na porta da cozinha usando calça cáqui e uma camisa de flanela. "Todas as minhas meninas!", acrescenta ele, ao notar que as gêmeas ainda estão grudadas em mim. "Vem aqui, Cass. Dá um abraço no seu velho."

Vou até ele e o envolvo com os braços. O meu pai não é um homem alto, mas é parrudo e robusto, então seus abraços sempre transmitem uma sensação de segurança.

Os olhos dele brilham atrás dos óculos de aros finos quando me solta. "Desculpa não ter conseguido ver você durante a semana. Ando muito ocupado por aqui."

"Sem problemas. Eu adoro ficar lá com a vovó."

"Enfim, que bom que você veio hoje. Sei que está empolgada para passar o verão com Lydia, mas também queremos que fique aqui um tempinho."

"É!", exclama Roxy, toda feliz, abraçando minhas pernas de novo. "Aí você pode contar histórias pra gente toda noite antes de dormir."

"Toda noite mesmo!", concorda Mo, entusiasmada.

"Você não pode contar uma agora?", pede Roxy. "Quero saber o que acontece com o Kit."

"Eu também!"

Esse pedido me faz sorrir. Já virou uma espécie de tradição eu ler para as meninas na cama quando estou aqui, mas nos últimos anos venho lendo uma história original, uma coisa que inventei do nada quando as duas não conseguiam chegar num consenso de qual livro seria. Quando fui ver, tinha criado todo um mundo imaginário para elas, onde uma garotinha chamada McKenna encontra um ovo de dragão no quintal e cria o filhote igual a um bichinho de estimação, que ela batiza de Kit, sem que ninguém de sua família saiba.

"O que você me diz?", insiste o meu pai. "Pode fazer uma visita mais longa dessa vez? Ficar uma semana? Ou talvez um fim de semana aqui e um lá?", ele se interrompe, meio inseguro.

"Com certeza", garanto. "Tudo bem pra Nia também?"

"Claro que sim. Ela adora receber você."

Duvido muito, mas nunca comento sobre a visível falta de entusiasmo de Nia com a minha presença, principalmente com o meu pai. A mãe de Peyton, que é psiquiatra, definiria isso como um mecanismo de defesa da minha parte, e acho que é mesmo. Quando falo com a minha mãe ou com o meu pai, sempre finjo que está tudo ótimo. Não só porque odeio conflitos — é que já sofri demais com a indisponibilidade emocional dele, principalmente logo depois do divórcio, quando tentei falar sobre o que estava sentindo. Pelo amor de Deus, sabe, ele nem sequer se deu ao trabalho de lutar pela guarda compartilhada. Simplesmente deixou que minha mãe ficasse com a guarda unilateral. E nem sequer respondeu quando perguntei por que tinha feito isso, só ficou num silêncio constrangedor, com um sorriso amarelo, e tentou mudar de assunto.

As lembranças vêm à tona antes que eu possa impedir. Engulo em seco o nó na garganta e respiro fundo, enterrando o ressentimento num lugar bem dentro de mim onde ficam escondidos todos os sentimentos negativos.

Meu pai é um cara legal, de verdade, e sei que ele me ama. Mas às vezes parece que, depois do divórcio, ele só quis lavar as mãos e se afastar de tudo. Não queria ter por perto nada que lembrasse a minha mãe e, infelizmente, eu era o maior lembrete de todos. E foi assim que acabei virando um efeito colateral da dor que ele sentia.

E, para a Nia, sou um lembrete da ex-mulher insuportável do marido, e é por isso que o sorriso que ela me lança me parece forçado, e o abraço que me dá, nem um pouco caloroso, quando me cumprimenta alguns minutos mais tarde.

"Cassandra", diz, com uma expressão cautelosa. "Que alegria rever você."

"Pra mim também. Quer ajuda com o jantar?"

"*Non, non*." Ela ainda tem um sotaque francês bastante marcante, apesar de viver há vários anos nos Estados Unidos. "Por que você não fica lá na mesa pondo a conversa em dia com seu pai e suas irmãs? Eu cuido de tudo."

"Tem certeza?"

"Ah, sim."

Ela praticamente me expulsa da cozinha. Não é bem a postura de uma mulher ansiosa para poder passar mais tempo com a enteada.

No solário, meu pai e eu nos acomodamos à mesa de jantar enquanto as gêmeas continuam a nos cercar, passando os dedinhos nos encostos das cadeiras. As duas não conseguem parar sentadas nem se a vida delas depender disso.

"A gente contou pra Cassie sobre a tartaruga", avisa Roxy para o meu pai.

Ele está claramente contendo um sorriso. "Ah, é mesmo? Por que será que eu não estou nem um pouco surpreso com isso?" Meu pai lança um olhar para mim. "As meninas falaram para todo mundo que viram na frente no último mês sobre como estão desesperadas para ter uma tartaruga."

"É porque a gente precisa de uma tartaruga!", protesta Roxy.

"E não é justo", acrescenta Mo.

Levanto uma sobrancelha para o meu pai. "Só por curiosidade, o que vocês têm contra tartarugas?"

"Nada", responde ele, encolhendo os ombros. "Mas animais de estimação dão trabalho. Nós não achamos que as meninas estejam prontas para encarar todas as responsabilidades que vêm junto com um bichinho."

"A gente tá sim!", gritam elas, batendo os pés, e comprovando na prática o que ele está dizendo.

Meu pai e eu fazemos uma careta. "Moderem o tom de voz dentro de casa", ele repreende. "E vamos deixar essa discussão sobre tartaruga pra depois, pode ser? A mãe de vocês e eu não queremos tartaruga agora. A gente pode voltar a falar disso no ano que vem."

Elas fecham a cara.

Percebendo que as lágrimas não vão demorar a vir, meu pai entra em ação. Olha ao redor da mesa com uma preocupação exagerada e repete uma encenação que já fez milhares de vezes antes, em que finge haver uma tarefa importantíssima para ser realizada. Em geral era uma coisa bem boba, mas dessa vez ele resolveu caprichar.

"Ah, não!", exclama ele. "A gente só colocou os guardanapos vermelhos. Precisamos dos brancos também!"

"Ah, é?", pergunto, fingindo inocência.

Ele olha feio para mim. "Sim, Cassandra. Você sabe disso. Nós sempre jantamos com guardanapos das duas cores, os vermelhos e os brancos", responde meu pai, com uma entonação poética. "Para harmonizar com o vinho."

Seguro o riso. "Ah, é. Como é que pude me esquecer?"

"Eu pego!", Roxy se oferece, do jeitinho que meu pai queria. As meninas estão naquela fase em que querem participar de *todos* os assuntos domésticos.

"Eu ajudo!", complementa Mo.

"Ah, que maravilha. Obrigado, meninas." O tom de voz dele exala gratidão, como se não tivesse acabado de manipulá-las a fazer o que queria.

Assim que a porta de correr se fecha, dou uma encarada no meu pai. "Em primeiro lugar: mandou bem."

"Obrigado."

"E, em segundo: você sabe que, fora um peixinho dourado, uma tartaruga é o bicho mais fácil de ter em casa, né? E elas vivem anos e anos, então você não precisaria jogar na privada e substituir por outro toda vez que um deles morrer, do jeito que você fazia comigo."

Meu pai cai na risada. "Meu deus, você era uma criança muito inocente, Cass. Acho que a gente já estava no décimo quinto Rocky quando você percebeu, né?"

"Por que o meu cérebro de criança pensaria primeiro numa coisa tipo *o meu peixe morreu, então os meus pais desovaram o cadáver dele na privada e colocaram um impostor no aquário no lugar*?" Lanço um olhar de acusação para ele. "Os pais que fazem isso são psicopatas."

"Ah, sim, vamos conversar de novo sobre isso quando você tiver filhos e o hamster dele for comido por um gavião. Você ia preferir que as crianças mantivessem a inocência e direcionassem seu amor para um hamster impostor ou ia querer conversar com elas sobre essa morte violenta em todos os detalhes? E estou falando de uma coisa sanguinolenta *mesmo*."

"Ai, credo, pai, isso aconteceu com você? Um gavião comeu o seu hamster?"

"Uhum." Ele fica melancólico. "E o seu avô Lou sentou comigo e me explicou exatamente como foi a morte dele. Tenho certeza de que, se ele tivesse como tirar fotos da carnificina naquela época, teria mostrado pra mim também."

Solto uma gargalhada. Nossa, o meu avô paterno era demais. Foi uma droga ter perdido meus dois avôs em um intervalo de um ano. Mas pelo menos as duas avós estão vivas e muito bem, obrigada.

"Posso te contar um segredo?", pergunta o meu pai, lançando um olhar para a cozinha. "Eu não me incomodaria de ter uma tartaruga. Acho bacana, inclusive. Mas Nia não quer nem ouvir falar nessa história. Jura que dão muito mais trabalho do que todo mundo imagina."

"Pode ser que tenha uma espécie mais tranquila de criar em casa do que outras", argumento. "Você não pesquisou a respeito?"

"Não."

"Nem a Nia?"

"Acho que não. Ela simplesmente rejeitou a ideia logo de cara. Falou para as meninas que voltamos a conversar sobre isso no ano que vem." Meu pai franze os lábios por um momento, pensativo. "Acha que eu deveria comprar uma?"

"Ah, não necessariamente. Mas acho que se informar sobre os prós e os contras não custa nada." Droga. Isso não vai me ajudar em nada a melhorar a minha imagem aos olhos de Nia, que já não gosta de mim. Mas sinto que é minha obrigação defender minhas irmãs nesse sonho de terem uma tartaruga. "Quer dizer, se informar sobre as coisas não faz mal nenhum, né? O máximo de trabalho que você vai ter é ir até um pet shop e conversar com alguém de lá."

"Pois é. Acho que a gente podia fazer isso, sim." Ele abre um meio-sorriso, e um brilho surge em seus olhos. "O que você vai fazer amanhã de manhã?"

"Hã..." Olho bem para ele. "Pelo que eu entendi, sair pra procurar tartarugas, talvez?"

"É isso aí."

Compartilhamos uma risadinha, trocando sorrisos de cumplicidade, quando Nia e as gêmeas voltam e todos nos sentamos à mesa para jantar. Isso me faz sentir como uma criança de novo, compartilhando um segredo com o meu pai. É raro ter esse tipo de oportunidade com ele, em que estamos estabelecendo uma conexão sem a mão pesada da minha mãe ou de Nia pairando sobre nós. Esses poucos momentos em que somos só nós dois, como quando eu era menina e ele era o meu pai. Quando não tinha outras duas filhas, ou duas mulheres diferentes que não suportam a minha presença.

Eu me apego a esses momentos porque são pouquíssimos e bem esparsos.

10

CASSIE

"Não acredito que estamos fazendo isso", meu pai cochicha para mim na manhã seguinte.

"Não acredito que você está disfarçado", respondo, num volume normal, porque não existe motivo nenhum para cochichar.

"Já falei, a amiga da Nia trabalha naquela padaria ali em frente", meu pai protesta, apontando com o queixo para o outro lado da rua e fechando a cara. "Chandra. Uma das mães intrometidas da Associação de Pais e Mestres. Não quero que ela repare em mim."

"Pai. Fala sério, você tá usando um chapéu de aventureiro rosa-choque com um cordão roxo. É claro que desse jeito ela vai reparar. Na verdade, talvez ela nem percebesse que era você *se não estivesse usando* esse chapéu. Agora ela vai *fazer questão* de ver quem é, para entender que tipo de pessoa usa isso por livre e espontânea vontade."

"Só consigo escutar que você amou meu chapéu e não consegue tirar os olhos dele."

"Não foi nada disso que eu falei."

Meu pai se limita a um sorriso. Estamos a alguns passos da entrada do pet shop quando ele diz: "As meninas adoraram a sua visita ontem, aliás. No café da manhã, não pararam de falar da história que você contou, uma sobre um dragão roxo. Você precisa começar a colocar isso no papel, Cass. Se escrever todas essas histórias juntas, vai ter um...

Solto um suspiro de susto.

"Que foi? O que aconteceu?", pergunta ele, olhando ao redor, em pânico. "Fomos reconhecidos?"

"Ai, meu Deus, claro que não. Pai, a mulher da confeitaria tá cagando pra você." Estou praticamente pulando de alegria. "Mas você me deu a ideia perfeita pro presente de aniversário das meninas. Posso pegar uma das histórias do Kit e da McKenna e transformar num livro pra elas. Com certeza dá pra encontrar uma gráfica pra imprimir em capa dura." Faço uma pausa. "Eu só queria saber desenhar. Seria legal ter umas ilustrações na história."

Minha mente entra no modo resolução de problemas, escaneando todas as pessoas que já conheci na vida enquanto tento lembrar se elas têm algum talento artístico.

Robb!, lembro, triunfante. Robb Sheffield foi da minha família por cinco anos, quando minha mãe foi casada com o pai dele, Stuart. Ele estava sempre desenhando quando víamos tevê juntos, na maioria das vezes coisas relacionadas ao gênero fantasia, tipo monstros bizarros e guerreiros com armas mortais. Hoje em dia ele trabalha com design de games, criando imagens bem mais sinistras do que uma menina e um dragão roxo, mas talvez esteja disposto a me fazer esse favor.

"Que ideia mais incrível", meu pai me diz. "As meninas iam adorar. E, se o resultado ficar bom, você devia tentar vender."

"Como assim? Tipo, lançar um livro infantil por autopublicação?"

"Ou submetê-lo a alguma editora."

Minha testa se franze. "Sério?"

"Claro. Por que não? Você não está se formando em literatura?", ele me desafia.

"Sim, mas... quer dizer, nunca pensei em fazer um trabalho criativo. Só escolhi literatura inglesa porque não consegui pensar em nada melhor."

Na verdade, não tenho a menor ideia do que fazer depois que me formar. Muita gente simplesmente *sabe*. Pessoas que têm um talento evidente para alguma coisa que sempre adoraram fazer. Eu não sou uma delas. Pensei que quando começasse a estudar ia encontrar alguma coisa que quisesse fazer, mas já estou indo para o último ano e continuo completamente empacada em relação a qual carreira seguir.

"Será que consigo fazer carreira com isso?", pergunto, mordendo o lábio. "São só umas histórias pra colocar as minhas irmãs pra dormir. Tipo, não é como se eu fosse essa pessoa que sempre escreveu."

"E você precisa ser uma pessoa que sempre escreveu pra começar a escrever? Não pode só começar agora?"

"É, acho que posso." Dou uma encarada nele. "Argh. Você me deu muito o que pensar agora."

"Deus me livre, fazer minha filha pensar!" Com uma risadinha, ele abre a porta. "Mas, enfim, vamos tartarugar?"

"Por favor, nunca mais fala isso."

Quando entramos na loja, meu pai tira o chapéu rosa-choque, que pende pelas costas dele pelo cordão roxo. Parece um aventureiro perdido que parou para pedir informações. Lá dentro, estamos cercados por fileiras e mais fileiras de aquários, cada um abrigando animais diferentes.

Chego perto de um cheio de peixes dourados enormes e levanto uma sobrancelha. "Eu não fazia ideia de que um peixinho dourado podia ficar desse tamanho. Se você tentasse dar a descarga num desses, ia entupir a privada."

"Bem-vindos à AquaPets", uma voz entediada fala atrás de nós. "Posso ajudar em alguma coisa? Estão procurando por um peixinho dourado?"

Um adolescente uniformizado vem até o nosso lado. O crachá que está usando no peito revela que seu nome é JOEL. Tem cabelos pretos até os ombros, o rosto cheio de espinhas e está fedendo a maconha, um cheiro que parece ser exalado até por seus poros.

"Estamos pensando em comprar uma tartaruga pras minhas filhas de seis anos", explica meu pai. "Mas queríamos mais informações antes de bater o martelo."

"Ah, beleza, legal. Legal", responde Joel, claramente chapado. "Consigo ajudar nisso também. Tenho três cabeçudas lá em casa. Esses bichinhos são demais!"

"Cabeçudas?", questiono.

"Tartaruga-cabeçuda é outro nome para as tartarugas-mestiças", responde ele e, chapado ou não, está na cara que esse garoto sabe do que está falando. Pelos próximos vinte minutos, ele despeja uma quantidade absurda de informações, nos levando de aquário em aquário enquanto cita fatos e mais fatos a respeito de répteis.

"Essas daqui? São a menor espécie que nós temos permissão para ter como animal de estimação. Então, se você não tiver muito espaço, é a escolha ideal. E elas são tão fofinhas, cara. Tipo, olha só." Chegando mais perto do vidro, ele começa a falar com a tartaruga-pintada como se ela fosse um bebê. "Tudo bem aí, Marshall? O nome dele é Marshall. Em homenagem ao Eminem."

Comprimo os lábios para não rir. "Legal."

"O problema é que o Marshall não sabe nadar muito bem. Estão vendo aqui? É por isso que a água não é muito funda. E, pra ser bem sincero... ele é meio babaca também. As tartarugas-pintadas são meio ranzinzas às vezes. Se quiser um bichinho mais sociável, mostro pra vocês o Keanu Reeves. É a nossa tartaruga-chinesa-de-três-quilhas. Venham aqui. Vocês vão gostar dele."

Meu pai e eu trocamos um olhar como quem diz *por que isso está acontecendo com a gente?*

Só que agora não tem mais volta, então seguimos Joel, o mestre das tartarugas, para ver o camarada Keanu Reeves.

"A melhor coisa dessa espécie é que ela gosta de contato humano", explica ele, tão animado que mal consigo reconhecer o maconheiro arredio que nos recebeu na porta. "A maioria das tartarugas não gosta que fiquem pegando elas. É uma coisa que estressa elas, sabe? Mas, com um pouquinho de paciência, o Keanu Reeves aceita um contato mais próximo de vez em quando."

Ele continua olhando por mais um bom tempo na direção do aquário. "O lado negativo disso", avisa Joel, com uma expressão desolada, "é que a expectativa de vida dessa espécie é mais curta. Uns quinze anos, no máximo vinte. Se quiserem um bichinho que vai viver por mais tempo, eu escolheria a tartaruga-almiscarada. Estamos falando de uns cinquenta anos. Mas tem que tomar cuidado na hora de pegar na mão, porque são meio irritadinhas. Se sentirem alguma ameaça, elas te afastam com o fedor delas."

"Fedor?", pergunta meu pai, sem entender nada. Parece tão perdido quanto eu. Quem imaginava que tartarugas fossem seres tão complexos.

"É, tipo, elas soltam um cheiro forte. Bem fedido mesmo." Joel cai na gargalhada. "A gente chama elas de *fedidinhas*."

Não pergunto a quem mais ele está se referindo quando diz *a gente*, mas fico bem curiosa.

"Elas também não nadam muito bem", acrescenta ele. "Mas não precisam de tantos cuidados como as outras espécies."

"Uau", comento. "Quanta informação."

Inclusive, o bombardeio foi tamanho que meu pai e eu acabamos indo embora dizendo para Joel que precisávamos pensar melhor. Então fugimos e saímos para a rua, finalmente respirando um ar sem cheiro de maconha.

Meu pai encosta no muro de concreto que separa a AquaPets da loja de equipamentos para piscina logo ao lado e solta um suspiro de alívio. "Uau, que negócio mais..."

"Intenso", complemento.

"E como." Ele tira os óculos e limpa as lentes na bainha da camiseta antes de recolocá-los no rosto. "O que você achou?"

Fico do lado dele no muro, enfiando as mãos no bolso do short jeans. "O Keanu Reeves me pareceu promissor."

Meu pai dá uma risadinha. "Sério? Eu fiquei mais interessado na almiscarada."

"Mas o Keanu Reeves tem uma expectativa de vida mais curta", comento. "Sério mesmo que você vai querer um bicho de estimação que vive cinquenta anos?"

"Que diferença faz? A essa altura eu já vou ter morrido mesmo."

"Não fala isso."

"Qual é, não tem a menor chance de eu viver mais do que qualquer uma daquelas tartarugas."

"Mas as almiscaradas não aceitam ser tocadas. Quando elas ficam descontroladas, elas te afastam com o fedor, esqueceu? Por outro lado, temos a palavra de especialista de Joel, o encantador de tartarugas, garantindo que o Keanu Reeves gosta que coloquem a mão nele."

"A-há!"

Meu pai e eu levamos um susto e viramos a cabeça na direção de quem está pigarreando. A essa altura, nem fico mais surpresa ao dar de cara com Tate. Desde que cheguei a Avalon Bay, parece que, em todo lugar que vou, Tate Bartlett está lá.

"Oi", diz ele, num tom divertido e acenando de forma despreocupada.

"Sabe de uma coisa", digo, num tom solene, "sinto saudade dos dias distantes em que eu virava a cabeça e você não estava bem na minha frente."

A ideia era que fosse uma piada, mas percebo que, depois da situação constrangedora de ontem, ele pode achar que estou falando sério. Então acrescento bem rápido: "Brincadeira. E aí, o que você tá fazendo aqui?"

Ele aponta para o outro lado do estacionamento. "Eu trabalho ali na loja de barcos. Vi você aqui e vim dar um oi... mas nossa, já estou arrependido, porque não sei se quero saber o motivo pra você estar dizendo que o Keanu Reeves gosta que coloquem a mão nele e como descobriu essa informação."

Não consigo segurar o riso. "Quer saber, acho que não vou explicar, não. Vou deixar essa dúvida atormentar sua cabeça pra sempre." Percebo que o meu pai está com uma cara de interrogação e faço um gesto na direção de Tate. "Pai, esse aí é o Tate. Ele está cuidando da casa dos vizinhos da vó."

Tate estende a mão. "Prazer em conhecer você, sr. Tanner."

Meu pai fica até pálido.

"Ah, não, não", eu intervenho, às pressas. "O sobrenome dele não é esse. Os Tanner são a minha família por parte de mãe."

"Clayton Soul", corrige meu pai, dando um passo à frente para apertar a mão de Tate.

"Soul?" Tate se vira para mim, surpreso. "Seu nome é Cassie Soul?"

"É." Eu franzo a testa. "Por quê? É ruim?"

"Por quê? Porque é *foda*. Puta nome legal."

"Hã... se você acha... Nunca parei pra pensar nisso. É só meu nome."

Um silêncio se instala, e nós dois começamos a remexer em partes aleatórias das roupas que estamos vestindo. Passo os dedos na barra da minha regata enquanto Tate finge puxar um fio solto da manga. Droga. As coisas ficaram esquisitas entre a gente. Eu sabia que isso ia acabar acontecendo.

"Tartarugas!", falo de repente.

Tate se assusta. "Quê?"

"Hã, as minhas irmãs querem ganhar uma tartaruga de estimação de aniversário. Foi isso que a gente veio fazer aqui. Viemos dar uma pesquisada pra nos informar melhor. Mas pelo jeito as tartarugas são um bicho meio ranzinza."

"Que nada", discorda ele. "São os bichos mais tranquilos de cuidar. Eu tive uma quando era criança que ficava o tempo todo no aquário sem fazer nada. Elas basicamente se entretêm sozinhas." Ele encolhe os ombros.

"Os meus cachorros, por outro lado... carentes pra caralho. Cachorro precisa de atenção vinte e quatro horas por dia."

Meu pai dá uma risadinha. "Você está vendendo muito bem a ideia da tartaruga."

"Tô falando, elas são ótimas."

Mais um silêncio.

Tate começa a mexer na outra manga. Puxo a bainha desfiada do meu short. A situação está insalubre. É isso que a rejeição faz com as pessoas.

"Tchau!", digo do nada.

Tate pisca algumas vezes, surpreso pela despedida tão repentina. "Ah. Beleza. Tchau."

"Quer dizer, a gente precisa ir", tento emendar, sem muito sucesso. "Então, hã, tchau. A gente se vê."

"Tá, claro." Ele franze a testa. "A gente se vê."

Praticamente arrasto o meu pai até o carro, onde me encolho no banco do passageiro e finjo não ver Tate passando na frente do para-brisa para voltar pro trabalho.

"E aí", meu pai diz, num tom bem-humorado, "você está interessada nesse garoto ou é assim que interage com todos os seus amigos? Porque, pelo que eu lembro, você era bem menos... esquisita."

"Nossa, eu fui bem esquisita, né?", resmungo. "Você acha que ele percebeu?"

"Acho que percebeu, sim."

"Droga." Meu rosto está pegando fogo e me recuso a olhar no retrovisor lateral porque sei que estou mais vermelha que um pimentão. "A gente é só amigo." Faço uma pausa. "Acho." Mais uma pausa. "É complicado."

"Sempre é." Meu pai dá um pulo no assento antes de pegar o celular, que está vibrando no bolso. Olha para a tela e não se conforma. "Filha da puta."

"Que foi?", pergunto, toda preocupada.

Sem dizer nada, ele vira o celular para me mostrar a mensagem que acabou de receber da esposa.

NIA: *Chandra disse que acabou de ver você no pet shop. Posso saber por quê?*

As minhas sobrancelhas vão parar quase no cabelo. "Caramba. Essa porra dessa Chandra fodeu com a gente mesmo."

"Não falei?", resmunga meu pai e, com um suspiro, liga o carro e se prepara para arrancar. "Tá na hora de ir pra casa e encarar a fera."

Naquela noite, quando estou indo até a janela, uma figura conhecida aparece no meu campo de visão. Está quase virando rotina. Eu entro para pegar alguma coisa no quarto e lá está Tate fazendo a mesma coisa na casa em frente. Estou me preparando para dormir e Tate está fazendo exatamente a mesma coisa. Dessa vez, nós dois estamos fechando a cortina quase que em perfeita sincronia. Paramos, olhamos um para o outro e começamos a rir. Ele desaparece por um instante e volta com o celular na mão.

Uma mensagem acende a tela do meu.

TATE: *Tá tudo bem entre a gente?*

Sou obrigada a suprimir um suspiro. Acho que sabia que podia esperar por essa. Fico olhando para ele por um instante e aí digito a resposta.

EU: *Aham, tudo na boa.*
TATE: *Tem certeza? Porque você estava tagarelando mais que o normal quando a gente se viu hoje de manhã.*

Não tenho desculpa para isso, então simplesmente repito o que disse antes.

EU: *Tudo certo.*
TATE: *Sei que o que aconteceu ontem à noite foi meio chato e peço desculpa por isso. Não queria te deixar constrangida nem nada. Mas acho que ficar só na amizade é melhor pra gente.*
EU: *Aimeudeus, você está me deixando ainda mais constrangida AGORA, falando sobre isso de novo. Juro, tá tudo na boa. A nossa amizade continua intacta, tá bom?*
TATE: *Jura?*

EU: *Juro.*
TATE: *Beleza, então.*

Em vez de deixar a conversa por isso mesmo, ele continua na janela, ainda me espiando, e me controlo para não olhar para o peitoral nu dele. O tanquinho parece ter sido esculpido em pedra, o peito é absurdamente bem definido e... droga. Não consigo não olhar. Juro, será que custa colocar uma camiseta? Ele quase nunca está vestido em casa. Será que não sente frio? Aqui a gente tá sempre com o ar-condicionado ligado. Estou de blusa agora, inclusive.

TATE: *Eu ainda queria entender melhor aquela história do Keanu Reeves gostar que coloquem a mão nele...*

Sorrio para a tela. Sério mesmo? Foi isso que ele demorou tanto para digitar? Fico imaginando quantas mensagens não devem ter sido apagadas antes dessa.

EU: *É um segredo que vou levar pro caixão.*
TATE: *Você é muito cruel, ruivinha.*
EU: *Já falei que meu cabelo é castanho acobreado!*
TATE: *Chega a ser até bonitinho você acreditar nisso. Quais são os planos pro fim de semana?*
EU: *Amanhã vou passar o dia no clube com a Joy. Depois a gente vai atrás de macho.*
TATE: *Você sabe que se um homem dissesse a mesma coisa só que ao contrário, ia ser rotulado como o maior escroto da cidade, né?*
EU: *Dois pesos, duas medidas. Eu amo.*
TATE: *Eu não!*
EU: *E você, quais os seus planos pro fim de semana?*
TATE: *Trabalho, trabalho e mais trabalho. Amanhã vou estar no clube também, ensinando uns moleques a velejar de bote. Se cruzar com você, vou lá dar oi. Sabe como é, pras coisas ficarem ainda mais esquisitas entre a gente.*
EU: *Maravilha. Pode deixar que nisso eu ajudo.*

Pelo menos a gente consegue levar tudo na brincadeira.

11

CASSIE

"Então, não me mata, mas eu gostei dele. O cara é divertido." Joy estende a mão da espreguiçadeira ao lado e me devolve o celular. Mostrei a troca de mensagens de ontem à noite com Tate pra ela ver como foi constrangedor. Em vez disso, ela resolveu declarar a simpatia que sente pelo cara que me rejeitou.

Não que eu discorde da avaliação dela.

"Ele é divertido *mesmo*", suspiro. "E eu também gosto dele."

Quando me lembro da rejeição dele, obrigo meu cérebro a pensar no lado bom da situação. Para minha própria surpresa, consigo fazer isso com sinceridade.

"Mas quer saber? Pode ser que tenha sido até melhor ele ter me rejeitado, porque estou vendo que ia acabar rolando um sentimento", admito.

Joy me dá uma encarada séria. "Ai, nossa, então é mesmo. Isso não é nada bom. Você não pode se apaixonar pelo seu casinho de verão. Era pra ser apenas uma foda fixa. Quer dizer, a não ser que pretenda se mudar de volta para Avalon Bay e viver um conto de fadas com um cara daqui."

Penso nisso por um instante. "Eu não sei se ia conseguir morar aqui. Gosto da energia que a cidade grande transmite. Avalon Bay é um lugar ótimo pra passar as férias, mas acho que prefiro um ritmo mais acelerado."

"Exato. Eu também não moraria aqui o tempo todo", responde Joy, se recostando de novo na cadeira. Ela ajeita os óculos escuros e olha para o céu sem nuvens. Está um dia perfeito para tomar sol. "E, pelo que eu vi, até os moradores daqui costumam querer ir embora também. Se você se apaixonasse pelo cara, ia ficar presa aqui pra sempre."

"Então pronto", digo. "Mais um item pra coluna de prós de ficar só na amizade."

Joy abre um sorriso. "Aliás, parece que ele gosta de você e da sua companhia. Acho que ficar só na amizade não é o fim do mundo mesmo."

"É, talvez não", concordo e, apesar de até ter um motivo para isso dessa vez, minha situação continua a mesma. Continuo sem ter uma foda fixa pro verão.

E eu quero uma foda fixa, poxa. Estava mesmo disposta a passar os próximos dois meses com alguém e finalmente ter a experiência da paixão avassaladora de verão que sempre invejei nos meus amigos. Minha esperança era entrar no último ano da faculdade com uma boa dose extra de confiança e experiência. Meu histórico universitário nesse sentido se resume aos seis meses que passei com um cara no terceiro ano, o Mike. Ele era divertido e interessante, mas a gente não chegou a transar porque eu não me sentia pronta e, no fim, ele cansou de ficar só na pegação e pulou fora. Este ano eu quero um lance mais verdadeiro, cheio de paixão e química. Eu preciso viver mais pela emoção.

"A gente devia escolher alguém pra você no leilão de solteiros", sugere Joy, enquanto aplica mais hidratante labial. Ela sempre reclama que sua boca fica ressecada no sol.

"Sério mesmo que ainda fazem isso?"

"Ah, sim. Você devia dar uma olhadinha lá no quadro de eventos. Vi o calendário quando cheguei pra saber o que ia rolar no verão e tem *um monte* de coisas."

"Tipo o quê?" Pego o protetor solar em spray da mesa entre as nossas cadeiras e borrifo um pouco nas pernas. Ou os meus óculos de sol estão alterando as cores ao meu redor, ou estou começando a ficar queimada. Afasto as lentes do rosto e faço uma careta. Pois é, estou mesmo. Quase consigo ouvir a voz da vovó na minha cabeça me dando bronca por não reaplicar o protetor tantas vezes quanto deveria.

"A gente perdeu a competição de veleiros que foi na semana passada. No fim de semana tem o evento beneficente e aí vai rolar um leilão de solteiros nele. Na primeira semana de agosto vai ser o torneio de golfe. E, no fim do mês, os Beach Games."

"Eu te contei que vou competir este ano? Fui convidada pela Mackenzie Cabot pra fazer parte da equipe do Beacon."

"Nossa, isso pra mim seria um pesadelo", Joy me diz. Não fico surpresa, porque ela é a pessoa menos atlética que conheço.

"Que nada, vai ser divertido. E depois tem a reinauguração do Beacon na semana seguinte", lembro a ela. Que é o único evento para o qual eu estou ansiosa de verdade, apesar de saber que vai ter um gostinho amargo também. "A minha avó e eu vamos estar nesse lance de caridade no fim de semana. Ela gosta de participar do leilão silencioso. Vai me dar um dinheiro pra participar também, já que é por uma boa causa, mas não acho que vou nesse evento dos solteiros. É sempre um monte de velho que pensa que ninguém está vendo os implantes de cabelo."

Ela dá risada. "Nada, no ano passado tinha uns novinhos no meio." Ela levanta as sobrancelhas para mim. "Inclusive seu melhor amigo, o Tate."

"Ah, é mesmo?" Ignoro que o meu coração está disparado. "Será que ele vai participar de novo este ano?"

"Nem imagino. Mas acho melhor a gente dar uma olhada, de qualquer jeito. Pode ser que tenha algum cara gato pra ser seu PA."

"Mas não é isso que a gente vai fazer hoje?"

"Bom, é, mas ainda não encontrei nenhum candidato à altura. E você?"

"Não", respondo, desanimada.

Ela endireita a postura na cadeira e ajeita os óculos escuros. "Vamos dar mais uma olhada."

Os fins de semana são sempre mais movimentados, então a piscina está lotada, com todas as espreguiçadeiras ocupadas. Tivemos que reservar uma com antecedência, e Joy fez um escândalo quando foi informada de que não havia chalés para hoje. A família dela geralmente faz reserva para o verão inteiro, mas este ano os pais dela não vieram porque a mãe recebeu uma promoção no trabalho e vai ficar a maior parte do tempo em Manhattan.

"Ahh", ela diz de repente. "Achei um. À sua esquerda, na ponta do balcão do bar."

Boto os óculos escuros de volta para não ficar tão na cara que estamos olhando. O cara que ela encontrou parece promissor. Altura mediana, cabelos escuros, feições bem desenhadas. Está de bermuda, camisa polo e mocassins marrons nos pés. Quando se vira um pouquinho, de costas para nós, meu olhar se volta para sua bunda, porque ao que parece eu gosto disso. É aceitável. E ele merece no mínimo um oito, o que já basta para satisfazer Peyton.

"Acho que eu preciso de mais uma piña colada", anuncia Joy com um sorriso, balançando o copo vazio.

"Você vai mesmo me obrigar a ir até lá? A gente já não chegou à conclusão de que eu sou péssima em chamar caras pra sair?"

"Quem falou em chamar ele pra sair? Só vai até lá e conversa com o cara. Vê o que você acha. Depois pode decidir se quer sair com ele ou não. Você sempre sofre por antecipação tentando adivinhar o que vai acontecer."

É verdade. Eu costumo chegar a conclusões precipitadas imaginando que todo cara bonito com quem converso é um namorado em potencial quando na verdade a maioria das vezes ele vai virar só um conhecido e mais nada.

"Tudo bem." Assentindo com a cabeça, levanto da toalha listrada estendida sobre a cadeira e fico em pé. Nem me dou ao trabalho de pôr o short, só enfio os chinelos nos pés e saio andando pelo deque da piscina. Tem mulheres andando por aqui com biquínis de tira fina; meu maiô não tem nada de escandaloso. Mostra bastante das minhas coxas, mas dá um bom suporte para os peitos, o que é muito raro de encontrar para uma pessoa como Cassie Soul.

Quando me aproximo, o cara está sentado num banquinho rindo de alguma coisa que o bartender falou. A outra atendente, uma mulher de cabelos encaracolados e bronzeada de sol, me cumprimenta com um sorriso. "Posso ajudar?"

"Quero duas piñas coladas, por favor. Virgens." Fico vermelha ao ouvir essa palavra, mas mesmo assim é melhor que dizer *sem álcool*. Joy e eu decidimos não beber hoje, mesmo sabendo que provavelmente ninguém ia se recusar a me servir aqui. A maioria dos bares do country club faz vista grossa para a clientela menor de idade, já que é gente de família rica. E a minha família também está nesse balaio, ao que parece.

O som da minha voz chama a atenção dele, que me dá uma boa olhada.

Abro um meio-sorriso, um leve movimento com os olhos para deixar claro que notei a presença dele.

Ele sorri de volta.

E, como sempre, seu olhar baixa para o meu peito. É a maldição que vem com o tamanho.

Como ele não para de olhar, fico constrangida por estar aqui só de maiô e chinelo. Não tenho como me esconder. Nenhuma peça de roupa para me cobrir. Ele não está agindo como um tarado, está só me admirando, mas mesmo assim fico aliviada quando ergue os olhos.

"E aí", cumprimenta ele, simpático. "Eu sou o Ben."

"Cassie."

"Você é nova aqui?" Ele abre outro sorriso, dessa vez um pouco mais acanhado. "Deve ser, porque achei que conhecia todas as garotas bonitas do clube."

"Hã, não. Não sou nova, não. Venho sempre aqui. Quer dizer, nem sempre fico o verão inteiro, mas já vim aqui antes."

A bartender se aproxima com um olhar constrangido no rosto. "Vai demorar alguns minutinhos. O leite de coco acabou, mas já estou indo buscar mais no restaurante."

"Tudo bem, eu espero." Olho por cima do ombro e vejo Joy me observando atentamente. Ela abre um sorriso malicioso e me faz um aceno.

"Senta aí", convida Ben, apontando para o banquinho ao lado do que está sentado. "Pode ficar à vontade."

Conversamos um pouco e o leite de coco demora bem mais que alguns minutinhos para chegar. Ben me conta que é de Nova York, mas estuda em Yale. Está no primeiro ano do curso de direito e está adorando. A família dele comprou uma casa de veraneio em Avalon Bay e estas são as segundas férias que passam aqui. Quando conto que os meus avós são os antigos proprietários do Hotel Beacon e que ergueram o prédio do zero, ele fica bem impressionado. Tem um senso de humor meio sem graça, mas a conversa flui fácil, e quando as piñas coladas finalmente são servidas decido que ainda não quero encerrar nosso papo.

Chamo uma garçonete que está passando e pergunto: "Você poderia entregar essa bebida pra minha amiga? Eu não quero que derreta". Aponto para a cadeira de Joy, do outro lado da piscina. "É aquela de biquíni vermelho."

"Sem problemas", responde a loira, pegando o copo, que já está molhado por causa da condensação. Antes de ir embora, ela me lança um olhar que me parece um alerta. Mas será que é mesmo? Não sei ao certo.

Quando franzo a testa, ela aponta com o queixo, de uma forma quase imperceptível, para o meu companheiro de conversa, que está vendo alguma coisa no próprio celular. Seria um aviso para tomar cuidado com Ben? Acho que entendi errado, mas ela se afasta antes que eu consiga descobrir o motivo.

Alguns minutos depois, eu descubro.

"Quer ir embora daqui?", sugere ele com um brilho sacana nos olhos, contorcendo o corpo para os nossos joelhos se tocarem.

Eu me remexo no assento, me afastando dele. "Pra onde?", pergunto, sem jeito.

"Minha família alugou uma cabana aqui pro verão. A gente pode ficar lá. Tem mais privacidade..." Ele levanta a sobrancelha num gesto sugestivo.

"Ah, não. A gente pode ficar aqui mesmo." Levo minha bebida à boca e dou um gole. "Tô de boa."

"Sério? Porque acho que você ia ficar bem mais de boa num lugar com mais privacidade."

É engraçada a velocidade com que eles se transformam rapidamente de um cara legal com quem estou conversando em uma ameaça iminente.

"Então, não quero mesmo. Eu tô de boa aqui. E ainda por cima larguei minha amiga lá sozinha. Acho que vou voltar pra lá." Começo a levantar do banquinho.

Ben me impede estendendo o braço e pondo a mão na minha coxa descoberta.

Imediatamente, sinto o rosto queimar e as palmas das mãos começarem a transpirar. Esse maiô idiota. Por que não vesti meu short?

Cerrando os dentes, tiro a mão dele de mim e digo: "Não."

"Que foi?", protesta ele. "Pensei que a gente estivesse se entendendo." Quando percebe que fechei a cara, ele se inclina mais para perto e baixa o tom de voz. "Escuta só, vou ser bem sincero com você. Eu te achei muito gostosa. Desde que apareceu aqui, só consigo pensar em tirar esse maiô do seu corpo e dar uma boa olhada nesses seus peitos. Eles são uma delícia."

Meus olhos começam a arder, o que é um absurdo, porque não tenho motivo nenhum pra chorar. Já fui tratada como objeto antes, e essa não vai ser a última vez. A realidade é bem essa. Mesmo assim, a vergonha me provoca um nó na garganta que me comprime tanto que mal consigo falar.

Por sorte, alguém faz isso no meu lugar.

"Ela já disse que não quer."

Tate aparece atrás de nós vestindo seu uniforme de funcionário, uma bermuda cáqui e uma camiseta polo com o nome do clube bordado em dourado com seu nome logo abaixo. O cabelo dele está bagunçado, provavelmente por ter passado a manhã toda no mar.

O alívio toma conta de mim quando encontro os olhos azuis dele.

"Ah tá, beleza. Se manda, Bartlett", Ben diz com desprezo, como se os dois já se conhecessem. "A gente está tendo uma conversa particular."

"Acho que não sou eu que a Cassie quer que se mande daqui." Tate aponta para mim com o queixo. "Não é mesmo, Cass?"

Finalmente recupero a voz. "Isso."

Ben fecha a cara. "Tá falando sério, caralho? Foi *você* que veio até aqui, sorriu pra mim, sentou do meu lado e agora o vilão sou eu? Foi você que começou."

"E sou eu quem vai encerrar se você não cair fora", esbraveja Tate. "É sério, cara. Já estou cansado de ter que ficar te afastando de mulheres que claramente não querem nada com você."

"Ah, vai se foder." Mas ele levanta mesmo assim, bate com uma nota de cem no balcão e sai andando sem olhar para trás. Babaca do caralho.

"Obrigada", digo para Tate, soltando o suspiro que estava preso no meu peito.

"Está tudo bem?"

"Está, sim. Ele não fez nada, na verdade. Só pôs a mão na minha perna e disse que adorou os meus peitos." Encolho os ombros com um tom de desdém. "As pessoas sempre acabam gostando demais dos meus peitos, mesmo."

"Não faz isso", diz Tate, baixinho.

"Isso o quê?"

"Tentar fingir que não foi nada. Homens costumam gostar de um belo decote, é verdade. Mas nem por isso têm o direito de te tratar como um objeto nem de te constranger. E muito menos de encostar a porra da mão em você."

Mordo a parte interna da bochecha. A verdade é que tenho uma relação complicada com os meus seios. Quando era mais nova, tinha tanta vergonha que tive sérios problemas de postura por causa das minhas tentativas de escondê-los me encurvando toda. No fim, acabei aceitando essa parte da minha anatomia, mas não consigo me sentir à vontade com a ideia de que é a primeira coisa que reparam em mim. É constrangedor. Quer dizer, eu até entendo que os seres humanos são criaturas que reagem a estímulos visuais. É difícil não olhar para uma mulher com peitos gigantes. Às vezes até gosto de exibir um pouco mais os meus usando uma blusinha apertada ou um vestido decotado. Mas Tate tem razão. Ser objetificada desse jeito é coisa séria. Eu não deveria minimizar isso, por mais que tenha vivido essa situação várias vezes ao longo dos anos.

"Você tem razão. Isso não é aceitável." Solto outro suspiro. "Mas ele me pareceu bem legal no começo."

"Claro que pareceu. Venho acompanhando essa encenação dele de Mister Simpatia desde o começo do verão. Mas geralmente ele se controla, pelo menos nas primeiras vezes que sai com a garota. Acho que está mais bêbado que de costume, perdeu a inibição e não conseguiu esconder o lado pegajoso."

"Ele não parecia tão bêbado assim", começo a dizer, mas então me lembro do olhar no rosto da garçonete. Ela provavelmente o vinha servindo desde o início da tarde. Os dois bartenders também pareciam saber com quem estavam lidando. Pego meu drinque e bebo o restante. "Enfim. Mais um possível casinho de verão que não rolou."

"Não, ruivinha, você não ia querer nada com esse mané. Tem milhões de candidatos melhores."

Reviro os olhos. "Essa é a parte que você vira o meu conselheiro amoroso de novo?"

"Quer saber? É isso aí. Vamos nessa." Ele abre um sorriso com covinhas.

"Quê?" Percebo que estou rindo. É incrível a velocidade com que ele consegue melhorar meu astral. Aquele tarado do Ben não está mais nem passando pela minha cabeça.

"Vamos sair juntos amanhã à noite", Tate convida. "Eu saio da loja às cinco e vou jantar com a minha mãe, mas posso ir te buscar depois disso. Vamos no Joe's Beach Bar. Lá tem uma mistura equilibrada de moradores daqui e de gente do seu tipo."

"Do meu tipo?"

"É, os clones. Os riquinhos. Você vai encontrar uma boa variedade lá no Joe. E eu te ajudo a selecionar os candidatos. Conheço praticamente todo mundo na cidade, então posso te avisar de quem você precisa passar bem longe."

"Sério? Você quer me ajudar a arrumar alguém?", continuo relutante. "Não sei se seria boa ideia."

"Qual é, o que você tem a perder?"

Minha dignidade.

Minha autoestima.

"Não sei se seria boa ideia", repito.

"Ah, vá."

"Aff..."

"Vai logo, aceita."

"Você vai ficar me infernizando até eu topar?"

"Aham." As covinhas dele aparecem de novo. "Aceita, vai."

"Ai, meu Deus. Tá bom."

E é por isso que, na noite seguinte, estou parada esperando na frente da porta do Joe's Beach Bar enquanto Tate procura um lugar para estacionar. A calçada está apinhada, mesmo sendo uma segunda-feira à noite, e o bar fica em uma localização privilegiada, tipo um pátio de frente para a praia que atrai principalmente os turistas. Com meia dúzia de passos ao sair de lá, a pessoa está na areia. Sempre gostei desse lugar. A comida é ótima, a atmosfera é bem tranquila.

"Está pronta?", pergunta Tate, depois de vir andando até mim.

"Quanto você teve que rodar até conseguir estacionar?"

"Não muito. Até o acesso à praia perto da Soapery."

Quando entramos, um grupo de jovens bêbados e barulhentos está saindo. Um deles esbarra em nós e pede desculpas com uma fala arrastada. Tate estende o braço para eu não me desequilibrar, apoiando a mão na parte inferior das minhas costas. E, como estou usando um cropped, sua palma pousa diretamente na minha pele.

Sinto um calor se espalhar pelo meu corpo.

"Está tudo bem?", pergunta ele.

"Está, sim." Engulo em seco, desejando que minha pulsação não disparasse toda vez que nós nos encostamos sem querer.

Mas Tate já deixou bem claro que não está interessado em ser meu PA. E, considerando que quero encontrar um cara bonito para passar o verão, minhas duas únicas alternativas são passar as seis semanas que me restam em Avalon Bay sofrendo por causa de Tate Bartlett ou tentar conhecer alguém igualmente interessante.

Como uma pessoa condicionada a sempre ver o lado bom das coisas, faço o que posso para abrir um sorriso de alegria. "Elementar, meu caro Bartlett. Eis que o jogo começa."

"O jogo vai ser o maior fracasso se você começar a falar igual ao Sherlock Holmes." Ele revira os olhos. "Vamos lá pegar umas bebidas."

Pedimos umas cervejas e vamos até uma mesa junto à parede, que oferece uma visão de todo o bar, inclusive o pátio. Dando um gole na minha cerveja, eu vasculho o salão. Tate está fazendo o mesmo.

"Que tal aquele ali?", sugere ele, apontando discretamente com o queixo para a nossa direita.

Sigo o olhar dele até um cara de cabelos escuros, corpo esguio e rosto atraente. Infelizmente, a beleza dele é estragada por uma escolha infeliz de tatuagem no braço.

"De jeito nenhum", retruco.

"É por causa da tatuagem?"

"Claro, né. Não sei se quero me envolver com alguém que gosta tanto de tacos que quis marcar isso para sempre na pele. Imagina quantas vezes eu ia ter que comer tacos no jantar?" Balanço a cabeça negativamente. "Sem chance."

Tate fica me encarando.

"Que foi?"

Os lábios dele se contorcem em uma risada incontida. "Cassie, minha linda. Querida. Tenho certeza de que não é esse tipo de taco que ele está homenageando."

"Como assim? O que mais..." solto um suspiro de susto quando me toco. "Ah. Eca. Não." Olho bem para ele. "Sério mesmo? E você acha que *ele* é uma opção viável?"

"Por que não? Quer dizer que ele manda bem no oral..."

"Obrigada, mas não. Próximo."

"Como é exigente. Não quer levar em conta nem um homem que idolatraria o seu taco."

Eu caio na gargalhada, e meio segundo depois ele me acompanha e nós dois ficamos histéricos de tanto rir. Que saco, por que eu preciso me divertir tanto quando estou com esse cara? É uma coisa inesperada que Tate seja tão divertido. Com seu cabelo sempre bagunçado e seu sorriso fácil, além dos vestígios de sotaque da Georgia, ele transmite uma sensação de surfista largado e meio irresponsável, mas não é nada disso. Tate é inteligente e trabalhador. E o fato de que todo mundo que o conhece de verdade gosta dele também diz muito. Não existe muita gente sobre quem se possa afirmar isso.

"Que tal ele?" Aponto com o queixo para um cara bonito perto dos alvos de dardos.

O Joe's tem uma parede inteira dedicada exclusivamente ao jogo de dardos. É basicamente uma enorme placa de madeira com tantas partes lascadas, buracos e furos que deixa claro que muitos projéteis são lançados ali por mãos embriagadas. O cara que indiquei está mirando o alvo, segurando o dardo na mão, a testa franzida, mas então um amigo se aproxima e atrapalha sua concentração. Ele se vira para olhar e esbraveja alguma coisa. Intimidado, o amigo levanta as mãos e se afasta como se tivesse se defrontado com um leão defendendo seu território.

"Tá me zoando?", comenta Tate. "O nervosinho ali?"

"Ele não estava nervosinho quando o vi da primeira vez", protesto.

"Bom, agora está, e isso é um alerta vermelho. É só uma merda de jogo de dardos. Ninguém está nem aí pra essa porra."

Ele tem razão. Não posso ficar com um cara que é tão fissurado por *dardos* que quase avança em cima de alguém só porque foi interrompido.

Ou será que estou sendo exigente demais?

"Acha que estou sendo exigente demais?", pergunto, desanimada.

"Não. Quer dizer, está. Ter que *odiar dardos* é exigir muito. Mas, por outro lado, eu sei como são esses tipos esquentadinhos e ultracompetitivos. Não é nada divertido conviver com alguém assim." Ele encolhe os ombros. "E geralmente são bem egoístas na cama."

"Sério? Você já transou com caras ultracompetitivos, então?"

"Não, mas tenho muitas amigas. É babado."

"Não acredito que você usou essa expressão."

"Por quê? Não tem problema nenhum."

Dou uma cutucada nas costelas dele. "Talvez seja você que precisa de uma ajudinha com o tipo de linguagem que está usando com as mulheres."

"Ah, pode ter certeza de que eu não preciso."

Eu não duvido mesmo.

Passamos mais um tempo observando as pessoas e fazendo piadas. Apesar de Tate ter dito que o Joe's tem um público diversificado, não vejo muito potencial para mim aqui. A maioria das pessoas ali é turista bêbado ou casal. Tate vai buscar mais cerveja e aproveito a oportunidade para mexer no celular. Minha conversa com Peyton continua com o formato de mensagens que ela costuma me mandar.

PEYTON: *Como estão indo as coisas?*
PEYTON: *Ele está te ajudando mesmo?*
PEYTON: *Encontrou alguém?*
PEYTON: *Não quero nem saber de um nota seis, hein?*
PEYTON: *E aí?*

O que custava me mandar um parágrafo inteiro de uma vez? É impossível encontrar um lado bom nesse jeito de ela conversar online.

Junto com as mensagens dela, vejo também a reposta do ex-enteado da minha mãe para o meu pedido de ilustrações.

ROBB: *Desculpa o atraso! Eu estava tentando ver se conseguia encaixar isso no meu cronograma. Acabei de encerrar um projeto antes do prazo, então estou dentro! Me manda a história que eu crio um conceito visual ao longo da semana.*

Eba! O livro infantil vai rolar. Comemoro mentalmente em silêncio. Minhas irmãs vão me amar muito depois disso.

Antes que eu consiga responder para Robb, uma sombra se projeta sobre a mesa. Ergo um pouco os olhos... e depois mais... e ainda mais. Porque o cara que veio até aqui é tipo literalmente gigante. Deve ter uns dois metros, se não mais.

Um sorriso hesitante surge nos lábios dele. Ele tem cara de bonzinho. "E aí?", ele me diz. "Uma garota bonita como você não deveria estar sentada aqui sozinha." Nisso, faz uma careta. "Porra. Desculpa. Essa foi péssima."

Não consigo segurar o riso. "Bom, não é a coisa mais original do mundo, mas acho que pra começar até que serve."

"Tudo bem se eu sentar aqui com você? Meu amigo meio que me deu um pé na bunda." Ele aponta para uma mesa do outro lado do bar, onde um casal está se agarrando para valer. E tenho quase certeza de que ela está com a mão dentro da calça dele. Os dois vão ser expulsos a qualquer momento, ou em breve o bar inteiro vai testemunhar uma cena de sexo explícito.

"Uau", comento. "Eles estão mandando ver mesmo."

"Pois é. Eu sei. Isso acontece todo fim de semana." O gigante faz uma careta. "Sair com ele é fogo."

"E mesmo assim você continua fazendo a mesma coisa toda semana..."

"Vai ver é porque ainda tenho esperança de encontrar uma garota bonita pra me fazer companhia."

"Pronto. Essa foi bem melhor."

"Graças a Deus." Ele esboça um sorriso e apoia o antebraço na mesa. "Eu sou o Landon."

"Cassie."

"Prazer em conhecer você, Cassie."

A timidez inicial aos poucos foi se perdendo, então claro que o meu suposto ajudante escolhe exatamente esse momento para trazer as cervejas.

Landon dá uma olhada em Tate e imediatamente sobe a guarda. "Ah, desculpa. Eu não sabia que você estava acompanhada."

"Não, não, nós não estamos juntos", explico. "Esse é o meu amigo Tate."

"Estou aqui pra dar uma força pra ela encontrar alguém", complementa Tate.

Landon dá risada, mas está claramente desconfortável. "Hã, que legal."

Tate levanta uma sobrancelha. "Mas eu também estou aqui pra controlar quem chega nela."

"Tá nada." Eu me viro para tranquilizar Landon. "Ele não tá, não. Juro."

"Claro que estou. Não vou deixar a minha amiga sair com ninguém antes de saber quais são as intenções do cara." Tate cruza os braços e assume uma postura de machão que me faz revirar os olhos. "Então..." Ele dá uma encarada nele. "Diz aí quais são as suas intenções."

"Ai, meu Deus", digo, bufando de irritação. "Ignora ele."

"É sério. Fala quais são as suas intenções. Estou esperando."

Landon começa a ficar inquieto e constrangido e é tão grande que inevitavelmente esbarra na mesa. Fico surpresa que as garrafas de cerveja não tenham começado a tremer como em *Jurassic Park*, quando o tiranossauro rex se solta. Com uma expressão insegura, ele enfim consegue pensar em uma resposta.

"Hã, sei lá. Pensei em pagar uma bebida pra ela. Pode ser? Achei ela bonita e, hã..." Não sei se foi a palavra *bonita* que o levou a baixar os olhos para o meu decote ou se simplesmente estava evitando a encarada de Tate e seu olhar se voltou para essa parte do meu corpo de forma totalmente acidental.

Seja como for, isso rende um rosnado de Tate. "Opa, quero ver seus olhos aqui em mim, por favor." Ele aponta dois dedos para os próprios olhos para enfatizar o que está dizendo.

"Desculpa." Landon está entrando em pânico. "Eu..." Ele dá um passo para trás. "Aliás, sabe de uma coisa? Acho que ouvi meu amigo me chamar."

Não tem ninguém chamando, mas meu pobre gigante gentil aparentemente decidiu que ficar vendo o amigo se pegar com uma garota é melhor do que se submeter ao interrogatório absurdo de Tate.

"Empata-foda", acuso, fechando a cara.

"Nada a ver. Confia em mim, esse cara não serve."

"Por que não?"

"Ele ficou pedindo desculpas por tudo. E tava travado demais."

Faço uma objeção. "Ser travado pode ser bonitinho."

Tate discorda bem rápido. "Ele perguntou se podia te pagar uma bebida. É isso mesmo que a gente está procurando? Não. Precisa ser alguém com atitude. Com autoconfiança. Aquele ali é o tipo de cara que pede permissão até pra pegar na sua mão." Ele faz uma pausa. "Se você tivesse que descrever em uma palavra o tipo de cara pra ser sua foda fixa nesse verão, qual seria?"

"Passional", respondo sem pensar, e imediatamente me arrependo.

A atmosfera entre nós muda, ficando mais pesada. Ou talvez só eu esteja sentindo, mesmo. Talvez esteja só imaginando que os lábios dele estão entreabertos, que aqueles olhos azuis de repente parecem mais escuros, carregados de desejo. Até parece que ele me devoraria com os olhos num momento como esse.

"Passional", repete ele, numa voz um pouco rouca. Juro que até o vejo engolir em seco. Em seguida, Tate limpa a garganta e encolhe os ombros. "E você acha que teria um lance passional com *aquele* cara?"

"Não", admito.

"Então eu fiz o que deveria ter feito direitinho."

Terminamos a segunda cerveja, pedimos uma terceira rodada e acabamos jogando umas partidas de tiro ao alvo. Depois de Tate me vencer pela segunda vez, os caras ao nosso lado, dois irmãos de férias vindos de Nova York, nos desafiam para um jogo. Dupla contra dupla. Eu sou péssima, mas por sorte o cara que estou enfrentando é igualmente horrível. Já Tate e o cara que está jogando contra ele são absurdamente bons, acertando na mosca várias vezes até eu e o meu adversário desistirmos e ficarmos só assistindo à disputa dos dois. A essa altura, nossa pontuação não faz mais a menor diferença para o resultado da partida. Na prática, os dois estão jogando um contra o outro.

"A gente é bem ruim", o cara comenta comigo. Eles tinham se apresentado um pouco antes. Não lembro o nome do irmão, mas o dele é Aaron. É alto e magro, com olhos castanhos cheios de vida, um sorriso bonito e nenhuma tatuagem de taco cor-de-rosa.

"Ah, pra caralho", concordo.

Tate acerta o alvo de novo, o que faz o irmão de Aaron coçar a cabeça e comentar: "Porra, cara. Você é tipo um mago dos dardos. Costuma jogar bastante?"

"Quase nunca", responde Tate, todo orgulhoso. "Nasci com esse dom."

Dou uma risadinha do local onde estou assistindo e Tate vira para mim, abrindo um sorriso em seguida.

"Há quanto tempo vocês estão juntos?", pergunta Aaron.

"Ah, nós não estamos juntos", respondo, notando o brilho de interesse nos olhos dele ao ouvir isso. Ele é bem gatinho. E com certeza nós dois sentimos a química que tava rolando enquanto conversávamos.

Quando fica sabendo que Tate e eu não somos um casal, Aaron deixa as investidas ainda mais óbvias. Depois de três cervejas, estou me sentindo mais soltinha e relaxada e me pego retribuindo os flertes, conseguindo manter a tagarelice sob controle. Está tudo indo bem, pelo menos até o irmão de Aaron precisar ir ao banheiro e Tate aparecer para nos interromper. Ele olha para Aaron de cima a baixo, depois se volta para mim e levanta uma sobrancelha como quem diz: *Você gostou desse cara?*

Assinto discretamente, mas depois me arrependo, porque Tate entende isso como uma permissão para começar o interrogatório.

"Beleza", solta ele, todo animado, ficando na frente de Aaron. "Vamos lá. Quais são as suas intenções com a minha amiga?"

Um leve sorriso aparece no rosto de Aaron, que solta uma expressão pensativa e fica em silêncio por um tempo. "Hummm. Tá. Pergunta difícil. No momento, estou entre um convite para ir até o parque de diversões amanhã à noite ou, escuta só essa, uma proposta para formar uma dupla para disputar torneios de dardo, só que, em vez de jogar pra ganhar, a gente ia disputar o título de piores do país."

Tate assente em sinal de aprovação. "Duas ótimas opções. Beleza. Permissão concedida. Pode seguir." Ele dá um tapinha no ombro do Aaron e se afasta.

"E aí?", pergunta Aaron, abrindo outro de seus lindos sorrisos. "Quer ir lá no parque de diversões comigo? Amanhã à noite?"

"Ah, quero", respondo, toda tímida. "Eu adoraria."

12

TATE

Terça-feira costuma ser um dia de pouco movimento na Marina Bartlett, então meu pai e eu passamos metade da manhã vendo fotos e cobiçando barcos. Ele quer trocar nosso velho Hatteras de trinta e sete pés por um modelo mais novo, talvez com GPS de fábrica e uns outros acessórios. Mas, mesmo comigo tentando direcionar a coisa para uma opção mais viável, meu pai insiste em ficar clicando em uns anúncios absurdos que não têm nada a ver com o que a gente tá procurando.

"Cara", eu reclamo. "A gente não precisa de uma lancha esportiva de alto desempenho."

"Todo mundo precisa de uma lancha esportiva de alto desempenho."

"Tá, eu sei." Solto um suspiro. "Mas a gente tá procurando alguma coisa que dê pra fazer pesca submarina, esqueceu?"

"Eu sei, mas..." Meu pai solta um gemido de satisfação. "Mas olha só essa, garoto. Dá uma olhada no design desse casco em V... ah, ela é tão sexy que eu não consigo me segurar."

Escuto uma risada sarcástica vindo da porta. Quando levantamos a cabeça, vemos que a minha mãe está lá. Estávamos tão distraídos com a tela do computador que nem escutamos quando ela entrou.

"Quais as medidas dela?", pergunta minha mãe.

Dou uma risadinha. A maioria das pessoas que ouvissem algo como *ela é tão sexy que eu não consigo me segurar* pensaria que estamos vendo mulher pelada. "Como você sabia que a gente tava olhando tipo pornografia de barcos, e não pornô de verdade?", retruco.

"Porque eu conheço vocês." Ela vem até nós com uma sacola enorme de palha pendurada no ombro. Usando um vestido amarelo, chinelos e os cabelos loiros presos num rabo de cavalo, poderia facilmente ser confundida com uma das universitárias que vão invadir a cidade em setembro.

"Oi, querido." Ela me dá um beijo no rosto.

"E aí, mãe."

Ela vira para cumprimentar o meu pai, só que, quando os lábios dela se aproximam do rosto dele, meu pai se vira e dá um beijo na boca dela. Percebo que está rolando até língua e fico morrendo de vergonha.

"Eca, que nojo de vocês", comento, fingindo que vou vomitar.

Mas é só brincadeira. Na verdade, acho que todas as coisas que Mackenzie me falou na semana passada sobre não ter nenhum interesse em namorar podem ter a ver com o relacionamento dos meus pais. Quando você é criado por pessoas tão apaixonadas uma pela outra, começa a achar que todas as relações precisam ser assim. E aí cria expectativas. Fica esperando surgir a mesma sensação. É uma coisa que não dá para explicar, mas você sabe que existe. Eu tenho *certeza* porque vejo isso com os meus pais.

Já estive com muitas mulheres, transei com várias e tive um lance mais longo com algumas, mas nunca senti uma conexão profunda com ninguém. Pode até ser uma coisa ridícula e vergonhosa de confessar, mas acho que estou esperando por uma coisa que seja assim. E, enquanto não rolar, não vale a pena entrar num relacionamento.

Meu pai costuma dizer que sabia que minha mãe era a mulher da vida dele assim que os dois se conheceram. Já ela conta essa mesma história de um jeito meio diferente, sempre provocando e dizendo que *tecnicamente* eles se conheceram na época do colégio, quando ele não fazia a menor ideia de nada disso, caso contrário teriam começado a namorar ali mesmo. Meu pai era um craque do beisebol, saía com líderes de torcida e não fazia ideia de que a minha mãe existia, segundo ela. Depois de se formar, foi embora da Georgia para St. Louis para jogar em uma das ligas menores de beisebol profissional enquanto ela ficou em St. Simon's e começou a namorar um contador chamado Brad. Depois de um ano jogando profissionalmente, meu pai sofreu uma lesão séria e voltou para a ilha, onde logo retomou um lance que tinha com uma antiga líder de torcida. Ou seja, os dois estavam envolvidos com outras pessoas quando se cruzaram no mercado um dia. Apesar disso, meu pai garante que bastou um olhar para saber que ia se casar com ela.

Minha mãe deu um pé na bunda do Brad, meu pai fez o mesmo com a líder de torcida e os dois estão casados e felizes há trinta e cinco anos.

Meu pai chama isso de a história de origem deles e adora contá-la toda vez. Mas minha mãe... sei lá, é estranho. Às vezes, quando ela fala sobre isso, ainda parece ter um olhar de incredulidade no rosto. Como se não entendesse como Gavin Bartlett poderia ter escolhido se casar com *ela*, Gemma McCleary, em vez de alguma das líderes de torcida com quem ele se envolveu na época do colégio. Eu não entendo por quê. É claro que ela foi a escolhida. Minha mãe é a pessoa mais incrível que eu conheço.

Com uma cara de curiosidade, ela dá uma olhada mais de perto na tela, então estreita os olhos para o meu pai. "Não dá para pescar com isso, Gavin."

"Mas não é uma beleza?"

"Dá para pescar com isso?"

"Bom, não, mas..."

"Então ela é feia", minha mãe declara. "Horrorosa."

Meu pai faz um bico. "Estraga-prazeres." Ele se recosta na cadeira de rodinhas. "Eu não sabia que você vinha hoje, querida."

"Tirei meio período de folga no trabalho, então resolvi trazer o almoço dos meus meninos."

Ela enfia a mão na sacola e tira dois sanduíches embrulhados em papel-alumínio. São de *tamanho masculino*, como minha mãe costuma dizer — ou seja, cada um é mais ou menos do tamanho de uma caixa de sapato.

"A horta cresceu tanto que está ficando fora de controle, então tento usar o máximo que consigo. Colhi uns tomates frescos, alface, pimentão. Comprei uns embutidos lá no açougue. O tender assado que você gosta."

Os olhos do meu pai se iluminam. "Putz, que maravilhoso. Obrigado, Gem."

"Como estão os meus filhos?", pergunto para minha mãe. "Você não está mandando muitas fotos."

"Porque tenho coisas mais importantes para fazer do que tirar fotos dos seus cachorros, querido. Sabe, tipo trabalhar todo dia."

"Eles estão ótimos", meu pai me garante. "Polly matou um coelho na semana passada e trouxe a cabeça decepada como sinal de amor."

Eu caio na gargalhada.

"E Fudge entrou na despensa ontem e comeu meia caixa de biscoitos, então ficou peidando a noite inteira. Umas dez horas, quando estava ferrado no sono, peidou tão alto que acabou se acordando com o susto e ficou latindo uns cinco minutos."

Agora que não consigo parar de rir mesmo. "Puta merda, não acredito que perdi isso."

Recostada na lateral da mesa, minha mãe olha para o meu pai e aponta com o queixo para mim. "Já perguntou para ele?"

Fico olhando para os dois. "Perguntou o quê?"

"Não, ainda não tive a oportunidade", ele conta. "Fiquei distraído com as fotos de barcos." Ele gira a cadeira e leva as mãos à nuca. "Sei que não é uma coisa assim tão simples, mas queria pedir um favorzão pra você, garoto. Como você sabe, nós estamos planejando uma viagem agora para o outono, né?"

Faço que sim com a cabeça. "Sei, uma semana na Califórnia."

"Isso aí. Então, pensamos em ficar um pouco mais que uma semana. Já que a gente já vai para o outro lado do país, é melhor tirar férias de verdade logo de uma vez. Acrescentar o Havaí no itinerário."

"Havaí!" Minha mãe bate palmas, animada.

Me levanto da cadeira e vou até o bebedouro pegar um copo d'água. "E aí vocês ficariam fora quanto tempo?"

"Se você topar, um mês", meu pai conta. "Seu contrato de trabalho no clube termina em setembro, né?"

"É." Não dou aulas de vela na baixa temporada, só de abril até setembro. Depois disso, volto a trabalhar em tempo integral na loja. Só que nunca cuidei de tudo sozinho. Estou sempre com o meu pai, e nós dividimos todas as responsabilidades. Ficar um mês sem a ajuda dele significaria trabalhar o dobro.

Por outro lado, também significaria que vou receber mais e podia juntar essa graninha para ajudar a comprar meu próprio veleiro.

"Acho que eu daria conta, sim", respondo, falando calmamente.

"Obrigada, querido." Minha mãe vem até mim e me dá um abraço rápido, apoiando o queixo no meu ombro. "Nós agradecemos muito."

"Eu falei que dava para contar com ele", comenta meu pai, com um sorriso de satisfação. "Família em primeiro lugar sempre, né, garoto?"

"É isso aí."

O restante do dia de trabalho passa voando depois que minha mãe vai embora. Lá por volta de uma da tarde, começamos a atender um monte de turistas que vêm pedir informações sobre aluguel de barcos, um serviço que nós também prestamos. Meu pai e eu ficamos tão ocupados que não temos tempo nem de encostar nos sanduíches. Vou comendo o meu no jipe no caminho de volta.

Como sempre, dou uma boa olhada na casa dos Jackson quando chego, para me certificar de que nada aconteceu enquanto eu trabalhava — que nenhum animal selvagem conseguiu entrar e que nenhum bandidinho ganancioso teve a ideia brilhante de tentar roubar alguma coisa. Está tudo bem, então subo para pôr uma roupa mais confortável.

Meu plano era ficar de bobeira no sofá agora à noite, vendo alguma coisa na tevê pra passar o tempo, porque amanhã vai ser um dia cheio. Tenho que trabalhar com o meu pai até as quatro e depois correr até o iate clube para dar uma aula de segurança às cinco horas para um grupo de adolescentes que estão tentando tirar o certificado para disputar uma corrida de botes a vela. Acho incrível que o clube tenha esses programas para a molecada mais nova — isso foi muito útil para mim na idade deles. Só gostaria que o clube tivesse um clube juvenil de regatas também, para eles poderem se preparar para eventos de nível nacional, mas pelo menos estarão aptos a competir no clube lá de Charleston.

Quando acabo de vestir uma calça de moletom cinza, vejo uma movimentação na casa ao lado. É uma coisa inacreditável, essa sincronia que rola comigo e com Cassie. Quando ela passa na frente da janela, estreito os olhos, fecho a cara e pego o celular.

EU: *Você vai de rosa pro date no parque? Para.*
CASSIE: *Por quê??*
EU: *Porque você vai ficar parecendo um algodão-doce. Não vai se destacar.*
CASSIE: *Mas eu fico bonita de rosa.*

Isso não dá para negar. Na verdade, ela fica bonita de qualquer jeito, mas guardo essa observação para mim. Fui eu que insisti em ficar só na amizade. Dizer que ela está linda só deixaria as coisas ainda mais confusas para nós dois. E, sendo bem sincero, estou curtindo bastante ser amigo dela. Com Cassie, tudo rola com a maior naturalidade. A gente se diverte pra caramba juntos e não tem a pressão de precisar impressionar ninguém. Posso ser bobo à vontade e falar qualquer merda que passe pela minha cabeça e, como uma boa amiga, Cassie simplesmente dá risada e não me julga.

Da janela, Cassie remexe na ponta da trança caída sobre um dos ombros, claramente pensando a respeito. Então digita outra mensagem.

CASSIE: *Beleza. Espera aí então.*

Ela fecha a cortina, mas acho que não sabe que o tecido é transparente, principalmente com a luz do quarto acesa. O tecido branco não faz muito para esconder a silhueta da pinup da casa ao lado.
Não olha.
Tarde demais.
Meu sangue ferve e vai direto para o saco, contraindo minhas bolas. Puta que me pariu. Nunca imaginei que uma silhueta pudesse me deixar com tanto tesão. Minha garganta fica seca e meio áspera quando vejo os contornos de Cassie se moverem pelo quarto. Ela desaparece por um instante. Deve estar dentro do closet, acho. Quando volta, meu pau pula de alegria. Estou quase duro, e não consigo parar de olhar. Vejo apenas o perfil dela, que levanta os braços quando veste alguma coisa por sobre a cabeça. Esse movimento faz os peitos dela se projetarem para a frente, proporcionando uma visão lateral perfeita.
Caralho.
Ela é maravilhosa.
Engolindo em seco, desvio meus olhos pervertidos dela e anoto mentalmente que é melhor eu começar a bater uma antes de sequer *pensar* em pisar naquele quarto. Pelo jeito, vou ter que começar a amenizar todo e qualquer sentimento de tentação antes de chegar perto da janela.

As cortinas se abrem e ela reaparece com um vestidinho branco. Em vez de sutiã, está com a parte de cima de um biquíni, ou pelo menos é isso que o laço aparenta ser. As tiras do biquíni despontam de seu decote, subindo pelas clavículas e se prendendo atrás do pescoço. O vestido em si vai até os joelhos, com uma saia rodada que se movimenta junto com ela quando dá uma voltinha antes de me mandar uma mensagem.

>CASSIE: *Beleza, olha só. Tudo bem, eu sei que ainda tem rosa na parte de cima do biquíni que tô usando, mas só porque acho uma boa ideia ficar parecendo algodão-doce. Eu e ele, a gente se complementa.*
>EU: *Tá, beleza, aprovado.*
>CASSIE: *Agora a gente ama meu look?*

Ela dá outra voltinha e finjo que ver suas coxas não provoca todo tipo de reação no meu corpo.

Faço um joinha e então digito: *Vai fundo.*

Por volta da meia-noite, finalmente admito a derrota e aceito que não vou conseguir dormir. E isso não tem nada a ver com o fato de que não ouvi nenhum carro chegar na casa ao lado nem vi a luz do quarto dela se acender. Claramente, ainda está por aí com aquele cara, o Aaron. Bom para ela. Cassie merece mesmo se divertir um pouco. Minha incapacidade de pegar no sono não tem relação nenhuma com Cassie. Tipo, de jeito nenhum.

Desço para o atracadouro e me sento bem na beirada, balançando os pés descalços sobre a água. Mas, sabe, eu fiquei pensando, e se Cassie for *mesmo* o motivo para eu estar acordado? Isso só significaria que eu sou um bom amigo. Um amigo que se preocupa com o bem-estar da amiga. Sei lá, eu não sei nada sobre esse Aaron. Mas o que eu *sei* é que o parque de diversões fecha às onze. Então, tipo, ela já deveria ter voltado para casa.

A não ser que tenha ido para a casa dele.

Meus ombros ficam tensos. O irmão dele disse que os dois estão ficando em uma casa de aluguel no norte da cidade, de frente para a praia. Isso me faz franzir a testa. Espero que ela não tenha se deixado convencer a dar um mergulho a esta hora da noite. O mar é mais bravo por lá. É aonde vou para surfar. Juro por Deus, se esse filho da puta desse Aaron deixar Cassie acabar sendo levada pela correnteza no meio da porra da noite...

De repente sinto que preciso de um cigarro. Só fumo quando estou bebendo, e mesmo assim só um ou dois no máximo, mas agora cairia bem, para ajudar a acalmar o turbilhão de sensações dentro de mim. Como meus cigarros estão dentro de casa, penso se em vez disso não seria melhor nadar um pouco. Roço os dedos na água, que no fim está bem mais morna do que eu esperava. Quando vou tirar a camisa e mergulhar, a tela do meu celular acende.

CASSIE: *Tá acordado?*

Dou uma risada baixinho. Deixando de lado imediatamente a ideia de entrar no mar, pego o celular.

EU: *Tá me chamando pra transar ou pra conversar?*
CASSIE: *Pra conversar. Preciso com urgência da ajuda do meu assessor.*
EU: *Tô no atracadouro.*
CASSIE: *Vou descer aí.*

O aperto que sinto no peito alivia em um piscar de olhos. Tento não pensar demais nisso. É fundamental para a nossa amizade que eu não pense.

Escuto um farfalhar no mato da encosta e me viro para ver Cassie surgir do meio das sombras. O cabelo dela não está mais preso numa trança, mas caído sobre os ombros. Com o vestido branco, os pés descalços e as mechas castanhas acobreadas voando soltas, ela ganha um aspecto quase etéreo, praticamente flutuando até mim no atracadouro.

Ela se senta do meu lado, posicionando as pernas em cima da beirada, e solta um suspiro de tristeza. "Oi."

Abro um sorriso. "Foi tão ruim assim?"

"Não, nem um pouco. A gente durou até depois da meia-noite, então obviamente teve muitos pontos positivos." Mesmo assim, ela parece bem incomodada.

"Beleza, me conta tudo. Com detalhes."

"Ele é bem divertido. Inteligente. Não monopoliza a conversa. Me fez várias perguntas, mas não me senti num interrogatório. Foi, tipo, uma conversa bem legal. Fluiu fácil."

"Até agora, só pontos positivos."

"Ele segurou a minha mão sem perguntar se podia. Achei que você ia considerar isso um sinal de autoconfiança e um bônus pra ele."

Dou uma risadinha. "Ah, com certeza. O que mais?"

"Ele tem medo de altura, mas foi na roda-gigante comigo mesmo assim depois que eu disse que ia adorar ver a cidade de cima. Isso foi mais um bônus."

"Concordo."

"O parque fechou às onze, então a gente saiu e comprou umas raspadinhas. Ficamos no estacionamento conversando e..." Ela faz uma pausa e percebo que suas bochechas estão ficando vermelhas. "Com certeza estava rolando um clima."

"Até agora, tudo bem", comento, ignorando o aperto bizarro no meu peito. "Como ele conseguiu cagar com uma noite dessas? Cadê os pontos negativos?"

"Só tem um." Ela vira para mim com uma cara de derrota. "O beijo. Caraca, Tate."

"Ah, não, que merda. Nosso amigo Aaron não compareceu? Qual foi o problema? Muita baba? Por que isso pode não ser culpa dele. Meu amigo Chase uma vez saiu com um cara que tinha um problema chamado hipersalivação, e aí..."

"Não teve nada disso de baba", interrompe ela. "O problema foi a língua."

"Muita língua?"

"Muita língua é até eufemismo. E foi logo de cara. Tipo, *antes* até de a gente encostar a boca. Ele veio com a língua primeiro, e de olhos fechados. Quer que eu mostre?"

"Não, acho que eu já..."

Cassie ignora a minha objeção e demonstra assim mesmo. "Foi tipo assim." Ela fecha os olhos com força, põe a língua para fora e vem com tudo na minha direção.

É tão esquisito que recuo por instinto.

"Puta merda. Ele não fez isso."

"Fez, sim. Foi horrível."

Tento segurar a gargalhada, que está borbulhando na minha garganta, mas é difícil. "Beleza", digo, com cautela. "Parece ter sido... bem desagradável. Mas depois que vocês encostaram a boca, a coisa melhorou?"

"Não", resmunga ela. "Foi tudo meio fora de proporção. Ele tava se esforçando demais pra mostrar que estava a fim, eu acho, mas não deu nem um pouco certo. Quando finalmente acabou, eu me senti como se tivesse corrido uma maratona. Ou coisa pior. Tipo... tipo como se eu tivesse trocado um edredom daqueles absurdamente pesados."

"Você chegou a pedir pra ele pegar mais leve?"

"Não."

Reviro os olhos. "E por que não, pô?"

"Sei lá." Ela encolhe os ombros, constrangida, mexendo na barra do vestido com os dedos. "Eu não sou assim."

"Você não é uma pessoa que pede pra um cara não enfiar a língua na garganta dela e fazer um beijo parar de parecer uma briga de faca?"

"Eu não sou uma pessoa que tem coragem de dizer pra um cara que ele não sabe beijar", corrige ela.

"Pedir pra pegar mais leve não é dizer que ele não sabe beijar", argumento. "Você só precisa comunicar seus pensamentos."

"Comunicar meus pensamentos? Você é o quê, um guru da autoajuda agora?"

"Pelo jeito você está precisando de um", acuso, abrindo um meio-sorriso para mostrar que a brincadeira tem um fundinho de verdade.

"Por quê? Porque sou educada demais pra dizer que o cara tá fazendo tudo errado?"

"Você prefere ser educada ou beijar gostoso? Aliás, você nem precisava ser tão óbvia, tipo falar na lata que *ele* está fazendo alguma coisa errada. É só falar que o problema é *você*. Numa hora dessas, o que você precisa fazer é se afastar um pouco e falar uma coisa do tipo..." Eu penso um pouco antes de falar. "*Eu prefiro ir mais devagar*. E mostrar que está toda ofegante e que inclusive ficou mal por ter interrompido as coisas, como se a questão fosse *sua*. Entendeu?"

A preocupação cria uma ruga no rosto dela.

"Ou você pode se afastar e sussurrar uma coisa do tipo: *Eu gosto mais que me provoquem*. Aí você pisca os olhos, lança um olhar de safadinha e pede pra ele te provocar um pouco."

Agora ela parece encantada. "Olha, até que você não é ruim nisso."

"Eu sei", respondo, todo convencido.

"Mas falar é mais fácil que fazer. É fácil me imaginar fazendo tudo isso *depois* que aconteceu. Só que, na hora, eu sei que vou travar. As pessoas ficam vulneráveis quando beijam, é um estado emocional difícil de equilibrar. Quando o cara está me beijando, a autoestima dele tá ali, na balança. Uma palavra negativa já gera um constrangimento que ele vai levar pra vida." Ela solta um suspiro. "Além disso, eu não gosto de conflitos."

"Em primeiro lugar, você está exagerando sua importância na vida desse cara se acha que uma crítica sua vai atormentar a vida dele pra sempre. Ou isso, ou quem carrega esse tipo de constrangimento por mais tempo do que deveria é *você*, mas aí já é outra conversa. Em segundo lugar, quase todo mundo detesta conflitos. É chato pra caralho, mesmo." Inclino a cabeça. "Quer praticar comigo?"

"Praticar o quê?" Ela franze a testa.

"Ser mais assertiva." Viro o rosto para ficar de frente para ela. Está ficando vermelha de novo, e bastante. "Qual é, acho que vai te fazer bem. Vou chegar em você com a língua de fora e ver como você se sai."

"Não!", Cassie responde bem rápido, de forma inequívoca e categórica.

"Que isso, é uma ótima ideia. Vai ser um intensivo de autoafirmação e resolução de conflitos." Alongo o pescoço bem rápido. Quando escuto Cassie bufar, levanto uma sobrancelha. "Que foi? Preciso aquecer. Beleza, pronta?"

"Não."

"Ótimo. Vamos lá."

Eu me projeto para a frente com os olhos fechados e a língua de fora.

Cassie dá um grito e um empurrão no meu peito, quase me derrubando no mar. Ela começa a gargalhar, o que me faz rir também quando volto a me equilibrar. O astral dela está melhorando, pelo menos, o que é bom.

"Ai, meu Deus. Tem certeza de que você é um cara de vinte e três anos e não uma criança que cresceu demais?"

"Minha mãe me disse que todos os homens são crianças que cresceram demais até fazerem trinta anos." Dou uma risadinha. "Ou, no caso do meu pai, até os quarenta e poucos."

"Então foi daí que veio isso."

"A minha beleza irresistível? Foi, sim."

"Estou falando dessas suas palhaçadas."

"Palhaçadas? Estou tentando te ajudar aqui, ruivinha. Você precisa aprender a comunicar melhor o que está sentindo. Seus pensamentos. Vai me dizer que não está arrependida de não ter lidado de uma forma diferente com a situação de hoje?" Olho para os olhos dela, de repente perturbados. "Você queria ter dito alguma coisa, né?"

"É", ela confessa. "Queria, sim."

"Ótimo. Tô falando sério, agora... pratica comigo. Vai, vou fazer de novo."

Ela me lança um olhar de desconfiança. "Você vai se jogar em cima de mim com a língua de fora de novo?"

"Não." Dou uma piscadinha. "Mas se prepara pro pior beijo da sua vida."

13

TATE

Umas horas atrás eu estava tentando me convencer a ficar só na amizade a qualquer custo. Acho que o plano foi por água abaixo porque eu posso até estar enganado, mas acho que beijos não são exatamente *platônicos*.

Em minha defesa, *o que a gente faz* não pode ser categorizado como beijo. Pelo menos não beijos que sejam agradáveis ou aceitáveis. Quando nossas bocas se encontram, é um desastre absoluto. Nada a ver com o beijo gostoso que demos lá na casa dos Hartley, quando os lábios macios e quentes de Cassie me deixaram com o pau tão duro que quase não consegui andar depois. Esse aqui é exagerado e desajeitado. Estamos os dois ofegantes, e não é de tesão. Minha língua se move como se estivesse em um filme de ação, distribuindo pancadas na boca de Cassie como se fosse uma luta por território. É uma coisa cansativa, até.

O gritinho dela faz meus lábios vibrarem. "Aiii, para com isso! Tá horrível!" E me empurra.

Dou risada, limpando o excesso de saliva do queixo. "Nada disso. Nós dois sabemos que você não ia falar uma coisa dessas pra ele. Vai, de novo. Mas, em vez de um comentário negativo, tenta pedir de um jeito mais positivo. Concentra a atenção em *você*, lembra?"

Cassie fica envergonhada na hora. "Tá. É, eu esqueci." Ela comprime os lábios, segurando o riso. "Desculpa ter empurrado você."

"Não, tudo bem." Respiro fundo para encher o pulmão de ar e parto para a segunda rodada.

Dessa vez, quando a minha língua entra como uma tropa de assalto pelos lábios entreabertos dela, sinto um toque firme no centro do meu peito. Em seguida, ela afasta a boca de um jeito meio desastrado e ordena: "Vai mais devagar!".

Estreito os olhos para ela, que suaviza o tom. "Quer dizer, eu gosto de ir mais devagar." Então, como se tivesse encontrado inspiração, um sorriso malicioso surge nos lábios dela. "Gosto de ser provocada. Beijar bem devagarinho me deixa *louca...*"

Minha nossa. Essas palavras têm um efeito poderoso em *mim*. De repente, minha calça começa a parecer mais apertada do que estava.

"Improvisou bem", digo, com uma voz que acaba saindo meio rouca.

Ela se anima. "Obrigada. E agora?"

"Beleza." Limpo a garganta. "Acho que a gente precisa ensaiar uma abordagem mais proativa agora, pro caso de uma entrada mais agressiva. Quando ele vier com a língua de fora, você põe a mão no rosto dele pra impedir que chegue mais perto, olha bem pra ele e elogia alguma coisa."

"Elogio o quê?"

"Qualquer coisa. Os olhos. As covinhas. Qualquer coisa na cara dele. Só pra dar uma segurada antes que ele ataque a sua boca que nem o Hulk. Assim *você* fica com a posição de iniciar o beijo, então pode escolher a intensidade também."

"Genial."

"Eu sei. Pronta?"

Ela engole em seco e, quando passa a língua pelos lábios para se preparar, preciso me segurar para não soltar um gemido. Essas lambidinhas na boca são a minha criptonita. Quando vejo uma mulher fazendo isso, principalmente Cassie, é impossível *não* querer arrancar as roupas dela.

É só amizade, lembro a mim mesmo. *Você está só ajudando ela.*

Engolindo em seco, faço uma cara ainda mais ridícula — olhos fechados, boca aberta, parecendo um peixe fora d'água — e aproximo a minha cabeça da dela.

Como uma profissional em seguir ordens, Cassie intercepta a trajetória da minha língua pondo a mão no meu rosto. Minha pulsação acelera um pouco quando sinto seus dedos macios acariciando de leve meu queixo.

Lentamente, os olhos dela se encontram com os meus. Eu me perco naquela imensidão castanha faiscando de desejo. Nossos rostos estão a centímetros de distância, e sinto o hálito doce dela em meu queixo.

"Você tem uma boca muito sexy", murmura ela, passando o polegar pelo meu lábio inferior. "E me deixa louca."

Continuamos com os olhos cravados um no outro. A essa hora da noite, a brisa que vem do mar tende a ser mais fresca, mas estou pegando fogo. Meu pau está duro, e minha pele, em chamas. O toque dela é como o paraíso, e instintivamente avanço em sua direção, esquecendo que deveria estar só representando um papel, que só estou ajudando Cassie a estabelecer limites e ser firme da próxima vez que sair com o tal Aaron. Da próxima vez que ela for se atracar com outro.

Eu endireito minha postura com um gesto repentino. "Aí, sim. Muito bem."

O sorriso que ela abre em resposta é tão tranquilo e despreocupado que fico me perguntando se não imaginei o que acabou de acontecer. Se não fui o único a sentir esse clima que rolou entre a gente.

"Quando você vai sair com ele de novo?", pergunto num tom mais leve.

"No sábado à noite. Eu até poderia levar ele como acompanhante no evento de gala da sexta, mas já combinei tudo com a Joy e a minha avó. A entidade beneficiada esse ano é a Habitat para a Humanidade, a causa favorita da minha avó, então ela vai me dar cinco mil pra participar dos leilões. Dá pra acreditar nisso? Cinco *mil* dólares."

"Puta merda", digo, sentindo o rosto ficar pálido. "Eu esqueci que era nesse fim de semana. Eu estou nesse leilão."

Ela sorri para mim. "Por essa eu já esperava."

"Não por escolha própria", resmungo. "É um lance de trabalho. Meu chefe no clube obriga todos os instrutores de vela a se inscreverem. Eu detesto essa porra."

"Aham. Deve ser *insuportável* mesmo subir no palco e ver mulheres jogarem dinheiro aos seus pés por uma chance de sair com você."

Tenho uma ideia e olho para ela, todo esperançoso. "Você vai dar um lance por mim?"

"Acho melhor não", responde ela, se divertindo com a situação.

"Por favor, vai? Eu não quero sair de novo com mais uma coroa. Não aguento mais."

Ela dá uma risadinha. "Há quanto tempo você já faz isso?"

"Esse ano vai ser a terceira vez. No ano passado tive que fazer um cruzeiro ao pôr do sol com uma cinquentona que me prometeu um barco e uma mesada se eu fosse até a casa dela todo domingo, quando o marido estivesse jogando golfe."

"Você não quis virar sugar baby? Ai, Tate."

Olho feio para ela. "Eu não me vendo assim tão fácil."

"Você vai literalmente ser leiloado no fim de semana!"

"E estou *tentando* escapar dessa pedindo a ajuda de uma amiga." Faço o melhor olhar de cachorro que caiu da mudança de que sou capaz. "Vai, me ajuda aí. Você acabou de falar que a sua avó vai te dar dinheiro pra participar."

"É, eu sei, mas eu ia usar esse dinheiro pra tentar arrematar o pacote de serviços do Charleston Sanctuary pra mim e pra Joy", reclama Cassie. "É tipo literalmente o melhor spa do país."

"E o que é mais importante? O spa ou a minha dignidade?"

"O spa."

Mostro o dedo do meio para ela. "Que babaca. Qual é, você pode me fazer esse favorzão. Acho que no ano passado saí só por uns dois mil."

Cassie fica boquiaberta. "Está pedindo pra eu gastar dois mil dólares em você? *Nisso* aqui?" Ela faz um gesto na direção do meu corpo.

"Como se você não estivesse interessada."

"Por dois mil não estou mesmo."

"Você acha que conseguiria convencer Lydia a dar um lance por mim?"

"Duvido. Ela é elegante demais pra participar desse treco, que é basicamente um *Magic Mike* pra gente rica."

"Aliás, o seu pai vai estar lá também? Os meus vão."

Cassie faz que não com a cabeça. "Acho que não. O country club é mais um lance da família Tanner. Os Soul são bem mais tranquilos e informais."

"Ele me pareceu mesmo ser um cara tranquilão", comento, lembrando de como Clayton Soul me pareceu de boa e com o riso solto. "Vocês dois são próximos?"

"Às vezes."

Dou uma risadinha. "Como assim?"

"Sei lá. A gente só não se vê e se fala o quanto eu acho que deveria."

Ela levanta os olhos para o céu noturno e o cabelo cai para trás em longas ondas. "E isso é uma merda, porque a gente era unha e carne quando eu era pequena. Eu era bem mais próxima dele do que da minha mãe."

"Como foi que isso aconteceu, aliás? O lance entre os seus pais. Sua mãe é um clone e ele é um morador daqui... Como foi que eles acabaram se casando?" Eu me apoio nos cotovelos e fico mais à vontade. Apesar de ser quase uma da manhã, Cassie não parece estar com a menor pressa para ir dormir. Nem eu. O céu está estrelado, e o mar, bem calmo. E eu gosto de conversar com ela. Gosto muito.

Ela se senta de pernas cruzadas, ajeitando o vestido para cobrir as coxas. "Eles se conheceram quando a minha mãe estava no terceiro ano da faculdade. Antes de os meus avós decidirem se mudar pra cá em definitivo, eles alternavam entre a baía e Boston, mas os verões eram sempre em Avalon Bay, sem exceção. Minha mãe estava de férias aqui, e eles se conheceram numa festa, acho. Por algum motivo se apaixonaram, apesar de serem diferentes em absolutamente tudo." Ela encolhe os ombros. "Os opostos se atraem mesmo, acho. E ela só podia estar apaixonada, né? Porque veio morar aqui depois de se formar, o que deve ter sido um sacrifício enorme pra ela na época."

"Parece que você está tentando se convencer disso."

"Acho que talvez eu esteja, mesmo. Quer dizer, entendo o que meu pai viu nela. Tipo, ela é linda, claro. E sabe ser encantadora quando quer. Divertida, simpática. Quando ela veste essa máscara, vira a pessoa mais adorável do mundo. Ela vem pra cá em agosto, então acho que você vai poder ver a encenação dela pessoalmente."

Franzo a testa. "Por que você acha que é encenação?"

"Porque eu conheço a pessoa por trás da máscara. Ela é manipuladora. Pensa que pode tudo. Crítica demais. Se diverte pondo as pessoas pra baixo e se faz de vítima quando você reage. E é melhor eu nem começar a falar da falta de empatia. Não tem um pingo de empatia naquele corpo. Ela deve ser a pessoa mais egocêntrica que já conheci."

"Caraca, que tenso. Ela sempre foi assim?"

"Acho que sim. Desde que eu me entendo por gente, pelo menos. E, por mais que minha avó não goste de dizer nada de negativo sobre os próprios filhos, dá pra perceber que não gosta muito do comportamento da minha mãe. Principalmente quando ela fica toda passivo-agressiva e solta umas críticas destrutivas. Ela não chegava a ser tão ruim como é hoje, não quando eu era pequena, mas tava sempre implicando com o meu pai. Eu me lembro de pensar que ele tinha a paciência de um santo. Só depois do divórcio, quando ela começou a passar o tempo todo só comigo, é que eu virei o alvo do veneno. De uma hora pra outra, ela começou a ter sempre um comentariozinho ácido pra fazer sobre qualquer coisa, minha aparência, algum comportamento de que ela não gostou..." Cassie dá uma risadinha de desânimo. "Enfim, é muita sorte mesmo a minha."

Fico olhando para o rosto dela, sentindo meu coração apertado ao pensar na pequena Cassie tendo que aguentar as maldades da mãe. Mas ela continua com uma expressão distante e até resignada, como se os traumas do passado (ou mesmo do presente) não fossem nada de mais.

"Você sempre faz isso", comento.

"O quê?" Ela crava os dentes no lábio inferior, revelando, finalmente, um traço de emoção.

"Minimiza as coisas que te machucam."

"É porque eu sou uma pessoa otimista." Ela prende uma mecha de cabelos avermelhados atrás da orelha com os olhos brilhando ao luar. "Não existe situação que seja totalmente ruim. Tem sempre um lado bom nas coisas. Sempre. Você só precisa saber procurar."

"Ah, é mesmo? Então existe um lado bom em ser tratada feito lixo pela própria mãe?", questiono, cético. "Ou no divórcio dos seus pais?"

"Se não fosse pelo divórcio, eu nunca teria minhas irmãzinhas", argumenta Cassie. "E a existência delas na minha vida me deixa muito feliz."

"Mas dá pra ficar feliz pela existência delas e, ao mesmo tempo, preferir que o divórcio não tivesse acontecido."

"Eu sei, mas, sendo bem sincera, acho que foi melhor assim. Nada do que o meu pai pudesse fazer ia deixar a minha mãe feliz. Ele está bem melhor sem ela, com certeza." Cassie se interrompe para afastar mais cabelos do rosto. O vento está ficando mais forte, o que faz com que os cabelos longos e enrolados dela voem em seu rosto. "Deixa eu adivinhar, então... os seus pais têm uma relação ótima?"

"É, chega a ser nojento de tão melosa."

Nós dois damos risada.

"Eles sempre foram bons exemplos pra seguir", admito, ainda que a contragosto. "É por isso que detesto decepcionar os dois. Juro pra você, eu devo ter sido a única criança que se colocava de castigo por iniciativa própria e pedia mais tarefas domésticas em casa quando dava mancada. Teve uma vez, na época do ensino médio, que passei uma noite inteira à toa na casa dos gêmeos. Os meus pais ficaram acordados até de manhã andando de um lado pro outro, até gastar o tapete, de medo de que eu estivesse morto num beco qualquer por aí. Quando cheguei no dia seguinte, com uma puta de uma ressaca, sentei no sofá na frente deles e falei, tipo: *Acho que vocês deviam me pôr de castigo por duas semanas e pra recolher os cocôs dos cachorros pelo resto da vida.*"

Cassie cai na risada. "Cara, você é mesmo um coitado."

"Bom, pra começo de conversa, eu transei naquela noite. Se fosse tão coitado assim, não ia conseguir nem isso. E em segundo lugar... nem vem com essa porque você teria feito a mesma coisa, dona Detesto Conflitos."

"Justo. Mas...", acrescenta ela, toda presunçosa. "Eu nunca aprontei nesse nível. Nunca mesmo."

"Não sei se isso é motivo pra se gabar, não."

Cassie faz menção de responder, mas então se interrompe para bocejar. "Ah, nossa. Eu tô bem cansada." Ela abre a boca de sono de novo. "Acho que é hora de ir pra cama."

Ela descruza as pernas e levanta, e não consigo segurar a pontadinha de decepção. Vou trabalhar em dois empregos amanhã e não tem nada que queira mais do que passar a noite toda conversando.

Como amigos, claro.

Mas ela já está ficando em pé. "Vem, me ajuda nessa trilha para eu não tropeçar numa pedra ou sei lá o que e arrebentar a cabeça."

Ofereço o braço, mas o puxo de volta antes que ela possa se segurar. Cassie fica boquiaberta e levanto uma sobrancelha. "Com uma condição: você dá um lance em mim no fim de semana."

"Não."

"Sério mesmo que você vai me deixar ser comido vivo desse jeito?"

"Ai, meu Deus, que drama. Tá bom", cede ela. "Vamos fazer assim, então... eu dou um lance só se perceber que as coroas estão quase comendo você vivo."

"Obrigado. Você é a melhor."

Cassie segura o meu braço e o enlaça com o dela. "Mas eu não tô prometendo nada", avisa ela.

14

CASSIE

"Esse vestido é muito lindo." O olhar de aprovação de Joy percorre o meu vestidinho verde que vai até a altura dos joelhos. "Sério mesmo, eu devia ser estilista. Sou boa demais nisso."

"Interessante que em todos esses elogios você não me incluiu em nenhum momento. O *vestido* é lindo e *você* é uma grande estilista."

"Pensei que já tivesse se incluído nessa equação, pô. Você tá sempre uma gostosa." Ela me dá o braço e vamos na direção da mesa ao lado.

Estamos mais perto da parede oposta à da porta do salão de gala do clube, dando uma olhada nas mesas com os itens do leilão silencioso, enquanto uma versão em piano de grandes sucessos musicais toca bem alto no sistema de som. Para o meu desânimo, ainda não encontrei o pacote do Charleston Sanctuary. Espero que os filhos da puta não tenham tirado esse item da programação deste ano. Adoro aquele lugar, mas está sempre com a agenda lotada. É impossível conseguir um horário. Uma vez eu inclusive tentei dar carteirada com o nome da minha avó, mas nem assim consegui um encaixe.

"Aaah, e isso aqui?", sugere Joy, pegando a folha de papel-cartão cor de marfim. "Seis aulas de golfe com... que rufem os tambores... *Lorenzo!*" Ela finge um sotaque italiano quando fala o nome dele.

Lorenzo trabalha como treinador de golfe no clube há mais ou menos um século. Se me dissessem que ele era um fantasma preso entre dois mundos, forçado a vagar aqui por toda a eternidade, eu acreditaria sem pensar duas vezes. Juro que existem fotos da minha mãe comigo no colo quando bebê e o Lorenzo aparece no fundo com o mesmo rabo de cavalo e a mesma pele enrugada que tem hoje. O cara não envelhece. Além disso, não tem o menor respeito pelo espaço pessoal de ninguém e sempre chega perto demais quando vem falar com você. Quando éramos adolescentes, Joy e eu nos escondíamos sempre que o víamos vindo na nossa direção.

Fico até pálida ao ver aquilo. "Prefiro comer meu próprio cabelo. Sério mesmo."

Ela dá um gritinho antes de conseguir tapar a boca para abafar a gargalhada, o que atrai alguns olhares de desaprovação dos sócios mais velhos do country club ao nosso redor. E isso porque a gente ainda nem bebeu. Esse pessoal ainda vai ter muito mais motivos para ter raiva de nós até o fim da noite.

Vou, então, até a mesa do lado, onde minha avó, usando uma caneta preta com ponta de feltro, anota uma cifra em um cartão branco, dando um lance numa cesta de presentes enorme doada pela Soapery, a loja de artesãos locais que fica no centro.

"Ai, meu Deus. Não, sra. Tanner." Joy dá uma olhada no que ela escreveu. "A senhora acabou de oferecer *dois mil dólares* por uma cesta de sabonetes. Sabonetes!" Ela balança a cabeça, incrédula.

"São sabonetes ótimos", responde minha avó, toda séria, depositando o cartão na caixa sobre a mesa. "Encontrou alguma coisa para dar um lance?" A pergunta era dirigida a mim.

"Ainda não encontrei o pacote do spa. Era a única coisa que eu queria." Levanto o queixo, determinada. "E eu vou matar quem der um lance maior que o meu. Juro pra você, eu sonho com aquela massagem com pedras quentes todos os dias."

"Não vai gastar todo o dinheiro nisso", Joy me lembra, com os olhos escuros faiscando de malícia. "Você precisa ter um pouco de grana pra dar um lance no seu amigo Tate no leilão de solteiros."

Minha avó acha graça. "Você vai dar um lance pelo sr. Bartlett?"

"Talvez", respondo, a contragosto. "Ele me pediu pra salvar ele se alguma coroa ficar meio interessada demais."

"Eu gosto daquele rapaz." Minha avó dá uma risadinha.

Eu também.

O que, aliás, está virando um problema. Principalmente depois do que rolou entre nós naquela noite. Joy insiste em dizer que não foi nada de mais. Até Peyton meio que diminuiu a importância da coisa. Mas as duas estão muito enganadas.

Quando você chega em casa depois de beijar de verdade um cara e depois dá uns beijos de mentirinha em outro, isso é um problema.

E, quando o cara com quem você deu os beijos de mentirinha é aquele que você quer beijar de verdade, só que não pode, porque ele não tá a fim... isso também é um problema.

Antes que eu me aprofunde demais nesse dilema, meu telefone apita com uma mensagem, ironicamente da pessoa que *está* a fim de mim.

AARON: *Como está indo o lance da caridade?*
EU: *Minha avó acabou de dar um lance de 2 mil em sabonetes.*
AARON: *Ousada.*
EU: *Né?*
AARON: *A gente ainda vai sair pra jantar amanhã à noite?*
EU: *Vai. Não vejo a hora.*

Enfio o telefone de volta na bolsinha de mão prateada, tentando me convencer internamente de que estou, *sim*, ansiosa para sair de novo com Aaron. E, vai, talvez nos últimos dias ele tenha até aprimorado aqueles beijos dele. Tenha praticado com uma almofada, sei lá. Uma garota tem o direito de ter esperanças, né? Porque a lembrança daquela língua invasiva se enfiando na minha boca como se estivesse tentando encontrar minhas amídalas sem parar me dá ânsia de vômito. O que é uma pena, porque fora isso ele é ótimo. Me manda mensagem todo dia desde que a gente se conheceu. Manda memes, fala coisas aleatórias. Ele é bem engraçado.

Mas...

Não sei se Aaron é o cara certo.

Sabe, não é como se eu estivesse querendo preservar minha virgindade para o meu verdadeiro amor nem nada assim. Eu não estou trancada em casa esperando que o Príncipe Encantado bata na minha porta. Mas sei lá, quero no mínimo sentir uma atração física maluca pelo cara. Quero não ser capaz de me conter quando ele estiver por perto. Quero sentir um tesão tão grande que quase não consiga esperar pra arrancar as roupas dele. É *esse* o nível de química que eu quero.

Tudo bem, talvez um único encontro não baste pra avaliar uma coisa dessas. Pelo menos é o que Peyton sempre diz. Segundo a minha melhor amiga, o primeiro encontro serve para sentir o potencial, a fagulha. E, se você sentir a fagulha, por menor que seja, é preciso dar uma chance pra ver se a fagulha vai virar fogo. E eu senti a fagulha com o Aaron com certeza, não dá pra negar, então acho que preciso esperar para ver se vira um incêndio.

"Olha lá o pacote do spa!", exclamo, avistando o item na mesa seguinte.

Eu praticamente atropelo minha avó para pegar o cartão dos lances e a caneta verde na cestinha. Queria ver o que as outras pessoas já ofereceram, mas o formato desse leilão é burro assim mesmo. É silencioso, então é tudo *secreto*. Os lances são colocados na caixa, uma pessoa é designada a procurar o lance mais alto e assim se define o vencedor.

"Sabe, não é como se isso fosse muito difícil", comenta Joy, sorrindo ao ver a minha indecisão.

"O próximo horário disponível nesse spa é em julho. Em julho, Joy. Eles fazem reserva com um *ano* de antecedência. Essa é a minha única chance. Uma oportunidade única."

"Você tem problema, só pode."

Enquanto ela bate o pé no chão, impaciente, calculo mentalmente o quanto custa um pacote assim e dobro o valor. Logo em seguida, risco a cifra anterior e ponho o triplo.

"Reza por mim", peço enquanto ponho o cartão na caixa.

"Nossa, eu preciso de uns amigos novos", fala Joy para a minha avó.

"Senhooooooras e senhooooooores", grita uma voz masculina do palco do outro lado do salão. "Um minuto de sua atenção, por favor!"

O salão barulhento se acalma, mas não muito. A maioria do público de roupas de gala continua o que estava fazendo, ignorando os mestres de cerimônia, que este ano são dois: um ex-jogador do Carolina Panthers cujo nome não ouvi e uma âncora de noticiário do canal local cujo nome também não peguei. Joy e eu estamos nos referindo aos dois como o Grandão e a Loirona, porque ele é grande e ela é loira.

"O leilão silencioso está encerrado", anuncia o Grandão. "Nossa equipe maravilhosa vai começar a abrir os lances, e os vencedores vão ser anunciados depois do leilão de solteiros. Até lá... comam, bebam e se divirtam!"

A Loirona vai até o lado dele em cima dos saltos perigosamente altos para gritar no microfone: "Que comece o baile!". Quando a voz estridente dela ecoa pelo salão, vejo que minha avó faz uma careta.

"Tudo bem aí?", pergunto, tocando o braço dela.

"Estou um pouco cansada", admite ela. "E, pra ser bem sincera, acho que os meus ouvidos não aguentam escutar essa mulher por mais uma hora."

"Quer ir embora?"

Depois de um instante, ela assente com a cabeça. "É, acho melhor. Tudo bem você chamar um carro de aplicativo pra voltar pra casa?"

"Claro, sem problemas. Mas tem certeza? Ainda são oito horas."

Ela abre um de seus sorrisos com um toque de malícia. "Já marquei presença, querida. Ninguém vai reparar se eu for embora."

"Eu vou com você até o carro, então." Lanço um olhar para Joy. "A gente se vê lá na mesa."

"Boa noite, sra. Tanner", diz Joy, curvando o corpo para dar um beijo no rosto da minha avó.

"Boa noite, querida."

Depois que me despeço dela e vejo o carro partir, volto para o salão e vou me esgueirando pelas mesas para passar. Os arranjos de mesa deste ano são enormes — vasos chiques de cristal com plumas e galhos de mosquitinhos. Acho que foram pensados para parecer com cisnes. Ou cavalos. Pode ser qualquer coisa, na verdade. A plataforma elevada que chega até o palco foi posicionada para servir de passarela para o leilão de solteiros, e quando passo por lá, seguro o riso. Coitado do Tate. Ainda não o vi hoje, então acho que ele se escondeu em algum lugar.

Ou talvez esteja conversando com Joy, o que descubro quando chego à mesa comprada pela minha avó.

Ele está usando um terno cinza-escuro, com o paletó de lã se esticando deliciosamente pelos ombros largos. Por baixo, usa uma camisa social branca sem gravata com dois botões abertos. Com o rosto bem barbeado e os cabelos penteados, está parecendo um daqueles estudantes riquinhos que ele chama de *clones*.

"Alguém gastou tudo o que tinha de produto pro cabelo", provoco.

"Acertou." Os olhos azuis dele percorrem meu vestido. "Essa cor fica ótima em você."

"Obrigada", diz Joy. "Fui eu que escolhi."

Solto uma risadinha de deboche. "É. O crédito é todo da Joy. Está pronto pro seu momento?", pergunto para Tate.

Ele assente com a cabeça. "Eu tomei todo o cuidado do mundo. Tenho um plano A *e* um plano B."

Estreito os olhos para ele. "E eu sou qual dos dois?"

"Ué, o plano A. Quer dizer, ninguém vai querer sair com a própria mãe se puder evitar."

Isso me faz rir. "Sua mãe está aqui?"

"Ela e o meu pai estão bem ali." Ele aponta para uma mesa à direita do palco. "Ela prometeu me resgatar se você me deixasse na mão. Aliás, vem cá pra eu apresentar você pra eles."

"Quê?" Fico desconfortável, e os saltos dos meus sapatos nude de bico fino se afundam no carpete bordô. "Ah, não precisa."

"Não, vem, sim. Eles vão adorar te conhecer. Eu estava falando de você agorinha mesmo."

Ele estava mesmo?

Percebo que Joy está me olhando com uma cara de *sério mesmo que ele estava falando sobre você com os próprios pais?*

Respondo com um olhar de pânico que diz *socorro*, mas ela acaba me jogando ainda mais na fogueira, como sempre. "Eu guardo seu lugar pra você", responde ela, pegando uma taça de champanhe com um garçom, dando um gole e abrindo um sorriso sacana. "Vai conhecer os pais dele, Cass."

Traidora.

"Que foi, você acha que isso vai ser esquisito?", pergunta Tate, quando pega de leve no meu braço para me guiar por entre os convidados.

"Não", minto. "Por que seria esquisito?"

"Nada, é que a Joy deu a entender que conhecer os meus pais seria uma coisa muito importante, sei lá." Ele dá de ombros. "São só os meus velhos. Eles não têm nada de especial."

Tate está enganado. Assim que vejo os Bartlett, fico impressionada. E não sou a única. O casal está no meio de um grupo bem grande de pessoas, claramente ocupando o centro das atenções. O pai de Tate — alto, loiro e sociável — está contando uma história que está fazendo todo mundo gargalhar. Um homem de cabelo grisalho limpa as lágrimas dos olhos e diz: "Meu Deus, Gavin, essa é a coisa mais maluca que eu já ouvi".

Quando veem Tate se aproximando, os Bartlett se afastam dos amigos e nos recebem com sorrisos largos no rosto. Tate descreveu a relação entre dos pais como *nojenta de tão melosa*, o que eu entendo imediatamente. Eles transmitem uma aura que envolve todo mundo ao redor, uma espécie de casulo de amor e afeto.

E estão sempre se tocando de alguma forma. Mesmo quando o pai estende a mão para mim, continua envolvendo a esposa com um dos braços. "Gavin", ele se apresenta. "Prazer em conhecer."

Quando a mãe dele aperta minha mão, a outra continua apoiada no braço de Gavin. "Gemma", ela se apresenta. É uma mulher baixinha e curvilínea, de cabelo loiro escuro e olhos castanhos calorosos, que parece ser bem mais jovem do que é. O vestido branco cinturado que está usando serve em seu corpo como uma luva.

"Cassie." Retribuo o cumprimento dos dois antes de olhar para Tate. "Ai, que fofo. Eles têm até as mesmas iniciais. GG, Gavin e Gemma. Adorei." Abro um sorriso. "Vocês perderam a chance de dar uma de Kardashians e escolher um nome com G pro Tate."

"Nós pensamos seriamente em escolher Gate", responde Gavin, com uma voz séria, "mas achamos que Tate soava melhor."

Solto uma risada. "Ouviu isso, Gate? Você escapou de uma boa."

"Tate falou que você vai garantir ele no leilão, é isso mesmo?", pergunta Gemma, sorrindo para mim.

"Não sei... eu *pensei* que pudesse ser. Mas agora parece que vai rolar uma guerra de lances entre nós duas..." E levanto o queixo em uma expressão fingida de hostilidade.

Gemma finge que fecha a cara. "Ah, sim, guerra é guerra."

"Meninas, por favor. Não precisam brigar por minha causa." Tate faz uma careta. "Não, mas sério mesmo. Não faz sentido eu envolver a minha própria mãe numa competição em que o prêmio é um encontro comigo."

Gavin cai na gargalhada. "Isso é verdade, garoto." Ele dá um tapa no ombro de Tate antes de voltar a atenção na minha direção. "Está aproveitando as férias, Cassie?"

"Ah, sim. Tenho descansado bastante."

"Tate me disse que você foi criada aqui, é isso mesmo?"

"É, sim. Meu pai e minha madrasta ainda moram aqui, junto com as minhas meias-irmãs, mas eu moro em Boston agora. Faço faculdade lá."

"Já contou a novidade pra ela?", Gavin pergunta para o filho.

Tate fica incrédulo. "Claro que não. Por que eu faria isso?"

"Hã, porque é a coisa mais legal que já aconteceu com qualquer um aqui?", rebate o pai dele.

Tate não estava brincando quando falou que Gavin parecia uma criança que cresceu demais — e, além disso, ele é a cara do pai, sem tirar nem pôr. Os dois são tão parecidos, tanto em termos de aparência como de personalidade, que não consigo conter o sorriso ao vê-los interagir.

"Que novidade é essa?", pergunto, curiosa.

O rosto todo de Gavin se ilumina, os olhos cheios de orgulho. "Adivinha quem vai aparecer no jornal?"

Tate olha de esguelha para mim. "O *Avalon Bee* vai fazer uma matéria sobre o meu pai", explica, baixando o tom logo em seguida para complementar: "Ele acha isso grande coisa, mas todo mês sai um perfil de algum empreendedor local. É literalmente só mais um".

"Na primeira página?", desafia Gavin.

"Tá, tudo bem, não na primeira página", admite Tate. "Mas o único motivo pra você aparecer nela é porque deu um bom desconto pro Harvey naquela lancha. Praticamente subornou o cara."

"Eu? Você acha que *eu* seria capaz de subornar um jornalista?"

"Acho", Tate e Gemma respondem ao mesmo tempo.

Eu dou risada e depois solto "uuus" e "aaas" para parecer interessada nos detalhes que Gavin faz questão de me contar sobre a matéria. Conversamos por mais alguns minutos até o Grandão e a Loirona voltarem para o palco e pedirem para todo mundo se sentar. O leilão de solteiros está prestes a começar.

"Eu quero morrer", resmunga Tate.

"Vai dar tudo certo", garante a mãe dele. "Todo mundo vai querer dar lances por você, querido."

"Para, mãe. Até parece que você não entendeu. Eu *não* quero que todo mundo dê lances por mim. Só a Cassie."

Gavin levanta as sobrancelhas para mim. "Olha só pra você, mocinha. Cativou o coração do nosso filhão aqui."

"Ah, não, a gente é só amigo", eu me apresso em esclarecer.

"E eu estou só brincando", responde ele, com uma risada escandalosa.

Solto uma risadinha constrangida para complementar. "Ah. Bom, foi um prazer conhecer vocês. Agora acho que preciso ir sentar lá com a minha amiga."

"Foi ótimo te conhecer, Cassie", diz Gemma, toda calorosa.

"Eles são bem normais", murmuro para Tate enquanto ele me acompanha até a mesa da minha avó.

"Pois é. Eu te avisei."

Dez minutos depois, o leilão começa. Em uma plataforma iluminada mais para o fundo do palco, o Grandão pega uma pilha de cartões e apresenta o primeiro solteiro.

"Uma salva de palmas para Morty!"

Um homem de smoking, óculos e uma gravata-borboleta aparece no palco. Deve estar chegando na casa dos sessenta e, com um sorriso simpático, acena para a plateia e começa a desfilar.

"Ah, ele é uma graça", exclama Joy.

"Morty está no auge de seus sessenta e dois anos, um contador que adora números e ama picles. E não só *comer*, preparar também! No tempo livre, Morty faz conservas com qualquer alimento que venha parar em suas mãos: beterraba, pimentão, tomate, pêssego, abobrinha, ruibarbo... Farrah, você sabia que dá pra fazer picles de ruibarbo? Eu não!"

Tá. Então o nome da Loirona é Farrah.

"Parece uma delícia!", exclama ela ao microfone.

"Então, pessoal, o que acharam? Quem vai querer um encontro com Morty? Se o lance for bem alto talvez você até ganhe picles personalizados! Fiquei sabendo que a garagem dele tem prateleiras e mais prateleiras de potes maravilhosos de conserva..."

"Mudei de ideia", murmura Joy. "Acho que tem chances aí de ele ser um serial-killer."

"Esse negócio dos potes, né?"

"Pois é."

"Vamos começar com lances de cinquenta dólares."

Três mãos se levantam. "Cinquenta!"

"Cem."

"Cento e cinquenta!"

Antes que a gente consiga registrar, Morty, o fabricante de picles, já foi arrematado por seiscentos dólares.

"Ele saiu por quinhentos e cinquenta dólares a mais do que pensei que conseguiria", murmura Joy para mim, e morremos de tanto rir. Está rolando champanhe à vontade no evento e, apesar de estar na primeira taça, já me sinto meio alta.

O solteiro seguinte é um bonitão grisalho que provoca murmúrios da plateia quando sai de trás das cortinas de veludo pretas.

"Caralho. Que daddy gato", comenta Joy.

"Ai, credo. Não fala isso."

"Ah, qual é, vai dizer que você não pegaria?"

Olho melhor para ele. Está usando uma camisa branca de linho, uma calça cinza bem passada e mocassins. A pele está bem bronzeada pelo sol. É um homem alto e bonito e, quando é revelado que administra um fundo de investimentos, as mulheres começam a gritar seus lances.

Quando Farrah, a Loirona, anuncia isso, uma convidada já grita: "Quinhentos!"

"Seiscentos!"

"Setecentos!"

"Oitocentos e cinquenta!"

Joy olha para mim. "Me empresta um pouco do dinheiro da sua avó?"

Dou um cutucão nela com o cotovelo. "De jeito nenhum. Você acabou de voltar com o Isaiah."

"Ah, é. Que caralho. Esqueci."

Depois que o coroa grisalho é arrematado por mil e quinhentos, vários outros solteiros desfilam pelo palco. O dono da cervejaria Good Boy. Um adestrador de cachorros. Dois garçons do restaurante do clube e um instrutor de golfe — felizmente, Lorenzo não está entre eles.

Quando chega a vez de Danny, amigo do Tate, o lance vencedor pelo ruivo gatinho é de dois mil e trezentos. A coisa não está nada boa para Tate se esse for o preço médio dos instrutores de vela bonitões.

Danny desce do palco com um sorriso amarelo para cumprimentar a vencedora. O casal não precisa sair hoje, mas o costume é ir se apresentar à pessoa que "arrematou" o leiloado. A mulher envolve o bíceps de Danny de imediato com os dedos e olha para ele com uma expressão que é pura avidez. Agora entendo por que Tate estava tão preocupado. Tem um monte de mulheres sedentas aqui hoje.

"Nosso próximo solteiro é Tate!", anuncia Farrah.

"Lá vamos nós", eu digo.

Tate aparece no palco com as mãos grudadas nos passadores de cinto da calça. Os passos longos que dá o fazem atravessar a passarela em dois tempos, com o cabelo claro brilhando sob o holofote.

"Tate não perde uma chance de velejar e divide o tempo entre o iate clube e a Bartlett Marine, a principal loja de barcos de Avalon Bay."

"Aeeeeeeee!", grita uma voz que reconheço como a de Gavin Bartlett.

"Ele adora estar no mar, seja como for. Quando não está num barco, está numa prancha de surfe."

Tate chega ao fim da passarela e faz uma pose um tanto ridícula. Ele me procura no meio da plateia e dá uma piscadinha antes de virar as costas.

"Esse menino de ouro é um romântico nato. Gosta de longas caminhadas pela praia e de observar as estrelas ao lado de uma pessoa especial."

É fisicamente impossível revirar os olhos ainda mais para cima. Fico me perguntando se foi ele mesmo quem escreveu esse texto.

Farrah solta um suspiro quando Tate volta e fica ao lado dela na plataforma. "Ah, queridinho, eu topo ver estrelas com você a qualquer hora, sem nem pensar duas vezes."

"Farrah", o Grandão murmura em seu microfone para fazê-la parar com isso.

Ela pisca algumas vezes. "Ah, é. Vamos começar os lances com..."

"Quinhentos", alguém grita imediatamente.

Joy pega a taça da minha mão antes que eu consiga dar um gole. "Se concentra. É a sua hora de brilhar."

Pego meu champanhe de volta. "Estou dando uma esperada. Não posso parecer interessada demais." Dou um bom gole no espumante e abro um sorriso. "E também quero que ele fique morrendo de medo."

"Sua bruxa."

"Seiscentos!"

"Oitocentos!"

"Novecentos e cinquenta!"

Tate me lança um olhar de súplica lá do palco, com um sorriso amarelo que não esconde em nada a agonia que está sentindo. Levanto a taça para ele e dou mais um bom gole.

"Mil dólares!"

"Mil e cem!"

"Cassie", avisa Joy.

"Pode deixar, estou sendo estratégica", garanto. "Elas que fiquem aí se cansando. É o que eu faço com as minhas irmãs quando elas se entopem de açúcar."

"Mil e duzentos!", grita uma voz anasalada.

"Mil e quinhentos!" Essa voz é mais rouca.

Opa. Olho ao redor para avaliar a concorrência e levanto uma sobrancelha. Tá, beleza. Interessante. A autora do lance mais alto é uma morena linda que não me parece tão sedenta quanto as outras. Mas claramente está chegando aos cinquenta. Então agora fico hesitante. Tate me falou para não deixar qualquer coroa ganhar. Mas e se essa for o tipo de coroa que ele curtiria? Ela é toda gostosona e não tem aquele ar de predadora.

"Dou-lhe uma..."

Mas eu fiz uma promessa para ele.

"Dou-lhe duas..."

"Cassie", sussurra Joyce.

Merda.

Pega de surpresa, acabo falando o primeiro número que me vem à mente.

"Três mil!"

Minha amiga fica boquiaberta. "Cara. Era mil e quinhentos. Você dobrou o lance."

"Três mil", repete o Grandão. "O maior lance da noite. Tem alguém aqui que gosta mesmo de ver estrelas."

Farrah assume o comando. "Dou-lhe uma... dou-lhe duas..."

A morena bonita do outro lado do salão fica em silêncio.

"Vendido por três mil dólares para a ruiva de vestido verde!"

No palco, Tate sorri para mim.

Preciso conter um suspiro. Foda-se. Pelo menos foi por uma boa causa.

15

CASSIE

"Isso significa que agora eu posso mandar em você à vontade?", pergunto mais tarde. "Tipo, pelo restante do verão?"

Tate solta uma risadinha de deboche. Estamos descendo na direção do atracadouro da casa dos Jackson, onde a água bate quase sem fazer barulho nas colunas de madeira e o zumbido dos insetos preenche o ar. São onze e meia, e a noite está calma e tranquila. Ainda estou de vestidinho, mas deixei os sapatos de salto no gramado. Ele tirou o paletó e dobrou as mangas da camisa.

"Pelo restante do verão? Vai sonhando."

"Eu acabei de gastar três mil em você. Vê se me respeita, moleque ingrato."

"Sim, mas os três mil eram da sua avó."

"Mas um dia eu vou herdar esse dinheiro. Tá, e vou ter que dividir com os meus primos, é verdade, mas mesmo assim", resmungo, baixinho. "Então vai ser assim, é? Eu vou sair de mãos abanando? No mínimo você devia trabalhar sendo o meu cara da piscina nos fins de semana ou alguma coisa assim. Sabe, tipo, vestir uma sunguinha e me servir drinques à beira da piscina."

"Você doou dinheiro para uma boa causa. Não tá bom, já?"

"Não!"

Ele revira os olhos. "Tudo bem. Vamos fazer assim, então: você pode mandar em mim pelo restante da noite."

"Mas eu vou pra cama daqui a, tipo, uma hora", reclamo.

"Então você tem uma hora pra fazer o que quiser comigo."

Ponho as mãos na cintura. "Beleza, então. Vai lá pegar umas bebidas pra gente." *Aff*. Só que dar ordens para as pessoas não combina em nada com quem eu sou, então acrescento às pressas: "Hã... por favor?".

Ele joga a cabeça para trás e cai na risada. "Você é péssima nisso. Mas está com sorte, porque eu já tinha pensado nessa questão da bebida antes. Tenho uma surpresa pra você."

Isso desperta o meu interesse.

"Fica à vontade. Eu já volto."

Sento em uma das espreguiçadeiras viradas para a água e ajusto melhor o encosto. O tempo agora à noite está perfeito. Ao ar livre, a temperatura está tão agradável quanto do lado de dentro, então estendo as pernas diante de mim e fecho os olhos, curtindo o momento. Meus olhos se abrem quando escuto o som dos passos de Tate nas tábuas do atracadouro. Ele reaparece com duas garrafas de champanhe.

Solto um suspiro de susto ao reconhecer os rótulos dourados. São os espumantes caríssimos que estavam servindo no clube.

"Você roubou isso de lá?", pergunto.

"Roubei, sim."

"Ai, meu Deus, você é um ladrão."

"Juro pra você, mesmo roubando isso aqui eles ainda estão me devendo por todas as aulas sobre segurança no mar que me fazem dar sem pagar hora extra."

"Eu não posso consumir mercadoria roubada."

"Não só pode como vai."

Ele põe as garrafas em cima das mesinhas entre as espreguiçadeiras e tira do bolso duas taças estreitas, que deve ter trazido da cozinha de Gil Jackson. Pegando uma das garrafas logo em seguida, tira o papel-alumínio dourado que envolve o gargalo.

Quando está prestes a estourar a rolha, eu o interrompo com um grito escandaloso. "Não aponta pra água!"

"Eu posso apontar pra sua cara, então", sugere Tate.

Mostro o dedo do meio para ele. "Aponta lá pra grama, mas não pra água. E se a rolha for parar no meio da baía e um peixe comer e morrer engasgado? Ou uma tartaruga, sei lá? Ai, meu Deus, e se tiver um Keanu Reeves morando debaixo desse atracador e ele pensar que isso aí é comida e aí ele acabar *morrendo*..."

"Você nunca para de falar, né, ruivinha?"

"Para de me chamar de ruivinha, Gate."

Ele aponta o dedo para mim. "Não. De jeito nenhum. Isso aí *não* vai rolar."

"Ué, o que rolou, Gate?", pergunto, com uma voz meiga. "Alguém te deu um apelido que você não gostou?"

"Se me chamar disso aí de novo eu juro que mato uma tartaruga na sua frente."

"Você não ia ter coragem." Sorrio para ele. "Ah! Por falar em tartarugas, o meu pai me escreveu mais cedo e adivinha só... a minha madrasta concordou com a tartaruga. Estão planejando dar para as meninas depois da festa de aniversário delas, daqui a umas duas semanas. As gêmeas vão ficar mega empolgadas."

"O seu aniversário também está chegando, né?"

Ele lembrou?

Meu coração dispara, mas finjo que nem liguei. "Também é daqui a umas duas semanas", confirmo. "Eu e as minhas irmãs fazemos aniversário no mesmo dia."

"Que merda. Deixa eu adivinhar... você conseguiu ver o lado bom disso também?"

"Aham." Aponto com o queixo para as mãos dele. "Não vai abrir logo essa garrafa, Gate?"

"Essa coisa de *Gate* não vai pegar", rosna ele antes de se virar para uma direção segura para estourar a rolha. Um instante depois, está servindo o líquido cheio de bolhinhas nas taças. Então me entrega uma delas e se acomoda na cadeira ao meu lado.

Enquanto bebemos o champanhe, tento ignorar as batidas descompensadas do meu coração. O suor que sinto nas mãos. Parece que estou num encontro, apesar de eu saber que não é nada disso.

Para deixar bem claro para o meu cérebro iludido e sem noção que esse tipo de pensamento não tem nada a ver com a realidade, eu me obrigo a dizer: "Vou sair com Aaron de novo amanhã".

"Ah, é." Tate dá uma risadinha. "A batalha das línguas, parte dois."

"Ai, credo, espero que não."

"A gente se preparou pra isso. Se acontecer de novo, você precisa dizer alguma coisa", ele avisa.

"Eu vou dizer", prometo.

"E vamos torcer pra que o beijo seja a única coisa que ele não sabe fazer direito."

Fico tensa e alarmada. "Ah, não. Não *mesmo*. A minha ideia era deixar que ele fosse um pouquinho mais longe dessa vez e pusesse a mão nos meus peitos. Não tem como alguém ser ruim nisso, né?"

Tate bebe um pouco mais de champanhe, pensando a respeito. "Ele pode ser daquele tipo que aperta demais os peitos."

Eu fico pálida. "Se for, eu vou ser obrigada a acabar falando alguma coisa, porque antes vai vir um grito de dor. Minhas meninas são bem sensíveis."

Tate volta os olhos brevemente para mim. "Ah, é?", diz ele, arrastando as sílabas.

"É. Bastante." De repente, sinto a garganta seca.

A dele também deve estar, porque vira o restante da taça e serve mais uma só pra ele.

"Vai com calma", aviso.

"Eu tô de boa. Olha como essas taças são pequenas. Vou precisar de várias dessas pra começar a ficar bêbado."

Ele tem razão, então estendo a minha taça minúscula, que ele enche com um sorriso brincalhão que estou começando a querer ver todos os dias ultimamente. Enquanto ficamos sentados no atracadouro, meus olhos se voltam para o céu, observando o brilho daquela manta luminosa.

"É incrível como o céu é estrelado aqui", comento. "Em Boston é diferente. Por causa da poluição, acho. Quase não dá pra ver as estrelas."

"Eu adoro. Principalmente em alto-mar. Sem nada de terra à vista, e esse céu imenso lá no alto. Pode dar um pouco de medo olhar em volta e só ver água. Mas aí tem as estrelas, né? Estão sempre lá. São um ponto fixo no céu. Quem sabe ler as estrelas nunca fica perdido. E nem perde a cabeça."

"Puta merda", digo. "Você gosta mesmo desse lance de astronomia? Pensei que aquele treco que eles leram no leilão tivesse sido só qualquer merda que você inventou." Dou uma risadinha. "*Ele é um romântico nato e gosta de longas caminhadas pela praia.*"

"É, essa parte meio que era qualquer merda mesmo. Quem escreveu a apresentação resolveu improvisar." Ele encolhe os ombros. "Eu citei quatro interesses meus no questionário que mandaram por e-mail, todas resumidas em uma palavra. Acho que acharam que era muito pouco."

"Em uma palavra..." Começo a listar em voz alta. "Vela. Surfe. Astronomia. Espera aí... qual foi a quarta?"

"Eles não disseram."

Olho para ele, curiosa. "Por quê? O que era?"

"Sexo." E dá uma piscadinha.

Meu rosto fica tão quente que quase pega fogo, o que não é nada bom, porque eu já estava vermelha por causa do álcool. Prefiro nem imaginar de que cor estou agora.

Entre uma tacinha e outra, secamos uma garrafa inteira de champanhe. Ele bebeu mais que eu, só que a minha tolerância ao álcool é mínima, e o champanhe solta a minha língua.

"Ah... eu não tenho muita experiência com isso aí pra falar", confesso.

Tate já está abrindo o lacre da segunda garrafa. Ele para o que está fazendo por um instante e me olha nos olhos. "Você é virgem."

"Cara, você fala como se fosse uma certeza", retruco, secamente. "Não se preocupa nem em perguntar, né? Tá escrito na minha testa, por um acaso?"

"Que isso. É só um palpite bem embasado."

Estendo a taça de novo. "Bom, a resposta pra essa pergunta que nem foi uma pergunta é sim. Eu sou virgem. Mas já fiz umas outras coisas."

"Ah, é?" Com os olhos passeando pelo meu corpo, ele inclina a cabeça na minha direção.

"Nem vem me dizer que você quer que eu te conte o babado."

"Ué, me conta, então, ruivinha. O que você já fez?" Quando continuo em silêncio, ele vira metade da própria taça. "Beleza, vou tentar adivinhar. Tá. Então. Uns amassos eu sei que você já deu."

Reviro os olhos. "Já."

"Punhetinha?", ele arrisca.

"Já."

"Boquete?"

"Já." Eu me viro para ele. "E inclusive engoli."

Tate, que estava no meio de um gole, cospe o champanhe ao ouvir a minha resposta orgulhosa. Aos risos, ele repõe a bebida que derramou. "Que safadinha", ele comenta, achando graça.

"Enfim. É isso. Um resumo da vida sexual de Cassie Soul. Punheta e boquete. Fim."

"Claro que não, pô", retruca Tate. "Isso foi o que *o cara* ganhou. Mas e você? Já foi chupada alguma vez?"

"Essa conversa tá ficando bem inapropriada pra dois amigos."

"Tá nada. Eu converso com os meus amigos sobre sexo o tempo todo."

"Com as *amigas* também?"

"Claro. Você devia ouvir as histórias que a Steph conta. E ela é bi, então, tipo, é safadeza em dobro. Às vezes ela fala de boceta, às vezes de pau. Bem legal."

Dou risada. "Parece ser mesmo."

Ele me olha por cima da taça de champanhe. "Você já teve um orgasmo?"

Ai, meu Deus.

"Já", resmungo. "Sozinha e acompanhada, antes que você pergunte."

"Acho que nunca vi um rosto tão vermelho na minha vida."

"Eu avisei, essa conversa é bem inapropriada."

"Por quê, está ficando com tesão?"

Estou!

"Não", minto.

Ele se limita a sorrir. "Tá, mas por que você nunca transou? Está esperando pelo amor da sua vida?"

"Não." Solto um suspiro. "Eu transaria com um cara se sentisse aquele tesão maluco, sabe, mas isso quase nunca acontece. Juro pra você, minhas amigas saem na rua e, puf, encontram alguém que não conseguem parar de agarrar. Já eu sou um desastre quando o assunto é conhecer caras. Eu começo a tagarelar... você já percebeu isso, né? E, mesmo quando consigo controlar os nervos e interagir de forma decente com alguém que despertou meu interesse, os caras acabam não se interessando por mim. E os que que eu *não* quero não me deixam em paz."

"Mas costuma ser assim mesmo que as coisas funcionam."

"Eu tava saindo com um cara no ano passado", conto. "Durou uns seis meses, e rolava uma química, com certeza. Mas parecia que tinha alguma coisa que não encaixava. Que ficava faltando. Eu não me sentia totalmente à vontade com ele, acho. E não conseguia ir até o fim."

"Se não conseguiu ir até o fim com um cara com quem saiu por seis meses, como acha que vai conseguir fazer isso em um verão? Julho já tá quase no fim", Tate me lembra. "O tempo pra colocar em prática seu plano de ter uma foda fixa pro verão tá acabando."

"Mas, em minha defesa, eu queria ter ido até o fim três semanas atrás." De repente, tenho um acesso de riso. "Você sabe, né, que foi o primeiro cara com quem conversei nessas férias? Dá pra acreditar? Eu *nunca* conheço caras que me atraem, e aqui isso aconteceu na primeira noite que saí." Caio na gargalhada. "E aí você me chutou."

"Tudo bem aí, Soul?"

"Tudo ótimo", consigo dizer, quase sem fôlego de tanto rir. "Mas é que parece até piada. Estou há quase um mês na cidade e consegui o quê? Primeiro saí com um cara que aprendeu a beijar num curral, aí agora eu tô aqui, admirando estrelas com um gostosão e nenhum de nós dois está sem roupa porque ele não está interessado em mim."

"Eu nunca disse que não estava interessado em você", rebate Tate.

"Acho melhor a gente não entrar nessa de novo", respondo, estendendo o braço para dar um tapinha no joelho dele. "Não esquenta, eu não estou brava nem nada. Só constatando o quanto essa situação é absurda."

Claramente incomodado, Tate decide servir mais uma taça de champanhe, mas só caem algumas gotas da garrafa.

"Que merda." Ele parece surpreso. "A gente matou duas garrafas de champanhe, Cassie. Em uma hora. A gente tá parecendo dois pinguços, porra."

"Acho que é a minha deixa pra ir embora, então." Meus joelhos estão moles quando levanto da cadeira. Recolho as garrafas vazias. "Vai, Gate. Me acompanha até em casa pra eu não tropeçar em alguma coisa e quebrar o pescoço."

"Esse negócio de Gate não vai colar, ruivinha."

"Ah, vai, *sim*."

Tate põe a mão nas minhas costas para me guiar, me mantendo equilibrada enquanto andamos. Tenho certeza de que senti os dedos dele se moverem numa leve carícia. Mas provavelmente foi sem querer, porque estamos cambaleando pelo caminho, os dois um pouco bêbados. Mesmo assim, o toque dele nas minhas costas transmite uma sensação de intimidade.

Quero sentir a mão dele em outras partes do meu corpo também.

Ele não estava errado. Eu estou, *sim*, com tesão. Tanto tesão que até dói. Estou quase apertando as coxas uma contra a outra, desesperada para entrar logo, quando paramos para nos despedir no gramado bem cuidado entre as duas casas. Não tem nada que eu queira mais do que me trancar no quarto, enfiar os dedos dentro da calcinha e gozar pensando nele.

Uma vez lá dentro, verifico se todas as luzes estão apagadas, porque às vezes a minha avó é meio esquecida. Daí ligo o alarme e subo correndo, fazendo o mínimo de barulho possível. O latejar no meio das minhas pernas ficou quase insuportável. Já vou abrindo o vestido enquanto corro pelo corredor. Entro no meu quarto, jogo o celular na cama e começo a abaixar o vestido, que deixo cair no chão meio segundo antes de me dar conta de que ainda não fechei as cortinas.

E Tate está na janela.

Meu coração vai parar na garganta. Estou usando só uma calcinha pequenininha e um sutiã sem alças. E ele percebe. Claro que percebe. Os olhos dele percorrem todo o meu corpo, admirando sem pressa, e então sobem para o meu rosto. Fico esperando que ele pegue o celular e mande uma mensagem engraçadinha.

Mas, em vez disso, ele começa a abrir a própria camisa.

Eu fico sem fôlego.

É impossível desviar o olhar. Eu já o vi sem camisa antes, mas tirando a roupa desse jeito... chega a ser quase mais íntimo que a nudez em si. Mal consigo respirar. Lentamente, ele abre a camisa branca e a desliza pelos ombros. Os olhos dele permanecem fixos nos meus quando joga a peça longe.

Chego mais perto da janela, mas não fecho as cortinas. Nem com uma arma apontada para a minha cabeça eu faria isso agora. Engulo em seco, tentando molhar a garganta. Mas ela continua sequíssima.

Tate abre o zíper da calça.

Solto um gemido e, apesar de estar a mais de cinco metros de distância, juro que ele abre um sorrisinho como se tivesse ouvido.

Ele tira a calça cinza e chuta para longe. Meu olhar instintivamente se volta para a região da virilha dele. Tem um volume na cueca branca que sem dúvida é de tesão. O tecido está todo esticado, deixando pouquíssima margem para imaginação. Estou hipnotizada.

Estamos entrando num território perigoso, à beira de um abismo. Agora que ele já está só com a roupa de baixo, é a minha vez de fazer alguma coisa. Não posso fechar as cortinas e fingir que isso nunca aconteceu.

Ou...

Escuto uma vibração vindo da cama. Olho para lá esperando uma mensagem, mas é uma ligação. Engolindo em seco, pego o celular com a mão trêmula e aceito a chamada.

"Eu nunca disse que não estou interessado." A voz rouca dele faz cócegas na minha orelha.

"Q-quê?" Minha boca está tão seca que mal consigo expulsar aquela palavra.

"Você disse que eu te chutei porque não estou interessado. Isso não é verdade." Ele bufa. "Sei que pareceu só um monte de merda, mas eu estava falando sério quando disse que era melhor ficar só na amizade. Mas isso não quer dizer que eu não sinta atração por você. Porque eu sinto. Estou sentindo agora mesmo."

"Sério?"

"Aham." Ele faz uma pequena pausa. "Você não tem ideia do que faz comigo."

"Então me mostra."

O pedido me escapa antes que eu consiga deter.

Esquece essa coisa de beira do abismo. Eu já me joguei lá de cima faz tempo e agora estou em queda livre. Meu coração bate com tanta força que minhas costelas estão doloridas. Todos os músculos do meu corpo estão carregados de tensão, e os meus joelhos tremem quando me aproximo da janela.

Tate está com o telefone colado na orelha. Me olhando. Mas ainda não respondeu.

Então ouço a voz dele chegar lentamente ao meu ouvido.

"É você quem está no controle, então?"

Dessa vez, o sorriso malicioso que vejo naquele rosto é inequívoco. Então percebo que esse é o pretexto de que nós dois precisamos. Um jeito de nos distanciarmos do erro que provavelmente estamos prestes a cometer. Tate disse que eu poderia mandar nele pelo restante da noite. Então por que não? Vamos tratar a coisa toda como uma brincadeira. Uma brincadeirinha sem maiores consequências.

"É mesmo." Meu tom de voz é suave. "Sou eu que mando." Respiro fundo. "Me mostra o quanto você se sente atraído por mim, então."

Bem diante dos meus olhos, ele bate o dedo na tela do celular e põe o aparelho sobre o parapeito da janela. A ligação está no viva-voz. Três segundo depois, ele está sem roupa. Maravilhoso e com uma ereção gloriosa. Comprido e bem duro, maior do que eu esperava.

Minha boca seca de novo e engulo às pressas. Tate desliza a mão pelo peito descoberto. Sem pressa, curtindo cada instante. Segura a base grossa do pau com a mão e acaricia lentamente. Abafo outro gemido.

"Estou bêbada", digo para ele.

"Eu também tô."

Não consigo tirar os olhos da mão dele, dos dedos compridos que envolvem aquele pau ereto. "A gente é amigo."

"Aham, a gente é sim", ele concorda.

"Amigos não deveriam fazer isso."

"É, acho que não." Ele faz uma pausa. "Mas tá vendo isso aqui?" Mais uma carícia deliberadamente longa e lenta. "É assim que você me deixa, bem duro. Ultimamente preciso bater uma antes de sair quando sei que vou te encontrar, pra ficar menos atentado."

Essa imagem obscena faz os meus mamilos se enrijecerem. "Tá falando sério?"

"Uhum. E vou bater uma até gozar assim que você fechar as cortinas."

As minhas mãos tremem tanto que quase derrubo o celular. "Quem disse que eu vou fechar?"

Do outro lado, vejo o leve movimento que a língua dele faz, passando pelo lábio inferior para umedecer o canto da boca.

"Você não faz ideia do quanto fica maravilhosa assim", comenta ele, com a voz rouca.

Segurando o telefone contra a orelha, levo a outra mão às costas, tateando à procura do fecho do sutiã. É um desses mais fáceis de soltar com uma das mãos. Quando abro, ele vai parar imediatamente no chão.

Assim que os meus peitos ficam expostos, Tate emite um som penoso. Rouco e grave.

"E agora? Como é que eu estou?"

Ai, meu Deus, quem é essa mulher que está falando? Que palavras são essas saindo da minha boca? De quem é essa voz rouca? Estou aqui, me mostrando para ele, mas sem sentir a menor vergonha.

"Você tá deliciosa pra caralho."

Um sorriso se abre em meus lábios, que se franzem quando percebo que a mão dele parou de se mover. "Você parou de se tocar."

"Estou esperando pelas suas ordens", é a resposta dele, bem séria. "Me diz o que você quer ver."

Neste momento me dou conta de que, apesar de toda aquela pretensão, não tenho nada a ver com quem estou tentando ser aqui. Não sei que rumo dar a uma interação como essa. Não sei o que pedir pra ele. Nem como. Só o que sei é que o meu clitóris está latejando, e que os meus mamilos nunca ficaram tão rígidos.

"Quero que você me ajude", digo. "Que você assuma o controle e me ajude a..." Eu me interrompo.

Um gemido estrangulado chega ao meu ouvido. "Te ajudar com quê? A gozar?"

"É."

"Beleza. Então eu quero que você enfie a mão na calcinha. Aí quero que esfregue essa sua boceta gostosa até gozar pensando em mim. Consegue fazer isso?"

A onda de tesão quase faz as minhas pernas cederem. Deus do céu.

"Não sei", confesso. "Não sei se consigo fazer isso de pé." Tenho certeza de que o meu rosto está mais vermelho do que nunca.

"Chega mais perto." A voz dele é hipnótica. É como uma isca, e eu me deixo atrair como um peixe, subindo para a superfície na direção dela.

"Me põe no viva-voz", ele diz, quando estou a um passo da janela. "Deixa o celular no parapeito."

Meu sangue está pulsando como se acompanhasse uma batida ritmada e acelerada. Ele está se tocando de novo, com carícias lentas de tempos em tempos. Sem pressa nenhuma. Fico admirando os músculos do abdome dele e o V tão sexy formado pelos oblíquos. Tate é incrível. Queria que estivesse aqui no quarto comigo, com aquela pele quente e bronzeada contra a minha.

Ponho a ligação no viva-voz, feliz por vovó ter um sono pesado.

"Isso, que menina mais boazinha", elogia ele, quando solto o aparelho. "Agora apoia a mão esquerda na janela e se equilibra."

Sigo as instruções que ele me dá.

"Quero ver a sua outra mão dentro da calcinha."

Deslizo os dedos da mão direita por baixo do elástico e, assim que encontram meu clitóris, quase caio. "Caralho", digo. Ainda bem que estou me segurando em alguma coisa.

Ele dá uma risadinha. "Está gostoso?"

"Tá, sim."

Continuamos olhando um para o outro. Ele está se masturbando um pouco mais depressa agora. Eu faço o mesmo.

O olhar dele está cravado em mim. Não sei se está concentrado nos meus peitos ou nos movimentos que faço com a mão, mas, seja como for, a respiração dele fica mais acelerada. Consigo ouvir pelo viva-voz.

Minha respiração também começa a fazer barulho. Apoio a palma da mão no ventre, me esfregando contra os meus dedos. Formigamentos de prazer se espalham pela minha pele. Meus mamilos estão durinhos, e os seios, extremamente sensíveis.

Solto o ar bem devagar. "Queria que você estivesse aqui comigo."

"Eu também."

Mesmo assim, nenhum de nós tenta concretizar esse desejo. Eu não o convido para vir para cá. E ele não se oferece. Em vez disso, continuamos a estimular cada um o próprio corpo. Olhando nos olhos um do outro. Meu corpo vira um fio desencapado, esperando desesperadamente por uma faísca para pegar fogo.

"Você queria estar sentindo o meu pau dentro de você?"

Solto um gemido baixinho. "Não sei", respondo, sendo bem sincera. "Nunca senti um pau dentro de mim."

Isso provoca um grunhido da parte dele. "Caralho. Por que será que essa foi a coisa mais gostosa que eu já ouvi?"

Quando vejo o punho dele se fechar com força ao redor do pau ereto do outro lado, começo a me esfregar com mais força contra os meus dedos. Essa tensão é agoniante. Aplico mais força no clitóris, que está até doendo de tanta vontade, e um tremor toma conta de mim.

"Estou quase lá." Mal consigo ouvir a minha voz em meio aos ecos das batidas do meu coração.

"Ah, é? Eu quero ver."

Mordo o lábio. Sinto meu corpo fraco e pesado, como se as minhas pernas estivessem prestes a ceder. Me agarro ao parapeito, cravando as unhas na madeira pintada de branco. Me inclino para a frente e apoio a testa na janela. Minha respiração errática embaça o vidro. Um gemido agudo escapa dos meus lábios quando o prazer se intensifica, contraindo meu ventre. Nossa. Essa é a experiência mais erótica da minha vida.

"Isso, Cass. *Assim mesmo*. Você vai me fazer gozar."

Essas palavras roucas me proporcionam a faísca. Meu corpo entra em combustão. O orgasmo vem à tona como um relâmpago, uma explosão de calor. O êxtase me arrebata, atravessando o meu corpo como ondas pulsantes e deliciosas. Quando Tate começa a grunhir, abro bem os olhos. Fico olhando enquanto ele chega ao orgasmo, ouvindo os sons abafados que produz enquanto se entrega ao clímax. Move a mão mais devagar, finalmente. O peitoral dele sobe e desce sem parar, com respirações rasas e aceleradas.

"Caralho", ele prag ueja, mordendo os lábios quando encontra os meus olhos.

Pois é. Caralho.

16

CASSIE

A necessidade de pertencimento está profundamente enraizada em todos nós. Acho que não existe um sentimento pior do que se sentir excluída e ter que ver tudo do lado de fora. Ficar olhando para um grupo de amigos rindo e se divertindo juntos na escola e desejando fazer parte para ouvir a piada. Ver os colegas de trabalho reunidos em torno do bebedouro e querer participar da conversa também. Ou, no meu caso, tentar desesperadamente fazer parte da minha própria família. Desde que o meu pai se casou com Nia, eu me sinto deixada de lado. E, dois anos depois, quando as gêmeas nasceram, fui mais do que jogada de escanteio — fui jogada *na sarjeta*. Pelo menos é assim que me sinto. Nia nunca me aceitou de braços abertos, e estou sempre pisando em ovos com o meu pai, o que me deixa ainda mais desesperada para conseguir a aprovação dele.

Provavelmente é por isso que, quando ele me liga trinta minutos antes do horário que combinei de me encontrar com Aaron para jantarmos juntos, atendo sem hesitação.

"Pensei que a filha da amiga da Nia fosse a melhor babá da região", digo em tom de brincadeira, sem conseguir resistir à tentação de dar uma alfinetada passivo-agressiva disfarçada de provocação. Em visitas anteriores, eu me ofereci para cuidar delas diversas vezes quando meu pai saía com a esposa, mas eles nunca aceitaram, preferindo contratar qualquer adolescente que more na mesma rua deles em vez disso.

Meu pai dá uma risadinha. "Kendra é ótima, mas não é páreo para a irmã mais velha das meninas. Enfim, ela torceu o tornozelo hoje à tarde e precisou cancelar de última hora. Mas também não quero te atrapalhar num sábado à noite. Você não tinha planos para hoje?"

"Até tinha, mas posso remarcar sem problemas. A não ser que... tudo bem se eu convidar um amigo pra ir comigo? A gente ia sair pra jantar e ir no cinema. Acho que posso sugerir que a gente veja uns filmes da Disney em vez disso."

"É aquele seu amigo que vimos na loja de animais?"

"Não, esse é outro."

"Uau, que popular! Pode sim, sem problemas. Convida o seu amigo. E obrigado, Cass. Fico te devendo uma. Não dava para cancelar nosso programa de hoje... uma banda cover do Creedence Clearwater Revival vai tocar lá no parque. Estou louco para ver."

"Não esquenta. Eu quase não vi as meninas esse mês, então vai ser bom passar um tempo com elas."

Depois que desligo o telefone, mando uma mensagem para Aaron.

EU: *Peço MIL desculpas, mas rolou uma mudança de planos de última hora. Meu pai tem compromisso e precisa que eu fique com as minhas irmãs. Alguma chance de você querer me fazer companhia? A hora de dormir delas é às nove, então ainda vamos ter um tempinho a sós. ALÉM DISSO... vai rolar um filme da Disney entre uma coisa e outra...*
AARON: *Se for* Frozen 2, *eu já topei.*
EU: *Acho que você vai ter que negociar isso com duas meninas de seis anos. São elas que mandam.*
AARON: *Eu aceito o desafio.*
EU: *Já te mando o endereço.*

Uma hora mais tarde, Nia abre a porta da frente para me deixar entrar na casa onde fui criada, e a expressão relutante em seu rosto me diz que ela não está gostando nem um pouco dessa mudança de planos.

"Obrigada por topar ficar de babá hoje, Cassandra." O sorriso dela parece meio tenso. "Com certeza você tinha coisas mais interessantes para fazer num sábado à noite."

"Tá tudo bem. Eu quase não fiquei com as meninas nessas férias."

Eu não queria que parecesse uma acusação, mas percebo uma expressão de culpa nos olhos dela.

Antes que ela possa dizer qualquer coisa, mudo de assunto. "Tem alguma coisa que eu precise saber? Alguma alergia nova desde a última vez? Ou só a alergia a coco da Roxy?"

"Só coco mesmo." Nia me conduz até a cozinha. "Elas já jantaram e acabaram de sair do banho. Clayton está vestindo as duas." Quando ouvimos risinhos de criança vindos do andar de cima, ela lança uma expressão de divertimento para o teto. "Ou pelo menos deveria estar vestindo. Seu pai consegue transformar qualquer coisa em brincadeira."

Abro um sorriso. "Ele sempre foi assim."

Ela para ao lado do balcão. "Fizemos uma compra boa no mercado hoje, então tem bastante coisa para comer e beber. Só não deixa elas tomarem refrigerante. Nem uma gota."

"Pode deixar", prometo.

"Agora vou subir para acelerar as coisas por lá."

Quando Nia sai da cozinha, tiro a jaqueta e penduro no encosto de um banquinho, ajeitando a bolsa sobre o balcão e, quando pego meu celular, vejo uma mensagem de Tate.

TATE: *Fiz minhas preces aos deuses do beijo em seu benefício. Que a sorte esteja a seu favor.*

Fiquei esperando o dia todo por uma mensagem dele. Não queria ser a primeira a me manifestar e, quanto mais o dia se arrastava sem uma palavra da parte dele, mais eu ficava com medo do quanto a noite de ontem pudesse ter arruinado as coisas entre nós. Dormi pesado pra caramba depois da nossa sessão de masturbação conjunta e acordei de manhã me perguntando o que diabos tinha feito. Um limite havia sido ultrapassado, mas eu não sabia como abordar a questão. Fiquei pensando que, se ele mandasse mensagem e falasse sobre aquele assunto, eu poderia culpar o champanhe.

Mas isso? É essa a mensagem que ele me manda?

Vamos só fingir que não aconteceu nada? Que eu não sei a cara que ele faz quando goza?

Uma onda de calor se espalha pela minha pele com essa lembrança obscena. Não vou conseguir apagar essa imagem da memória nunca mais. Os dentes dele se cravando no lábio. A mão segurando o pau. O ruído rouco que ele soltou. Ver Tate Bartlett estremecer durante o orgasmo foi a cena mais deliciosa que já testemunhei na vida.

Mas tudo bem. Acho que não vamos falar sobre isso, então.

EU: *HAHA. Obrigada. Mas vai ser difícil beijar hoje. Acabei ficando de babá, então Aaron hoje só vai me fazer companhia mesmo.*
TATE: *Aff.*
EU: *Pois é. Mas de repente a gente sai depois, se os pais delas não chegarem muito tarde.*
TATE: *Beleza. Espero que seja divertido.*

Com um suspiro, deixo o celular de lado. Bom, pode ser até melhor não falar a respeito e esquecer que isso aconteceu.

Só que, como a maioria das coisas impossíveis, esquecer a noite de ontem é... bom... impossível.

"A hora de ir para a cama é às nove", avisa Nia, dez minutos depois, enquanto ela e o meu pai calçam os sapatos no hall de entrada. "Elas podem ver um filme. Mas só um."

Fico olhando enquanto ela prende as tiras de uma sandália dourada. Está linda hoje. Cabelo solto, os cachos pretos emoldurando o rosto e a fazendo parecer menos severa; geralmente está preso em um coque, o que confere a ela uma expressão mais séria. A maquiagem está leve, com só um toque de sombra dourada nos olhos e um pouquinho de máscara de cílios. Está usando um vestido azul bem solto, com uma estampa bem diferente, além das sandálias douradas.

"Você está linda", digo a ela, antes de conseguir pensar no que estava fazendo. Eu sei, por experiência própria, que Nia não lida bem com elogios. Quer dizer, pelo menos não com os meus. Geralmente ela desconsidera com um gesto de mão.

Mas hoje ela me surpreende. "Obrigada." Alisa a frente do vestido. "Minha mãe me mandou esse vestido no ano passado, mas é a primeira oportunidade que tenho de usar."

"Pacotes de presentes do Haiti, é? Legal."

Nia sorri. "É sempre uma surpresa maravilhosa. Fico morrendo de saudade de casa."

Tenho certeza de que essa é a primeira conversa mais pessoal que ela tem comigo. Puta merda. Será que estamos nos entendendo?

Mas o meu pai acaba com o momento passando ao meu lado para entrar na sala de estar, onde as minhas irmãs estão no sofá, tagarelando em francês.

"*Au revoir, mes petites chéries*", ele diz.

"*Au revoir*, papai!"

"Não deem muito trabalho pra irmã de vocês", avisa ele.

"A gente não vai dar", promete Roxy.

Meu pai me dá um beijo no rosto e sai pela porta da frente. Nia fica para trás, o rosto assumindo uma expressão de pânico.

"Nada de refrigerantes", ela me lembra. "Se elas quiserem comer alguma coisinha, tem biscoitos de arroz na prateleira de cima do armário. Monique adora, principalmente se tiver um pouco de manteiga de amendoim em cima. Ah, e não tira o olho dela. Ela adora subir nos móveis."

"Pode ficar tranquila", garanto. "Qualquer coisa eu ligo. Espero que o show seja bom."

"Obrigada, Cassandra." Todo mundo me chama de Cassie ou Cass, mas, em oito anos, Nia nunca me chamou de nada que não fosse meu nome.

Fecho a porta atrás deles, tranco com a chave e entro dançando na sala feito uma participante de programa de auditório que acabou de ser escolhida para subir no palco. "Beleza, os adultos já foram!", grito. "Hora de curtir!"

As gêmeas têm um acesso de risadinhas. Eu me jogo no sofá entre elas e passo um braço pelos ombros de cada uma.

"Tá, então, eu preciso avisar uma coisa", digo. "Convidei uma pessoa pra vir ficar aqui com a gente hoje."

Roxy dá um gritinho. "Como é que ela se chama? Vocês se conhecem de onde?"

"Bom, em primeiro lugar, é ele..."

"Eeeeca", solta Mo, fazendo uma careta.

"Como é que ele se chama? Vocês se conhecem de onde?", pergunta Roxy.

"O nome dele é Aaron. Vocês vão gostar dele. É um cara divertido. Eu falei que ele podia ver o filme com a gente."

"Eu não quero ver filme. Quero ouvir uma história", reclama Monique. "Do Kit e da McKenna!"

"A gente pode fazer as duas coisas", respondo. "O filme agora e a história antes de dormir."

A menção à história favorita das duas me faz lembrar que não recebi mais notícias de Robb. Mandei para ele o enredo do livro na semana passada, mas ele ainda não me mandou nenhum esboço de desenho. Como a gráfica que encontrei demora uns sete dias para imprimir e encadernar o livro, Robb e eu precisamos estar com as ilustrações finalizadas até o próximo fim de semana para dar tempo de ficar tudo pronto até a festa de aniversário das meninas.

Quando Roxy continua fazendo perguntas sobre Aaron, recebo uma mensagem dele me avisando que chega em mais ou menos quarenta minutos. Quando eu disse que não íamos sair para jantar juntos, ele acabou indo até Charleston com o irmão para comer, e estão na estrada agora.

EU: *As meninas estão meio enxeridas hoje, então pode esperar um interrogatório pesado quando chegar.*
AARON: *Ha! Eu não ligo. As crianças costumam me adorar.*

E é verdade. Uma hora depois, estamos assistindo *Moana* e as gêmeas estão quase morrendo de rir enquanto Aaron canta com vontade o número musical inteirinho do The Rock na frente da televisão. Ele sabe a letra de cor e, quando peço uma explicação depois, ele abre um sorriso tímido e responde: "Minha irmã mais velha tem uma filhinha de quatro anos. A gente vê um monte de desenhos juntos".

Lá pela metade do filme, as meninas ficam entediadas e dizem que preferem jogar alguma coisa, então Mo traz um jogo de cartas bem absurdo que Roxy faz o seu melhor para explicar como funciona. A coisa envolve monstros e partes de corpos decepadas e umas batalhas bizarras usando umas cartinhas esquisitas. Não entendo nada do que está rolando, mas Aaron pega o jeito rapidinho e, quando vejo, ele e Roxy estão travando uma luta de monstros violenta um contra o outro, com direito a encaradas e provocações patéticas.

"Ah, agora você vai morrer", ele diz para a minha irmã.

"Nada disso. É você que vai."

"Não, é você que vai."

"Não, é você QUE VAI!" Roxy mostra a língua para ele.

Aaron mostra a língua de volta pra ela.

Eu fico só olhando para ele. "Eu tô saindo com uma criança de seis anos."

"Tá saindo, é?" Os olhos dele brilham.

Com um sorriso, eu levanto uma sobrancelha. "Ué, sim, isso aqui não é um encontro?"

"Eeeeca!", resmunga Monique.

"A Cassie tem namorado!", grita Roxy.

Reviro os olhos. "Vocês estão sendo MUITO infantis", digo num tom arrogante, e Aaron dá uma risadinha.

Um pouco mais tarde, olho no relógio e vejo que são quase oito e meia, então aviso que precisamos encerrar o jogo. Roxy vence, mas acho que é só porque Aaron deixou, o que é mais um ponto positivo para ele. E topar os novos planos sem pensar duas vezes confere mais um pontinho. Ele é um cara legal mesmo.

"Tudo bem você ficar aqui enquanto eu levo as meninas para a cama?", pergunto.

Ele já está com o controle remoto na mão. "De boa", ele me garante. "Tem um jogo de pré-temporada rolando. Quero ver como os Bills estão se saindo."

Eu vivo esquecendo que ele é de Nova York. *Que não é tão longe de Boston*, uma vozinha na minha cabeça me lembra.

Acho que isso é bem conveniente. Quer dizer, isso se a gente continuar saindo. Mas, no momento, apesar de estar me divertindo com ele, a impressão é que somos só amigos mesmo. A fagulha inicial não parece que vai pegar fogo. Não sinto aquela vontade maluca de beijar o cara, mas não sei se não estou sentindo todo aquele fogo e paixão por causa do que aconteceu da última vez que a gente se beijou ou se é só porque não rola química mesmo.

Sei que esse tesão maluco existe em mim. Ele veio ontem à noite. Quer dizer, eu tenho certeza de que *uma parte* dele veio do álcool, mas foi principalmente por causa de Tate.

No andar de cima, ponho as meninas na cama e acendo o abajur na mesinha de cabeceira entre as duas. Quando apago a lâmpada do quarto, o abajur envolve o ambiente com um brilho amarelado e projeta sereias nas paredes. É muito legal. Eu bem que queria ter tido um desses quando era criança.

Arrasto a cadeira de balanço branca para perto das camas. É uma lembrança de quando elas eram bebês, e de repente me vem uma lembrança de Nia sentada aqui, embalando o sono das minhas irmãzinhas.

"Tá", digo, animada. "Estão preparadas pra descobrir o que acontece quando o irmão mais velho da McKenna encontra o Kit escondido na garagem?"

"Obrigada por me esperar." Eu desço meia hora depois, e Aaron já está bem à vontade na sala de estar, com os pés sobre a mesinha de centro, recostado nas almofadas e com um braço atrás da cabeça.

Ele até que fica gostoso nessa posição...

Tá, isso é promissor.

Quando ele vira na minha direção, vejo os olhos dele faiscarem e sinto um arrepio entre as pernas.

Definitivamente promissor.

"As meninas já dormiram?", ele pergunta.

Me acomodo ao lado dele no sofá. "A Roxy parece que tem um botãozinho de desligar. A Mo leva mais tempo. Mas ela já estava começando a pegar no sono quando saí."

"Elas são bem legais. São suas meias-irmãs, né?"

"É. A mãe delas é a segunda esposa do meu pai, a Nia."

"E você não tem mais irmãos?"

"Não. Fui filha única até os quinze, aí as gêmeas nasceram."

Conversamos sobre coisas de família por um tempo, mas sou obrigada a admitir que não estou prestando muita atenção no que ele diz. O braço de Aaron está em volta de mim e sinto os dedos dele roçando meu ombro descoberto. Fazendo um carinho de leve. É gostoso. Fico positivamente surpresa ao sentir um calor começando a se formar na minha barriga. Meu coração acelera. Beleza, então, talvez tenha como fazer dar certo.

"Cassie."

Viro para ele, que está me encarando com os olhos semicerrados.

"Oi?" Eu engulo em seco.

"Eu quero muito te beijar."

Engulo em seco de novo. "Que bom. Então me beija."

Apesar de todos os conselhos que Tate me deu sobre como evitar uma "entrada agressiva", tudo acontece tão depressa que não tenho tempo nem de piscar, muito menos de pôr a mão no rosto dele e elogiá-lo. A velocidade com que os lábios dele capturam os meus e aquela língua invade a minha boca é impressionante. Ele é um mestre na arte da intensidade máxima sem nenhuma preliminar. Inclusive, nunca conheci ninguém que fosse assim *tão* especialista em beijar *tão* mal. Mais uma vez, estou na mesma situação, a de participante indefesa num beijo que me deixa zonza, só que não no bom sentido.

Fala para ele ir mais devagar.

Escuto a voz de Tate dentro da minha cabeça.

Mas fico constrangida demais em pedir para ele pegar mais leve. Ainda mais porque ele está gemendo como se estivesse curtindo demais tudo isso. Os dedos dele se enroscam nos meus cabelos. A outra mão passeia pelas minhas coxas por cima da calça de ginástica que estou usando. Felizmente, um alívio me percorre quando ele faz uma pausa para respirar. Puxo o máximo de oxigênio possível para os pulmões enquanto Aaron murmura: "Porra, como você é linda", e de repente começa a me "beijar" de novo. A essa altura, acho que isso nem se qualifica como beijo, mas mais como um ataque ao meu rosto.

Fala alguma coisa.

Eu não digo nada.

Pois é, eu sou uma bunda-mole mesmo. Deixo que ele continue fazendo o que imagina ser um beijo sexy por mais um minuto inteiro. Até que, para o meu imenso alívio, uma vozinha nos interrompe.

"Cassie?", resmunga Monique da escada.

Aaron e eu nos afastamos. "A gente continua de onde parou", digo, mas por dentro estou pensando, tipo, *a gente não vai continuar isso nunca.*

Vou para o corredor e encontro Mo descendo a escada de pijama, totalmente acordada.

"Oi, pequena." Franzo a testa. "Por que não está na cama?"

"Não consigo dormir."

"Oun. Que coisa mais chata. E como a gente pode resolver isso?"

"Será que pode me contar outra história?"

Olho para o relógio pendurado na parede da entrada da cozinha. São dez e cinco. Uma hora depois do horário dela de dormir. E Nia e o meu pai devem chegar daqui a uma hora, mais ou menos. Mordo a parte interna da bochecha. Eles não podem encontrar Monique acordada, ou nunca mais vão me deixar cuidar das meninas de novo.

"Tudo bem." Solto um suspiro. "Sobe lá pra cama que eu conto outra história. Vou só me despedir do Aaron primeiro."

"Eu espero aqui mesmo." Erguendo o queixo numa postura desafiadora, ela se senta no primeiro degrau.

"Tudo bem, mas não sai daqui."

Quando volto para a sala, Aaron já está de pé, com o celular na mão, pegando as chaves na mesinha de centro.

"Você ouviu?", pergunto.

"Ouvi."

"Desculpa. Preciso voltar lá pra cima pra ela conseguir dormir e não quero te obrigar a ficar aqui me esperando." A insônia de Monique também é a brecha que me proporciona a rota de fuga de que tanto precisava, mas essa parte guardo só para mim.

"Sem problemas", responde ele, tranquilo. "Que tal a gente se ver de novo durante a semana? Ouvi dizer que tem um minigolfe bem legal na parte sul do calçadão."

"Claro. Parece ótimo."

Eu o acompanho até a porta e ele se inclina para a frente para um beijo de despedida. Por sorte, é no rosto, com a língua bem dentro da boca.

"Boa noite, gostosa", ele diz, com uma voz rouca, e não posso mentir... isso não provoca reação nenhuma em mim.

Fecho a porta e passo a chave quando ele sai. Então fico parada ali por um instante, soltando um longo suspiro de cansaço quando ouço o carro dele se afastar. Não acho que esse lance com Aaron vá para a frente. Talvez uma amizade, mas, sinceramente, não consigo pensar em nada mais que isso. O que significa que...

Um barulho alto de alguma coisa caindo interrompe meus pensamentos.

Parece ter vindo da cozinha.

Uma onda de medo me domina e me leva a ir correndo até lá. "Monique?", eu grito, enquanto corro pela casa.

Chego voando à cozinha e sinto um aperto no peito quando vejo o corpinho dela caído ao lado do armário alto onde ficam as guloseimas. A prateleira de baixo quebrou, e pedaços de madeira estão no chão. Fica claro que ela tentou subir no móvel, que não aguentou o peso dela. Embalagens variadas estão espalhadas ao redor de seus pés — pacotes de batatas fritas, um pote de amendoins, todo tipo de coisas para fazer biscoitos e bolos. Na prateleira de cima, um pote de castanhas rola até a beirada antes de despencar e não acertar, por muito pouco, a cabeça de Monique. Ela solta um grito de susto.

Vou até ela para ajudá-la a se sentar. "Ai, meu Deus, querida. Está tudo bem? Onde dói?"

Entro no modo de resolução de emergências e começo a procurar por ferimentos, sentindo meu sangue gelar quando vejo o sangue em seu queixo. Não está escorrendo, são só uns pontinhos vermelhos, mas o que quer que a tenha atingido fez estrago suficiente para romper a pele e deixar uma marca.

Lágrimas escorrem pelo rosto de Monique. "Aquele treco caiu na minha cara. Ali", ela aponta.

Sigo o dedo dela até ver um pote de amendoim rolando na direção da geladeira. Ufa. Graças a Deus. É de plástico, não de vidro. Mas, de qualquer forma, Nia vai me matar.

"Quebrou a minha cara", diz Mo, aos prantos. "Eu só queria uns biscoitos de arroz."

"Vem cá, lindinha." Eu a pego no colo. Ela me envolve com os braços e as pernas e se segura com força em mim. O choro dela começa a se acalmar, restando apenas os soluços.

"Vamos pegar um band-aid pra você."

"Eu não quero band-aid", grita ela, em meio aos soluços.

"Mas você é tão corajosa... vou te pôr no chão, tá bom?" Eu a sento numa cadeira da mesa da cozinha. "Não é pra sair daí. Não quero você nem respirando, viu, Mo?"

Vou até o banheiro do corredor, onde sei que o meu pai tem um kit de primeiros socorros embaixo da pia, que pego e levo para a cozinha, onde Mo dessa vez ficou onde eu pedi.

Ficando de joelhos diante da cadeira, abro um lencinho antisséptico. "Vai arder só um pouquinho", aviso. "Está pronta?"

Ela assente com um gesto sutil.

Quando limpo o pequeno corte, ela franze o rosto. "Isso é muito ruim!"

"Eu sei, mas já acabou. Viu? Pronto. Já foi." Dou uma olhada no lencinho, que felizmente não ficou manchado de sangue. Vai ficar um hematoma pequeno, mas só isso.

Quando coloco o band-aid, pego o corpinho dela no colo de novo e observo seu rosto. "Está tudo bem? Ainda está doendo?"

Ela balança a cabeça. "Não."

"Que bom. Beleza, vamos voltar lá pra cama."

Quando chegamos à escada, a porta da frente se abre.

Merda.

Escuto as vozes de Nia e do meu pai. Mo também, porque sai logo gritando: "Mamãe! Papai! Eu quebrei a cara! Olha só!".

Solto um gemido sufocado. "Monique", repreendo.

Mas é tarde demais. Os dois já estão vindo correndo. Nia tira Monique do meu colo enquanto o meu pai pergunta: "O que aconteceu? Está tudo bem?"

"Está, sim", eu garanto. "Sério mesmo. Tem uma prateleira quebrada na cozinha, mas a Mo está bem."

Sem mais nenhuma lágrima nos olhos, Monique exibe o curativo. "Olha só! Será que vai ficar cicatriz?"

"Cicatriz?" Nia vira para mim com um ar de reprovação. "O que aconteceu?" O tom que assume é de irritação.

"Eu fui abrir a porta pro Aaron. A Mo não conseguia dormir e estava sozinha na cozinha — sendo que eu *pedi* pra ela me esperar no corredor." Fecho a cara para a minha irmã.

"Desculpa", diz ela, toda mansinha.

"Ela tentou subir no armário pra pegar uma coisa pra comer..."

Os olhos de Nia começam a faiscar. "Eu avisei para tomar cuidado para ela não subir em nada, Cassandra."

"Eu sei." A culpa provoca um nó na minha garganta. "Juro que ela só ficou sozinha uns trinta segundos. Só até o Aaron ir embora."

"Está tudo bem, querida", meu pai diz, todo gentil.

"Não está, não." O tom de voz de Nia se eleva quando ela dá uma bronca em Monique. "Você não pode subir nos móveis!" Meu pai põe a mão no braço de Nia, que o afasta. "Não. Eu vou levar Monique para a cama. Dê boa-noite para o seu pai e a sua irmã."

"Boa noite, papai. Boa noite, Cassie." A expressão de Monique é de arrependimento quando me olha por cima do rosto da mãe. Ela sabe que me meteu em encrenca e gesticula um pedido de desculpas com a boca.

Abro um sorriso para reconfortá-la e faço um *Te amo* com a boca em resposta.

As duas desaparecem escada acima.

Meu pai olha para mim e suspira. "Não se preocupa. Ela vai ficar bem. Crianças são fortes."

"Eu sei", resmungo. "É só que... a Nia já não gosta de mim."

As feições dele se amenizam. "Como assim? Isso não é verdade."

"Você sabe que é."

"Não é, não", ele insiste. "Ela te acha incrível. Nós dois achamos, aliás."

Ah, sim, claro. Se ele está dizendo.

As falsas garantias que ele me dá para me consolar ainda ecoam na minha cabeça enquanto estou no carro voltando para casa dez minutos depois. São só onze horas e já estou exausta. Minha ideia era sair e ter uma noite divertida, que acabou virando uma tentativa de provar para a minha madrasta que posso ser uma boa irmã mais velha. Em vez disso, só reforcei a má impressão que ela já tem de mim. E não consegui ser mais impositiva com Aaron. Fiquei com medo de magoar os sentimentos dele pedindo para ir mais devagar.

Putz. Estou me sentindo uma merda. Minha autoestima foi parar no pé e eu não conseguiria encontrar um lado bom nessa situação nem se a minha vida dependesse disso. Só quero ir pra casa, me deitar e dormir pelo resto desse fim de semana desastroso.

Quando chego à casa da minha avó, fico alarmada ao ver outro carro estacionado por lá.

Uma Mercedes prateada.

Ah, não.

Não.

Pelo amor, não pode ser ela.

Pelo amor de Deus.

Sinto o estômago revirar quando desligo o motor. Os carros que minha mãe costuma alugar são sempre Mercedes. Ela detesta dirigir o Range Rover da minha avó pela cidade. Diz que é grande demais.

Só que a minha mãe só deveria chegar daqui a duas semanas. Supostamente vem para o fim de semana do meu aniversário, e de jeito nenhum iria querer vir para Avalon Bay mais cedo que isso. Não por livre e espontânea vontade. Desde o divórcio, a cidade se transformou em um lugar amargo para ela.

No hall de entrada, meus piores medos se tornam verdade quando vejo várias malas Louis Vitton empilhadas e encostadas na parede. Ela sempre deixa a bagagem aqui pra que a coitada da Adelaide leve lá para cima, como se isso fizesse parte das atribuições da governanta.

Tiro os tênis e suprimo um suspiro quando vejo a luz da cozinha acesa. Relutantemente, vou até lá. Me preparando para o pior. Porque, pelo jeito, minha sina com coisas ruins está vindo sempre de cozinhas hoje.

Entro e vejo minha mãe sentada à mesa, tomando uma taça de vinho.

Pois é. As piores coisas mesmo.

"Oi!", exclamo, abrindo um sorriso simpático. Mas preciso me esforçar. O meu astral já está péssimo. E, se tem uma coisa que sei sobre a minha mãe, é que ela sempre consegue me jogar ainda mais pra baixo. "O que você está fazendo aqui? Pensei que só viesse daqui a duas semanas."

"Decidi vir mais cedo", responde ela. "Sua avó comentou no telefone um dia desses que vocês nem começaram a separar o que vão levar na mudança no mês que vem. Percebi que vou ser claramente bem mais necessária aqui do que em Boston, onde aliás está fazendo um calor infernal neste verão. Acho que vai ser bom passar um mês à beira-mar." Ela dá outro gole de vinho, põe a garrafa em cima da mesa e levanta da cadeira. "Por quê, algum problema?"

"Não, problema nenhum!" Minha voz sai estridente e esganiçada.

"Maravilha. Vem aqui dar um abraço na sua mãe, então."

Vou até ela e me coloco obedientemente entre seus braços.

"Ah, é tão bom ver você", diz a minha mãe, dando um beijo na minha testa. É uma recepção mais genuína do que eu esperava, com um abraço mais caloroso do que de costume. "Eu estava com saudade, querida."

"Ah. Eu também." Baixo um pouco a guarda. Pelo jeito, peguei um dia de bom humor.

Ela me abraça mais forte. "Espero poder passar bastante tempo com você nas próximas semanas."

Os olhos castanhos dela brilham com o que me parece ser sinceridade quando me solta. Então ficam concentrados na minha calça de ginástica e minha regatinha justa, detendo-se brevemente nas tiras pretas do sutiã que estão aparecendo nos meus ombros.

Ela franze os lábios. "Você saiu na rua assim hoje?"

Pronto, começou.

17

TATE

Não sei... nunca senti um pau dentro de mim...
    Pensei que tivesse me curado da síndrome da ereção involuntária aos catorze anos. No fim, descobri que meu pau ainda tem vontade própria. Só que, desta vez, não estou na frente da classe toda fazendo uma apresentação sobre os pais fundadores dos Estados Unidos quando fico de barraca armada. Estou no bar, levantando para cumprimentar Evan, cujo olhar não deixa passar o que está acontecendo abaixo da minha cintura.
    "Sério que você tá de pau duro?", questiona ele.
    "Fala mais alto que o pessoal que tá sentado lá trás não ouviu ainda", resmungo.
    Por sorte, meu pau abaixa assim que surge uma distração. Antes de Evan chegar, eu estava sozinho e com tempo de sobra para ficar ruminando o que rolou com Cassie. Desde a noite do evento beneficente, estou fazendo de tudo para fingir que não foi nada de mais. Amigos se masturbam um para o outro na frente da janela o tempo todo. Tipo, fala sério, cara. É só uma coisa divertida que pessoas que não podem ter nenhum tipo de envolvimento mais sério fazem. Só que esses argumentos não estão mais funcionando. Ela não é idiota, e eu também não. Um limite foi ultrapassado, e toda vez que ouço a voz rouca dela na minha cabeça murmurando aquelas mesmas palavras — *Nunca senti um pau dentro de mim* —, fico mais duro que granito.
    "Caralho, sério agora. Você tá duro assim por minha causa?" Evan parece estar se divertindo com a situação.
    "Bem que você queria, né?" Empurro a cerveja que comprei para ele pela mesa. "Toma aí."

"Valeu."

É domingo à noite e arrastei Evan até aqui para tomar umas porque Danny e Luke me deram o cano depois do trabalho. Falaram que estavam exaustos após um longo dia na água com um grupo de aspirantes a velejadores desastrosos, apesar de esforçados. Precisando desesperadamente de uma distração, arranquei Evan da cama de Gen. Ou pelo menos foi isso que fiquei com a impressão de que ele está fazendo quando liguei.

Evan leva o copo aos lábios. "E você ainda não me respondeu. Me dá uma pista aí. Quero resolver esse caso. O caso do pau duro misterioso."

"Estou com um problema sexual", confesso.

Ele parece se divertir ainda mais. "Nossa, eu quero muito saber disso. Espera só um minuto." Evan faz sinal para uma garçonete, que vem requebrando deliberadamente até nós.

O nome dela é Nicole, e tenho quase certeza de que Evan transou com ela no ano que Genevieve passou em Charleston e decidiu evitá-lo. O cara tentou curar o coração partido indo para a cama com metade de Avalon Bay, dando em cima de qualquer uma que cruzasse seu caminho. Felizmente, como eu, ele consegue ser bom nessa coisa de ficar de boa com a maioria das moças com quem já transou.

"E aí, meninos", cumprimenta Nicole, toda animada. Ela olha para mim. "Você parece meio... tenso."

Evan dá uma risadinha. "Será que pode me trazer uma porção de asinhas de frango, por favor? Com o molho mais picante que tiver?" Ele dá uma piscadinha para ela. "Por favor. E valeu."

"Eu já trago pra vocês."

Quando ela vai embora com o pedido, Evan dá mais um gole na cerveja. "Beleza, então qual é o problema?"

"Acho que tenho um fetiche por virgens e não estava sabendo."

Ele quase engasga com a cerveja. "Pera aí, como é que é?" Evan tosse algumas vezes.

"Sabe a Cassie, aquela menina que estava lá na sua casa umas semanas atrás? A neta da antiga dona do Beacon?"

"Sei..." Ele balança a cabeça, bufando. "Seu imbecil do caralho. Você tirou a virgindade dela?"

"Não, não. Quer dizer, ela meio que ofereceu. Perguntou se eu estava a fim de ser o casinho de verão dela. Mas eu recusei."

Evan levantou uma sobrancelha. "E desde quando você recusa uma coisa dessas?"

"Mac me deu um toque sobre isso", admito. "E, quando parei pra pensar, percebi que não ia ser uma boa ideia mesmo. Cassie não parece ser do tipo que quer um lance casual. E eu não quero magoar a garota."

"Tá com medinho que ela se apaixone, é?"

"É, mais ou menos isso. Lembra do que aconteceu na época de colégio com a Lindsey Gerlach?"

"Tenho quase certeza de que todo mundo que se formou naquele ano ainda lembra", responde ele, sarcástico. "O que foi que as amigas dela picharam no seu armário mesmo? *Babaca do caralho?*"

"*Cuzão egoísta*", corrijo.

"Que merda. Eu já fui chamado de coisa pior."

Pego o meu copo. "Enfim, eu não queria ferir os sentimentos da Cassie. A gente está criando uma puta amizade, de verdade, e meio que aprendi minha lição da última vez que transei com uma amiga."

Alana e eu não conversamos desde que ela terminou o lance entre nós. É verdade que as coisas não ficaram esquisitas quando estamos com nosso grupo de amigos, mas provavelmente só porque eu quase nem fui em nenhuma das festas de julho. Estou bem ocupado com o trabalho. Ainda assim, a ideia de estragar a amizade que tenho com Cassie é desoladora. Não quero perder o que nós temos. Sentiria falta de falar com ela.

"Mas...", acrescento.

Ele dá uma risadinha. "Sempre tem um *mas*."

"Uma noite dessas, meio que rolou um clima..."

"Claro que rolou. O que vocês fizeram? Deram uns beijos?"

"Cara, não, foi um lance de sexo por telefone." Não entro em detalhes, e deixo a questão da janela de fora. Ele não precisa saber de tudo. "Mas enfim... ela falou dessa coisa de ser virgem algumas vezes e agora não consigo parar de pensar nisso."

"Em que sentido? De tirar o cabaço dela?"

"É", resmungo, e viro metade da minha cerveja. É uma coisa meio difícil de explicar. Quer dizer, eu já vi filmes pornô, e com certeza alguns deles tinham toda aquela aura da virgem, mas esse fetiche em específico, pornô de meninas virgens, nunca foi meu lance. Sempre gostei mais de mulheres mais experientes. Gosto de mulheres que saibam o que fazer com um cara.

Mas a ideia de ser a primeira experiência de Cassie me desperta um treco feroz. Não sei se existe uma razão antropológica, um instinto meio latente de homem das cavernas, um desejo primitivo explicado pela ciência. Só que isso nunca tinha surgido em mim antes.

Uma outra possibilidade me ocorre. Talvez não seja o fato de Cassie ser virgem que me provoca um desejo tão intenso e profundo. Talvez seja porque ela é linda, divertida e uma companhia bem agradável.

Talvez eu só... goste dela.

Puta merda.

"Só que eu sei que não é uma boa ideia. É muita pressão. Ninguém precisa desse tipo de pressão, né?"

"Nossa, não mesmo. É melhor não ser a primeira experiência de uma garota de jeito nenhum. Você vai ser literalmente alguém de quem ela vai lembrar pelo resto da vida. Mas qual vai ser o seu legado? No melhor dos casos, vai ser colocado num pedestal porque transformou a vida dela por inteiro. No caso mais provável? Ela vai ficar nervosa, o que vai *te* deixar nervoso e você vai cagar toda essa experiência pra ela porque os dois vão estar uma pilha de nervos. Ou isso, ou você vai acabar gozando rápido demais porque ela vai ser tão apertadinha que..." Ele interrompe o que está falando de repente. "Por falar em rapidez."

A garçonete volta com uma travessa de asinhas de frango. "Será que eu vou querer saber do que vocês estão falando?", pergunta Nicole, educada.

Evan pisca algumas vezes. "Não."

Abro um sorriso inocente. "Melhor não saber."

"Por que eu estou com a impressão de que vocês estão tramando alguma?" Ela estreita os olhos para nós.

"Quem, a gente? Nós somos dois anjos", rebate Evan. "Você sabe."

"Sei, sim." Com um risinho de deboche, ela deixa as asinhas de frango em cima da mesa e vai embora.

Evan não perde tempo. Puxa a travessa para mais perto e pega uma asinha coberta de molho.

"Beleza, mas agora que a gente sabe que você tem um fetiche por desvirginar", ele diz, entre uma mordida e outra. "O que você pensou em fazer?"

"Nada", respondo, desolado.

"Nada?", repete ele. "Ué, mas que chato." Ele limpa o queixo com um guardanapo e levanta da mesa. "Já volto. Preciso dar uma passada no banheiro."

Ele mal teve tempo de sair e Nicole aparece de novo para ver como estão as coisas na nossa mesa. Ela olha para o lugar vazio que Evan estava ocupando. "Cadê o Hartley? Já te deu bolo?"

"Que isso, ele já volta."

"Que pena. Meu turno está quase acabando." Ela levanta uma sobrancelha. "Eu adoraria fazer companhia pra você."

Sabe. A proposta é bem interessante. Nicole e eu nunca conversamos muito, mas já nos cruzamos pela cidade, e não tenho como negar que sempre gostei da vista que ela proporciona. Alta. Cheia de curvas. Lábios cheios e cabelos escuros na altura dos ombros.

"Acho que vamos ter que deixar pra próxima", digo, com um tom de leveza na voz.

"É mesmo? Que tal na sexta?"

"Tá me chamando pra sair, Nic?"

"Mais ou menos. Já faz anos que vejo você por aí." Ela curva os lábios grossos e vermelhos. "Acho que tá na hora de a gente se conhecer melhor."

Um leve sorriso curva a minha boca para cima. Beleza. Ela deixa as próprias intenções bem claras. Não está me chamando para um encontro nem nada do tipo — está querendo transar. E, quanto mais penso nisso, mais me dou conta de que é exatamente o que preciso para clarear a cabeça. Não transo desde que conheci Cassie. Se não encontrar uma forma de dissipar essa energia sexual acumulada logo, vou acabar explodindo e indo parar na cama de Cassie.

Então, por que não? Uma transa casual vai ser tiro e queda para me impedir de perverter Cassie e arruinar a nossa amizade. Não dá pra continuar batendo punheta todas as vezes que sei que vou encontrar com ela. Não é uma solução viável a longo prazo. Em algum momento, o meu pau vai querer outra coisa que não seja a minha mão cansada.

"Trabalho até as sete na sexta", digo para essa mulher de cabelos pretos sorridente. "Por que você não aparece pra tomar alguma coisa lá pelas oito? Estou ficando na casa dos Jackson. Cuidando da propriedade deles durante o verão."

"Sério? Eu passo pela casa deles no barco do meu pai o tempo todo. Sempre quis saber como é por dentro."

"Então você topa?"

"Claro que topo." Ela passa a língua pelos lábios. "Vai ser legal."

"Beleza. Até lá, então."

Evan volta quando Nicole está rebolando para longe e percebe o sorrisinho que ela me lança por cima do ombro. "Cara, você não perde tempo mesmo, hein?" Volta a se sentar. "E a Nic é muito gente boa."

"Ah, sim, ela é bem legal." Pego uma asinha de frango da travessa. "Vai passar lá na casa dos Jackson na sexta."

"Entendi." Ele assente com a cabeça. "Você está precisando mesmo espairecer."

Evan entendeu. "Pois é."

Apesar de ter feito planos com Nicole, ainda estou com Cassie na cabeça quando chego em casa, algumas horas depois. Estaciono meu jipe na entrada para carros e entro na casa para fazer minha verificação de segurança habitual. Está tudo certo. Mas ainda estou com os nervos à flor da pele. Inquieto. Então, depois de um banho rápido, desço para pegar o maço de cigarros que deixei na cozinha, além de um cinzeirinho de plástico.

Saio para o deque dos fundos, onde ponho um cigarro na boca. São nove e meia e, apesar de não fazer muito tempo que anoiteceu, a lua já está alta e brilhando forte, lançando seus raios prateados sobre a água tranquila da baía. Volto meu olhar para a casa de Cassie. A luz do pátio está acesa, mas não vejo ninguém por lá. Chego mais perto do gradil com vista para o atracadouro e acendo meu cigarro. Dou uma tragada funda, deixo a nicotina encher meus pulmões e só então solto, vendo a nuvem de fumaça voar para longe e se dissipar.

Sinceramente, eu adoro essa cidade, mas às vezes é um puta lugar opressor. Principalmente quando olho para a água e vejo aquela extensão de terra que se curva lá no finalzinho da baía. Porque sei que além dali é mar aberto, e todas as células do meu corpo gritam para que eu suma daqui. Quero navegar pelo oceano me orientando pelas estrelas. Quero conhecer lugares novos, pessoas novas, vivenciar coisas que sei que jamais vou ter a chance em Avalon Bay. Cidades pequenas são uma grande zona de conforto. São parecidas com um par de braços reconfortantes que trazem você para perto e mantêm você em segurança.

Mas são esses mesmos braços que te seguram, que te impedem de sair do lugar.

Hoje estou meio melancólico demais. Devia ter ficado com Evan, oferecido mais uma rodada de bebida, uma partida ou duas de sinuca.

Dou mais uma tragada. Solto a fumaça de novo enquanto ouço os sons da noite. Insetos zumbindo. Árvores farfalhando. Escuto um carro passar lá longe. Uma gargalhada em um atracadouro algumas casas mais adiante. Em seguida, mais um motor de carro, dessa vez perto da casa dos Tanner. Escuto uma porta se fechar e uma movimentação surge na periferia do meu campo de visão, e percebo que o pátio não estava vazio, no fim das contas. Tem uma mulher no deque bebendo uma taça de vinho. Não parece ser a avó de Cassie. Lydia Tanner tem cabelos escuros, e a mulher que vejo é ruiva, com um tom mais vermelho que o de Cassie.

Franzo a testa. Será que é a mãe dela? Pensei que Cassie tivesse dito que a mãe só chegaria no meio de agosto.

A porta dos fundos se abre e uma outra pessoa sai. As plantas a escondem da minha visão, mas reconheço a voz de Cassie.

"Oi, mãe. Acabei de voltar do jantar com a Joy. Só vim falar boa noite."

Ah, então eu estava certo e é mesmo a mãe dela. Quando será que ela chegou? Passei o fim de semana todo no iate clube, então não prestei muita atenção às chegadas e partidas da casa ao lado. Bom, foi isso e o fato de que venho fazendo de tudo para evitar Cassie desde o lance do sexo à distância pela janela.

"Foi isso aí que você usou para jantar fora?", questiona a mãe dela.

"Foi. Algum problema?" O tom de voz de Cassie soa estranho aos meus ouvidos. Forçado, como se ela estivesse tentando se manter neutra, mas não conseguisse. "A gente foi no Joe's Beach Bar. É um lugar mais informal, mesmo."

"Pensei que a gente já tivesse conversado sobre você usar cropped, Cass."

Apago o cigarro no cinzeiro que deixei sobre o gradil. Parece errado ficar ouvindo a conversa dos outros assim. Não que fosse a minha intenção, mas acaba acontecendo, ainda mais à noite, quando não tem nenhum barco na água, nem criança gritando, nem pássaro piando ou gaivota gritando. Só o zumbido dos mosquitos, o crocitar de um grilo e as vozes bem inteligíveis de Cassie e da mãe dela, que não parece estar querendo deixar esse assunto de lado.

"Meu amor, isso aí não fica bem em você."

Meu corpo fica todo tenso. Que papo torto do caralho. Cassie fica bem com qualquer roupa. Pelo que lembro, ela estava usando um cropped na primeira vez que a gente se beijou. E eu não vou esquecer nunca da visão que ele proporcionava, agarradinho aos peitos dela.

E agora me lembrei também do que ela falou sobre a mãe, da maneira como a descreveu. Extremamente crítica. Egocêntrica. Sem a menor empatia.

Até agora, a descrição bate.

"Sei lá... é que eu gosto, só isso." Cassie está mais relaxada agora, mas só o fato de precisar justificar a maneira como se veste já me faz fechar a cara. Ela não deve satisfação da própria vida a ninguém.

"Só acho que é o tipo de coisa que você deveria deixar para meninas como Joy ou Peyton. Garotas que tenham o abdome trincado, sabe?" A mãe dela dá uma risadinha frívola, como se estivesse fazendo uma brincadeira inofensiva. "A pessoa precisa ter uma barriguinha chapada para usar um cropped desses."

Minhas sobrancelhas vão parar no meio da testa.

Ah, vai tomar no cu. É isso o que Cassie deveria dizer. Beleza, a gente precisa respeitar os mais velhos e escutar nossos pais e tal. Mas qual é.

"Credo, barriga de tanquinho é uma coisa superestimada." Não sei como Cassie está conseguindo manter a compostura. De alguma forma, o tom de voz que usa continua tranquilo e impassível, mas duvido que esteja se sentindo assim por dentro.

"Ah, querida. Você sabe que eu só quero que você se sinta e se apresente o melhor possível, e não é mostrando essas gordurinhas que vai fazer isso. E com esse tamanho de peito, você precisa tomar muito cuidado com o que veste. Sei que na sua idade você quer parecer sexy, mas, com o seu corpo, as roupas mais ousadas têm o efeito contrário. Existe uma grande diferença entre estar sexy e parecer uma piranha."

Cassie fica em silêncio.

"Peitos grandes assim são uma dádiva e uma maldição. Acredite em mim, eu sei muito bem." A mãe dá risada demais, como se não estivesse humilhando a filha até o ponto de deixá-la sem palavras. "Acho que no momento você está testemunhando a parte da maldição."

Finalmente, Cassie solta uma risadinha sem graça. "Sei lá, eu não tenho como cortar meus peitos fora, então..."

"Ué, *eu* fiz isso. Não vejo por que você não poderia. A gente pode conversar com o dr. Bowers e falar de uma cirurgia de redução."

"Eu não quero fazer cirurgia. Já falei isso pra você."

"Você disse que tem medo da anestesia, mas..."

"Não é só isso. Eu só não quero, mesmo."

"Cass..."

"Eu não vou fazer cirurgia", repete Cassie. Pela primeira vez desde que apareceu, o tom de voz dela não deixa espaço para que a mãe retruque.

Há um momento de silêncio. Então a mãe, sem se deixar abater, complementa: "Você parece cansada. É melhor a gente falar disso quando estiver mais descansada, porque você está claramente exausta. Em outro momento. Por que não vai se deitar?"

"É, você tem razão. Eu tô *mesmo* exausta. Ir pra cama é uma ótima ideia."

"Boa noite, querida. Eu te amo."

"Eu também."

Depois de uma conversa como *essa*, é difícil falar que existe amor ali. Principalmente por parte da mãe. Quem é que fala com a própria filha desse jeito? A Cassie tinha dito que a mãe é crítica demais, mas acho que está mais para cruel mesmo.

Fico até assustado com a onda de raiva que inunda meu corpo. Fico no deque e pego outro cigarro, percebendo que estou com os dedos trêmulos quando acendo o isqueiro. Me inclino sobre a chama, tragando com força. A fúria sinistra dentro de mim só aumenta, formando um nó de tensão nas minhas costas, perto dos ombros.

Uma luz se acende. Um brilho amarelado surge no segundo andar da casa dos Tanner. Volto meu olhar para lá. Não tenho uma visão direta da janela de Cassie daqui, mas consigo captar uma movimentação e depois um vislumbre do seu rosto. Ela está esfregando os olhos com as duas mãos.

Que merda do caralho. Está chorando.

Cerro os dentes com tanta força que chega a doer. Me obrigo a relaxar e trago forte mais uma vez.

Não.

Nem fodendo.

Apago o cigarro e vou até a casa ao lado.

18

CASSIE

Quando escuto o barulho na janela pela primeira vez, acho que é o vento, mas lá fora agora há pouco não tinha nem sequer uma brisa. Mesmo assim, é a conclusão mais lógica a que chego quando escuto a janela se sacudir nos batentes. Só que então acontece de novo. E de novo. E me dou conta de que não é uma sacudida. É uma batida.

Meu Deus. Não estou com paciência nem energia para isso agora, *não importa o que seja*.

Fungando, limpo os olhos e vou até a janela. Sei que não tenho mais idade para ficar chorando por causa dos insultos velados da minha mãe, mas aqui estou eu. Acho que hoje ela me pegou de guarda baixa.

Tenho um sobressalto quando uma mão aparece no vidro. Com o coração disparado, abro às pressas e vejo o rosto de Tate.

"Que porra você tá fazendo?", pergunto num cochicho gritado.

Ele está trepado na treliça feito um macaco. E, ou a minha imaginação está me enganando, ou o padrão deligado da moldura de madeira está começando a ceder com o peso dele. Tudo nesta situação parece extremamente instável.

Tate solta um gemido baixinho. "Posso entrar ou você vai me deixar cair daqui de cima e morrer? Porque com certeza essa coisa vai quebrar a qualquer momento."

"Já ouviu falar de um negócio que se chama porta? Mais especificamente, a da frente de casa? Tem uma dessas no andar de baixo, com um aparelhinho do lado chamado campainha, que quando você toca alguém vai ver quem é e..."

"Agora não é o melhor momento pra ficar tagarelando, ruivinha. Estou prestes a desabar para a morte certa."

É um bom argumento.

Com um suspiro, eu o ajudo a subir, e um instante depois ele cai sobre o piso. Enquanto levanta, passa as mãos pelos cabelos loiros para afastá-los do rosto, alisa a camiseta, que ficou inteira amarrotada por causa da escalada, e ajeita o elástico da calça de moletom cinza. Percebo que está descalço e fico torcendo para que não tenha arranhado os pés naquela treliça.

"Pra responder a sua pergunta", começa ele, visivelmente cansado, "não usei a porta da frente porque não queria dar de cara com a sua mãe, e não sou um grande fã dela no momento."

Fico paralisada. "Como assim?"

"Eu estava fumando lá fora quando você chegou e..."

"Você *fuma*?", questiono. "Como é que eu não sabia que..." Mas aí eu paro de falar porque não é essa a questão. "Você ouviu a gente conversando?"

Ele assente com a cabeça.

Ai, meu Deus.

Meus olhos começam a arder de novo. E agora sinto ânsia de vômito também, porque o cara mais gato do mundo ouviu a minha mãe acabar com o meu corpo, insinuar que pareço uma piranha e me incentivar a fazer uma cirurgia de redução de mamas.

Pisco várias vezes. Estou mais do que envergonhada.

Tate percebe quando passo os dedos às pressas por baixo dos olhos.

"Não", ele pede. "Não chora de novo, por favor."

De novo?

Ele me viu chorando?

Acho que vou passar mal de verdade. Respiro fundo algumas vezes, tentando conter a náusea. Meus joelhos fraquejam, então me sento na beira da cama, mas, como estou usando meu cropped de piranha, minha barriga inevitavelmente forma dobrinhas. Em geral, eu não ligaria para isso — acontece com tudo mundo quando senta —, mas, depois da avaliação maldosa que a minha mãe fez do meu corpo, estou mais encanada do que nunca.

Fico de pé de novo rapidinho. "Olha só", começo, mas me interrompo. Não sei nem o que dizer. Respiro fundo outra vez e decido ser honesta. "Estou com uma vontade louca de vomitar sabendo que você ouviu tudo aquilo."

O maxilar dele pulsa, como se estivesse cerrando os dentes a cada poucos segundos. "Você sabe que não é verdade, né? Ela só falou merda. Eu quase fui até lá pra falar umas poucas e boas pra ela. É assim que ela trata você sempre?"

"Basicamente. Mas tenta fingir que está me dando conselhos, então as críticas vêm encobertas por essa coisa de *eu só quero que a sua aparência seja a melhor possível.*" Eu dou de ombros. "Ela já me chamou de cada coisa ao longo de todos esses anos... mas *piranha*? Essa é nova. Não sei, acho que é assim que as pessoas da idade dela chamam alguém de *puta*, né? E acho que *piranha* é melhor que *puta*. É mais divertido."

"Para com isso, Cass. Não tem graça."

Abro um meio-sorriso. "Até que tem, sim."

Tate não está achando a menor graça. "Você já disse pra ela que não gosta de ficar ouvindo esse tipo de merda?"

"Eu costumava falar", admito. "Quando era mais nova. Mas não adianta. As pessoas só ouvem o que querem ouvir. É como eu disse, no fim você acaba desistindo de..."

"Dizer o que você sente", complementa ele, balançando a cabeça em sinal de desaprovação. "Não é uma boa ideia parar de falar pras pessoas como está se sentindo."

"Mas não faz diferença nenhuma, Tate. Ela nunca vai admitir que está fazendo merda nem pedir desculpas. A minha mãe é isso aí mesmo." Abro um sorriso triste.

"Mas não é pra ouvir um pedido de desculpas que você tem que falar. É por você. Porque, quando não põe pra fora esses sentimentos desagradáveis, acaba acumulando isso tudo. Acaba sendo consumida por dentro até acreditar que não é uma pessoa digna ou bonita, ou qualquer outra ideia errada que ela tenha resolvido plantar na sua cabeça, quando na realidade você é a mulher mais linda que eu já conheci na vida, porra."

Meu sorriso até some do rosto. "Tá, agora você só está querendo me agradar pra eu me sentir melhor. Eu agradeço, mas..."

"Mas é isso mesmo. Caralho. Olha só pra você."

Ele faz um gesto com a mão para mim, com o olhar passeando pelo look que escolhi para jantar no calçadão com Joy. Uma saia de amarrar, de um tom de laranja queimado, rodada na altura dos joelhos. A blusinha justa deixa a minha barriga de fora, mas não tem nada de indecente (ou pelo menos era isso que eu achava). Saí de casa achando que estava bonita, mas agora só escuto a voz da minha mãe me falando sobre garotas com o abdome bem definido e que os meus peitos grandes só servem para fazer com que eu pareça uma piranha. Sexy, jamais.

"Porra, você é perfeita, Cassie."

"Não precisa forçar a barra também." Eu me viro para me afastar dele.

"Eu não estou, não." Ele me pega pela mão e me puxa para mais perto de seu corpo. "Você não sabia que eu estava ouvindo a conversa, né? Bom, eu poderia ter voltado lá pra dentro e você não ia nem ficar sabendo. Não precisava ter subido aqui e entrado pela janela só pra dizer o quanto te acho linda. Por que fazer tudo isso, se não fosse pra falar o que eu penso?"

É um ótimo argumento. Mas... ainda acho que ele está de papinho pra cima de mim.

Tate percebe meu ceticismo e dá uma risadinha. "Sério mesmo que você não sabe o efeito que tem sobre mim?"

Tento me segurar, mas o meu olhar acaba se voltando para a região da virilha dele. E bom, tá, parece mesmo ter um certo... volume... aparecendo por baixo daquela calça de moletom.

Mas a comprovação de que ele está de pau duro só faz com que eu me sinta ainda mais frustrada.

"Mas que merda, viu?", explodo.

Ele franze a testa, confuso. "O que foi?"

"Como assim, *o que foi*? Eu não consigo te entender, Tate! Será que não percebe isso?" Eu me afasto dele sentindo a irritação tomar conta do meu corpo. "Você não pode fazer isso comigo, tá? Porque me deixa confusa pra caralho. E é uma puta falta de consideração, porra. E agora estou falando palavrão pra *caralho*, porque é assim que você me deixa, perdida pra *porra*!"

Ele dá um passo à frente. "Cass..."

"Não." Estendo a mão na frente dele para que não chegue mais perto. "Você é totalmente de lua. E insensível! Primeiro me beija... pra logo depois me dizer que prefere ficar só na amizade. Até aí tudo bem. Daí eu entendo que a gente é só amigo, mas daí você se oferece pra me ajudar a achar um cara pra ter um casinho de verão e eu fico, tipo, beleza, a coisa vai ficar só na amizade mesmo... só que aí você bate uma punheta na minha frente! Sério mesmo, Tate. O que você quer que eu deduza disso tudo?"

"É, eu sei." Ele solta um gemido para expressar a própria frustração, passando a mão no cabelo e bagunçando ainda mais. "E peço desculpas por isso."

"Ah, que bom, porque você deveria mesmo! Eu tô aqui sem entender nada. Se você estivesse mesmo a fim de mim como diz que está, por que não concordou em ser meu casinho de verão quando dei a ideia, em vez de vir com um monte de desculpinhas?"

A expressão dele se torna mais dolorida. "Eu achei, de verdade, que era melhor assim. Fiquei com medo de te magoar se a gente se envolvesse. De que você fosse querer algo mais. E não tenho muita experiência com relacionamentos. Só tive uns lances mais casuais."

"E era isso o que *eu* queria! Literalmente escolhi o cara dos lances casuais pra ter um lance casual!" Percebo que estou quase gritando com ele e me obrigo a baixar o tom de voz.

"Eu sei, mas você mesmo disse que não tem muita experiência com isso. Nunca nem transou antes. Senti que levar isso pra frente seria tirar proveito da sua inexperiência."

Fico tão envergonhada que o meu rosto inteiro está pegando fogo. Queria ter um copo de água gelada para encostar nas bochechas. "Minha virgindade assusta você *tanto* assim?"

Ele hesita. "Não me assusta, olha só, não é isso. É que... é a pressão, sabe? Ser o primeiro cara com quem a garota transa... isso põe muita pressão nas minhas costas pra fazer ser gostoso pra você. Sabe, ser a melhor transa da sua vida inteirinha, porra. Quer dizer, acho que você nunca ia saber se foi ou não a melhor transa da sua vida, já que nunca transou antes, mas deu pra entender o que eu quis dizer."

Alguém me mata.

Agora, por favor.

Dessa vez, eu praticamente desmorono na beirada da cama. Não estou nem aí para a minha barriga. Enterro o rosto nas mãos e solto um gemido. "Por favor, Tate, vai embora. Eu já fui bastante humilhada hoje."

"Cassie." Sinto o colchão ceder sob o peso dele. "Qual é, olha pra mim."

"Não", eu murmuro, com a boca colada nas mãos.

"Olha pra mim."

"Não."

"Você não quer ver o lado bom da situação?"

"Dessa vez não tem. A gente finalmente chegou numa situação que não tem nada que salve, nenhum lado bom. Tá tudo horrível. Tipo uma tempestade escura e sem fim."

Tenho um sobressalto quando sinto o polegar dele no meu maxilar. Com um gesto suave e delicado, ele afasta a minha mão e segura o meu queixo, me forçando a olhar para ele.

"Então eu é quem vou dizer o lado bom disso aqui", ele fala, com uma voz rouca e sincera.

"Estou ansiosa", resmungo. E, apesar das tentativas dele de fazer contato visual comigo, continuo olhando para baixo, me concentrando nos dedos dele.

"O lado bom é que, se eu não tivesse ouvido a sua mãe te chamar de piranha e... opa, pera, você tem razão, é *bem* mais legal. Piranha."

Dou uma risadinha e sem querer me volto para os olhos dele, que estão brilhando.

"Se ela não tivesse dito essa merda gigante, eu não estaria aqui te dizendo o quanto você é linda."

Contra a minha vontade, minha pulsação acelera. Porque ouvir essas palavras naquela voz grave e sincera mexe comigo. Me pega de um jeito diferente. Aaron me chamou de linda na outra noite, mas não me provocou esse tipo de reação. Não fez o meu coração disparar nem as minhas mãos tremerem tanto que preciso colocá-las debaixo dos joelhos para não ficar óbvio.

"E, se eu não tivesse ouvido aquele monte de merda, não estaria aqui dizendo: Cassie Soul, eu quero ser o seu casinho de verão."

Fico boquiaberta. "Quê? Ah, não. Sem chance. Eu não preciso que ninguém fique comigo só por pena", respondo, afastando os dedos dele do meu queixo.

Ele pega minha mão e leva até a própria virilha.

Respiro fundo ao sentir a inconfundível ereção contra a minha palma.

"Não tem nada de pena aqui", ele diz. "Nem um pouquinho que seja. Sério mesmo. Olha só como você me deixa. Chega até a doer."

"E a minha virgindade?", questiono.

Ele engole em seco visivelmente. "Olha, não vou mentir. Essa parte é meio assustadora. Essa pressão..."

"Pode parar por aí", peço, com uma risada estrangulada. "Sem pressão. Prometo."

Tate não parece convencido.

"É sério. Eu não preciso de pétalas de rosas nem de declarações de amor. Também não estou esperando que a gente vá engatar um relacionamento nem nada. Só quero curtir mesmo. E ganhar um pouco de experiência", admito, me sentindo um pouco tímida. "Vou voltar pra faculdade assim que as férias acabarem. Sei que o que for rolar entre a gente não vai virar um relacionamento, e tá tudo bem. Não sou ingênua a ponto de pensar que logo da primeira vez — ou assim tão no começo — vai ser um momento perfeito e mágico de furor sexual. Mas..." Eu encolho os ombros. "Com base no que a gente já fez antes, acho que vai ser divertido." Dou uma encarada nele, desafiando-o a contestar o que estou dizendo. O que ele não faz. "Então, sério mesmo, que pressão tem nisso?"

Só depois de concluir o meu discurso percebo que a minha mão ainda está no pau dele.

Como eu sou fina.

Percebendo para onde o meu olhar se dirigiu, Tate abre um sorriso brincalhão com covinhas. "Bom. De repente ficou esquisito."

"Não sei se é bem *essa* a palavra." Antes que eu possa me impedir, movo a mão em uma leve carícia.

"Para com isso. Era só pra mostrar o quanto eu tô a fim." Com um olhar de firmeza, ele afasta minha mão. "Mas eu não vim até aqui por minha causa. Vim até aqui por *sua* causa."

Minha pulsação dispara. "Por minha causa", repito.

"Mmm-hummm." Os olhos azuis dele assumem uma expressão mais

séria. "Mas, se é pra fazer isso, então vamos devagar. E isso quer dizer que..." Ele levanta uma sobrancelha. "Nada de sexo. Pelo menos não hoje."

"Aff", digo, com uma contrariedade fingida. "Então o *que* você veio fazer aqui? Pelo amor..."

Ele dá risada. "A gente vai mais devagar", insiste ele. "Combinado?"

"Mais devagar", eu concordo, balançando a cabeça e lançando para ele um olhar cheio de expectativa. "Tá, mas então o que vai rolar hoje?"

"Hoje... eu quero fazer uma coisa pra você se sentir bem." Ele passa a língua nos lábios e imito o gesto instintivamente. "Pra fazer você se sentir linda."

Nós aproximamos a cabeça um do outro, como se estivéssemos sendo atraídos por um campo magnético. Ele me beija. É suave, carinhoso e provocador até demais. Solto um gemido angustiado e aprofundo o beijo, puxando-o mais para perto pela nuca. Quando nossas línguas se encontram com um toque insinuante, é a vez dele de soltar um grunhido grave que vem do fundo do peito e reverbera em meus lábios. É *assim* que um beijo cheio de paixão deve ser, percebo. A língua não precisa fazer todas aquelas acrobacias. Mãos grudentas e gemidos altos não são necessários. Química. É só disso que precisa.

Apesar da objeção murmurada de Tate, minha mão volta a procurar o pau dele. "Sabe o que me faz me sentir linda?", digo, para ele. "*Isso aqui.* Saber que fui eu que deixei você assim. Saber que você está com tanto tesão que não consegue nem pensar direito."

"Missão cumprida", responde ele, todo irônico, e então solta um gemido quando meus dedos entram por sob o elástico da calça.

Ele está sem cueca, e o encontro duro e prontinho para mim. Fico subindo e descendo a mão por um tempo, apreciando o momento em que os lábios dele se entreabrem e a respiração fica um pouco mais acelerada. Em seguida, fico de joelhos na frente dele e passo os dedos por toda a extensão pesada de seu pau. Está muito duro.

"Quero que você me diga como eu faço você se sentir."

Os olhos dele se derretem. Pura luxúria. "Como se você não estivesse sentindo de forma mais literal." Ele ergue os quadris contra minha mão.

Meu polegar encontra um pouco de umidade na pontinha do pau, que espalho pela cabeça antes de envolver seu pinto com os dedos de novo. Quando faço o movimento de subir e descer outra vez, agora com mais firmeza, seu rosto fica acalorado, expressando um prazer no limiar da dor. Tate me quer tanto que chega a doer, foi o que ele me disse. E não acho que estivesse brincando.

Ele continua a me olhar como se eu fosse a criatura mais linda que já viu na vida. Isso faz maravilhas para o meu ego. Desfaz aquele nó de inadequação que estava alojado na minha garganta antes.

Quando levo a boca até a pontinha do seu membro e dou um beijo de leve, o corpo dele inteiro se contorce. "Safadinha", ele rosna.

Com um sorriso, dou mais um beijo e começo a passar a língua pela cabeça de seu pau. Provocando mais um pouco. Ele começa a arfar com mais força. As pálpebras ficam mais pesadas. Continuo a espiá-lo, adorando ver suas feições todas tensas de desejo, esquecendo até de fazer as coisas mais básicas, como respirar.

Com os olhos cravados nele, enfio toda a extensão de seu pau na boca.

"Porra", ele fala, e fico eufórica por saber que sou a responsável pelo grunhido desesperado que escapa de sua boca.

É um som tão sexy que continuo fazendo tudo o que posso para ouvi-lo de novo, para arrancar mais daqueles gemidos de sua boca. Chupo com vontade, usando a mão e a língua para deixá-lo louquinho.

"Que delícia", ele murmura. Mas de repente tenta tirar o pau da minha boca. "Não foi pra isso que eu vim aqui."

Eu o solto. "Bom, mas é isso que está ganhando. Sério mesmo que vai reclamar de um boquete, Gate?"

Tate solta uma gargalhada com vontade. "Eu já falei, esse negócio de Gate não vai..." Mas aí se interrompe quando o enfio na boca de novo. "Ai, *caralho*." Um gemido torturado escapa de sua garganta. "Estou amando, de verdade. Eu, ah..." Mais um gemido. "Queria que você nunca parasse, mas... ah, puta que me pariu, que delícia." Ele empurra o corpo contra meu rosto para ir mais fundo. "Mas eu quero que a gente goze juntos."

Meus mamilos se enrijecem quando ouço essa sugestão gostosa e safada.

"Tipo, eu tô bem aqui. E você também. E eu preciso sentir você." Ele está praticamente fodendo a minha boca, os quadris se movendo num ritmo inquieto e impaciente enquanto os dedos compridos se enroscam no meu cabelo. "Preciso te tocar e ver sua carinha de tesão e ouvir aquele som que você faz quando está chegando perto de gozar."

"Que som?" Eu o tiro da boca, ofegante.

"Sei lá como descrever. Mas é uma delícia. Por favor", ele implora.

Dou a ele o que quer. Ah, vai, o que *nós dois* queremos. Porque, por mais divertido que seja provocá-lo, meu corpo inteiro está implorando para eu me aliviar. Subo na cama e nos deitamos no colchão. A boca de Tate encontra imediatamente a minha em um beijo voraz. As mãos procuram o caminho até debaixo da minha saia, onde ele puxa minha calcinha para o lado. Estou molhada e prontinha, e ele aproveita essa lubrificação para acariciar meu clitóris e passar um dedo pela entrada da minha boceta.

"Pega aqui de novo", murmura Tate.

"Espera aí, tive uma ideia", digo.

Ele resmunga uma reclamação quando eu me viro, mas não vou muito longe. Só pego o creme hidratante que deixei na mesinha de cabeceira mais cedo. Passo um pouco na mão e rolo de novo na direção dele. A primeira carícia úmida e deslizante pelo pau dele o faz virar os olhos.

"Ah. Não para."

Eu sorrio. "Está gostoso?"

"Demais. Não para." Ele começa a balançar os quadris na direção da minha mão.

Tate se apoia nos cotovelos e levanta a minha blusa, abrindo às pressas o fecho frontal do meu sutiã. Em seguida, abocanha um mamilo enrijecido enquanto os dedos voltam para o meio das minhas coxas, esfregando, provocando, acariciando meu clitóris até me deixar cada vez mais próxima do clímax.

Quando enfia um dedo em mim, as obscenidades que diz fazem o ar entre nós ferver. "Essa é a boceta mais apertadinha que eu já senti, caralho." Ele praticamente geme as palavras.

Minha respiração fica ofegante enquanto sinto aquele toque habilidoso.

"Estou quase lá. E você?"

"Eu já estava antes mesmo de você tirar a minha calça." Ele tira a boca do meu peito para sorrir para mim. "Só me avisa quando."

"Me beija", peço.

Ele faz isso, e quando a sua língua encontra a minha, o orgasmo vem à tona. Meus músculos internos se apertam contra o dedo de Tate, que solta um grunhido e se derrama na minha mão. Estamos os dois arfando, movendo os quadris sem parar enquanto nos perdemos no êxtase.

Quando abro os olhos, finalmente, Tate está olhando para mim. Satisfeito. "Você fez aquele som." Ele solta um suspiro de felicidade. "É o meu barulhinho favorito no mundo."

Encostamos a testa um no outro, ligeiramente molhados de suor.

"Isso foi muito bom", murmuro, com um suspiro de satisfação. Tento me aninhar mais para perto dele e percebo que meus movimentos estão restritos porque minha blusinha está presa na altura da clavícula. Com uma risadinha, tento me soltar. "Fiquei presa."

"Caramba, ruivinha. Estava tão necessitada que esqueceu até de tirar a roupa?" Rindo também, ele se inclina para me beijar. "Você é uma piranha mesmo."

Dessa vez os risos fazem o meu corpo se sacudir inteiro. "Cala essa boca, Gate."

19

CASSIE

Quero que a minha mãe volte para Boston. Não, melhor ainda — que viaje para o lado oposto, em direção ao sul. Que pegue a estrada e dirija até a Flórida, chegue ao cabo Canaveral, e que lá eles a enfiem num foguete e a mandem para o espaço e que ela comece uma nova vida num planeta distante qualquer.

Tá, tudo bem, talvez eu esteja sendo meio dramática demais.

Mas olha, não estou, não. Quer saber? Estou sendo dramática na medida certa.

Desde que chegou aqui, a minha mãe anda insuportável. E, se estivesse maltratando só a mim, seria mais fácil deixar passar. Mas ela está sendo uma megera pior do que de costume com a minha avó, o que me deixa louca da vida. Não tem por que ela estar agindo assim e a vovó definitivamente não merece. Além disso, chega a ser repugnante ver uma mulher de quarenta e tantos anos se comportar feito uma pirralha mimada, e é exatamente isso que a minha mãe está fazendo quando entro na cozinha para tomar café da manhã.

"Mãe!", ela esbraveja. "Você *precisa* fazer um discurso. Eu não vou parar de insistir."

"O hotel não é mais nosso, Victoria. É a nova proprietária quem deve fazer o discurso."

"A proprietária nova é uma *criança*", retruca ela, empinando o nariz. "E foi ela que ofereceu. Pediu para você fazer o discurso."

"E eu recusei o convite."

"Mãe."

"Victoria." Minha avó está parecendo cada vez mais irritada. "Eu já recusei o convite. Assunto encerrado."

"Isso vai pegar mal para a nossa família." Minha mãe, como sempre, se recusa a mudar de assunto. "Foram os Tanner que construíram o Beacon, e o discurso de reabertura precisa ser feito por alguém da família. Para se despedir do jeito certo. Se não dissermos nada, vai ficar parecendo que estamos simplesmente abrindo mão de tudo."

"Mas a gente vendeu o prédio, querida." Minha avó dá uma encarada na minha mãe. "Aliás, o motivo principal para termos vendido foi que nem você nem seus irmãos quiseram assumir a responsabilidade de fazer a reforma. Então, por favor, deixe que a nova proprietária seja reconhecida pelos esforços que fez e fique sob os holofotes. Eu não tive nenhuma participação na reabertura e não me sentiria bem recebendo qualquer crédito por ela."

Disfarço meu sorriso. *É isso aí, vó.*

"Bom dia, querida." Minha avó me vê parada na porta. "Adelaide passou na confeitaria hoje de manhã e trouxe croissants e doces fresquinhos."

"Ah, que ótimo." Sinto o olhar vigilante da minha mãe sobre mim quando vou ver o que a governanta trouxe.

"Só um, hein?", avisa ela. "Vamos provar o vestido hoje e você não vai querer fazer isso estando inchada."

Eu me seguro para não revirar os olhos. "Vou fazer de tudo pra não comer a travessa inteira."

Minha avó dá uma risadinha.

"Você acordou tarde", minha mãe comenta.

Percebo a careta de reprovação que toma conta de seu rosto. Ah, que maravilha. Agora o meu sono também virou um problema. Simplesmente não consigo fazer nada certo aos olhos dela. Bom, a não ser quando estamos juntas em público. Aí, de repente, eu viro a filha mais maravilhosa, bem-sucedida e atenciosa de todas. É essa a imagem que a minha mãe quer passar para o mundo. A de que somos melhores amigas. De que as minhas realizações, por menores que sejam no atual estágio da minha vida, são todas graças a *ela*.

"Acabei demorando pra pegar no sono." Abaixo a cabeça e torço para ela não ver meu rubor, a grande maldição das ruivas.

Tate apareceu no meu quarto ontem à noite. A gente se pegou de novo e foi ainda melhor do que da primeira vez.

E da segunda.

E da terceira, da quarta, da quinta...

Ele tem vindo aqui todas as noites da semana.

Mas ontem foi uma ocasião que acho que vai ficar registrada para sempre. Ele me chupou por quase uma hora com aquela boca gulosa, apertando e acariciando os meus seios com uma das mãos enquanto enfiava dois dedos em mim com a outra. Tive que morder os lábios para não gritar. Tate é muito bom no que faz.

Na verdade, essa experiência toda me deixa até intimidada às vezes. Ele está sempre muito à vontade, não só com o próprio corpo, mas com o meu também. Não pensa duas vezes quando me toca, as mãos confiantes de quem sabe o que está fazendo.

A única coisa que se recusa a fazer é *transar comigo* logo de uma vez, o que é um saco.

Tá, beleza. Não é que eu esteja reclamando. É que estou impaciente. Tate fica lembrando a toda hora que a gente precisa ir devagar, mas eu sempre fico achando que ele ainda está preocupado porque vai ser o primeiro cara com quem eu transo. Não por causa da tal pressão, e sim pelo que isso pode significar para nós. Peyton concordou com essa minha avaliação quando trocamos mensagens mais cedo. Ela disse que os homens ficam apavorados quando pensam que as mulheres vão criar expectativas de uma aliança no dedo e de declarações de amor quando perdem a virgindade com um cara. Já avisei para o Tate que não tenho nenhuma expectativa de que isso vá virar um relacionamento, mas acho que ele não acreditou.

"Pois é, foi mais tarde que o normal mesmo." A voz da minha avó interrompe os meus pensamentos. "Ouvi você conversando com alguém até bem depois da meia-noite. Veio algum amigo seu aqui?", ela pergunta, parecendo segurar o sorriso.

Puta merda. Eu pensei que estivesse fazendo silêncio, mas claramente não estava.

"Não, não era ninguém", minto. E sem chance que minha avó tenha visto Tate aqui ontem, já que ele faz questão de entrar pela janela toda vez porque não quer cruzar com ninguém da minha família. Acho que na verdade ele meio que gosta desse negócio de sigilo. De sentir essa adrenalina. Uma coisa que estou aprendendo sobre Tate, agora que passamos mais tempo juntos, é que ele adora mostrar esse seu lado mais brincalhão.

"Eu estava vendo um filme", acrescento. "Não percebi que o volume estava tão alto. Desculpa se te acordei."

Vejo os olhos dela se acenderem. Com certeza sabe que estou mentindo. "Ah. Me enganei. Bom, então é melhor abaixar mesmo aquele volume, querida."

Minha mãe obviamente acredita nas minhas mentiras. "Claro que ela não estava com ninguém, mãe. Assim tão tarde da noite?"

Na cabeça dela, seria impossível a filha trazer um cara para casa. O que é uma grande ironia porque, do ponto de vista *dela*, eu sou uma piranha, logo deveria ter uma fila de homens na porta do meu quarto.

Ponho um croissant num prato e estendo a mão para a manteiga. Fico esperando um comentário da minha mãe me pedindo para pegar leve, mas ela não diz nada. Está ocupada mexendo no celular.

Eu me junto a elas à mesa e a tela do meu celular também se acende assim que me sento. Dou uma espiada cheia da ansiedade quando vejo o assunto do e-mail.

"Ahh! A gráfica me mandou a prova digital", digo para a minha avó.

Minha mãe levanta os olhos e pergunta: "Prova do quê?". Nesse momento, lembro que não contei sobre a minha incursão no universo de autora de livros infantis. Pra falar a verdade, eu não tinha a menor intenção de contar, mesmo.

Só que agora já é tarde demais.

"Ah, não é nada de mais", respondo, minimizando o assunto. "Fiz um livrinho ilustrado pra Roxanne e pra Monique. Pro aniversário delas, sabe." Encolho os ombros. "É bonitinho. Escrevi a história e pedi pro Robb fazer as ilustrações..."

Puta merda.

Onde eu estou com a cabeça? Já foram duas escorregadas seguidas dessa minha língua solta.

"Robb?" Minha mãe fica visivelmente incomodada. "Robb Sheffield?"

"É." Arranco um pedaço do croissant e enfio na boca. Talvez, se eu começar a mastigar, ela pare com esse interrogatório.

"Eu não sabia que vocês ainda conversavam."

"Ah. É. De vez em quando."

"De vez em quando", ela repete.

"Uhum." Mastigo bem devagar. "Trocamos uma ou outra mensagem nas redes sociais, só pra saber como estão as coisas."

Ela franze os lábios e pega o café. "Você sabe o que eu acho disso, né, Cassie?"

Bom, isso é problema seu. Você não pode trazer uma pessoa para a minha vida por cinco anos e depois querer que a gente nunca mais se fale só porque você se divorciou de novo.

Não digo isso em voz alta.

E, sendo bem sincera, eu gostava do segundo marido da minha mãe. Stuart Sheffield. Podre de rico, claro. Quer dizer, com um nome desses, é claro que o cara tem grana. Apesar de mais sério que o meu pai, e mais exigente também, Stu era muito gente boa. Fico mal que ele tenha caído na encenação de Miss Simpatia da minha mãe, mas dá para entender. Ela sabe como conquistar as pessoas. E, como pensa que o mundo gira ao redor do próprio umbigo, quando decidiu passar a ignorar a existência de Stu e Robb, achou que eu faria isso também.

"Não é nada de mais", repito. "Não vou passar as férias com Robb nos Hamptons nem nada do tipo. Só pedi pra ele fazer uns desenhos pra mim."

"E que história é essa de escrever livros infantis agora?" Ela parece bem irritada. "É para isso que estou pagando a anuidade caríssima daquela sua faculdade de gente metida a besta?"

"É só um presente de aniversário. As gêmeas adoram ouvir histórias antes de dormir. Eu inventei uma para elas. Papai deu a ideia de transformar num livro."

"Ah, sim, só podia ser coisa dele mesmo."

Cerro os dentes, mas em seguida me obrigo a aliviar a tensão no maxilar.

Então fico tensa de novo quando a minha mãe pergunta com um tom de frieza: "E o que a enfermeira do seu pai está planejando para a festa de aniversário?".

"Victoria", minha avó esbraveja.

"Que foi?" Ela levanta uma sobrancelha.

"Eu achei que tivesse educado você melhor que isso."

"É sério, mãe? Vai ficar do lado da dondoca que casou com o Clayton?"

Seguro o riso, porque Nia pode ser tudo, menos uma dondoca. Ela não se importa com aparências, nem dinheiro, nem roupas, nem status. Ela é tudo o que a minha mãe não consegue ser.

"Vai ter uma festa pras gêmeas durante o dia", respondo, ignorando a alfinetada em Nia. "Todas as amiguinhas delas vão estar lá. Daí depois vamos jantar juntos, só nós cinco." E, como sei que vem mais um comentário desagradável sobre ter sido deixada de fora dos planos do aniversário de vinte e um anos da própria filha, eu acrescento: "Nós combinamos de ir até Charleston nesse fim de semana, certo? E passar o domingo inteiro por lá? Eu estou bem animada".

Fazer a conversa girar em torno dela tem o efeito desejado. Ela abre um sorriso caloroso. "Eu também estou." Minha mãe levanta da cadeira. "Enfim, daqui a uma hora a gente precisa ir provar os vestidos e eu queria ver se chego um pouco mais cedo. Você já está pronta? Só precisa terminar de comer?"

"Aham."

"Beleza, então. Vou fazer uma ligação e a gente vai." Ela sai da cozinha.

Não sei por quê, mas fico com a sensação de que ela está indo ligar para o meu ex-padrasto para reclamar que seus filhos continuam mantendo contato comigo.

E por falar nisso... clico no e-mail e abro o anexo imediatamente.

"Eu também quero ver", pede minha avó, então arrasto minha cadeira para mais perto da dela e juntas soltamos "uuus" e "aaas" quando vemos o livro pronto. "Ah, Cassie, você fez um ótimo trabalho."

"Foi um trabalho em equipe." Não estou só sendo modesta — realmente foi. Eu escrevi a história, Robb fez as ilustrações e Peyton, que trabalha com design em Boston, diagramou as páginas que mandei para a gráfica.

Faço um movimento de pinça com os dedos na tela para dar zoom numa ilustração. A interpretação criativa que Robb fez de Kit, o dragão, é impressionante. De alguma forma, ele conseguiu encontrar o equilíbrio perfeito entre uma coisa mais assustadora e um ser mais fofinho. É como se Kit estivesse vivo, bem ali na minha frente.

"Ele tem muito talento", admiro. "Parecem personagens de verdade, né?"

"Mas é porque são personagens de verdade. Criados por você, querida."

"Eu sei, mas agora estou *vendo* eles. Isso é demais." Sinto que estou sorrindo sem parar.

"É esse sorriso que eu quero ver." Minha avó inclina o corpo para mais perto de mim e prende uma mecha de cabelos atrás da minha orelha. "Cassandra..." O tom de voz dela fica mais ameno. "Sei que sua mãe é... difícil. Para dizer o mínimo. Espero que não leve muito a sério algumas coisas que ela diz. E eu faço questão de dizer que estou orgulhosa de você. Orgulhosa da mulher que está se tornando. Você é simplesmente maravilhosa."

Preciso piscar algumas vezes para segurar as lágrimas. Eu nem sabia, mas era exatamente o que precisava ouvir agora de manhã.

20

TATE

"Isso foi incrível", exclama Riley. O rosto adolescente dele está todo vermelho de empolgação enquanto me ajuda a amarrar o cabo. Estávamos velejando em dupla em um bote de treinamento. O vento estava mais forte do que o previsto para hoje, então pegamos bastante velocidade. Também caímos na água mais vezes do que eu gostaria, mas é preciso estar preparado para isso ao competir em regatas. É por isso que gosto tanto desse esporte. É sempre uma aventura.

"Não acredito que a gente pegou tanta velocidade", comenta o garoto.

"Foi incrível mesmo", concordo, pulando para o atracadouro.

"Quando vamos poder ir pra água com o Optimist?"

Dou uma risadinha. "Pô, vamos com calma, moleque. Você precisa de mais algumas aulas." O barco que usamos hoje é bem mais fácil de manejar, estável e quase impossível de afundar. Já o Optimist vira com a maior facilidade. "É difícil manter o Optimist alinhado", lembro a ele.

"Eu consigo", Riley retruca bem rápido.

Dou uma boa olhada nele. Ele me encara de volta, prendendo o cabelo comprido de surfista atrás da orelha.

Balanço negativamente a cabeça. "Não. Você não consegue nada. Ainda não. Mas em breve, quem sabe."

"Vou contar pro Evan", ele ameaça com um sorriso maligno. "Abrir o berreiro e ficar choramingando que o melhor amigo do meu irmão mais velho está atrapalhando o meu sonho de competir com um Optimist."

Respondo com uma risadinha de deboche. O garoto é ousado, isso não dá para negar. Riley é a consequência de uma jornada interior em que Evan decidiu embarcar um tempo atrás. Em outras palavras, ele precisava provar para Genevieve que ia parar de ser um idiota que só sabia beber e brigar por aí e amadurecer. E um jeito que encontrou de fazer isso foi se inscrever no Projeto Irmão Mais Velho. Ele deu uma puta sorte com Riley, que é um garoto bem legal.

"Beleza", respondo para ele. "Na próxima aula, vamos treinar alguns ângulos de posicionamento e ensinar pra você algumas táticas. Existe mais de uma estratégia que você pode usar quando for contornar as boias. E, na próxima regata em que for competir, não faz dupla com o Evan. Ele é muito ruim."

Riley cai na risada. "Porra, não brinca."

"Se for participar de uma regata em dupla e precisar de um parceiro, me chama. Tô falando sério, hein... descarta o peso morto e você chega primeiro no porto." Dou uma piscadinha para ele.

Não costumo me voluntariar para fazer isso para qualquer um, mas gosto de Riley, do entusiasmo dele. Boa parte da molecada que faz aulas só quer aprender a se mover mais rápido pela água. Quase ninguém quer aprender a velejar de verdade. Mas Riley é diferente. Tem sede de conhecimento.

Dou um tapinha nas costas do menino. Minha parte favorita nesse trabalho é trabalhar com crianças. Com os adolescentes. Os adultos também são legais, mas não têm aquele brilho nos olhos.

"Até semana que vem."

"Beleza. Até semana que vem, Tate."

Ele vai embora e eu volto para ver se o barco está bem amarrado, já que o vento ainda está forte. Às vezes é um saco trabalhar com embarcações de outras pessoas; sempre fico com medo de estragar alguma coisa e acabar me fodendo.

No vestiário dos funcionários do iate clube, tiro o uniforme molhado e visto as minhas roupas normais. Alguns minutos depois, vou até meu jipe no estacionamento, vendo as notificações no celular enquanto ando até lá. Tem umas mensagens dos gêmeos. E uma de Cassie.

CASSIE: *Você, eu, uma cama coberta de pétalas de rosas e a minha virgindade numa bandeja de prata?*

Caio na gargalhada. Juro, essa garota... desde a noite em que concordei em ser o tal casinho de verão dela, ela vem tentando transar comigo de qualquer jeito.

EU: *Não.*

Ela responde na mesma hora.

CASSIE: *Malvado.*
EU: *Só estou indo devagar. Janela mais tarde?*
CASSIE: *Não posso. Você demorou demais pra responder, então marquei de sair com a Joy. Vamos ver uma banda no Rip Tide. Quando eu voltar provavelmente já vai ter passado da sua hora de dormir.*
EU: *Mas manda mensagem, pô. Talvez eu ainda esteja acordado.*
CASSIE: *Só se você for me ajudar a me livrar de uma coisinha...*
EU: *Alguém já te disse que você fica meio obcecada com umas coisas às vezes, ruivinha?*
CASSIE: *Alguém já disse que você só sabe provocar?*
EU: *Ué, e quem está só provocando? Pelo que eu me lembre, fiz você gozar duas vezes ontem.*
CASSIE: *Foi tudo encenação, Gate.*

Eu sorrio para a tela, jogo o aparelho no banco do passageiro e ligo o carro. Não acredito que sou eu que estou recusando o sexo. Logo quem. Mas, apesar da insistência de Cassie para não levar isso tão a sério, acho que preciso fazer alguma coisa a mais para a primeira vez dela. Alguma coisa especial. Talvez não com pétalas de rosas, mas com certeza não uma rapidinha enquanto a família dela dorme nos quartos ao lado. Sei lá, não me parece certo. Mas é o máximo que conseguiria oferecer esta semana. Estou com as manhãs lotadas de aulas e ainda trabalho na loja até tarde. O que significa que já estou exausto quando escalo a parede da casa dela e entro pela janela para mais ou menos uma hora de orgasmos compartilhados. A exaustão não combina com um sexo gostoso e, como estou determinado a proporcionar uma coisa que seja muito mais que apenas boa, estou tentando enrolar até o fim de semana.

Cassie não sabe, mas tirei o sábado de folga. Meu plano é levá-la para sair e pegar um barco nesse dia. Ancorar na minha praia favorita. Passar a noite lá...

Meu coração dispara e minhas mãos ficam suadas no volante. Caralho. Parece até que o virgem aqui sou *eu*.

Na casa dos Jackson, começo a preparar o jantar. Ponho algumas batatas para assar no forno e saio para acender a churrasqueira. Vou fazer espetinhos de camarão grelhados hoje. Pena que Cassie saiu com a Joy. Seria legal cozinhar para ela.

Paro por um segundo, pensando de *onde* veio aquele pensamento. Cozinhar para ela? Tenho certeza de que nunca fiz jantar para mulher nenhuma que não fosse a minha mãe. Mas eu me obrigo a não ficar encanado com isso agora.

Enquanto a churrasqueira esquenta, vou até o atracadouro verificar se os barcos estão bem amarrados, porque está ventando bastante. Depois volto para a casa e, quando estou quase entrando, a mãe de Cassie aparece contornando a casa delas. Está com um vestido comprido de verão e óculos escuros na cabeça.

"Oi." Aceno para ela. Sinceramente, estou surpreso por ter demorado tanto tempo para a gente acabar se vendo. Já faz dias que ela está na cidade, mas pelo jeito passa a maior parte do tempo dentro de casa. Ou fazendo compras em Charleston, segundo Cassie.

Ela tem um sobressalto ao me ver. Os olhos ficam arregalados.

"Desculpa, eu não queria te assustar", grito. "Sou Tate. Estou cuidando da casa dos Jackson. E sou amigo da sua filha."

A mãe de Cassie ainda não abriu a boca. Só fica me encarando. Percebo a semelhança entre mãe e filha, os olhos castanhos e grandes e o cabelo vermelho, mas o rosto de Cassie é mais arredondado, enquanto o da mãe é estreito, o que transmite uma outra vibe. Mais fria. Ou talvez seja só por causa da personalidade dela, mesmo.

Ela se recupera do susto e abre um sorriso bem mais caloroso do que eu esperava. "Ah, oi. Desculpa. Eu estava distraída. Sou a Victoria." Ela estende o braço. "Pode me chamar de Tori."

Vou até ela para apertar sua mão. "Prazer em conhecer."

"Por quanto tempo você vai ficar cuidando da casa deles?", pergunta Tori, aquele olhar de apreciação ainda cravado em mim.

Cara. Ela está dando uma bela olhada. O que é um puta constrangimento do caralho, considerando que eu e a filha dela estamos ficando de verdade. "Gil e Shirley voltam só no fim do verão, então ainda vou ficar mais um mês por aqui."

"Sorte sua."

"Ah, é. O trabalho é ótimo", admito. "É o quarto verão que passo aqui. Já virou uma coisa que fico esperando o ano todo pra fazer."

Os Jackson não me pagam muita coisa para ficar aqui — e eu fico encarregado de comprar minha própria comida e cobrir as despesas com gás e todo o resto —, mas não é muito pelo dinheiro, é mais para sair da casa dos meus pais por alguns meses. Morar com eles aos vinte e três anos às vezes é incômodo, mas também é conveniente, porque me permite juntar dinheiro até poder financiar um barco que provavelmente vai ser onde vou morar.

"Enfim, deixei a comida no fogo, então preciso voltar lá pra dentro. Boa noite, sra. Tanner."

"Tori", corrige ela.

"Tori", repito, meio sem graça.

Ela sorri. "Foi um prazer conhecer você, Tate. Espero ver você por aí."

Quando entro, vejo que perdi uma ligação de Gil Jackson. Franzindo a testa, faço as contas às pressas, mas logo me dou conta de que não há motivo para preocupação. Por causa do fuso horário, ele está dezesseis horas a minha frente, o que significa que em Auckland são nove da manhã.

Dou uma olhada nas batatas antes de ligar para Gil.

"E aí, Gil", digo quando ele atende. "Desculpa não ter te atendido. Eu estava lá fora falando com a vizinha."

"Ah, e como está Lydia?"

"Está bem. Mas pra falar a verdade eu estava falando com a filha dela. Tori, conhece?"

"Está falando da Victoria Tanner?", pergunta ele, com um tom de divertimento.

"Ela me pediu pra ser chamada de Tori."

A gargalhada que ele solta, com um tom grave de barítono, reverbera na minha orelha. "Ah, cara. Acho que alguém está a fim de você", brinca Gil.

"Ah, não", resmungo, com um grunhido. "Nem brinca com isso. Mas enfim, como estão as coisas? Tudo certo por aí?"

"Tudo ótimo por aqui. Só queria saber como estão as coisas e tratar de algumas questões. A gente não conversa faz um tempinho."

"Está tudo bem por aqui também", garanto a ele. "Acabei de voltar do atracadouro, estava amarrando bem os barcos. O vento está bem forte na baía hoje e parece que vem tempestade à noite."

"Obrigado. Já deu uma velejada na Lightning?"

Meu pau até lateja. "Quê? Ah. Não. Ainda nem encostei nela."

"Está maluco? Dá um passeio nela!"

"Sério mesmo?" Engulo em seco. "Sei lá, é uma lancha bem cara." Assustadoramente cara. Só de pensar que pode acontecer alguma coisa com esse barco eu já sinto um nó no estômago.

"Tate. Garoto. Você sabe velejar com esse barco melhor que qualquer um que eu conheça. Vai em frente, se diverte um pouco. Juro pra você, vai ser uma experiência diferente de qualquer outra."

Eu não duvido, mesmo.

"Aliás", ele continua, "sua competência como velejador é o outro motivo para eu ter ligado."

Franzo a testa. "Como assim?"

"Shirley e eu acabamos de fechar negócio em uma casa aqui."

"Ah, é? Parabéns." Ainda não consegui ligar os pontos. Não entendo o que o fato de eu saber velejar tem a ver com a compra de um imóvel na Nova Zelândia. "Vocês vão vender a casa aqui?"

"Não, nada disso, mas daqui pra frente vamos passar mais tempo fora. Vamos passar metade do ano em Auckland e a outra metade em Avalon Bay. Shirley adora a Nova Zelândia, e conseguimos uma casa incrível. No alto de um penhasco, com vista para o mar. Uma coisa magnífica. Queremos explorar as possibilidades que temos de velejar aqui. Fazer a travessia da Tasmânia para a Austrália, explorar a Gold Coast, ver a Grande Barreira de Coral. Isso significa que preciso que alguém traga o *Surely Perfect* pra cá."

Sou pego totalmente de surpresa. Meu olhar se volta imediatamente para o veleiro no atracadouro, mas então lembro que não é desse que ele está falando. O *Surely Perfect* está no iate clube. E ele quer que alguém leve o barco até lá?

"Levar até aí?", pergunto. "Tipo, a Nova Zelândia?"

"Sim. Pensei em contratar alguém pra vir navegando até aqui. Conversei com a Shirley ontem à noite e ela me falou: 'Por que não o Tate? Ele tem licença de capitão'. E eu fiquei pensando, pois é, por que não? Aquele rapaz conseguiria fazer essa viagem de olhos fechados."

Fico até sem fôlego. Me sento em um banquinho na cozinha, ao lado dos espetinhos de camarão esquecidos na bancada. "De *olhos fechados* eu já não sei", respondo, falando devagar. "Mas... é, eu acho que dou conta, sim. Quanto tempo demora uma viagem dessas?" Estou tentando parecer tranquilo para manter a pose, mas seria uma empreitada e tanto.

"É uma viagem bem longa, sem dúvida. Você zarparia do porto de Miami e, segundo o pessoal com quem conversei, se você viajar numa média de oito a dez nós e se o tempo ajudar, dá para chegar em dois meses... Posso ajudar a elaborar a melhor rota pra você. Eu e a Shirley devemos voltar para Avalon Bay no mês que vem pra ficar até as festas de fim de ano. A ideia é voltar para Auckland só em janeiro", continua Gil, "então o barco precisaria estar aqui pro Ano-Novo. Daí, numa previsão mais realista, você pode içar velas em setembro, se quiser. Reservar uns três meses pra isso. Quatro, até. Fica a seu critério."

Balanço a cabeça, atordoado. "Você tá falando sério mesmo?", questiono.

Ele solta uma risada. "Muito sério. E, obviamente, você seria remunerado de acordo." Gil me passa uma cifra que faz minha cabeça começar a girar. É o suficiente para dar a entrada no meu próprio veleiro. Não um Hallberg-Rassy, mas com certeza um de primeira linha.

"Você também teria um cartão de crédito pra cobrir as despesas que tiver durante a viagem, então, se precisar repor qualquer coisa quando aportar em algum lugar, estaria tudo incluso. Sua única preocupação seria trazer o veleiro daí pra cá."

"Posso pensar um pouco?" Obviamente, o que eu mais quero é gritar um retumbante *sim*! Só que não tenho como largar tudo e ir até a Nova Zelândia assim do nada. Tem o trabalho e minhas responsabilidades. E acima de tudo isso, tem a minha família. Detesto deixar o meu pai na mão. E eu literalmente acabei de concordar em cuidar da loja sozinho para os meus pais poderem tirar férias em setembro.

"O tempo que precisar", responde Gil. "Pode me dar a resposta quando voltarmos. Se não for poder, ainda vamos ter tempo para contratar outra pessoa. Tem uma empresa que faz essa intermediação entre donos de barcos e capitães. Mas nós preferimos que seja você. Sei que você sempre quis fazer uma viagem longa assim, e, olhando pelo meu lado, prefiro pagar a uma pessoa de quem gosto e em quem confio para fazer isso do que a um desconhecido."

"Uau. Obrigado, Gil. Sério mesmo. Agradeço demais pela oportunidade."

"Imagine, garoto. E não se esquece de dar um passeio com a Lightning." Ele dá uma risadinha. "Você vai me agradecer por isso mais tarde."

21

CASSIE

AARON: *Oi, sumida.*

Fico olhando para a tela, com um frio na barriga. Estou parada na frente da agência dos correios e estava prestes a descer da Range Rover quando a mensagem chegou. Aaron vem tentando marcar alguma coisa a semana toda. Eu consegui arrumar uma desculpa todas as vezes até agora, dizendo que estou ocupada com a minha mãe. O que não é exatamente mentira; desde que ela chegou, vem monopolizando todo o meu tempo. Mesmo assim, não nego que é um alívio ter uma justificativa válida para não sair mais com ele. No mesmo minuto em que me envolvi com Tate de vez, praticamente esqueci que Aaron existe. Sei que é falta de consideração da minha parte, mas é difícil demais ter que falar que não estou mais interessada.

Só que também não posso continuar enrolando o cara. Ele vai voltar para Nova York na semana que vem. Não quero que ele passe os últimos dias de férias aqui esperando por uma coisa que não vai rolar.

Sem saber direito o melhor jeito de escrever a mensagem que preciso escrever para Aaron, resolvo mandar uma para Peyton.

> EU: *Preciso explicar pro Aaron que não quero mais sair com ele, só que quero fazer isso de um jeito legal. Alguma sugestão?*

O celular devia estar bem do lado dela, porque a resposta vem no mesmo instante. Ou melhor, *as* respostas. Como sempre, seis mensagens seguidas chegam em questão de instantes.

PEYTON: *Tá, então, o que eu sempre digo é:*
PEYTON: *Foi bem legal sair com você, mas acho que não vai rolar nada além de amizade.*
PEYTON: *Acho que a vibe de romance não bateu muito com a gente.*
PEYTON: *Mas você é incrível e com certeza vai encontrar alguém com quem rola uma química.*
PEYTON: *Só não acho que essa pessoa seja eu.*
EU: *Uau. Nada mau. Valeu!*

Dou uma ajeitadinha aqui e ali, faço um copia e cola, depois respiro fundo e envio. Na mesma hora sinto o estômago se revirar e o coração disparar. A ideia de um confronto iminente me deixa aflita, mas também com uma pontadinha de orgulho. Posso não ter dito a Aaron que ele beija bem mal, ou falado para minha mãe que eu a odeio de vez em quando, mas pelo menos consegui fazer esse negócio bem pequeno, essa coisinha de nada. Que é o lado bom da situação, acho.

Tento me concentrar nesse sentimento de orgulho, mas a ansiedade não passa e continua a embrulhar meu estômago enquanto me aproximo do balcão da agência de correio.

"Oi", digo para o atendente, um senhor já de idade. "Vim buscar uma encomenda para Cassie Soul. Recebi um aviso em casa pra vir pegar aqui porque não tinha ninguém em casa pra assinar." Entrego para ele o aviso.

"Vou verificar." O funcionário de cabelos grisalhos começa a remexer na sala dos fundos.

Enquanto espero, sinto o celular vibrar na mão. O nome de Aaron aparece na tela bloqueada. O mal-estar volta. Só o que consigo ver é a prévia da notificação: *Obrigado pela sinceridade. Sério mesmo...*

Depois disso, a mensagem é cortada.

Ai, meu Deus. *Sério mesmo* o quê? Meu otimismo vai para o espaço e meu cérebro só consegue pensar nas piores hipóteses.

Sério mesmo, que raiva de você.

Sério mesmo, você é uma vaca.

Sério mesmo, por que perdi meu tempo com você?

Clico na notificação.

AARON: *Obrigado pela sinceridade. Sério mesmo, agradeço. Hoje em dia tem muita gente que só some e deixa a gente no vácuo. Valeu por ser legal e ter consideração comigo.*

O alívio toma conta de mim. Uau. Beleza. Isso acabou saindo melhor do que eu esperava.

EU: *Obrigada por ser compreensivo. Você também é bem legal.*
AARON: *Bom fim de férias pra você, Cassie.*
EU: *Pra você também.*

E assim, num piscar de olhos, resolvi uma situação de confronto com tanta facilidade que quase sinto vontade de ligar para Tate e me gabar. Mas então percebo o quanto isso seria esquisito, já que nunca mais toquei no assunto Aaron desde que comecei a sair com o Tate. E não quero que ele pense que ainda estava saindo com outro.

"Aqui está!" O funcionário do correio volta com uma caixa fina de papelão. "Só preciso que você assine aqui, por favor."

Meu corpo todo vibra de empolgação quando volto para o carro, onde rasgo a embalagem e enfio a mão lá dentro. Quando dou por mim, estou segurando a manifestação física de *Kit & McKenna*. É um livro de capa dura, com uma imagem dos dois personagens, e está lindo. E ainda mais incríveis são as duas linhas de texto lá no alto.

CASSANDRA SOUL

E na linha de baixo:

ILUSTRADO POR ROBB SHEFFIELD

Dando um gritinho, tiro uma foto e mando para o meu antigo irmão postiço:

EU: *OLHA!!!*
ROBB: *Puta merda!*

EU: *Encomendei uma segunda cópia e mandei entregar na cobertura. Deve chegar amanhã no fim do dia.*
ROBB: *Ai, que legal. Obrigado por me incluir nessa. Já pensou se isso decola?*
EU: *Como assim? A gente não vai vender... rs*
ROBB: *Ué, e por que não?*
EU: *É só um presente pras minhas irmãs.*
ROBB: *Humm... tá, acho que a gente precisa conversar um pouco melhor sobre isso. Pode ser uma grande oportunidade perdida, Cass.*
ROBB: *Não vou estar aqui no fim de semana, vou para a casa de Montauk, mas que tal na segunda? Você estaria livre pra uma conversa?*
EU: *Estaria, sim. Tudo bem.*

Minha cabeça está girando, parece que estou num carrossel. Eu não tinha a menor intenção de vender este livro. Meu pai comentou sobre a possibilidade de autopublicação ou mandar para a avaliação de uma editora, mas eu não levei a conversa muito a sério. Ser escritora de livros infantis nunca fez parte das minhas aspirações profissionais. Mas, agora que estou com um exemplar em capa dura de *Kit & McKenna* nas mãos, tudo parece tão *real*. Um livro bonito, profissional. A gráfica fez um ótimo trabalho. As folhas são grossas e brilhantes, e as ilustrações internas ficaram lindíssimas. Enquanto folheio e leio algumas partes da história, me pego sorrindo feito uma adolescente boba. É uma sensação boa. Muito, muito boa mesmo.

Então por que não? Por que não tentar fazer alguma coisa acontecer? Transformar esse projeto numa coisa que outras crianças possam curtir também, não só as minhas irmãs. Acho que o aniversário no próximo fim de semana, quando eu der o presente, vai ser um grande teste. Se Roxy e Mo gostarem, será um bom sinal para o sucesso dessa empreitada.

Meu celular vibra enquanto estou lendo.

JOY: *É você que está sentada na Range Rover rindo sozinha como uma paciente fugida de um hospício?*

Levanto a cabeça e a vejo perto da loja de smoothies. Ela faz um aceno debochado.

Revirando os olhos, saio do carro e vou correndo até minha amiga. "Olha só isso!" Empurro o livro para as mãos dela.

"Aaah!" Os olhos dela ficam brilhantes. "Isso é incrível!"

"Você acha que as meninas vão gostar?", pergunto, ansiosa.

"Tá brincando? Elas vão amar. Acho que tem um monte de crianças que iriam gostar, inclusive." Ela começa a folhear e se detém numa página específica. Joy dá uma risadinha e se vira para me mostrar uma imagem de McKenna tentando enfiar o dragão em um armário de cozinha pequeno demais. No desenho seguinte, as portas estouram no meio de uma chuva de escamas roxas. "Isso é demais. Eu leria pras minhas priminhas."

"Robb quer conversar sobre publicar de verdade..."

"E é o que vocês deviam fazer!", responde ela imediatamente.

Mordo o lábio e sinto as ondas de empolgação dançarem em meu estômago. "Preciso pensar melhor."

"Ué, pensar no quê?"

"Em muita coisa. Vou começar o último ano da faculdade. Não tenho tempo sobrando pra pensar em publicar livros infantis e me formar ao mesmo tempo." Encolho os ombros. "Mas, enfim, o que você está fazendo agora? Quer almoçar?"

"Esse aqui é o meu almoço." Ela levanta o copo com o líquido verde de aparência nojenta. "Mas posso te fazer companhia e ficar vendo você comer." Joy levanta as sobrancelhas algumas vezes. "Vai ser sexy."

Dou uma risadinha. "Isso é uma coisa que o Tate falaria." Enfio o livro debaixo do braço e aponto com o queixo para a loja de smoothies. "Vou pegar um desses também, então. Você paga? Larguei a bolsa no carro."

"Nossa, que mimada."

Nós entramos e, um instante depois, já estou na ponta do balcão, esperando o meu pedido sair.

"Você viu o Tate quando chegou em casa ontem à noite?", pergunta ela.

"Vi, sim", respondo, pensando em nossa breve interação. Joy e eu saímos do Rip Tide perto da meia-noite e, apesar de precisar acordar cedo, Tate apareceu na janela... para me dar um beijo de boa-noite. Aham, só um beijo. Juro, ele é o maior provocador que já conheci.

"Ainda não acredito que vocês ainda não ficaram pelados juntos", comenta Joy, pensando no que eu contei para ela ontem durante o show.

"É esquisito, né? Acho que ele pensa que, se a gente tirar a roupa, o pau dele vai entrar em mim por acidente, sei lá."

Ela cai na gargalhada. "Vai ver ele é virgem também."

"Com certeza não. Sendo bem sincera, acho que ele está assustado com a ideia de tirar minha virgindade. Está se movendo a passo de lesma. É muito irritante."

"Então vamos dar um empurrãozinho nele."

"Que tipo de empurrãozinho?"

"Ué. Seduz o cara, Cass."

"Como?"

"Que conversa é essa de como?" Ela parece se divertir com a minha total falta de noção. "Existe um *monte* de opções."

"Então me fala uma", desafio. "Porque pelo jeito você também não sabe..."

"Entra na casa dele e espera pelada na cama quando ele voltar do trabalho." Joy abre um sorriso de satisfação. "Pronto. Toma aí essa sugestão."

"Eu não tenho como entrar na casa dele", retruco, me aproximando do balcão para pegar meu smoothie de banana com morango, que a funcionária adolescente acabou de deixar lá em cima. "Tem alarme."

"Sério mesmo que você está preocupada com isso?", questiona ela, quando saímos para a calçada. "Quem quer dá um jeito. Manda uma mensagem para ele dizendo: *Ei, onde fica a sua chave reserva? Eu preciso entrar pra pegar um pouco de açúcar.*" Ela inclina a cabeça. "Sei lá, essas coisas de vizinho. As pessoas vivem precisando de açúcar."

Solto uma risadinha de deboche. "Tá bom, beleza, então. Daí eu mando uma mensagem dizendo que preciso pegar alguma coisa na casa dele. E depois?"

"Você fica pelada e deita na cama dele. E, em vez de flores, se cobre com um mar de camisinhas..."

"Ai, meu Deus." Eu desato a rir. "Não."

"Tá, beleza, então não precisa da decoração de camisinhas. Mas o resto fica. Confia em mim, se ele entrar no quarto e encontrar você pelada lá, vai parar de resistir na mesma hora."

Fico pensando nessa ideia. Pra falar a verdade, é meio sexy. Excitante. E vai continuar sendo sexy e excitante mesmo se a gente acabar não transando.

"Não sei se consigo ficar pelada assim", admito, levando o canudo à boca e dando um bom gole na minha bebida doce e frutada. "Mas vestindo uma lingerie, talvez?"

"*Isso!* Até melhor! Precisamos arrumar uma que seja bem safada! Tá. Vai buscar a sua bolsa." Joy assume o modo autoritário. "Vamos fazer umas comprinhas."

Naquela noite, minha avó e minha mãe vão jantar em Charleston numa das raras ocasiões em que saem juntas. Acho que foi ideia da minha avó, como uma tentativa de me dar um respiro.

Minha mãe vem me alugando a semana toda, me levando para fazer compras inúmeras vezes, me arrastando para almoços desagradáveis e me criticando o tempo todo. A maioria das críticas é direcionada ao meu estilo de me vestir, mas ela também aproveita para dar alfinetadas no meu pai e em Nia e na amizade que tenho com Robb, só para eu não esquecer que estou transitando num campo minado. Mas a principal razão por que está irritada comigo é que não aceitei a sugestão dela de qual vestido usar na reabertura do Beacon. Vetei a escolha do longo dourado até os pés, o que, pensando bem, pode ter sido um erro, considerando que acabou ocasionando outras saídas à procura de outra roupa.

Sem as duas, a casa está completamente vazia, então não existe motivo para Tate não vir para cá, mas ele me encontrar na própria cama é uma ideia bem mais provocante. Uma coisa mais chocante e mais sexy. O expediente dele hoje termina às sete. Precisou ficar até mais tarde para que o pai o ensinasse a fazer a folha de pagamento, mas me disse que chegaria umas sete e meia. Eu falei que faria o jantar.

O que ele não sabe é que a sobremesa vai vir primeiro.

EU: *Oi, qual é o código pra entrar pela porta dos fundos? Preciso de uns temperos emprestados. Você acredita que aqui acabou o sal e a pimenta?*

TATE: *Se eu te der o código, precisa me prometer que não vai passar pra ninguém.*

EU: *Lógico que não. Na real eu pensei em só postar o código no X, mas não colocar em mais nenhuma outra rede social. Um conteudinho mais exclusivo, sabe?*

TATE: *Perfeito, é 25591. Estou indo pra casa, já. Vou só tomar um banho rápido antes e depois vou te ver.*

Perfeito.

Estou mais do que pronta. Depilei o corpo todo, então estou mais macia que bumbum de nenê. Escolhi um conjunto de sutiã de renda branco com uma calcinha fio dental mais cedo, no centro. Segundo a vendedora, o nome oficial da cor, sem zoeira, é *branco virginal*. Quando ouvi isso, resolvi que compraria nem que fosse só pela piada. Felizmente, eu fico ótima de branco. Quando saí do provador, Joy e a vendedora me garantiram que homem nenhum seria capaz de resistir a mim.

Mas só existe um homem que me interessa hoje.

Dou uma última olhada no espelho do corredor. Fiz escova nos cabelos, que estão soltos. Estou sem maquiagem, a não ser por um pouco de brilho labial e um toque de máscara de cílios. Com certeza nada de blush, porque o meu rosto já vai ficar vermelho naturalmente. É a minha sina. Eu nem tenho blush na minha bolsinha de maquiagem.

Como não posso sair só de lingerie, ponho um vestidinho largo e um chinelo nos pés antes de cruzar o caminho que vai da lateral da casa da minha avó até o deque dos fundos dos Jackson, digito o código na porta e a fechadura destrava.

Tate vem mantendo a casa limpíssima. Gosto disso. Vou até a escadaria larga em espiral no hall de entrada, pintada de um azul náutico com molduras brancas. Lá em cima, tenho uma ideia. Volto para o hall e tiro um chinelo, que deixo sobre o piso de madeira. O outro largo no primeiro degrau, e o vestido, no meio da escada. Abrindo um sorriso ao pensar na trilha que criei, abro um sorriso e vou até o quarto de hóspedes, onde Tate tem dormido.

A cama está arrumada e a colcha está cheirando a um amaciante gostoso e um cheiro masculino que é só dele e sempre me faz pensar no mar. Não estou surpresa por ver tudo tão organizado e arrumado. Ele me contou que era um hábito adquirido quando foi escoteiro. Porque claro que ele foi escoteiro. Ao que parece, o pai dele era líder da tropa, o que também não me surpreende. Gavin Bartlett é a imagem perfeita do *pai divertido*.

Por falar em Gavin, Tate me disse que os pais dele me convidaram para jantar lá na casa deles. Até agora, fiz de tudo para adiar. Um jantar assim faria parecer que existe alguma coisa séria rolando entre a gente, e estou tentando manter certo distanciamento. Sei que ele é só meu casinho de verão. Devo voltar para Boston no outono e relacionamentos à distância nunca dão certo. Além disso, já falei pro Tate que não estou querendo assumir nenhum compromisso, e ele também não quer. Está só se divertindo. Nós dois estamos.

Meu coração dispara quando enfim escuto a porta da frente se abrir. O alarme apita algumas vezes, mas para logo em seguida, quando Tate o desliga.

"Mas o que...", ele diz, com uma voz abafada, e seguro o riso. Alguém acabou de ver meus chinelos e meu vestido abandonados.

"Cassie?", ele chama, cauteloso.

Os passos dele se aproximam da escada.

"Aqui em cima", aviso.

"Ufa, graças a Deus." A voz dele fica mais alta. "Já estava pensando que ia encontrar você assassinada aqui."

Abafo o riso. "Por que um assassino ia se preocupar em fazer uma trilha com as minhas roupas?"

Escuto a voz dele chegando mais perto da porta. "Sei lá. Para mexer com a minha cabeça e..." Tate fica parado na porta. O pomo de adão dele sobe e desce quando me vê. Os olhos começam a faiscar no mesmo instante. "Puta merda." Ele balança a cabeça. "Uau."

"Que foi?", pergunto, me fazendo de inocente.

"Não vem com essa, não. Você está..." Ele engole em seco de novo. "Porra... linda... pra caralho."

Os olhos famintos dele devoram meu corpo, que deixei em uma pose de pinup só para ele. Um joelho dobrado, a cabeça nos travesseiros e as costas arqueadas, uma posição que faz os meus peitos se projetarem provocativamente para a frente. É raro para mim deixá-los assim em evidência, mas estou adorando a maneira como ele me olha.

Um sorriso sacana aparece em meu rosto. "Vai ficar aí parado só olhando ou vai tirar a roupa também?", pergunto.

Sem dizer uma palavra, Tate leva as mãos à bainha da camiseta.

"Ótima escolha."

Com uma risadinha, ele tira a camisa, revelando o peitoral bronzeado e musculoso. "O que eu fiz para merecer isso?", questiona ele, e não sei exatamente se é uma pergunta retórica.

"Gostou?" Começo a brincar com o lacinho de renda no meu sutiã, com um sorrisinho malicioso.

"Amei."

Ele abre o botão da calça e a abaixa. A cueca boxer desaparece a seguir. Agora ele está nu, com uma ereção exposta e orgulhosa.

Tate dá um passo à frente.

"Ainda quer ir devagar?", provoco.

"Não sei mais se isso é possível", diz ele, com um grunhido, e logo em seguida está na cama, cobrindo meu corpo com o dele.

Nossos lábios se encontram e a coisa esquenta rapidinho. Com beijos fervorosos e mãos impacientes passeando pelo corpo dos dois. Tate não faz nem menção de tirar minha lingerie. Levanta a cabeça, ofegante, e beija meu seio por cima do sutiã.

"Caralho, que coisa mais sexy", diz ele, gemendo. Os dedos se insinuam pela borda da renda. "Branco foi a escolha perfeita."

Lentamente, a mão dele passeia por minha barriga, na direção das tiras finas e delicadas da calcinha. "Nossa", ele murmura. "Nem sei se quero tirar isso aqui de você. Nem o sutiã. Quero te comer enquanto estiver vestidinha assim." Ele acaricia o meu clitóris por cima da calcinha e uma onda de prazer me invade.

Sinto a ereção pesada dele contra a minha coxa, um lembrete erótico do que estou prestes a vivenciar. Mal posso esperar. Engolindo em seco, estendo as mãos na direção de seu pau, segurando toda a extensão por entre os dedos e...

A campainha toca.

Nós dois temos um sobressalto. "Estava esperando alguém?", pergunto.

"Não que eu..." Ele se interrompe. O rosto dele, que há apenas um instante estava quente e vermelho, de repente fica pálido.

O celular dele apita.

"Puta merda", xinga. Praticamente pulando da cama, ele pega o aparelho do bolso da calça. Quando lê a mensagem, solta outro palavrão.

"O que rolou?" Eu me sento na cama. Por algum motivo, instintivamente abaixo um dos braços para cobrir os seios, que estão quase pulando para fora do sutiã minúsculo.

A campainha toca de novo.

"Quem é?", pergunto.

Ele desvia os olhos da tela com uma expressão de dor no rosto. "Uma menina que convidei pra vir aqui."

22

TATE

Antes que eu possa piscar, Cassie já desceu da cama e está correndo para a porta.

"Cass, espera."

"Tá de palhaçada comigo, porra?", grita ela, sem se virar.

Pego a cueca do chão e visto. Chego à porta no momento em que ela já está na escada. Nossa, ela está espetacular com essa calcinha pequenininha. E os peitos estão quase pulando para fora do sutiã, ainda mais agora que ela está ofegante. Um minuto atrás, eu estava prestes a devorá-la. Agora estou correndo atrás dela para não deixar que vá embora.

Ela pega o vestido que está caído na escada, veste por cima da cabeça e continua descendo. Vou correndo atrás dela.

A campainha toca mais uma vez e faço uma careta.

Esqueci completamente de Nicole. Sou um canalha mesmo, eu sei. Mas quando marquei isso com ela, no domingo, estava tentando não pensar em Cassie e não lembrei de cancelar porque tive uma semana bem agitada.

"Não acredito que você chamou outra pra vir aqui hoje!" A raiva mortal no olhar de Cassie acaba comigo. "Qual era a ideia, exatamente? Ia encontrar com ela primeiro e comigo depois? Ou ficar alternando entre uma casa e outra tipo a porra da Hannah Montana, fingindo que estava em dois lugares ao mesmo tempo? Eu estraguei o seu plano de merda por ter vindo pra cá, é isso?"

"Não, de jeito nenhum", respondo, chegando ao último degrau.

Ela calça os chinelos e vai andando até a porta da frente.

"Cassie, espera, por favor. Posso te explicar o que aconteceu?"

"Não", rosna ela, abrindo a porta para revelar o rosto assustado de Nicole.

"Ah, opa, foi mal", diz Nicole imediatamente. "Eu interrompi...?"

"Não", responde Cassie, passando direto. "Ele é todo seu", complementa ela, por cima do ombro.

Para a minha infelicidade absoluta, fico observando enquanto ela vai embora.

"Caralho!", resmungo, esfregando as mãos no rosto. Fecho os olhos por um instante e respiro fundo. Então abro os olhos de novo e dou de cara com a expressão mais do que incomodada de Nicole.

"Hã, pois é, tá na cara que eu interrompi alguma coisa, sim. Que merda foi essa, Tate?"

"Desculpa." Solto o ar com força. "Esqueci que você vinha hoje."

"Porra, como assim?"

"Desculpa." A vergonha desaba em cima de mim como se estivesse sendo jogada em baldes. "Eu comecei a sair com outra pessoa essa semana..."

"Essa parte eu já entendi", interrompe Nicole, cerrando os dentes.

"A gente era só amigo quando te convidei pra vir aqui, mas aí virou algo mais, e eu não me lembrei de cancelar com você. Desculpa. Eu sou um imbecil. Sério mesmo, dá uma porrada em mim, bem aqui no queixo. Por favor." Solto mais um resmungo. "Você sabe que eu não sou assim. Não desrespeito as mulheres desse jeito. Nunca. Sinto muito, de verdade."

Ela deve ter percebido a minha sinceridade (e meu imenso remorso), porque a expressão em seu rosto se atenua. "Cara. Segura a onda, também. Do jeito que você está falando, parece que a gente casou e você me traiu na lua de mel."

Solto uma risadinha fraca. "Não, mas fui babaca pra caralho."

"Foi mesmo, isso não vou negar." Ela passa uma das mãos pelo cabelo escuro. "Não vou negar, também, que estou bem decepcionada. Tinha criado uma expectativa pra hoje."

"Desculpa", repito, engolindo em seco.

"Sorte sua que você tem fama de ser um cara legal. Sei que você não costuma fazer esse tipo de palhaçada com as mulheres."

"Não mesmo", resmungo. "Acho que nunca me senti tão mal assim na vida. Não sei nem como me desculpar."

Nicole começa a mexer na manga da blusinha apertada. "Estou morrendo de vergonha", ela admite.

"Por favor, não fica. A culpa é toda minha."

"Eu sei, isso é óbvio. Mas não muda o fato de que acabei de chegar no meio de... aliás, quer saber? Esquece. Tudo certo."

Eu olho para o rosto dela atentamente. "Está tudo tranquilo, então?"

"Sim, tudo tranquilo." Com um suspiro, ela se aproxima e me dá um tapinha no ombro. "Mas acho que você precisa pedir desculpa pra ela também. Acho melhor eu ir embora pra você resolver isso aí."

Ainda estou me sentindo um merda enquanto acompanho Nicole até o carro. Quando ela vai embora, olho para a varanda da porta da casa de Cassie. Não quero tocar a campainha porque não sei se a mãe ou a avó dela estão em casa. Mas também não posso subir pela janela, porque ela pode me empurrar lá de cima.

Descartando as duas opções, volto para dentro e pego o celular.

EU: *A gente pode se encontrar lá fora pra conversar? Por favor?*

Uma parte de mim acha que vou ficar no vácuo, mas Cassie responde.

CASSIE: *Seu segundo encontro da noite já acabou? Será que alguém aqui tá com um probleminha de ejaculação precoce?*

E ainda dizem que não dá para saber em que tom as pessoas estão falando quando trocam mensagens por escrito.

EU: *Juro, não é o que você está pensando. Por favor. Pode vir aqui fora?*
CASSIE: *Tudo bem.*

Ela me encontra no atracadouro. De braços cruzados, com uma expressão perplexa. Ainda está usando o mesmo vestido e, como sei o que tem por baixo, fico com ainda mais raiva de mim por ter me esquecido de cancelar com Nicole, porque agora não tenho mais a menor chance de ver nem sequer uma tira daquela lingerie hoje. Mesmo se fizermos as pazes, esse navio já zarpou.

"Marquei com ela no domingo", explico. "Depois que a gente... você sabe. O lance da janela."

Cassie assente, comprimindo os lábios. "Acho que na verdade isso só piora a situação."

"Eu estava tentando evitar a tentação. Achei que, se encontrasse uma distração, poderia voltar a conviver com você sem ser tentado a arruinar nossa amizade. Então, quando Nicole me chamou pra sair, eu topei. Só que, quando cheguei em casa naquela noite e ouvi a conversa que teve com a sua mãe, bom, aí você sabe o que aconteceu." Mordo a parte interna da bochecha. "Fiz merda. A gente se viu todo dia essa semana e eu estou atolado de trabalho, então, jogando a real, me esqueci de avisar pra ela que não ia mais rolar o que estava combinado pra hoje."

"Nossa, isso foi *muita* canalhice. Principalmente com ela."

"Eu sei disso, pode acreditar. Acabei de passar dez minutos pedindo desculpas para ela. E agora estou aqui implorando o seu perdão." Olho para Cassie bem nos olhos. Sei que ela ouviu a sinceridade na minha voz. "Não é assim que eu trato as mulheres. Posso até dormir com várias, mas nunca mais de uma ao mesmo tempo. Pode perguntar pra qualquer um que me conhece, eu não sou de fazer joguinhos. Eu não sou assim. Você *sabe* que não, Cassie. Sou escoteiro. Sou do tipo que pede pra ser deixado de castigo. Meus pais me criaram pra tratar as mulheres com respeito. E é por isso que estava com medo de me aproveitar da sua falta de experiência."

Ela morde o lábio, hesitante. "Se você queria continuar saindo com outras, podia ter me avisado."

"Não é nada disso." Franzo a testa. "Nem me passou pela cabeça que não éramos exclusivos. Eu só assumi que éramos."

"É mesmo?"

"Eu já disse, não me envolvo com mais de uma ao mesmo tempo."

"Então a gente tá *saindo*?"

"Você tá saindo com um cara que é seu casinho, lembra? A gente tá transando. Sei lá, pode chamar como quiser."

Meu corpo está tenso de frustração porque não consigo explicar exatamente como estou me sentindo. Só o que me vem à mente é o pânico, a sensação de impotência quando Cassie foi embora e pensei que a gente nunca mais fosse se ver.

"Eu gosto de você", digo, com a voz embargada. "Me divirto muito quando estamos juntos. Sinto uma atração louca por você. E não quero nunca mais fazer qualquer coisa que te faça olhar pra mim do jeito que me olhou naquela hora. Como se eu fosse um lixo."

Ela respira fundo. "Quando pensei que você tivesse marcado outro encontro... que já tinha outra garota engatilhada, ou várias... fiquei bem chateada."

"Eu sei. Desculpa. Prometo que não estou saindo com ninguém além de você." Passo uma das mãos pelo cabelo, abrindo um sorriso triste. "Tinha planejado um negócio pra amanhã. Pra gente."

"Ah, é?" Ela franze a testa. "Não me falou nada."

"Ia convidar hoje. Você sabe que o Gil me deixou usar a Lightning, né? Eu estava pensando..." Começo a me remexer, todo sem jeito. Acho que nunca me senti tão travado na frente de uma garota antes. "Pensei que a gente podia dar um rolê de barco. De repente ancorar em Kearny's Cove. Vendo por fora você não imagina, mas tem uma cabine embaixo do convés. É bem confortável. A gente podia passar a noite lá..."

Deixo as implicações disso pairando no ar.

Cassie engole em seco visivelmente. Nós dois sabemos o que vai acontecer se passarmos a noite sozinhos na mesma cama.

"Parece uma boa ideia", ela responde, por fim, com um leve sorriso nos lábios. "Eu topo."

Quase desmorono de alívio. "Perfeito, então. Combinado."

"Mas quero ser a única, Tate. Você vai sair *só comigo* amanhã." O divertimento nos olhos dela me diz que está tudo bem entre nós de novo.

"Só com você. Palavra de escoteiro."

"Está pronta?", pergunto no dia seguinte, pulando a bordo do Lightining. Estendo a mão para Cassie. Está no fim da tarde e era para estarmos de saída, mas ela continua parada no atracadouro com o olhar voltado para os coletes salva-vidas cinza e pretos que coloquei sobre o assento do copiloto.

"A gente vai precisar usar isso aí o tempo todo?", pergunta ela, cautelosa.

"Só quando estivermos em movimento. Mas é mais por precaução, mesmo."

"Tá, agora eu tô meio assustada. A que velocidade você está pensando em ir?"

"Ah, bem rápido." Estou quase tremendo de empolgação. "Gil me disse que esse barco passa dos duzentos por hora." Sinto um calafrio de felicidade. "Talvez eu tenha um orgasmo aqui, ruivinha."

"Então será que preciso ficar com ciúme dela? Da lancha?"

"Provavelmente." E com isso consigo tirar um riso dela. "Beleza, então vamos."

Seguro a mão de Cassie, que sobe a bordo. Enquanto ela veste o colete salva-vidas, coloco o cooler embaixo do convés, mas pego duas garrafas de água para pôr nos porta-copos. Quando nos ajeitamos nos assentos, zarpamos devagar. Não quero chegar à velocidade máxima logo de cara. Um pouco adiante, empurro mais o acelerador. A embarcação ganha vida. Sinto a expectativa crescer no peito enquanto deslizo a alavanca para a frente. Quando a proa da Lightning levanta, Cassie toma um susto.

"Está tudo bem", garanto, e a proa se assenta. Minha nossa. Isso é loucura. Mesmo em velocidade de cruzeiro, estou indo mais depressa do que em qualquer lancha que já pilotei.

"Por que estamos indo tão longe?" Cassie parece mais preocupada a cada quilômetro que nos afastamos da terra firme.

"Aqui é uma zona de velocidade reduzida. Precisamos passar daquele ponto ali, onde as restrições deixam de valer." Sigo em frente, cortando a baía. Quando nos distanciamos o bastante, reduzo a velocidade por um momento. A Lightning balança suavemente sobre as ondas. Faço uma rápida avaliação. O vento está fraco, não oferece resistência. As ondas estão tranquilas, o mar não está agitado.

Eu me viro para Cassie com um sorriso. "Tá, então. Agora eu vou mandar ver. Vou botar força total. Força total nessa belezinha. Pronta?"

Cassie respira fundo. "Tudo bem. Vai logo antes que eu desista."

Quando acelero, a Lightning dispara.

Cassie dá um grito, segurando nas amuradas com todas as forças. E não estamos nem indo tão rápido ainda. A uns cento e quarenta por hora, talvez. É incrível o quanto a Lightning ainda tem para dar. A adrenalina começa a pulsar no meu sangue quando acelero. O vento bate com força em nosso rosto, jogando meu cabelo para trás. O rabo de cavalo de Cassie voa no ar, parecendo a rabiola de uma pipa, bem esticado. Mesmo assim, a lancha continua estável. Tanto que não dá para saber a que velocidade estamos indo.

Parecendo criança, solto um grito de alegria, e quando viro a cabeça vejo Cassie sorrindo para mim. Ela joga os braços para cima e dá um gritinho também, enquanto nos entregamos à emoção da velocidade. Estamos a uns cento e sessenta por hora, mas ainda quero mais. Só um pouco. Deixo a lança em ângulo de corrida, mexo no acelerador e então estamos praticamente voando. A cento e noventa por hora, eu me sinto em outro plano de existência. Quase não sentimos a lancha cortando a água. É como se estivéssemos planando, tão depressa que tudo parece em câmera lenta. É inacreditável.

Deixo a Lightning voar a toda por mais alguns quilômetros antes de desacelerar. Meu coração demora um pouco para se acalmar. Olho para Cassie, que ainda está sorrindo. O rosto dela está vermelho, castigado pelo vento. O casco balança quando chega a uma velocidade em que não estamos voando sobre a água.

"Isso foi incrível", comento, ainda ofegante.

"Parece que você acabou de ter um orgasmo."

"A sensação é essa mesmo. Nunca pilotei um barco assim." A lancha é o sonho de qualquer piloto. Tem estabilidade nas curvas, obedece bem aos comandos.

"Você devia comprar um barco desses."

Solto uma risada. "Hã, não. É uma lancha de um milhão de dólares. E isso porque Gil comprou usada."

"Puta merda."

"Exato. Mas estou economizando pra um veleiro. Essa é a minha prioridade. Lanchas potentes assim são um brinquedinho que dá pra curtir em qualquer fase da vida, quando eu tiver mais dinheiro."

"Você é um brinquedinho que dá pra curtir em qualquer fase da vida", diz Cassie, e solta uma risadinha.

"Que bom."

Enquanto fazemos a travessia até Kearny's Cove, ela ajeita o rabo de cavalo, que ficou bagunçado durante o passeio aceleradíssimo. Diminuo a velocidade até quase parar e pego minha garrafa de água. Dou um gole muito necessário antes de oferecê-la a Cassie, que balança a cabeça. Está ocupada dando uma olhada no cockpit da lancha, passando a mão nos assentos reluzentes de vinil.

Ela olha ao redor do convés. "Como é possível que tenha uma cabine lá embaixo? Não parece ter espaço para nada nessa coisa."

"Pra começo de conversa, não chama minha garota de coisa."

Cassie solta um risinho de deboche.

"E a cabine é surpreendentemente espaçosa. Sério mesmo, você vai adorar."

"Ah, vou?"

Trocamos olhares provocantes. Meu coração dispara mais uma vez. Dessa vez não tem nada a ver com a Lightning e tudo a ver com Cassie Soul. Estou morrendo de ansiedade para transar com ela. Só consigo pensar nisso o dia todo.

Chegamos a Kearny's Cove, um lugar privativo e maravilhoso que fica escondido por um paredão de rochas, o que faz com que o vento quase não bata nessa parte da baía. Mas tem a praia, apesar de ser pequena. Uma pequena faixa de areia, situada entre a face rochosa e a vegetação.

"Que lugar bonito! É aqui que a gente vai jantar?", pergunta Cassie.

"É."

Ela me olha. "Quantas outras você já trouxe aqui?"

"Nenhuma", respondo, com sinceridade.

"Sério?"

"Sério."

"Por que não?"

Encolho os ombros. "Acho que nunca conheci ninguém que me inspirou a querer uma noite romântica."

"Aaaaah, então o Gate está querendo ser romântico?"

"Bom, não tô mais, agora", resmungo.

"Você não fez esse tipo de coisa com a Alana?"

"Não. A gente só ficava na casa dela. Nunca nem saímos juntos pra jantar."

Jogo a âncora e vou pegar o cooler lá embaixo. Em seguida tiro os docksides e pulo na água, que espirra até os meus joelhos, molhando minha bermuda. Levo o cooler até a praia e depois volto para ajudar Cassie a descer do barco.

O cardápio do jantar é frango grelhado, salada grega e frutas para a sobremesa, além de uma garrafa de champanhe que faz Cassie abrir um sorriso quando mostro. "Roubou lá do clube de novo?"

"Mas é claro."

Sirvo uma taça para ela. Estamos no cobertor que estendi na areia, jantando sem pressa enquanto o sol se põe no horizonte.

"Tá, vai, isso é meio romântico mesmo", assume ela, admirando as cores que tingem o céu — tons vivos de rosa, vermelho e laranja. O pôr do sol está quase tão bonito quanto ela.

Depois do jantar, enfiamos o lixo dentro do cooler e conversamos sobre nada em especial enquanto bebemos champanhe. O aniversário de Cassie é no fim de semana que vem. Ofereço levá-la para jantar, mas ela já tem planos para os dois dias: com o pai no sábado, com a mãe no domingo. Ela parece mais empolgada para o primeiro dia, mas fico com a impressão de que tem uma relação meio tensa com a madrasta, o que azeda a maioria dos eventos familiares.

Cassie confirma isso, dizendo: "Sinceramente, acho que a Nia não gosta muito de mim. Pra ela, sou só um lembrete da existência da minha mãe, a ex-mulher insuportável do marido".

"De onde você disse que ela era mesmo? República Dominicana?"

"Do Haiti."

"Ah, legal. Então ela fala francês? Não, espera, acho que é crioulo?"

"É francês, mas, segundo a Nia, existem grandes diferenças entre o francês do Haiti e o francês da França. Ela diz que tem a ver com a entonação. Não que eu consiga ouvir a diferença. Ela é ótima, na verdade", admite Cassie. "Meu pai se deu bem nessa."

O dia acaba escurecendo e voltamos para o barco, tiramos os sapatos e descemos para debaixo do convés, onde os olhos de Cassie se arregalam.

"Tá vendo?", eu digo, todo presunçoso. "É enorme."

A cabine é mais do que espaçosa — tem vários confortos adicionais para uma noite na praia. Armários embutidos, gavetas refrigeradas, uma cabeceira estofada portátil. A mesa de centro vira uma cama, que já deixei montada antes de sairmos do atracadouro.

"Tem até ar-condicionado?" Ela está boquiaberta.

"Aham. Eu falei, esse brinquedinho aqui não é barato."

Cassie se joga na cama com as pernas cruzadas. "Você acha que vai aceitar a proposta do Gil Jackson? De velejar até a Nova Zelândia?"

Mencionei essa questão durante o jantar, mas não me alonguei muito no assunto. É uma coisa que está me corroendo por dentro desde o telefonema de Gil. "Não sei. Ainda estou pensando."

"Que loucura ele ter tantos barcos. Uma frota inteira. Ou é uma esquadra? Qual é o coletivo de barcos?" Ela franze o nariz. "Alqueire?"

"Isso mesmo, linda, um alqueire de barcos. Acertou na mosca."

"Hum, estou sentindo um sarcasmo."

"Sentiu bem."

A expressão indignada dela se abre em um sorriso. "Vou perdoar você só porque me chamou de *linda*, e isso meio que me deixou excitada."

"Ah, é?"

E, do nada, a gente começa a devorar um ao outro com os olhos. E de repente o meu corpo todo fica tenso de expectativa por saber que não vai demorar muito para a gente transar de verdade.

"Vem cá." O tom de voz dela está rouco.

Eu vou com ela para a cama. Tento sentar primeiro, mas ela logo me empurra com as costas no colchão. Abro um sorriso para ela, que está muito gata agora. Com os olhos brilhando. O rosto vermelho. O cabelo bagunçado pelo vento — castanho acobreado, e não ruivo, mas não vou dar essa satisfação para ela, de saber que reconheço isso. Do jeito como está sentada, o short subiu pelas coxas. Estendo a mão, incapaz de conter a vontade de acariciar a pele macia que vejo ali.

Ela morde o lábio. "Está querendo começar alguma coisa aqui, Gate?"

"Não sei... Você quer que eu comece?"

Em vez de responder, ela se inclina para me beijar.

Retribuo o beijo, passando os dedos por seu cabelo e a puxando para mais perto. Ela está em cima de mim agora, com aqueles peitos deliciosos comprimidos contra o meu peitoral, os biquinhos enrijecidos. Enfio a mão entre nossos corpos e dou um beliscão de leve no mamilo esquerdo dela, porque sei como seus seios estão sensíveis. Como se me desse um palpite, Cassie solta um gemido, e abro um sorriso. Adoro ouvir cada barulhinho que ela faz quando a gente está se pegando. Acima de tudo, amo aquele sussurro ofegante que ela solta logo antes de ter um orgasmo. Mas ainda não chegamos nessa parte, não estou nem perto de ouvir esse gemidinho específico. E tudo bem. Nem sempre o destino é a única coisa que importa. Às vezes é mais legal curtir a jornada.

A gente se vira na cama e vou beijando seu pescoço e observando os arrepios que provoco. As mãos dela passeiam livremente pelas minhas costas, acariciam a minha nuca, se enroscam no meu cabelo. Está gostoso pra caralho. Seguro a barra da regatinha dela e puxo para cima, seguindo com a boca o rastro de pele exposta até voltar a encontrar a parte de cima do biquíni perto do ombro. Dou um puxão no tecido.

"Tira", ordeno.

Aos risos, ela levanta para tirar a camiseta junto com o biquíni.

Ponho a mão no short dela e dou um tapinha na lateral de sua bunda. "Levanta", digo com um grunhido.

"Adoro quando você fica meio homem das cavernas."

"Eu sei que gosta."

Ela levanta a bunda, e tiro o short e a calcinha dela, que jogo longe. De repente me dou conta de que é a primeira vez que a vejo totalmente sem roupa. Não consigo nem acreditar. Apoio meu peso sobre o cotovelo para admirá-la, passando a mão pelo corpo nu e perfeito dela. Cassie é miudinha em todas as partes, exceto nos peitos. Acaricio suas costelas, sentindo as protuberâncias sob os dedos. Depois o osso saltado do quadril.

Ela fica me olhando enquanto eu a toco. "Você fica só me provocando."

"Não. Estou admirando." Meus dedos dançam por sobre um de seus joelhos antes de chegar ao meio das coxas. Lambendo os dedos, passo o dorso deles pela boceta dela.

Ouço a respiração dela acelerar. "Porra, isso é gostoso."

"Eu ainda nem comecei." Com um sorriso, tiro a camiseta, mas fico de bermuda. Não preciso dessa tentação ainda. Em seguida, seguro Cassie pelos tornozelos e começo a puxá-la para o pé da cama. Aqui não tem tanto espaço, então ajoelho no chão na frente dela, trago a bunda dela para a ponta do colchão e enfio a cabeça no meio de suas pernas.

Nós dois gememos quando a minha boca a toca. Essa é a minha coisa favorita no mundo. Acho que Cassie não acreditou quando falei, mas é verdade. Nada me deixa com tanto tesão quanto chupar uma mulher. Sentir que ela está gemendo e se contorcendo, ofegante, apertando a minha cabeça com as coxas, ansiosa para me manter exatamente onde precisa que eu esteja. É o auge do tesão. Gostoso pra caralho.

Sentindo minha ereção pressionada contra o zíper, vou passando a língua, os dedos e então finalmente ouço: meu barulhinho favorito. Solto um gemido de felicidade e ela sente minha reação, grave e áspera, contra seu clitóris. Então começa a mover os quadris. Esfrega a pélvis na minha cara, querendo todo o prazer que tenho a oferecer, e só quando ela fica completamente imóvel é que abandono meu posto e subo com a boca por seu corpo.

Ela recebe meu rosto no dela com um beijo e adoro isso. Não importa que o gosto dela ainda esteja em minha língua. Ela praticamente me devora, cravando as unhas nos meus ombros enquanto leva a outra mão ao meu zíper.

"Por que você ainda está com isso?", ela questiona. "Que saco."

"Ah, está irritadinha, é?"

"Sim, estou. Bem irritada."

Eu deixo que ela me vire de barriga para cima. Está puxando minha bermuda, arrastando pela cintura. Meu pau pula para fora, duro e faminto.

Cassie me lança um olhar de divertimento. "Tem alguém com tesão aqui."

"Ah, mas pode ter certeza." Seguro a respiração quando ela pega meu pau nas mãos e abaixa a cabeça na direção dele. Ah, nossa. "Não", eu digo, afastando-a de mim.

Ela parece ofendida. "Como assim, *não*?"

"Boquete não."

"Nunca mais?"

"Não, nada a ver. Só agora mesmo. Senão eu não aguento mais de trinta segundos."

Os olhos dela brilham. "Você devia ter batido uma punheta antes de vir. Eu li em algum lugar que alguns caras fazem isso pra durarem mais."

"Eu bati uma punheta", resmungo, e ela cai na gargalhada.

"E mesmo assim não tá conseguindo aguentar a emoção aí pra não acabar com a minha experiência? Nossa."

Sei que ela está brincando, mas mesmo assim sinto uma pontada de vergonha. "Pô, Cass. Não fala isso. Agora eu vou ficar noiado."

"Não, não precisa." Ela se joga em cima de mim de novo e nossos corpos nus colidem. Segurando meu rosto, ela olha bem nos meus olhos. "Não tem como estragar nada. Mesmo se a gente não transar, ainda vai continuar sendo um dos melhores dias da minha vida. Juro."

"Da minha também", confesso. Meu primeiro passeio com uma Fountain Lightning, e com Cassie do lado? Aconteça o que acontecer entre nós, eu nunca vou esquecer isso. E nem *este* momento. Aperto um seio farto e perfeito. Passo o polegar sobre o mamilo enrijecido. Quando levo a mão até o meio de suas pernas de novo, eu a encontro molhadinha e pronta para mim.

Pode ter certeza. Não tem a menor chance de eu esquecer o dia de hoje.

Ela tenta alcançar meu pau de novo, mas eu seguro os dedos dela. "Só um pouquinho", peço, e me debruço sobre a bolsa que trouxe com minhas trocas de roupa. Abro o zíper do bolso lateral para pegar as camisinhas que joguei lá dentro.

Quando estou devidamente pronto, deslizo o meu corpo sobre o dela, toco de leve seu quadril e abaixo a boca para beijar seu peito. Então levanto a cabeça para olhá-la nos olhos. "Você tá bem?"

"Eu tô ótima", responde ela, me guiando até o meio de suas pernas.

Ponho só a pontinha, mas já estamos os dois suando. A sensação dela me apertando com tanta força provoca um curto-circuito em meu cérebro. Por um momento, esqueço como faz pra transar. Tipo, sério mesmo. Fico deitado lá, a metade do meu pau nela, e só depois de ouvir um grunhido de impaciência de Cassie que volto a mim.

"Está pronta?", sussurro.

"Mmm-humm."

Eu me encaixo dentro dela, vencendo a resistência natural de seu corpo e a beijando para abafar o gemido suave de dor que escuto. "Tudo bem?", murmuro com os lábios colados aos dela.

"Aham. Espera só um pouquinho."

Fico imóvel de novo, sentindo o calor dela envolvendo meu membro. É a melhor sensação do mundo. Bem devagarinho, ela começa a se mover. Ajeitando os quadris, cravando as unhas no meu ombro. É uma tortura. E não sei se faz de propósito, mas Cassie está me apertando com força dentro dela, depois soltando, e então apertando de novo, sem parar. Contraio a bunda com força, porque tenho medo de que, se começar a me mexer, talvez vá muito fundo.

Ela me aperta de novo, e os meus quadris se projetam para a frente com força, entrando fundo, o que provoca um sobressalto em Cassie. Murmuro um palavrão. Acho que não vou conseguir me segurar.

"Tá", digo, baixinho. "Vamos fazer o seguinte."

Um sorriso surge no rosto dela. "Fala, por favor."

"Vou virar a gente pra você ficar por cima e aí você vai sentar em mim. Quem vai determinar o ritmo é você, tá? Estou tentando de tudo para ir com calma, mas nessa posição vou acabar te machucando."

Um instante depois, ela está montada em mim. Apoio a cabeça no travesseiro e desfruto da visão que tenho dela. Rosto vermelho. Olhos cheios de tesão. Ela hesita, parecendo meio insegura.

"Pode fazer o que quiser", murmuro, olhando para ela, totalmente entregue. "Eu sou todo seu."

Cassie sorri e, bem devagar, começa a me cavalgar. Apoia as mãos espalmadas em meu peito. Os lábios ficam entreabertos. Ela se inclina para a frente e o cabelo dela cai em cima da gente como uma cortina, fazendo cócegas no meu peito. Cassie me beija e solta o ar com força, ofegante.

"Ah, gostei disso."

"Do quê?", pergunto, com a voz carregada.

"De te beijar enquanto você está dentro de mim." A respiração dela acelera. Assim como os movimentos que faz, emanando uma onda de calor por meu corpo.

Sinto meu saco se contrair. Depois é a vez dos músculos da bunda. Percebo que estou agarrando com força os quadris dela, cravando os dedos em sua pele. Alivio a força que estou botando nas mãos e me forço a relaxar.

Ela para de novo. Com uma expressão de desânimo. "E se eu não conseguir gozar desse jeito?"

"Daí eu faço aquilo que estava fazendo antes." Solto um suspiro de satisfação. "A noite inteira, de preferência."

"Você não se incomodaria, mesmo?"

"Claro que não. Por que eu me incomodaria, se é tão bom pra você?"

"É bom pra mim mesmo", responde ela, inclinando o corpo para a frente e me beijando de novo.

Eu a puxo para mais perto do meu peito e dou uma estocada para cima ao mesmo tempo que deslizo a língua por sua boca.

Ela arregala os olhos e solta o ar com força.

"Que foi?", pergunto, ficando imóvel.

"É que essa posição...", diz ela, num tom sonhador. "Esfrega o lugar certinho." Ela remexe os quadris, movendo a parte inferior do corpo por cima do meu. "Isso, bem aqui."

Cassie começa a esfregar o clitóris em mim enquanto me enterro dentro dela e é aí que percebo que ela encontrou o ritmo certo. A posição ideal. Quando escuto aquele gemidinho revelador, perco o controle sobre o meu corpo. Com os mamilos dela roçando meu peito e a bunda preenchendo minhas mãos, além daquele aperto firme que sinto estando dentro dela, não consigo mais aguentar.

"Cass, eu vou gozar. Não dá pra segurar."

"Tudo bem", ela murmura, e jorro para o alto como um foguete. Quando o fervor do prazer está começando a amenizar, Cassie encontra o lugar certo. O orgasmo dela espalha uma segunda onda de calor por meu corpo, como as ondas de choque que vêm depois de um terremoto, tremores menores depois da explosão inicial.

Uma vez que nossa respiração volta ao normal, ela se ajeita ao meu lado e apoia a cabeça em meu ombro.

"E aí?", pergunto, com a voz rouca. "Arruinei a sua experiência?"

"Com certeza", ela murmura. "Foi péssimo."

"Um horror."

Ela dá uma risadinha e seu hálito faz cócegas na minha pele. Então fazemos silêncio. Deitado no escuro com ela desse jeito, uma sensação de serenidade absoluta me domina.

"Estou com sono", ela murmura.

"Então fecha os olhos." E eu faço o mesmo. Ouvindo o vento assobiar do lado de fora da cabine. Sentindo o balanço suave da água calma. O calor do corpo de Cassie junto ao meu.

Não consigo pensar numa forma melhor de pegar no sono.

23

CASSIE

AGOSTO

Meia hora depois do início da festa de aniversário das gêmeas, estou repensando meu desejo de ter filhos. Pensei que *duas* meninas de seis anos fossem barulhentas, mas quinze? É tipo um grito estridente e infinito que nunca sequer abaixa o tom. O tipo de barulho incessante que perturba até a alma.

Meu pai e Nia alugaram uma cama elástica que ocupa metade do quintal e que no momento tem oito meninas saltitando sem parar e gritando a plenos pulmões. Parece que estão sendo assassinadas lá dentro, mas pelo jeito estão só se divertindo. As outras sete estão na mesa de artesanato, onde uma das monitoras do acampamento de recreação que as gêmeas frequentam nas férias está ajudando as garotinhas a fazerem as próprias tiaras de pedrarias. Ela foi contratada pelo meu pai para passar a tarde aqui e está fazendo o maior sucesso entre as convidadas.

Por falar nele, é a quarta vez que corre para dentro de casa para "procurar uma coisa". Demorei um tempinho para perceber que ele não está indo buscar nada, porque sempre volta de mãos vazias. Desconfiada, dou uma escapulida rápida da festa e o sigo. E, de fato, ele está só mexendo no celular, apoiado no balcão da cozinha.

"Você não veio procurar coisa nenhuma", acuso.

Ele ergue os olhos, que dançam atrás dos óculos. "Claro que vim. Na verdade estou procurando um lugar tranquilo e quieto."

Vou até o outro lado do balcão e admiro o bolo de aniversário das meninas, uma cortesia de Chandra, a amiga confeiteira de Nia que dedurou meu pai no dia em que fomos ver as tartarugas. Chandra e Sava, filha dela, estão aqui hoje. A mãe está conversando lá fora com Nia, e a menina é uma das participantes da carnificina no pula-pula.

"Você acha que as gêmeas estão desconfiadas de alguma coisa?", pergunto a ele. "Sobre a tartaruga?"

"Nem de longe", responde. "Ontem mesmo a Roxy estava reclamando por ter que esperar até o ano que vem para ter um bicho de estimação."

"Vocês providenciaram tudo? O tanque? A água? O... o que foi mesmo que o tal Joel falou? Luz infravermelha?"

"Lâmpada uvb", corrige meu pai. "E está tudo montado, inclusive botei umas decorações, um tronco despontando da água e galhos de cipreste. Sou obrigado a admitir que é um bicho bem bonitinho."

"Uhum. E o que a Nia achou do novo morador da casa?"

"Ela ainda não aceitou totalmente a ideia, mas está contente por não ser um cachorro. Quando o assunto é bicho de estimação, não precisar de muito cuidado fala mais alto do que viver mil anos."

Solto uma risadinha.

"Estou feliz por você estar aqui", acrescenta meu pai. "E sei que já falei isso um monte de vezes hoje, mas feliz aniversário."

Ele se aproxima para me dar um abraço caloroso. É raro eu receber qualquer demonstração de afeto do meu pai, então aproveito o momento. Posso não vê-lo com a frequência que gostaria, mas, quando consigo, gosto de tê-lo por perto. É bem mais fácil lidar com ele do que com a minha mãe. Com ela, é sempre um campo minado; nunca sei o que vai detonar o próximo ataque verbal.

Como se estivesse lendo meus pensamentos, meu pai me solta e pergunta num tom leve: "Como está sendo ficar aqui na cidade com a sua mãe? Está dando pra conviver com ela numa boa?".

"Ah, sabe como é, o de sempre." E, como de costume, logo mudo de assunto. "Eu me arrependi de ter embrulhado o livro do Kit e da McKenna. Estou ansiosa pra te mostrar como ficou." Fico hesitante, e vermelha também. "E acho que talvez fique contente em saber que estou conversando com o Robb sobre a ideia de tentar publicar."

Os olhos do meu pai se iluminam. "Tá brincando? Que ótimo!"

"O chefe dele no estúdio de design tem contato com agentes. De artistas, escritores, esse tipo de coisa. Vai passar pro Robb o nome de algumas pessoas que podem topar representar a gente." Encolho os ombros. "Quem sabe? Talvez eu tenha encontrado uma carreira." Quando vejo o brilho nos olhos do meu pai de novo, levanto uma das mãos para baixar as expectativas. "Mas não fica tão cheio de esperança assim, hein? As editoras podem detestar."

"Não vão, não", diz ele, cheio de convicção. "E estou ansioso para ver o livro. Não sei do que as meninas vão gostar mais: da tartaruga ou do seu presente."

"Da tartaruga, pai." Reviro os olhos.

Algumas horas mais tarde, depois que o bolo foi devorado e a gritaria horrorosa já parou, nós cinco nos sentamos na sala de estar para a grande revelação. Decidimos esperar até todas as amiguinhas terem ido embora porque, como explicou Joel, o encantador de tartarugas, elas são muito sensíveis. Achamos melhor não expor a pobrezinha a um ataque cardíaco dando de cara com quinze meninas berrando na sua orelha quando saísse do cipreste.

O aquaterrário de cento e oito litros está na parede dos fundos da sala, escondido embaixo de uma toalha de mesa preta que o meu pai colocou.

"O que está acontecendo aqui?", questionou Roxy, sempre desconfiada. "O que é aquilo ali?"

"Por que não vai até lá e descobre sozinha?" Meu pai sorri para ela. Até Nia parece se segurar para não rir.

Com expressões idênticas de desconfiança, as gêmeas vão até o tanque de vidro coberto.

"Pode tirar a tolha", incentiva meu pai.

Surpreendentemente, Roxy hesita, e é Mo que puxa o pano para revelar a tartaruga no aquaterrário mais abaixo.

E o que me surpreende ainda mais, as duas ficam em total silêncio. Não ouço nem um gritinho.

"E aí, meninas?", pergunta o meu pai.

Elas se viram para os pais, os olhos arregalados.

"É... é pra gente?", murmura Monique.

"Claro que é." Nia permite que seu sorriso se abra. É difícil me segurar, com as meninas assim até trêmulas de empolgação contida.

"Venham", chama meu pai. "Venham ver mais de perto."

Eu chego mais perto também, porque quero ver. Dou uma espiada no tanque e procuro em meio às pedras artificias, os galhos e o pequeno tronco usado para que o bichinho tome sol. Meu pai tem razão: é mesmo um bicho bem bonitinho. Pequeno, com uns dez centímetros no máximo, um casco preto pintado e listras bem distintas na cabeça.

"Como é o nome dela?", sussurra Roxy.

"É um macho, e ainda não tem nome", responde meu pai.

Não é exatamente verdade. Acho que esse era o LL Cool J. Mas entendo que o meu pai queira dar um nome novo.

"Mas eu estava pensando... por que a gente não deixa a sua mãe escolher o nome?" Ele aponta com a cabeça para ela e fica esperando a resposta.

Nia parece surpresa. "Eu?"

Ele dá uma piscadinha para a esposa. "É. Todo mundo sabia que a mamãe estava meio em dúvida, mas se apaixonou por ele logo de cara. Então acho que deveria escolher o nome dele."

"Escolhe, mamãe", pede Mo.

Nia fica olhando para o bichinho por um tempo e depois decreta: "Pierre".

Seguro o riso. "Ótima escolha."

"Pierre", repete Roxy, num tom solene, colando o nariz no vidro.

"Vou amar ele pra sempre", sussurra Mo, que está com as duas mãos no vidro e olhando para ele de um jeito apaixonado.

"Posso pegar ele?", pede Roxy.

"Não, eu primeiro!"

Meu pai balança a cabeça. "Vamos dar um tempo para ele antes de começar a pegar no colo. Pelo menos assim de início. Pierre está passando por uma mudança grande demais no momento."

"E além disso", acrescenta Nia, bem séria, "precisamos ter uma boa conversa sobre como cuidar do Pierre e sobre quais vão ser as responsabilidades de cada uma. *Oui?*"

"*Oui*", prometem as gêmeas.

"Vamos fazer isso amanhã. Hoje ainda temos um jantar de aniversário", complementa meu pai, com um tom animado. "E a sua irmã trouxe um presente para vocês..." Ele se interrompe, para deixá-las na expectativa.

Minhas irmãs se viram para mim. "O que é?", pergunta Roxy.

Abro um sorriso inocente. "Não sei ..." Vou andando até o corredor, pego o presente que deixei no aparador e volto para entregá-lo a Roxanne. "Por que vocês não sentam lá no sofá pra abrir?"

Ao contrário do silêncio atônito com que Pierre foi recebido, o meu presente provoca gritinhos.

"É o Kit!", berra Mo, tentando tirar o livro das mãos da irmã. "Eu quero ver!"

"A gente tem que ver juntas!" Roxy abre na primeira página e fica olhando para o desenho. "É um livro de verdade!"

"É, sim", confirmo.

Ela franze a testa. "Mas essa história é *sua*."

"É mesmo", concordo. "E eu escrevi e mandei colocar num livro pra vocês. E olhem só..." Vou sentar com elas no sofá, me colocando no meio das duas. Volto para a página de introdução. "Conseguem ler aqui pra mim?"

As gêmeas vão começar o primeiro ano na escola em setembro, mas já têm um nível mais avançado de leitura há um bom tempo. Elas espremem os olhinhos para a página, que de repente ficam arregalados quando reconhecem os próprios nomes.

"*Para... Roxanne... e... Monique*", Roxy lê, no seu jeito pausado de criança em fase de alfabetização. "*As melhores... irmãs... do mudo*. Quer dizer, *do mundo*." Ela fica me olhando, boquiaberta. Em seguida, solta um gritinho de alegria. "Eu estou no livro!", ela berra. "Momo, você está no livro também!"

"A gente tá no livro!" Monique fica de pé e começa a pular em cima das almofadas.

"Monique", repreende Nia, tirando-a de cima do sofá e colocando-a no chão. "Nada de subir nos móveis, esqueceu?"

Sinto uma pontada de culpa, lembrando o que aconteceu da última vez que ela subiu nos móveis. Enquanto deveria estar sendo cuidada por mim, um armário quase caiu em cima da cabeça dela, o que seria morte certa. Pelo menos Nia não parece ter guardado ressentimento contra mim por isso.

"Você pode ler pra gente?", pergunta Roxy, me segurando pelo braço.

"Por favor?" Mo se joga em cima de mim, tentando subir no meu colo.

"Que tal vocês fazerem isso enquanto a mamãe e eu preparamos o jantar?", meu pai sugere com um sorriso, olhando para nós três.

Ele e Nia vão para a cozinha e eu me sento para ler a história para as minhas irmãs.

Durante o jantar, meu pai serve uma taça de champanhe e entrega para mim. Quando levanto uma sobrancelha, ele faz o mesmo. "Agora você já é maior de idade. E vou fingir que essa é a primeira vez que você toma champanhe."

"Mas é mesmo", digo, num tom inocente. "Nunca bebi uma gota de álcool até este exato momento."

Isso arranca uma risada genuína de Nia.

Meu pai bate com a taça na minha. "Feliz aniversário, Cass."

"Feliz aniversário, Cassie", dizem as minhas irmãs.

"Feliz aniversário, Cassandra", complementa Nia.

O jantar está uma delícia, como sempre acontece quando Nia cozinha. Mais tarde, meu pai me entrega um envelope com meu presente de aniversário: um vale-presente, como eu já esperava. É sempre a mesma coisa.

"Assim você pode escolher o que mais gostar", ele me diz, assim como todo ano.

"Perfeito. Obrigada." Mas é difícil ignorar a pontada de infelicidade que sinto em minhas entranhas. Sei que é bem mais fácil agradar duas crianças do que a filha que está no último ano de faculdade, mas seria bom se o meu pai pelo menos fizesse um esforço.

As meninas imploram para eu dormir lá e, apesar de não ser esse o meu plano inicial, não consigo recusar a oferta diante daquelas carinhas. Mando uma mensagem para Tate avisando que não vou voltar para casa.

TATE: *Nada de transa de aniversário??!!*

EU: *Infelizmente não. Minhas irmãs não querem que eu vá embora.*

TATE: *Hoje eu deixo, mas saiba que não fiquei nada contente com isso.*

Sei que ele está brincando, o que se confirma na mensagem seguinte.

TATE: *Divirta-se! A gente se vê amanhã?*
EU: *Com certeza.*

Agora estou quase arrependida de ter topado dormir aqui, porque só de ver o nome dele na tela já fico toda animada. Sexualmente. Porque o meu mundo se reduziu a isso agora. Sexo. E mais sexo. E depois mais um pouquinho de sexo. Meu tesão anda meio fora de controle. Sinto vontade de transar o tempo todo.

Cara, eu amo transar.

Ou talvez seja Tate.

Claro que é Tate. Você está se apaixonando por ele.

Espera aí, como é? De onde diabos veio isso? Repreendo a minha mente por sequer sugerir uma barbaridade dessas. Não posso, em circunstância nenhuma, me apaixonar por ele. Vou embora daqui a três semanas. Ele vai ficar. Não só vai ficar como concordamos que ele seria só meu casinho de verão. Chegamos até a discutir os termos para deixar tudo bem claro. Portanto, meu coração tem que ficar bem longe disso. É uma coisa que precisa ficar restrita ao corpo.

Por sorte, meu corpo está em sintonia total com o de Tate.

"Eu ajudo você", digo, quando vejo Nia carregando os pratos para a cozinha.

"*Non, non.* Está tudo certo."

"Você já fez o jantar", protesto. "O mínimo que posso fazer é ajudar a limpar."

Nia mais uma vez dispensa minha ajuda. "Vai lá ficar com as meninas. Daqui a pouco elas precisam ir para a cama."

Contraio os lábios, tentando conter uma onda de irritação. Apesar de me esforçar bastante para segurá-las, as palavras que estão na ponta da minha língua insistem em sair.

"Por que você me odeia?"

O rosto dela assume uma expressão de choque. "O quê?"

"Por que você me odeia?", repito.

"Cassandra..." Ela põe a louça suja na mesa e vem até mim a passos lentos, constrangida. "Eu..."

"Cass!", meu pai chama da sala de estar. "Vem ver isso!"

"O Pierre está nadando!", grita Roxy.

O alívio toma conta de mim. Me sinto imensamente grata pela interrupção porque me dou conta de que prefiro não saber a resposta.

Por que a gente faz isso, aliás? Por que perguntar uma coisa que tem uma resposta tão óbvia? E dolorosa. Acho que os seres humanos gostam de sofrer para compensar alguma coisa. É tipo a Peyton, quando leva ghosting de um cara. Sempre quer saber o motivo. Entender por quê. E eu sempre pergunto: *Que diferença isso faz? Ele não está interessado em você mesmo.* Mas ela não desiste: *Sim, mas eu quero saber POR QUÊ.*

Nia não gosta de mim. É óbvio.

Então, na prática, o *porquê* não faz a menor diferença.

TATE: *Não joga fora o jornal de hoje.*

A notificação salta na tela quando estou embicando na frente da casa da minha avó na manhã seguinte. Tá. Agora estou curiosa.

Desço do Range Rover e entro para dar uma olhada. Minha avó acorda inacreditavelmente cedo e, se já tiver pegado o jornal, vai ter deixado o *Avalon Bee* na mesinha do hall e só levado o que costuma ler, o *Wall Street Journal*, para a cozinha.

De fato, é no hall de entrada que encontro a edição abandonada do jornal local. Intrigada, abro e caio na risada. Ai, meu Deus. Inacreditável.

"Cassie?", me chama a voz da minha mãe.

Ainda rindo por causa do jornal, eu o levo comigo para a cozinha, onde ela está tomando café à mesa.

Ela abre um sorrisinho sarcástico. "O que você viu aí de tão engraçado?"

"Isso aqui." Mostro para ela a primeira página, com metade do espaço ocupada pela família Bartlett. Gavin, Gemma e Tate (foi mesmo uma oportunidade perdida não chamá-lo de *Gate*) estão diante da Marina Bartlett, com Gavin no meio e aquele sorriso largo que exibe quase saltando da página. O pai de Tate é realmente uma figura e tanto, e a manchete do jornal reflete isso:

O MR. SIMPATIA DE AVALON BAY

Minha mãe se inclina para a frente para dar uma olhada na matéria, estreitando os olhos. "O que é isso?"

"É o pai do Tate." Deixo escapar outra risadinha. "O jornal publicou um perfil dele. Quando a gente se conheceu, ele não falava de outra coisa. Estava todo orgulhoso."

Meu celular vibra na minha outra mão.

TATE: *Ele já tem DUAS cópias emolduradas. Uma pra loja, outra pro escritório de casa. Tá achando que é uma celebridade agora. Acabou de me ligar perguntando se seria uma boa convocar uma entrevista coletiva.*
EU: *Deixa o homem aproveitar o momento, Gate!*

Aos risos, deixo o celular no balcão da cozinha e vou até a geladeira. À mesa, minha mãe dá uma olhada no texto, ainda parecendo contrariada. É claro. Tem outra pessoa que não ela recebendo atenção. Que audácia!

"Sua avó outro dia tentou me fazer acreditar que você estava namorando esse rapaz, mas eu não acreditei." Erguendo uma sobrancelha, ela afasta o jornal e pega a xícara de café. "Pelo jeito eu estava errada."

"A gente não está namorando." Enfio a cabeça na geladeira na esperança de que o frio ajude a esfriar meu rosto, que de repente começa a pegar fogo.

"Ah, não? Porque, de acordo com a sua avó, o jardineiro disse que tem alguém pisoteando o canteiro de rosas embaixo da treliça na lateral da casa. A que dá na sua janela."

Merda. Tiro a cabeça lá de dentro, com um iogurte na mão. "Não é nada de mais", digo, enquanto vou buscar uma tigela. "A gente está só curtindo."

Minha mãe balança a cabeça com uma expressão de divertimento. "Como se eu não entendesse exatamente o que você quer dizer com isso, queridinha."

Encolho os ombros. "É só um lance casual. No fim do verão, vai cada um pro seu lado, então não tem como virar nada mais sério."

"Entendi. Bom, se está sendo divertido para os dois..."

"Está, sim."

"E desde que estejam tomando as devidas precauções." Minha mãe me dá uma encarada.

Minhas bochechas estão queimando de novo. "Estamos, sim."

"Então acho que não tenho com que me preocupar", complementa ela.

Não entendi nem por que ela achava que precisaria se preocupar. Minha mãe nunca deu bola para a minha vida amorosa, a não ser para me criticar por não ter uma.

Ela muda de assunto, olhando para mim enquanto dá um gole da caneca de café que está segurando. "E o seu pai, como está?"

Eu já me preparo para o que vem a seguir. A parte do... *e a enfermeira dele?*

Mas ela fica só na primeira parte mesmo.

"Está bem. Foi divertido. As meninas adoraram o presente."

"Por falar em presente..." Minha mãe termina o café e vai até o balcão, e é então que reparo no pacote com um belo embrulho perto do bloco de madeira das facas, com um envelope lavanda impecável em cima. "Decidi esperar até hoje para dar, já que ontem você estava ocupada."

O tom dela não é de despeito, então só pode ser sarcasmo, certo? Com um toque de ressentimento, tipo: *Você estava ocupada ontem... porque o seu pai e a enfermeira dele te afastaram de mim o dia todo.*

Só que não vejo nada disso na expressão dela. Nem um pingo de hostilidade.

"Ontem foi um dia agitado, mesmo", concordo.

Abro o envelope primeiro e pego o cartão com uma flor roxa delicadíssima prensada na frente. O papel lá dentro está em branco, a não ser pela mensagem mega concisa: *Feliz aniversário, Cassie. Com amor, mamãe.* E um cheque de cinco mil dólares.

"Um dinheiro para as suas despesas nesse último ano de faculdade", explica ela.

"Obrigada." Um vale-presente. Um cheque. Nenhum dos dois quer ter o mínimo de trabalho, pelo jeito.

"Tá, agora eu vou te dar o seu presente de verdade", diz ela, deslizando uma caixa de presentes na minha direção na mesa. O tom dela está leve, até meio divertido, mas isso é desmentido pela ansiedade que demonstra no olhar.

Tá. Isso tá bem esquisito. Por que ela parece tão ansiosa para eu abrir essa caixa?

Dou uma olhada na caixa estreita, que tem mais o menos o tamanho de uma folha de papel, e não muito mais grossa. Uma roupa, percebo, quando levanto a tampa e vejo o tecido sob uma folha de papel de seda, que retiro em seguida.

É um cropped.

Eu me preparo para o pior. Porque isso só pode ser algum tipo de ataque, né?

"Pedi para a Joy escolher", avisa minha mãe, com uma expressão apreensiva.

Caralho, isso aqui não é uma pegadinha. Atenção, eu repito, isso não é uma pegadinha.

É só um gesto sincero.

"Ah", digo, surpresa.

Passo os dedos pelo tecido canelado. Vi essa blusinha numa butique na rua principal quando a Joy e eu saímos para fazer compras umas semanas atrás. Cheguei até a pegar ela na mão e admirar, e perguntei para a Joy se verde-esmeralda combinava comigo. Acabei não comprando porque não achei que valia a pena gastar duzentos dólares em um pedacinho de pano desse tamanho.

"Sei que fui meio longe demais", começa minha mãe.

As surpresas não param.

"Na semana passada, quando a gente conversou no quintal", ela explica. "Você tinha acabado de voltar de um jantar e eu só soube comentar sobre a sua roupa. Acho que acabei sendo um pouco grossa."

Você acha? Um pouco?

"Só um pouquinho", respondo, num tom descontraído.

"Sinto muito. Eu estava de péssimo humor naquela noite e acabei descontando em você, infelizmente." Ela dá uma risadinha que parece genuinamente envergonhada. "Não acho que você seja uma piranha. Claro que não. Não é esse o tipo de coisa que penso de você. Como falei antes, estava de mau humor. Peço desculpas."

Por algum motivo, não consigo deixar de sentir que isso é alguma espécie de truque ou armadilha. Um joguinho para algum fim que eu ainda não conheço. Não é fácil acreditar na minha mãe. Não consigo confiar assim tão fácil numa pessoa que passou anos só me botando pra baixo.

E ela não para por aí. "Conversei com sua avó sobre isso em Charleston e ela me lembrou de que, quando eu tinha a sua idade, era insegura com a minha aparência. E que essas inseguranças só pioram quando tem alguém fazendo comentários negativos sobre a sua forma de se vestir. Além disso, se você optar pela cirurgia de redução de mamas..."

Me preparo de novo para a porrada.

"... acompanho você de bom grado na consulta. Mas, se achar melhor não fazer, tudo bem." Ela estende a mão e toca o tecido macio da blusinha. "Enfim, independentemente disso, acho que a blusinha vai ficar linda em você. Por que não usa hoje? Com a saia longa que compramos na semana passada, aquela cáqui com as flores douradas, sabe? Seria um look ótimo para passarmos o dia em Charleston." Minha mãe faz uma pausa. "A gente ainda vai, né? Passar o domingo do seu aniversário juntas na cidade?"

"Claro. Só preciso tomar banho, me trocar e podemos ir." Abraço a blusinha junto ao peito, surpresa por perceber que estou com um nó na garganta. "Obrigada. Eu adorei."

E, desta vez, não estou mentindo.

24

CASSIE

Alguns dias depois do meu aniversário, minha mãe sai para jantar comigo e com Tate no calçadão. Isso por si só já é um choque, mas ela continua a me surpreender quando chegamos ao restaurante italiano e ela entrega generosamente a carta de vinhos para Tate.

"Por que você não escolhe o vinho, Tate?" Para a minha mãe, isso é uma grande honra, e percebo que ele está tentando se segurar para não rir do tom todo cheio de pompa dela quando faz essa sugestão.

E fico igualmente surpresa por Tate ter concordado em vir, já que não é muito fã da minha mãe desde a noite em que a ouviu me chamando de piranha. Mas ela insistiu muito na ideia nos últimos dias. Acho que uma parte dela ainda não acredita que Tate e eu estamos juntos, e ela quer tirar a prova.

Eu até entendo. Quer dizer, vamos ser sinceras, Tate é provavelmente o cara mais gato de que já cheguei perto, e olha que vivi cercada por universitários bonitões nos últimos três anos, então isso não é pouca coisa. Mas ele supera todos os outros. Aquele boy surfista perfeito, com o rosto e o corpo perfeitos. Até a minha mãe anda dando umas olhadas nele. Para mim, é ao mesmo tempo uma vergonha e uma validação, duas coisas que considerava impossíveis de coexistirem na minha mente. Mas é bom saber que não sou só uma garota boba que ficou cega pelo desejo. É bom confirmar que ele é mesmo tão gostoso quanto eu acho que ele é.

"Eu não sou muito de beber vinho", avisa Tate. "Ia ser um desserviço pra você me deixar fazer essa escolha hoje." Ele devolve o menu encadernado em couro preto. "Mas, se quiser uma cerveja, sou o cara certo pra consultar."

Minha mãe, então, faz outra coisa chocante. "Quer saber? Vamos beber cerveja, então."

Fico boquiaberta. "Você vai tomar cerveja? Aqui?" Estamos em um dos melhores restaurantes da cidade. Normalmente, ela preferiria morrer a ser vista bebendo qualquer outra coisa que não fosse o vinho mais caro da adega do restaurante.

Tem alguma coisa diferente nela. Até a roupa que está usando transmite outra vibe. Está com um vestido sem mangas caríssimo, de um azul-celeste que complementa o cabelo ruivo, que está solto, contrariando tudo o que ela costuma fazer. Ela parece mais leve hoje. Até elogiou meu vestido quando Tate e eu a encontramos na porta do restaurante.

Isso para não falar da conversa *desconcertante* que aconteceu lá fora. Minha mãe cumprimentou Tate com um sorriso simpático e falou: "Que bom rever você, Tate". Ao que ele respondeu com: "Ótimo rever você também, Tori".

Tori.

Minhas sobrancelhas quase caíram da cara quando virei para a minha mãe para que ela esclarecesse isso aí. Acho que nunca ouvi ninguém chamar a minha mãe de Tori. Meu pai às vezes a chamava de Vic, mas na maior parte do tempo era Victoria mesmo. Nem minha avó a trata por apelido.

"Todos os meus amigos me chamam assim", respondeu minha mãe, revirando os olhos para mim. "Por onde você tem andado, Cass?"

Para ser justa, é verdade que eu preferia fingir que não existia sempre que ela recebia alguém na cobertura. Era bem mais simples do que fazer toda aquela encenação de uma ótima relação entre mãe e filha, que ela domina tão bem. Quando tem gente nova ou pessoas desconhecidas por perto, ela finge que somos melhores amigas. Como se fôssemos Lorelai e Rory, de *Gilmore Girls*, dando risadinhas juntas de pijama e conversando abertamente sobre nossos namorados.

Isso nunca aconteceu, e não existe a menor chance de acontecer.

Mas acho que é essa a encenação que está rolando aqui hoje. Eu e Tori. Melhores amigas. Mas por sorte eu sei que Tate não vai cair nessa.

Quando o garçom chega, Tate pede uma cerveja de que nunca ouvi falar e explica que é uma artesanal local. Minha mãe diz que quer uma também, mas eu recuso quando ele olha para mim e decido por uma coca zero. Preciso manter a cabeça no lugar. Não sei por quê, mas a sensação que tenho com nós três aqui é a de estar caindo numa armadilha.

"Que noite gostosa", minha mãe comenta, o que só alimenta as minhas suspeitas. O que ela está tramando? "Tate, a Cassie comentou comigo que você veleja, é isso mesmo?"

"Não sou profissional, mas, sim, adoro velejar. Cheguei a competir nas regatas na época do colégio." Enquanto ele fala, mexe com os dedos na ponta do guardanapo, e me distraio vendo seus dedos compridos se moverem.

Sinto um arrepio na barriga quando me lembro de como é sentir aqueles dedos *em mim*. Acariciando meu corpo. Agarrando minha bunda e minha cintura enquanto eu o cavalgava.

Ai, não. *Vê se não fica vermelha*, digo para mim mesma.

Ele olha para mim e sorri. Droga. Estou vermelha.

"Não participo mais de tantas competições quanto gostaria", continua ele, segurando minha mão.

Nós entrelaçamos os dedos e tento não sorrir. Ele está pegando minha mão durante o jantar? Isso tem todo um significado, e vejo que o olhar da minha mãe é de aprovação. Uma coisa *raríssima* nela.

"Hoje em dia ando ocupado demais com o trabalho", continua ele.

"Você trabalha no clube?", pergunta ela.

"Só meio período, principalmente aos fim de semana. No restante do tempo eu trabalho na empresa da minha família."

"E qual seria?"

"A Marina Bartlett. Meu pai e eu tocamos o negócio. Fazemos mais transações de compra e venda, mas também trabalhamos com aluguel e fretamento."

Fico só escutando a conversa. Minha mãe sabe ser bem agradável quando quer. Cativante. Na época do colégio, amigas que iam à minha casa me olhavam como se eu fosse uma louca quando dizia que a minha mãe era uma narcisista maldita. Todas achavam que ela era o máximo. Não sei ao certo qual é a opinião de Tate sobre ela. Ele estava um pouco mais reservado quando chegamos, mas agora parece estar mais à vontade.

"A Cassie me mostrou a matéria no jornal sobre o seu pai", disse minha mãe, com um sorriso. "Pelo que parece, você vem de uma família de celebridades."

"Cara, não fala isso pro meu pai", responde Tate, com um grunhido. "Ele já está se achando todo importante lá na loja por causa desse perfil. Tipo, saiu no *Avalon Bee*, cara, não na *GQ*."

Enquanto minha mãe dá risada, saio em defesa do pobre Gavin. "Você, por acaso, já saiu na primeira página do jornal? Qualquer jornal, aliás?"

"Hã, já", responde ele. "Estou na foto da primeira página do *Bee*, caso tenha se esquecido."

"Numa matéria que é sobre o seu *pai*. Sabe? Que tal conseguir suas próprias realizações?" Abro um sorriso provocador para ele. "Você não pode reclamar da empolgação dele se ainda não teve os seus quinze minutos de fama. E eu aposto que você seria um pé no saco ainda maior. Ficaria fazendo discursinho de agradecimento do Oscar na frente do espelho todo dia de manhã."

"Cassie", repreende minha mãe, mas com os olhos brilhando de divertimento.

"Que foi?", protesto. "Olha só pra esse cara. Faz o exato tipinho de alguém que ensaia discursos na frente do espelho. Não adianta negar."

Ele dá uma risadinha. "Eu jamais faria isso."

Minha mãe direciona aquele olhar inquisitivo para Tate, e continua presa olhando para ele por tempo até demais, mas quando volta para mim ainda tem uma expressão bem-humorada. "Ele parece fazer esse tipinho mesmo", concorda ela.

Nem acredito que a minha mãe ficou do meu lado em alguma coisa. E, o que é ainda mais maluco, estou me divertindo de verdade. Em um jantar. Com a minha mãe. Tenho certeza de que, se a gente for olhar lá fora, vai estar chovendo canivete.

Se ela está ou não só fazendo uma encenação, ainda não dá para saber. Mas estou conseguindo ficar mais tranquila, baixar a guarda. Acabo pedindo um drinque. E, agora que já tenho vinte e um, posso fazer isso sem o estresse de achar que alguém vai querer ver meu documento.

O jantar está excelente, o que é de esperar no melhor restaurante da cidade. Os fornecedores mandam as lagostas mais frescas e os cortes de carne mais nobres para cá. Enquanto comemos, Tate conta histórias engraçadas sobre o trabalho dele no iate clube. Parece que, em todas as aulas, acontece alguma coisa absurda.

"Os casais são os piores", garante ele. "Sempre que a gente sai num barco com mais de trinta pés, um dos dois quer fazer aquela cena do rei do mundo do *Titanic*. Aí eu preciso ficar lá tirando, tipo, mil fotos, porque as primeiras novecentas e noventa e nove nunca ficam boas pro Insta."

"Ai, que ódio", exclama minha mãe, rindo enquanto bebe sua cerveja. Ela acabou de me surpreender mais uma vez pedindo outra. "Coitado de você."

Acho que posso ignorar o fato de que ela está claramente flertando com o meu meio que namorado, desde que isso signifique que não está torcendo o nariz para as minhas roupas nem falando sobre redução de mamas. Durante a sobremesa, até conta umas histórias de quando ela era mais nova no country club.

"Tinha um professor de golfe... o Lorenzo." Ela solta um suspiro. "Eu tinha um crush nele. Quase desmaiei de emoção quando ele me chamou para sair. Acho que eu tinha uns vinte e um anos, talvez? Foi um pouco antes de conhecer o seu pai, Cass."

Quase cuspo minha bebida. "Mãe! Você saiu com o Lorenzo? O vampiro italiano imortal?"

Tate dá uma risadinha enquanto bebe sua cerveja.

"Não entendi o que você quis dizer com isso", responde ela.

"Eu quis dizer que ele trabalha no clube há uns quinhentos anos e nunca envelhece." De repente sinto o meu rosto ficar pálido. "Ai, meu Deus, ele poderia ter sido meu pai." Fico encarando a minha mãe, passada. "Por pouco eu não nasci no clã de vampiros do *Lorenzo*."

"Isso nunca chegou nem perto de acontecer", responde ela, pressionando os lábios como se estivesse segurando uma gargalhada. "Digamos que o Lorenzo tinha uns probleminhas de... de desempenho."

Solto um suspiro de susto.

Tate solta um grunhido. "Não. Por que você foi me contar isso? Agora eu nunca mais vou conseguir olhar pro cara."

Quando chega a conta, Tate tenta pegar, mas a minha mãe o faz desistir. "Eu te convidei. Fico feliz que tenha vindo. Queria conhecer o jovem que vem subindo a janela da minha filha escondido."

Ele dá uma piscadinha para mim antes de responder. "Não nego nem confirmo."

"Fico contente que estejam passando um tempo juntos. E que bom ver você com um namorado", diz minha mãe para mim, e acho que não é uma ironia.

Em que planeta eu estou? Será que entramos em outra dimensão? Ou isso, ou eu estou mesmo com um cara tão perfeito que nem a minha mãe consegue botar defeito.

"Obrigada. O jantar foi ótimo", responde Tate. "A gente podia repetir enquanto você ainda estiver na cidade."

"Claro." Ela pega de volta o AmEx preto devolvido pelo garçom e assina a conta. "E você vai ser o acompanhante da Cassie na reinauguração do Beacon, daqui a algumas semanas?"

Ele lança um olhar para mim. "Na verdade a gente não conversou sobre isso ainda. Mas eu já pretendia ir, de qualquer forma." Ele abre um sorriso meio sem graça e tímido na minha direção. "A gente vai junto, então?"

Sinto meu rosto ficar vermelho. "Ah, sim, vai sim."

"Que ótimo." Minha mãe empurra a cadeira e fica de pé. "Imagino que os seus pais vão estar lá também, né? Pelo que minha mãe disse, essa Cabot aí convidou metade da cidade."

"Isso eu já não sei", responde ele, enquanto me ajuda a levantar. "Não sei se tem uma lista oficial de convidados. Vou perguntar pra Mackenzie."

Minha mãe faz um gesto despreocupado com a mão. "Qualquer coisa, eles podem ser nossos convidados. O Beacon foi da nossa família por décadas." Ela dá uma piscadinha. "Nós ainda temos algum prestígio por lá."

Quando chegamos à porta, Tate agradece mais uma vez pelo jantar antes de seguir cada um seu caminho. Ele e eu combinamos de voltar para a casa dos Hartley e minha mãe vai até o Mercedes estacionado do outro lado da rua.

Uma inquietação toma conta de mim quando a vejo ir embora.

"Está tudo bem?", pergunta Tate, entrelaçando os dedos nos meus.

"Ah, tá. Só fiquei meio... chocada."

"Chocada?"

"É. Tipo, o que que foi isso, caralho?" Faço um gesto para as lanternas traseiras do carro que se afasta.

"Sei lá. Pensei que tivesse ido tudo bem. Estava esperando coisa muito pior, mas no fim acabou sendo divertido, até."

"Exatamente. E foi isso o que me deixou chocada. A minha mãe nunca é assim tão legal. Tem alguma coisa acontecendo. Primeiro ela me pede desculpas e me compra um cropped, e agora isso? Um jantar agradável, sem julgamentos, sem um pingo de tensão no ar e nenhuma crítica? Não. Comigo isso não cola."

Ele sorri para mim. "Ué, não é você a garota que costuma ver o lado bom de tudo?"

"Não tem lado bom nessa situação porque ela nunca aconteceu antes. Eu já falei pra você, minha mãe não é legal desse jeito. Principalmente comigo."

"Vai me dizer que nunca teve um bom momento com ela durante a sua vida inteira?" Ele parece duvidar de mim.

Balanço a cabeça teimosamente. "Com ela sempre tem uma segunda intenção ali por trás. Um interesse. Da última vez que ela se esforçou tanto assim para me agradar foi quando estava se divorciando do Stu, e no fim era porque queria que eu assinasse um documento dizendo que tinha sofrido abuso emocional do marido dela durante o tempo em que ficaram casados e que por isso o acordo pré-nupcial precisava ser anulado. Quando eu recusei, ela me disse que Stu nunca nem gostou de mim."

"Caralho. Tá falando sério?"

"Seríssimo. O filho dele me garantiu que isso não era verdade. Mas mesmo assim, né? É por isso que isso aí..." Faço um gesto com a mão, apontando para a rua e para o restaurante. "Foi bem esquisito, não entendi nada."

Ele fica em silêncio por um momento. "Você já parou pra pensar que talvez ela esteja sendo sincera dessa vez?"

"Sei lá, gato escaldado..."

"Eu entendo. E não estou dizendo pra você acreditar em tudo sem confiar na sua intuição. Mas..." Ele fica hesitante. "Vai ver ela acabou percebendo que alimentar um relacionamento conturbado com a filha não é uma boa."

"E quando foi que ela teve essa epifania?"

Ele encolhe os ombros. "Vai saber. Talvez seja porque vocês estão vendendo a casa da sua avó e o negócio da família. É o fim de uma era, e isso deixa as pessoas mais nostálgicas. Até as narcisistas. Às vezes faz as pessoas olharem pra dentro e fazerem uma autocrítica. Abre os olhos delas pra coisas que não conseguiam ver antes."

"Talvez." Mas ainda não estou convencida.

"Olha só, ninguém nunca conhece de verdade os próprios pais. Eles tiveram toda uma vida antes que a gente aparecesse, né? Foram moldados por um monte experiências e são quem são por causa disso, e às vezes as pessoas se apegam a um jeito de ser e precisam de uma boa sacudida pra conseguirem mudar. Não dá pra saber o que foi que provocou isso na sua mãe, mas pode ser que ela esteja pronta pra uma mudança."

Começamos a andar pela calçada, que está lotada de turistas, mesmo sendo uma quarta-feira à noite. O movimento é tão grande que precisamos estacionar a mais de um quilômetro do restaurante.

"Acho que você podia dar uma chance pra ela", continua ele. "Ou pelo menos se abrir à possibilidade de que essa trégua seja sincera."

Mordo o lábio. O problema de Tate é que ele não entende como as relações tóxicas entre pais e filhos podem ser. A família dele é perfeita. Gavin e Gemma são um casal apaixonadíssimo um pelo outro. E são pais sempre presentes. Ele é o único cara que eu conheço que pode dizer com sinceridade que é melhor amigo da própria mãe. E do pai também! Se existe uma pessoa que tem um relacionamento no estilo *Gilmore Girls*, essa pessoa é Tate. Ele é praticamente a Rory, e os *dois* pais dele são a Lorelai, porra.

Eu invejo isso. De verdade. Adoraria ter esse tipo de relação com os meus pais. Cara, mesmo que fosse só com um deles. Mas não tenho.

Mas sabe, o jantar de hoje foi legal mesmo. Isso eu não posso negar. Não fiquei na defensiva, e a minha mãe não aproveitou o momento para me atacar. Saí ilesa. Contente, até.

"Eu me diverti hoje", confesso, ainda que com relutância.

"Então talvez devesse dar uma chance pra ela. Nunca é tarde demais pra melhorar um relacionamento com alguém. Tentar construir uma relação baseada naquilo que você gostaria que ela fosse."

"Você acha?"

"Acho." Ele aperta a minha mão. É um gesto reconfortante, mas então ele começa a acariciar a palma com o polegar e a coisa muda de figura.

"Você fez um negócio meio sexy", acuso.

Ele assente. "Eu fiz um negócio meio sexy."

Chegamos ao estacionamento, onde ele faz outra coisa sexy, passando a língua nos lábios.

"Então..." Ele lambe o canto da boca. "Sei que perdeu a virgindade menos de duas semanas atrás e, bom, não quero atropelar as coisas, mas... o que você acha de transar no carro?"

"Eu topo", respondo sem pensar duas vezes, e o puxo na direção do jipe.

25

CASSIE

Na sexta de manhã, paro na frente da casa dos Hartley a caminho da cidade para deixar uma pilha de fotos com Mackenzie. Como a casa vai ser vendida em breve, estou ajudando a minha avó a esvaziar o sótão essa semana, escavando tesouros de décadas atrás em meio a caixas cheias de coisas. Acabei encontrando fotografias do hotel ao longo das décadas, e, depois que escaneamos tudo para a minha avó ter uma versão digital das imagens, ela sugeriu escolher algumas que pudessem ser dadas para Mackenzie. Quando liguei para Mac e ofereci, ela ficou empolgadíssima com a ideia. Quer emoldurar e pendurar no hotel junto com uma cópia do primeiro mapa de Avalon Bay, que conseguiu sei lá como e que é tão antigo que o papel está quase desintegrando, por isso precisa ficar atrás de um vidro, para não pegar umidade.

Quando chego lá, Mac e Genevieve, que está de folga, me arrastam para o deque dos fundos para conversar sobre os Beach Games, que começam amanhã. É um evento de dois dias que pode acabar virando uma treta bem séria, se a demonstração de competitividade feroz das minhas colegas de equipe servir de indicação.

"Pelo que diz aqui", começa Mac, lendo no celular, "os únicos eventos que exigem a participação dos quatros integrantes são as esculturas de areia, o vôlei e o arremesso de balões com água. As outras são em duplas ou trios."

"Nossa, que coisa mais confusa", respondo. "O sistema de pontuação também é uma bagunça, está na segunda página do PDF. Quem foi que organizou isso, uma criança de dez anos?"

Gen dá uma risadinha. "Os Beach Games são uma responsabilidade da Debra Dooley, a presidente do Conselho de Turismo de Avalon Bay."

"*Debra Dooley* parece nome de personagem de desenho animado", comenta Mac.

"É quase isso, juro. Deb tem o nível de energia de trinta crianças de jardim de infância. Espera só pra ver." Gen também volta o olhar para a tela do próprio celular. "Estou a fim de participar do windsurfe e da natação. Mas prefiro morrer a dar pro Evan a satisfação de me ver caindo da corda bamba."

"Ah, pode deixar que eu faço a corda bamba", me ofereço. "Sei que pode até não parecer, por causa disso aqui...", eu aponto para os meus peitos, "... mas de certa forma eles me ajudam a manter o equilíbrio, em vez de me derrubar."

Mac dá uma risadinha. "Eu também posso participar da corda bamba. Mas o cabo de guerra, sem chance. Queimadura de corda é foda."

Damos uma olhada no restante dos eventos, tentando definir quem vai competir em qual. "Vou mandar o que a gente decidir pro Zale e ver se ele quer mudar alguma coisa", avisa Mac quando terminamos. Ainda não conheço esse Zale, o diretor de eventos que Mac contratou, mas, pelo que ela diz, ele parece ser divertidíssimo.

"Tate e Danny vão se dar bem em qualquer esporte no mar", diz Gen, ainda examinando a lista. "Mas, se a gente tiver sorte, quem vai participar do windsurfe vai ser o Evan. Ele é uma tragédia, então não existe a menor chance da Hartley & Filhos pontuar nessa."

"Por falar no Tate", diz Mac, virando para mim. "Coop contou que vocês estão saindo."

"Você precisou que o Cooper te contasse isso?", questiona Gen, antes que eu possa responder. Ela dá uma risadinha de deboche. "Como assim? O fato de eles terem ficado se agarrando aqui naquela noite o tempo todo e ido embora com cara de que iam aprontar não serviu como indicação, não?"

Não consigo segurar o riso. "O argumento dela é bom."

Mac revira os olhos. "Ué, eu fiquei desconfiada, claro. Mas agora estou querendo conversar melhor com a Cassie e queria confirmar." Ela levanta uma das sobrancelhas delicadas. "É verdade, então?"

"Não é como se estivéssemos juntos, tipo, namorando nem nada. Ele é mais meu casinho de verão."

"Sei. Quando é assim, nunca fica sendo apenas um casinho por muito tempo", avisa Gen. "Ou vira um relacionamento mais sério, ou alguém sai com o coração partido."

Encolho os ombros. "Sei lá, eu não estou muito preocupada. A gente mora em estados diferentes, então uma hora vai ter que terminar, de qualquer jeito. A gente só está se divertindo. E não se preocupem, o meu coração continua intacto."

Porque eu me recuso a escutá-lo. Dei só uma escorregada, só um escorregãozinho, outro dia na casa do meu pai, quando meu coração resolveu insinuar que nossa relação estava mais pra um namoro de verão. *Você está se apaixonando por ele*. Ok, certo, já entendi, coração. Mas decidi ignorar.

Desde então, venho fazendo um esforço consciente para não criar vínculo emocional com Tate. Nem criar expectativas. Felizmente, sou muito boa nisso de não esperar muito das pessoas.

Seja o que for que esteja acontecendo entre nós, é melhor que coisas como *me apaixonar por ele* não entrem no jogo.

Mac põe o celular de lado. "Quer ficar mais um pouco? Passear com a cachorra na praia?"

"Até gostaria", digo, lamentando, "mas preciso ir. Vou encontrar a minha mãe num salão lá na cidade. A gente vai fazer as unhas."

"Deve ser legal ter uma mãe com quem fazer esse tipo de coisa", comenta Genevieve, com um tom de voz surpreendentemente melancólico.

"Você não é muito próxima da sua?"

"Na verdade, ela morreu agora no primeiro semestre..."

"Ai, meu deus, me desculpa."

"Não tem problema." Gen encolhe os ombros. "Mesmo quando ela estava viva, eu a minha mãe nunca nos demos bem."

"Ah, mas esse lance de fazer as unhas não significa que eu seja próxima da minha. Juro. A gente sempre teve uma relação tensa. Mas ela vem se esforçando desde que chegou na cidade, então decidi ceder um pouco também."

Porque o lado bom dessa situação, o melhor desfecho possível, é sermos capazes de mudar nossa forma de nos relacionar e ter uma relação mais positiva daqui em diante. E o pior? Ela voltar a ser uma narcisista agressiva, uma coisa que já aguentei a vida inteira, aliás, então não vai ser nenhuma novidade.

Eu me despeço das garotas e vou para a cidade. O salão fica em uma rua paralela à principal, então é mais fácil encontrar lugar para estacionar. Um lugar tranquilo, entre uma clínica de massagem terapêutica e um consultório de quiropraxia.

Minha mãe já está me esperando quando chego, sentada em uma das cadeiras de manicure. "Cass!", chama ela com um aceno.

"Oi", cumprimento, enquanto observo o ambiente familiar ao meu redor. "Tinha me esquecido completamente desse lugar. A vovó me trazia aqui quando eu era mais nova, lembra? Eu sempre voltava pra casa com unhas rosa neon."

"E depois gritava feito uma louca quando o seu pai e eu tentávamos tirar o esmalte quando começava a descascar."

"Porque Deus me livre ser uma menina de seis anos com unhas descascando", respondo, sarcástica.

Isso arranca dela uma risada genuína.

"Quer escolher uma cor para hoje?", minha manicure oferece enquanto me sento no lugar disponível ao lado da minha mãe.

"Ah, vai ser incolor", respondo. "No estilo francesinha."

"Incolor?" Minha mãe franze a testa. "Isso não vai pegar bem na inauguração."

É a primeira crítica que ela faz em um bom tempo, então deixo passar.

"Vou precisar fazer a unha de novo antes da inauguração. Vou participar dos Beach Games no fim de semana", lembro a ela. "Vou precisar cavar buraco na areia e jogar vôlei, então não vale a pena fazer nada muito caprichado hoje."

Ela relaxa. "É mesmo. Esqueci. Você vai competir pelo Beacon."

"É. Estou ansiosa pra isso, aliás. Vai ser divertido."

"De repente eu consigo convencer sua avó a ir ver algumas disputas", sugere minha mãe. "Ou pelo menos a premiação."

"Não sei nem se vamos conseguir marcar pontos, muito menos ganhar." A competição este ano vai ser pesada. Tem os caras da Jessup's Garage. Do corpo de bombeiros. Tate e os instrutores do iate clube. Os Hartley. Vai ser muita sorte ganhar uma competição que seja.

Ficamos lá sendo mimadas enquanto nossas unhas são esfregadas, lixadas e pintadas. Minha manicure é uma adolescente tímida de cabelo preto e comprido, enquanto a da minha mãe é uma mulher que fala pelos cotovelos de uns trinta e poucos anos. Está visivelmente grávida e nos conta que está de oito meses do quinto filho.

"Deus do céu, você já tem quatro? Eu mal consegui dar conta de uma", brinca minha mãe, apontando com o queixo para mim. Faço uma careta para ela. "Cinco, então? Você merece uma medalha."

A manicure dá risada. "Às vezes fica tudo meio difícil, não vou negar. Os dois meninos têm menos de seis anos, e as meninas estão chegando na adolescência e dando uma dor de cabeça daquelas, viu?"

Quando terminamos, somos levadas à área de secagem, onde vamos ficar por mais vinte minutos.

"Cinco filhos?", murmuro quando estamos sozinhas. "Pra mim isso é um pesadelo."

"Cinco é demais mesmo", concorda minha mãe.

Estou com uma pergunta na ponta da língua, que sempre quis fazer e, como estamos nos dando melhor por esses dias, a curiosidade acaba falando mais alto.

"Você e o meu pai queriam ter mais filhos?"

Ela parece se assustar com a pergunta. "Ah. Acho que sim. Seu pai queria, pelo menos. No mínimo três." Uma amargura fica estampada no rosto dela. "E agora conseguiu as três que queria, então..."

"Mas e você?" Tento tirar meu pai do foco do assunto com sutileza, em parte porque estou gostando dessas interações sem clima de enfrentamento, mas também porque estamos com a mão embaixo dos secadores, o que significa que estou presa aqui sem uma rota de fuga.

"Eu não queria", admite ela, por fim. "Estava feliz com uma só. Você sabe que eu não gosto de bagunça. E crescer com três irmãos mais velhos foi muita bagunça, principalmente com dois meninos que praticavam esportes. Seus tios passavam o tempo todo atormentando Jacqueline e eu. Então, sim, eu estava contente só com uma filha." Ela fica hesitante de novo, dessa vez por mais tempo. "Apesar disso, eu não nego que fiquei empolgadíssima quando engravidei pela segunda vez."

Não consigo me impedir de soltar um suspiro alto de susto. "Você engravidou de novo depois de mim?"

Os olhos da minha mãe percorrem o salão. As manicures estão conversando com outras clientes, ignorando o que estamos falando.

"Sim." Ela começa a falar baixinho, como se não quisesse ser ouvida. Ou talvez seja um assunto sensível demais pra ela. Minha mãe não é muito fã de expressar os próprios sentimentos. "Engravidei quando você tinha dez anos."

"E como foi que eu nunca fiquei sabendo disso?"

"Seu pai e eu, nós preferimos não contar quando descobrimos. O casamento já estava indo de mal a pior, e acabei perdendo o bebê com nove semanas." Ela suspira. "Os médicos aconselham que você não fique falando para as pessoas cedo demais. Que é melhor esperar acabar o primeiro trimestre para ver se a gravidez vinga. E não vingou."

Fico com um aperto no peito. A voz dela não transmite nenhuma emoção, mas os olhos são outra história. Acho que nunca vi a minha mãe tão vulnerável.

"Sinto muito. Eu queria ter ficado sabendo."

"Não, ainda bem que não ficou. Você teria criado muitas expectativas para ter um irmãozinho ou irmãzinha e ficaria arrasada."

"Você poderia ter me contado depois", argumento. "Quando eu já estivesse mais velha."

"Eu não vi muito motivo. O bebê não existia mais, e eu já estava divorciada do seu pai." Alguma coisa muda no tom de voz dela, uma pontada de remorso aparece. "Mas esse pode ter sido um dos motivos para eu ter feito questão de requerer a guarda unilateral."

Depois de fazer essa confissão, ela tira a mão do secador e observa as unhas, como se não tivesse acabado de jogar uma bomba pra cima de mim.

"Como assim?", insisto.

"Pode não ter sido justo com o seu pai, mas, depois de perder a gravidez, eu me apeguei a você um pouco mais do que deveria." Ela faz uma pausa. "Talvez não tenha sido a melhor atitude... enfim, não dá para mudar o passado, né?"

Ela logo assume uma expressão de indiferença, ignorando o fato de que acabou de abalar minha visão de mundo. Ou, no mínimo, a visão que tenho *dela*. Sempre achei que a minha mãe tivesse requerido a guarda unilateral por pura birra, para castigar o meu pai, mas essa nova explicação me proporcionou uma outra imagem da minha mãe. Um lado mais frágil que eu nem imaginava que existia.

Estendo a mão e a repouso no braço da minha mãe. "Eu sinto muito, mãe, de verdade, por você ter passado por tudo isso. Um divórcio e um aborto espontâneo na mesma época."

"Está tudo bem, querida." Ela se desvencilha do meu toque. Não de um jeito grosseiro, mas está na cara que eu a deixei incomodada. Um toque físico de carinho entre nós — na verdade, carinho de qualquer outra maneira — não é algo que estamos acostumadas a fazer. Talvez eu tenha forçado a barra aqui.

Mas a principal lição que tirei dessa conversa é que Tate está certo. Ninguém nunca conhece de verdade os próprios pais.

26

CASSIE

Nunca dei muita bola para discursos motivacionais. Na época do colégio, não praticava nenhum esporte nem fiz parte de nenhum time. Mas tenho bastante certeza de que eles servem para animar a equipe, não deixar as pessoas com medo. Pelo jeito ninguém avisou isso para os irmãos Hartley.

"Vamos lá, de novo", grita Evan. "Agora mais alto! O que a gente veio fazer aqui?"

"Matar", respondem os integrantes da equipe que não fazem parte da família, sem o menor entusiasmo.

"E quem a gente vai matar?", grita Cooper.

"As namoradas de vocês."

"Ei, seus babacas", diz Genevieve. "A gente tá bem aqui, sabia?"

Evan se vira com a maior cara de inocência. "Ah, oi, linda. Não vi você aí."

Ela solta um risinho de deboche.

Enquanto isso, Mac apela para as instâncias superiores. "Ei, Deb", chama ela, acenando. "Será que dá pra trocar a gente de lugar pra prova da escultura de areia? Os caras aqui do lado estão irritando a gente."

"Dedo-duro", provoca Cooper.

Debra Dooley acena de volta. "Não senhora! Está quase na hora de começar!" A organizadora dos Beach Games combina perfeitamente com o próprio nome. Uma mulher baixa e gorducha, com um cabelo castanho no estilo capacete e uma franja em linha reta na testa. Está usando um short cáqui, camisa polo branca e um chapéu cor-de-rosa que faria meu pai babar.

Pelo jeito, a gente vai ter que se conformar em ficar ao lado da equipe da Hartley & Filhos, mesmo. Do outro lado, agachadas a uns dois metros de nós, estão as mulheres da Soapery, a loja do calçadão que a minha avó adora. A equipe dela é composta pela proprietária, Felice, a gerente e duas funcionárias. E, pra ser bem sincera, estou mais preocupada com elas do que com Hartley. Elas esculpem todas as barras de sabão que vendem na loja à mão. Uma escultura de areia deve ser moleza para quem faz isso o dia inteiro.

Deb Dooley e a equipe de voluntários do comitê de turismo criaram um calendário para esquematizar os dois dias de competições. As disputas mais exigentes em termos físicos são de manhã, quando ainda não está tão quente. Quando o sol começa a esquentar, por volta do meio-dia, começam os eventos aquáticos. As equipes chegaram às nove e fiquei sabendo que à uma e meia estaria todo mundo liberado. Também temos uma hora de almoço.

"Muito bem", diz Gen, enquanto o pessoal do comitê de turismo discute alguns detalhes de última hora entre si. Ela abaixa o tom de voz. "A gente vai fazer um peixe mesmo?"

"*Precisa* ser", insiste Zale, que se tornou a minha pessoa favorita no mundo três segundos depois de sermos apresentados. "Todo mundo concordou que precisava ser uma coisa ambiciosa."

"Eu sei, mas vai ser mega difícil", argumenta Gen. "Principalmente as escamas. Como a gente vai fazer os detalhes delas?"

"Ah, minha florzinha linda e sem talento", responde Zale. "Pode deixar os detalhes artísticos para os designers. Você e a Cassie estão aqui pro trabalho pesado. Pra carregar os baldes. Mac e eu vamos fazer o peixe acontecer."

Gen revira os olhos. "Sério mesmo que você me chamou de *sem talento*?"

"Foi." Ele abre um sorriso luminoso, que me contou mais cedo ser resultado de um branqueamento profissional feito especialmente para a ocasião. Durante os mais ou menos vinte minutos que se passaram desde que conheci Zale, já sei da rotina de beleza dele, das histórias da família e dos motivos para ter terminado com os três últimos namorados, dois deles de nome Brian. Alto, magro e com um sorriso irresistível, um cabelo afro enorme preso com uma bandana azul-marinho, Zale é uma presença mais que marcante. A exuberância dele é contagiante.

Uma plateia já se reuniu no calçadão. Deb e seu exército de voluntários isolou com uma corda a área de competição do público, e abro um sorriso quando vejo meu pai e minhas irmãs. As meninas fizeram questão de vir à "cerimônia de abertura" e torcer por mim.

"Vai, Cassie", grita Roxy, quando o meu pai a coloca sobre os ombros.

Olho na direção deles e aceno, depois procuro pela equipe de Tate na praia. Não sei qual foi a posição escolhida para eles por Deb. Do lado do time da Hartley & Filhos estão os mecânicos. Depois deles, o pessoal da confeitaria — Chandra, a amiga de Nia, me vê olhando e acena. Finalmente encontro a equipe de Tate, a uns cinco metros de nós. Eles estão conversando em uma roda, discutindo a estratégia que vão adotar. Ontem fiquei perguntando para Tate o que eles iam fazer, mas ele disse que preferia morrer a revelar esse tipo de segredo para o inimigo. E eu achando que era a dramática.

"Senhoras e senhores, a vigésima edição dos Beach Games de Avalon Bay está prestes a começar!"

Caramba, onde foi que a Deb conseguiu esse microfone? E ela disse mesmo que é a *vigésima* edição?

"Sério mesmo que essa merda existe há vinte anos?", pergunta Zale. Ele não é daqui, só se mudou para cá porque o recrutador contratado por Mackenzie o convenceu a sair do resort com campos de golfe onde estava trabalhando na Califórnia. "Nossa. Vocês aqui do Sul têm bastante tempo livre mesmo, né?"

Gen dá uma risadinha.

"Meu nome é Debra Dooley e sou a organizadora da competição deste ano." Deb está praticamente pulando de animação. "Sou a presidente do Comitê de Turismo de Avalon Bay, e isso significa que amo esta cidade! Amo de verdade, gente!"

Eu me seguro para não rir.

"Avalon Bay é famosa não só pelo povo extraordinário, mas também pelos estabelecimentos comerciais únicos e incríveis da parte leste da praia! E temos aqui um grupo de participantes lindos e corajosos para os jogos deste ano, entre eles uma equipe do recém-reformado Hotel Beacon, que vai ser reinaugurado no fim do mês."

"Uhul!", grita Genevieve, dando uns pulinhos. Como está só de shortinho e um biquíni preto de amarrar, a animação dela acaba atraindo os olhares de todos os homens na praia. E inclusive o meu. Os seios dela são lindos. Perfeitamente proporcionais.

"Sei muito bem o que você está fazendo", avisa o noivo dela, ao nosso lado.

"O quê?", retruca Genevieve, toda inocente.

"Você quer que os caras prestem mais atenção nos seus peitos do que no que estão fazendo. Não vai rolar, Fred", ele declara, usando o apelido completamente aleatório que os dois se recusam a explicar.

"Tarde demais", diz Spencer, do time dele. "Só consigo pensar nisso agora."

Evan olha feio para ele. "Essa é a mãe dos meus futuros filhos, cuzão."

"A mãe dos seus futuros filhos tem peitos lindos."

"Nossa primeira competição exige a participação de todos os quatro integrantes", informa Deb ao microfone. "As regras são bem simples... vocês podem fazer qualquer coisa! O que quiserem! Pode ser um castelo, pode ser uma flor, pode ser um autorretrato! Está permitido usar as mãos e qualquer uma das ferramentas fornecidas. Pás, baldes, espátulas. Sejam criativos, pessoal! Também está permitido aproveitar os objetos naturais que encontrarem na praia. Madeira, conchas, algas, pedra, tudo permitido. Só não valem coisas fabricadas. Se alguém for pego com corante alimentício ou cimento..."

"Quem é que já trouxe cimento pra essa porra?", escuto Cooper resmungar, e as nossas equipes caem na gargalhada.

"... vai ser desclassificado." Deb bate palmas. "Beleza, gente, preparem as mãozinhas de vocês! Vamos dar uma hora e meia para vocês impressionarem os jurados com a escultura de areia mais incrível que já fizeram. É bom lembrar que a equipe vencedora do ano passado, a das lindas mulheres da Soapery..."

Eu sabia. Elas são as nossas maiores adversárias nessa prova.

"... construíram uma réplica de um metro e meio de altura do castelo da Cinderela. Vai ser difícil superar isso, meninas, mas eu acredito em vocês."

"Parece que alguém já tem uma equipe favorita", resmunga Mackenzie.

"Sério mesmo. Eu espero que a Dooley não seja da comissão julgadora", resmunga Cooper.

"Acho que já descobrimos quem é o casal mais competitivo da praia", murmuro para Gen, que dá uma risadinha.

"Preparar, aprontar, esculpir!"

Quem pensa que fazer uma escultura de areia é fácil está muito enganado. É dureza. E isso porque a minha única tarefa é levar baldes de plástico com água do mar até o nosso local de trabalho. São nove da manhã, o sol nem está tão forte, e Genevieve e eu estamos suando em bicas para manter o suprimento de água da nossa equipe. Mas, depois de todas aquelas viagens, e em meio às ordens secas de Mac e Zale para bater aqui, segurar ali e fazer um montinho acolá, estou começando a entender o método por trás daquela loucura deles. Pouco a pouco, nosso peixe vai ganhando vida. Tem quase dois metros de comprimento e quase um de largura, com uma calda curvada formando um semicírculo na areia e as escamas entalhadas em detalhes pela espátula de Zale.

Quando nossos noventa minutos terminam, estou realmente impressionada com a criação da Equipe Beacon.

"Nada mau", comenta Gen, admirando nosso trabalho.

"Nada mau?", questiona Zale. "Amor, isso aqui é excelência."

"Eu não iria tão longe assim..."

"Ah, pois eu iria. E você também deveria ir, aliás." O tom de voz dele indica que não admite ser contrariado, então Gen faz a coisa certa e fica quieta.

Dou uma olhada no que a equipe dos irmãos Hartley fez e minhas sobrancelhas vão parar no meio da testa quando vejo que também não ficou nada mau. Eles fizeram um leão, com direito a juba esvoaçante, patas enormes e uma bocarra aberta com dentes de aparência letal.

"Droga", resmunga Mackenzie, chegando mais perto de Genevieve. Elas observam discretamente o trabalho dos namorados. "Ficou bem bom."

"A nossa ficou melhor", garanto.

Zale concorda comigo. "A boca do leão não tem integridade estrutural. Uma rajada de vento e aqueles dentes vão sair voando." Ele abre um sorriso. "E o aplicativo do tempo no meu celular está dizendo que vamos ter um ventinho hoje."

No fim, ele se revela profético. Quando os jurados se aproximam da parte onde estamos na praia, o vento fica mais forte. Quando chegam ao leão dos Hartley, metade do rosto já desabou.

"Puta que pariu", reclama Cooper.

Mackenzie olha para ele com um sorriso meigo no rosto. "Mais sorte na próxima, queridinho."

Esse casal é fogo.

Os três jurados voluntários anotam alguma coisa nas pranchetas e vêm inspecionar nosso peixe. Ouço os jurados soltarem algumas exclamações, o que é um bom sinal. Zale dá o braço para mim e murmura: "Está no papo".

Mas na verdade não temos a menor chance, não com a equipe da Soapery criando uma réplica imensa em areia de Santorini, na Grécia. Mesmo se não tivessem dito o que é, eu teria adivinhado facilmente. As construções com telhado em domo, bem juntinhas umas das outras, que são a marca registrada de Santorini, emergem da areia, cobertas pelas conchas coloridas que as integrantes recolheram da praia. De alguma forma, elas conseguiram recriar os tons de azul. Com caminhos brancos de conchas moídas entre as casas. É uma coisa de tirar o fôlego.

As exclamações dos jurados são bem mais altas. Eles fazem diversas anotações e tiram até fotos. Ninguém fica surpreso quando Felice e companhia são declaradas vencedoras.

A Equipe Soapery agora lidera o placar com três pontos. As confeiteiras, o que também não é nenhuma surpresa, ficaram em segundo lugar com o bolo de areia de quase um metro de altura que rendeu dois pontos. E, para a minha alegria, nosso peixe fica em terceiro e garante um ponto para nós.

"É isso, a gente arrasa", diz Mackenzie, comemorando com o punho cerrado.

"Ao contrário de *certas* pessoas", comenta Genevieve, bem alto.

Eu adoro minha equipe.

As horas seguintes são umas das mais divertidas da minha vida. Por causa do vento forte, a disputa de windsurfe acaba sendo a mais competitiva. É dividida em duas baterias, o que significa duas chances de pontuar. Tate e Danny representam o clube; Mac e Gen, o Beacon. E Gen, que praticamente cresceu dentro da água, surpreende e vence Danny. Ele cruza a linha de chegada só um segundinho atrás, perplexo por ter ficado em segundo. Zale e eu torcemos loucamente da praia, porque a vitória de Gen acabou de render três pontos para a nossa equipe. Infelizmente, Mac não consegue chegar entre os três primeiros. Tate vence a bateria com facilidade, com os mecânicos em segundo e, em mais um resultado inesperado, o time da confeitaria chega na frente dos bombeiros em terceiro lugar.

Sinceramente, estou chocada com esses resultados surpreendentes. São oito equipes no total, com integrantes de todas as idades e níveis de habilidade, mas alguns competidores fazem coisas totalmente inesperadas. Por exemplo, a garçonete miudinha do Sharkey's Sports Bar derrotar um mecânico enorme na competição de corrida e chegar em terceiro lugar. Ou um dos bombeiros, um homem de mais de cem quilos e pernas da grossura de troncos de árvore, dançar na corda bamba feito um artista de circo e ficar em primeiro.

Depois de vencer no windsurf, Tate volta para a areia sacudindo a água dos cabelos loiros e sorri para mim ao passar.

"Parabéns pela vitória", digo a contragosto.

"Valeu, ruivinha." Ele dá uma piscadinha para mim antes de se juntar de novo à sua equipe.

"Por que ele te chama de *ruivinha*?", pergunta Zale, sem entender nada. "Seu cabelo é claramente castanho acobreado."

Com um suspiro de susto, dou um abraço no meu companheiro de time. "obrigada!"

Para dar uma acalmada depois do evento aquático, Debra Dooley anuncia que é hora do cabo de guerra.

Zale e eu representamos a Equipe Beacon. Ele é magro, mas musculoso, e, como disse para Mackenzie enquanto elaborávamos a nossa estratégia, eu tenho mais força do que aparento.

"Beleza, Cass, está pronta?", pergunta Gen, para me incentivar. "Queremos ver você usar o poder desses peitões!"

Reviro os olhos para ela. Normalmente me irrito com esse tipo de piadinha, mas essa até que é engraçada. "Vou me esforçar", prometo.

Como o sistema de pontuação de Deb não faz quase nenhum sentido para mim, não entendo direito quando ela explica o regulamento da competição. Pelo que consegui entender, é uma disputa eliminatória, com confrontos diretos para determinar o vencedor. Mas também dá para ganhar ponto a cada vitória conquistada até lá — além da pontuação de sempre para os três primeiros lugares. Foda-se. No fim é só puxar a corda, né?

Zale e eu enfrentamos as representantes da Soapery: Felice e Nora, a gerente. Estou me sentindo uma sádica por ter que destruir duas mulheres de cinquenta e tantos anos, mas a força delas é surpreendente.

"Segura o corpo com o calcanhar!", grita Zale. Ele é nossa âncora, atrás de mim, que estou na frente. "Segura o corpo com o calcanhar no chão, Cassie! A gente consegue."

Seguro a corda com todas as forças enquanto nossas companheiras de equipe torcem e gritam da linha lateral. Centímetro a centímetro, estamos conseguindo trazer as adversárias para mais perto da linha vermelha. O suor escorre pela minha testa. Vejo os braços de Felice incharem de esforço e uma veia pulsar na testa de Nora. Elas estão perdendo o gás. Entregando os pontos. Com um último puxão, Zale e eu vencemos a Equipe Soapery.

"Um ponto para a Equipe Beacon", anuncia Deb depois do apito. "Vocês estão classificados para a próxima rodada."

Nos três outros confrontos, para a surpresa de ninguém, as duplas com os caras mais grandalhões vencem. Os irmãos Hartley, os bombeiros e os caras do iate clube.

Vamos enfrentar os bombeiros a seguir, e não estou nada otimista.

"A gente vence fácil", garante Zale.

Estamos conversando a uma boa distância da área de competição. Deb deu a cada dupla alguns minutos para elaborar uma estratégia, mas os bombeiros nem se dão ao trabalho de usar o tempo que têm. Já estão a postos, com a corda na mão. Babacas arrogantes.

Mas têm motivo para isso. "Zale. Não vai ter jeito. Aquele grandalhão ali tem, tipo, uns cem quilos."

Ele discorda, com um tom de voz baixo e confiante. "Você viu o que eles fizeram contra os mecânicos, né? Colocaram o baixinho na frente e o grandão de âncora. Só que olha o que eles estão fazendo agora."

Dou uma espiada discreta. Interessante. O grandalhão está na frente agora.

"Viu?", continua Zale, consciente. "Péssima estratégia. Estão achando que, como você está na frente, ele vai conseguir dar conta sozinho de te arrastar até a linha."

"Então você acha que é melhor eu ir pra trás dessa vez?"

"Não. Também não vamos exagerar. Você precisa de mim como âncora. Mas também, minha deusa guerreira especial, não vai deixar esse cara te mover um passo. Não vai ceder nem um milímetro, porque a gente vai fazer o quê?"

"Segurar o corpo com o calcanhar", respondo, como uma boa parceira.

"Isso. Enfia esses calcanhares no chão. Fica igual pedra, Cassie. Não se mexe. Igualzinha uma estátua. Tipo o Stonehenge."

Isso, sim, é discurso motivacional que se preze.

"Agora esfrega areia nas mãos até elas ficarem bem secas", ordena ele. "Corda seca vence."

Quando vamos nos posicionar, vejo Tate sorrindo para mim. "Vai lá, ruivinha", grita ele. "Quero ver do que você é capaz."

Deb apita e a disputa começa. De alguma forma, contrariando todas as probabilidades, a estratégia de Zale funciona. A gente fica igual estátua. Imóveis. Não cedemos. Acho que os bombeiros não entenderam nem o que está acontecendo e gastam todas as energias tentando mover nossos calcanhares, que estão afundados na areia a tal ponto que agora fazem parte da composição do solo. Nossos adversários estão pingando de suor, mas somos iguaizinhos ao Stonehenge. É impossível nos tirar daqui. Esse pedaço de chão é nosso.

"Agora", ordena Zale, e passamos para a segunda parte da estratégia com um puxão poderoso. O cara baixinho não consegue controlar a corda e os dois saem voando para a frente, caindo de cara no chão.

"Mais um ponto para o Beacon!"

"Puta merda", exclamo, atordoada. "Estamos na final!"

Zale vem até mim gritando e me dá um abraço que tira meus pés do chão para poder me girar no ar.

Os Hartley enfrentam Tate e seu parceiro em seguida, e os gêmeos são vencidos depois de uma batalha acirrada envolvendo uma dose generosa de palavrões. Aí Tate vem andando na minha direção com um sorriso de quem está se achando o máximo.

"Ahhh, olha só quem resolveu aparecer agora", provoca ele.

"Foi você que veio até aqui, idiota", chamo a atenção dele, me abaixando para enfiar as mãos na areia. Estão suadas, e preciso delas secas. Seguindo o aviso de Zale, *corda seca vence*. Não sei de onde ele tirou isso, mas deu certo, porque estamos na final.

Só que começo a desconfiar que seja esta a etapa em que a nossa sorte vai acabar. Tate tem mais de um e oitenta de altura e mãos fortes de velejador. E Luke, parceiro dele, tem mais de um e noventa e as mesmas mãos fortes de quem está acostumado a velejar. Os dois ganharam as próprias partidas de lavada. Mas Zale e eu eliminamos os bombeiros, então ainda existe esperança para nós.

"Não precisa ficar preocupada", diz Tate. "Vai dar tudo certo. Eu ajudo você a levantar quando cair de cara na areia."

"Nossa, que romântico." Olho para Zale. "Ele não é romântico?"

"Vocês namoram?", pergunta Zale, olhando para nós dois.

"Mais ou menos", respondo, ao mesmo tempo que Tate diz: "Meio que sim".

Trocamos um olhar e sorrimos.

Em seguida, passo o dedo pela garganta e aviso: "Vou acabar com você".

"Ah, não, *eu* vou acabar você. Mais tarde, na cama."

Zale cai na risada.

"Era pra ter sido uma ameaça?", pergunto. "Porque eu gostei."

Tate dá uma piscadinha. "Era pra ser mais uma promessa, mesmo."

Quando o apito soa, nós levamos uma surra. A disputa dura uns quatro segundos, e eu caio de cara na areia, mesmo, quando acaba. Tenho quase certeza de que Luke daria conta de nós dois sozinhos.

Como um bom cavalheiro que é, Tate cumpre a promessa e me ajuda a levantar. "Tudo bem aí?"

"Tudo certo. Parabéns pela vitória."

Apesar da derrota, nossos esforços no cabo de guerra renderam quatro pontos para a Equipe Beacon. Mackenzie faz uma conta rápida e parece preocupada quando percebe que os Hartley estão diminuindo a dianteira que conseguimos com a vitória surpreendente no windsurfe.

"Tá de boa", assegura Gen. "A gente ainda tá bem na frente."

Só que, de repente, não estamos mais. A Equipe Hartley consegue emplacar uma série de vitórias que deixam Mac e Gen furiosas. Primeiro eles arrasam no vôlei de praia. Depois, Evan e Alex dominam as baterias de que participam na natação, com os dois chegando em primeiro. Quando dá uma e meia, eles estão com nove pontos a mais no placar.

Está todo mundo cansado e a fim de ir embora, mas Deb Dooley resolve fazer um discurso final.

"Tá, gente! Hoje o dia foi bem divertido, né? Eu mesma me diverti pra caramba! E estou ansiosa para rever vocês amanhã bem cedinho! Vamos começar o percurso com obstáculos pontualmente às quinze para as nove, e o restante da programação está no e-mail que mandei para todos vocês essa semana. Vamos encerrar mais ou menos à uma e meia, e a cerimônia de premiação começa às duas. A classificação de hoje está sendo disposta na frente do centro turístico neste momento, então não se esqueçam de dar uma olhada quando forem para casa!"

Assim que ela para de falar, é como se todo mundo na praia virasse criança. Um monte de gente sai correndo para o centro turístico do outro lado da rua, um predinho azul na entrada do calçadão. Perto da porta, em um cavalete, tem uma lousa com a pontuação. Genevieve praticamente se arremessa até lá. Depois de ver o que queria, abre caminho para as outras equipes.

"Estamos em terceiro lugar na colocação geral", comenta, num tom seco.

"Isso é ótimo!", respondo. "Mas, espera, por que você tá tão puta?"

"A equipe da Hartley & Filhos está em segundo."

"Merda", resmunga Mackenzie.

Quem está na liderança são os bombeiros, com o iate clube em quarto lugar. Quando vejo Tate se aproximando, mostro a língua para ele parecendo uma garotinha imatura. "A gente está ganhando de vocês."

Ele leva a mão ao peito como se tivesse levado um tiro. "Ah, não. Acho que meu ego não vai aguentar. Preciso urgente de um boquete pra me sentir melhor."

Dou uma risadinha e ele me abraça, inclina o corpo para mais perto e me dá um beijo na boca. Meu coração dispara, porque ainda não me acostumei totalmente com a ideia de Tate Bartlett me beijando.

"Mas tá sendo divertido", comenta ele.

"Tá mesmo. Você competiu no ano passado?"

Ele assente. "A gente ficou em segundo lugar. E em terceiro no outro ano."

"Olha só você, ganhando troféus a torto e a direito."

"Nem me fala desses troféus, linda. Meu pai guarda todos os que já ganhei na vida, desde que eu tinha, sei lá, cinco anos de idade. Ficam lá, acumulando poeira em casa."

"E uma criança de cinco anos por acaso ganha troféu?", questiono.

"Tá zoando? Venci minha primeira regata de bote a vela com cinco anos. Porra, o troféu era maior que eu." Ele abre um sorriso. "E com certeza o meu pai tem uma foto emoldurada disso em algum lugar da casa. Eu, pequenininho, tentando segurar aquele monstro."

"Eu preciso ver isso. Vê se encontra pra mim."

"Vou ver se ainda está na parede do escritório do meu pai", promete Tate, aos risos.

"Ei", interrompe Evan, batendo no braço de Tate com o cotovelo. "Vai ter fogueira lá em casa mais tarde." Ele dá uma piscadinha pra mim. "A gente precisa comemorar os resultados de hoje."

Olho para Gen, que está ao lado de Evan. "Confraternizando com o inimigo, é isso mesmo?", questiono, levantando uma sobrancelha.

"Bom, a gente mora junto."

"Tá, justo. Então eu vou deixar. Tá a fim de ir?", pergunto para Tate.

"Tipo um encontro?" Ele finge que está em dúvida. "Sei lá. Isso me parece um compromisso muito sério."

"Tudo bem, então. Eu vou sozinha."

"Não, tô zoando, vou com você, sim. Vou passar em casa pra jantar com os meus pais, mas posso voltar pra pegar você depois."

Ele tira o braço de cima do meu ombro, mas não me solta totalmente — a mão dele procura a minha de imediato. Enquanto Tate entrelaça nossos dedos, percebo o olhar de divertimento na cara de Evan.

"Então vocês tão de casalzinho mesmo, né?", pergunta Evan.

Mais uma vez, Tate e eu respondemos ao mesmo tempo.

"Mais ou menos."

"Meio que sim."

27

TATE

Antes de pôr a mão na maçaneta, escuto a explosão de ruído atrás da porta. Crianças sempre sabem quando alguém chega em casa. Principalmente quando é o papai. E, de fato, assim que ponho o pé para dentro, dois tornados vêm voando na minha direção.

"Oi, pessoal." Fico de joelhos para demonstrar meu amor. "Ah, que saudade de vocês."

Fudge, nosso labrador retriever, põe as duas patas no meu pescoço. Ele adora abraços. Polly, nossa pastora, espera a própria vez, como a lady que é. Está sempre fazendo charminho. Fica na dela, toda bonitona, até eu não conseguir aguentar mais.

"Ah, menina bonita, vem cá", chamo, e logo em seguida ela está tentando subir no meu colo, porque esses dois esquecem o tamanho que têm. Dois cachorrões de quarenta quilos. E ainda tinha um terceiro, um border collie chamado Jack, que morreu no inverno passado. Sinto falta do nosso velhinho.

Enquanto faço carinho atrás das orelhas dela, Polly põe a língua para fora e logo em seguida desaba no piso de madeira, me oferecendo a barriga. Fudge faz a mesma coisa, e de repente tem oito patas no ar e duas barrigas pedindo carinhos.

É assim que a minha mãe me encontra. "Estou interrompendo alguma coisa?", pergunta ela, sarcástica.

Ao ouvir a voz da minha mãe, os cachorros ficam em pé num pulo, logo esquecendo a volta do papai pródigo. As unhas deles batucam no piso quando saem correndo para sabe-se lá onde. Acabo ficando no vácuo.

"Caraca. E eu pensando que eles estavam com saudade de mim", comento, vendo o rabo deles cada vez mais distantes.

"Por falar em saudade, oi, né?" Minha mãe ri e me dá um abraço. "Detesto esses seus frilas que envolvem passar um tempo fora de casa."

"Detesta nada. Você adora o tempo que tem sozinha com o papai."

"Mas é óbvio. Só que sinto falta do meu filho também."

"A gente se fala por mensagem todo dia."

"Ué, fico com saudade mesmo assim. Está com fome? O jantar está saindo."

"Morrendo. Cadê o papai?"

"Está lá em cima, no escritório. Ele se esqueceu de preencher uma papelada no trabalho e está cuidando de algumas coisas antes de jantar."

"Legal. Vou lá dar um oi. Aproveito pra pegar uma coisa no escritório dele também."

No corredor do andar de cima, encontro a porta entreaberta. Dou uma batidinha antes de entrar. "Pai?"

"Oi, pode entrar, garoto." Ele me recebe com um sorrisão no rosto. "Tudo bem? Como foi nos Beach Games?"

"A coisa foi intensa. Ficamos em quarto lugar."

"E quem está em primeiro?"

"Os caras do corpo de bombeiros. Eles sempre ganham de lavada." Vou até o armário com portas de vidro em uma das paredes do escritório.

É praticamente um altar dedicado à nossa família, contendo todas as nossas realizações ao longo dos anos. Os troféus e as fotos do meu pai na época de jogador de beisebol em St. Louis. As fotos de casamento dos dois. Os troféus e as medalhas que ganhei na infância. E, entre o diploma universitário da minha mãe e uma cópia da escritura da Marina Bartlett, está a fotografia que falei para Cassie. Eu posando para um clique depois da primeira regata que disputei, segurando o primeiro troféu da minha vida. Ou melhor, tentando segurar. Meus dentes cerrados na imagem mostram o quanto estou me esforçando para não ser esmagado por aquela coisa.

"Tudo bem se eu tirar esse aqui da parede rapidinho pra tirar uma foto?", pergunto, apontando para o porta-retratos.

"Pode tirar." Ele dá uma risadinha. "De repente deu nostalgia?"

"Não, é que eu estava contando pra Cassie sobre isso mais cedo. Acho que ela ia gostar de ver." Abro o armário, tiro com cuidado o porta-retratos, coloco na ponta da mesa do meu pai e fico ajustando o ângulo do celular até não aparecer mais nenhum reflexo.

"Cara, eu era um moleque bonitinho mesmo, né?", comento.

Meu pai dá um risinho de deboche. "E bem modesto também."

Tiro uma foto da foto e guardo o porta-retratos de volta no armário. Enquanto estou fechando a porta, vejo outra fotografia emoldurada, dessa vez do meu pai quando jovem, apoiado no mastro de um iate branquinho e reluzente, com um sorriso de orelha a orelha de alguém apaixonado pela vida.

"Isso é da sua viagem do Havaí pra Austrália?", pergunto, olhando por cima do ombro. "Aquela em que você passou um mês velejando?"

"Foram trinta e dois dias", confirma ele. "Cara, que aventura. Eu quase morri no furacão Erma."

"Uau, que divertido." O sorriso desaparece do meu rosto quando penso na proposta de Gil Jackson. É uma coisa que não sai da minha cabeça, mas ainda não tomei uma decisão. É uma responsabilidade imensa, que exige muito comprometimento, inclusive o de passar um bom tempo longe de Avalon Bay. Tipo, é claro que dá pra fazer a viagem em sessenta dias, mas quem é que sabe se ou quando vou ter essa oportunidade de novo? Se aceitar esse trabalho, quero esticar ao máximo o tempo que vou passar no *Surely Perfect*. E isso significa quatro meses. Cento e vinte dias vivendo a maior aventura da minha vida.

"Opa, tô vendo que alguém ficou sério do nada." Meu pai vira a cadeira e apoia as mãos atrás da cabeça. "O que é que tá rolando?"

"Gil me pediu pra levar o *Surely Perfect* pra ele lá na Nova Zelândia."

Ele levanta as sobrancelhas. "Tá zoando?"

"Né?" Eu me recosto na estante de livros. Fico hesitante, porque respeito a opinião do meu pai, mas também sei que ele não vai querer que eu passe tanto tempo longe. "Eles compraram uma casa em Auckland e querem passar metade do ano por lá. Vão precisar do barco no Ano-Novo. Eles vão me pagar, claro."

Meu pai parece apreensivo agora. "E você está pensando em aceitar?"

"Claro que estou. Por quê? Você acha que não é uma boa ideia?"

A postura casual dele muda. Baixando os braços, ele entrelaça as mãos no colo. A expressão dele fica mais séria enquanto analisa a questão. "Partindo de onde? Da Califórnia?"

"Da Flórida. Eu levaria uns dois dias indo de Charlotte até o porto em Miami. Abasteceria o barco lá. Prepararia tudo pra viagem. E depois zarparia pra Auckland."

Ele franze os lábios. "É uma travessia transatlântica, Tate. Não. Você não dá conta."

"Eu iria com calma. Gil falou que me ajuda a estabelecer uma rota que seja mais tranquila."

"Iria com calma? Rota tranquila?" Meu pai balança a cabeça, incrédulo. "Estamos falando de atravessar o Atlântico norte, o Atlântico Sul e o oceano Índico. E depois os golfos, e o mar da Tasmânia."

"Não é pouca coisa", concordo.

"É coisa demais", ele insiste. "E ele precisa do barco em primeiro de janeiro? Para isso você precisaria encarar a temporada de furacões."

"O fim da temporada", argumento. "É um risco adicional, verdade, mas a parte mais difícil começa mais tarde. Em novembro, a temporada de furacões já vai ter acabado. E a maioria se forma mais a oeste, né?"

"Esse não é o único motivo para preocupação, garoto. Os ventos alísios não são moleza. Estou falando de quinze, vinte nós. Isso sem falar nas rajadas. Fiz uma travessia do Atlântico antes de você nascer, nada muito longo, só até as ilhas Canárias, e mesmo assim foi bem difícil." Ele parece contrariado. "Você precisa estar atento ao que estiver acontecendo mais ao norte quando pensa numa viagem dessas. As frentes frias que chegam pelo Atlântico Norte bagunçam completamente os ventos alísios."

"Eu posso me preparar pra tudo isso."

"Um amigo meu fez uma travessia do Atlântico no inverno uma vez. Disse que foi a pior viagem da vida dele." Os olhos do meu pai estão faiscando de preocupação. "As águas ficam muito perigosas."

"Eu dou conta."

Ele esfrega o nariz entre os olhos. "Escuta. Tem uma parte de mim que diz que, sabe, é claro que você dá conta. Nunca vi ninguém dominar um barco do jeito que você domina. Mas é um desafio muito grande pra sua primeira viagem sozinho, entende?"

"Entendo, sim", respondo, confirmando com a cabeça.

"Se é uma coisa que você está pensando seriamente em fazer, então por que não esperar a primavera? E começar com uma coisa menos ambiciosa, talvez uma viagem de uma semana ou duas? Uma rota daqui até, sei lá, as ilhas Virgens. É, seria uma boa. Você poderia ir com o Beneteau 49, se não estiver agendado para uma viagem fretada..."

Não é a mesma coisa que um Hallberg-Rassy, quase respondo, mas seguro a língua.

"... e assim você pode ter um gostinho de como é fazer uma viagem dessas sozinho. Entende o que estou dizendo?"

"É, acho que sim." Nós dois percebemos a minha falta de entusiasmo com essa proposta alternativa.

"Se você aceitar a oferta do Gil, vai ficar fora o que, dois, três meses?"

"Mais ou menos isso. Até mais, se quiser pegar uma rota que tenha umas paisagens mais bonitas", brinco.

Meu pai não acha a menor graça. "É muito tempo fora. Preciso de você na marina comigo, garoto. Não tenho como tocar tudo sozinho."

Sinto vontade de responder que ele fez tudo sozinho durante anos, antes que eu começasse a assumir mais responsabilidades. Só que já ficou claro o que ele acha da ideia.

Quando percebe meu desânimo, ele solta um suspiro. "Eu montei esse negócio pra nossa família. Pra você assumir um dia. Pensei que a gente estivesse alinhado quanto a isso nesses últimos anos, no trabalho. Estou ensinando você a administrar tudo."

"A gente tá alinhado. Mas se eu quiser sair pra uma viagem sozinho como essa, não é melhor que seja agora? Antes de eu ter ainda mais responsabilidades?"

Meu pai fica em silêncio por um bom tempo. "Eu acho de verdade que você não está pronto", diz ele, por fim. "E preciso de você aqui na loja. Mas, se quiser ir..."

Engulo minha decepção. "Não", respondo. "Tudo bem." No fim, talvez ele tenha razão. É uma ideia bem maluca. E perigosa. "Vou falar pro Gil contratar um capitão mais calejado."

"Acho uma boa ideia. E, se quiser planejar alguma coisa pra primavera, posso sentar com você e..."

"O jantar está pronto!", a voz distante da minha mãe chama lá de baixo.

"Puta merda", solta meu pai, fazendo uma careta. "Ainda preciso mandar um e-mail. Você avisa a sua mãe que já estou descendo?"

"Pode deixar."

No andar de baixo, ajudo minha mãe a pôr a mesa, torcendo para que ela não perceba que estou chateado. Mas ela é mãe, então claro que percebe.

"Aconteceu alguma coisa?", pergunta ela. "Sobre o que você estava falando com o seu pai?"

"Tudo certo. A gente estava resolvendo umas coisas de uns barcos. E eu precisava tirar uma foto da estante de troféus dele pra mostrar uma foto pra Cassie. Vou me encontrar com ela mais tarde."

Minha mãe sorri e me entrega os talheres que tira da gaveta. "Qual foto?"

"A de quando ganhei a minha primeira regata."

"Ah, nossa, me lembro desse dia", responde, aos risos. "Fiquei lá na marina, morrendo de medo de que o meu filho de cinco anos fosse se afogar no mar. Gavin me garantiu que você dava conta, e veja só... ele estava certo. Você ganhou. Seu pai estava quase explodindo de orgulho." Ela fica em silêncio por um tempo antes de dizer: "Você anda passando bastante tempo com a Cassie".

Ajeito os talheres na mesa. "É. Acho que estou mesmo."

"A coisa está ficando mais séria?"

Quando levanto a cabeça, vejo que minha mãe está tentando não sorrir. "Na verdade, não. A gente vai ter que terminar quando ela voltar pra faculdade em setembro."

"E você quer terminar?"

Preciso pensar um pouco pra responder. "Sendo bem sincero, nem cogitei outra hipótese."

"Mas você gosta dela."

Eu gosto dela, mesmo. Muito. Na verdade, estou com pressa para o jantar começar logo porque, quanto antes for servido, mais cedo termina, e eu posso ir pegar a Cassie para irmos pra fogueira na praia. Passei o dia todo com ela e já estou ansioso para a gente se encontrar de novo.

"Pois é, eu gosto dela."

"Então por que terminar?", questiona minha mãe.

E eu juro que não consigo pensar em nenhuma resposta boa para essa pergunta.

Mais tarde, na fogueira, ainda estou pensando no que minha mãe perguntou.

Por que terminar?

Porque tipo... tem que terminar? Eu topei ser o casinho de verão da Cassie, mas às vezes esse tipo de coisa... evolui. Meu maior medo era que ela acabasse ficando magoada porque eu queria manter tudo num nível puramente físico, mas o que a gente está fazendo parece ter... evoluído. Teve aquele encontro no barco. Aí a gente janta junto todo dia quando eu chego em casa. Porra, eu já fui até jantar com a *mãe* dela. De alguma forma, sem me dar conta, eu deixei rolar. E isso não me preocupa nem um pouco. Estou *gostando*.

Puta que pariu.

O que quer que esteja rolando entre nós, é muito mais que um lance puramente físico.

Olho para o outro lado da fogueira, onde Cassie está sentada com Genevieve e Heidi. Ela e Heidi estão rindo de alguma coisa, o que é meio surpreendente, porque Heidi não é muito de conversar e dar risadinha. É do tipo que devoraria os próprios filhos. É por isso que ela e Alana são tão próximas. As duas têm um coração de pedra.

Por falar em Alana, quando vou até os coolers pegar outra cerveja, minha antiga crush aparece do meu lado. Está linda como sempre, mas me surpreendo ao me dar conta de que não sinto mais nenhuma atração por ela, que voltou a ser aquela Alana que conheci na escola, só mais uma entre as garotas incríveis do meu grupo de amigos, alguém que nunca nem me passou pela cabeça levar para a cama.

"E aí", ela diz.

"E aí." Abro outra cerveja.

"Você anda me evitando."

Olho para ela. "Nada a ver."

"Ah, é? Então é só por acaso que antes a gente se via o tempo todo e agora não te vejo desde..." Alana pensa a respeito. "Cara, acho que desde que a gente veio aqui junto."

"Porra, sério? Faz mais de um mês."

"Tô falando."

"Juro que não estou te evitando", garanto. "É que eu andei atolado de trabalho o verão inteiro. Não tenho saído com mais ninguém além da Cassie."

"Ah", responde ela, como se tivesse entendido tudo. "A outra ruiva."

"Pura coincidência", retruco, com um sorriso forçado, apesar de ser engraçado mesmo.

"Então você não está me evitando."

"Não."

Aqueles olhos atentos continuam me observando. "Pior que não parece que você esteja mentindo."

"Porque eu não estou mesmo. Ando trabalhando na loja, no iate clube, saindo com a Cassie. Daí esse fim de semana tem os Beach Games. Tem bastante coisa rolando. Acho que cheguei a sair pra beber com o Evan uma vez, mas foi só. Além disso, estou cuidando da casa dos Jackson, daí circulo menos por essa parte da cidade."

"Ah, é mesmo, você anda brincando de ser clone."

"Pois é. E você, como está?"

"Tudo bem. Consegui um trabalho de babá."

"Você odeia crianças", lembro a ela com um sorriso.

"Essas até que não são tão ruins. E a grana é ótima. Juro pra você, esses clones adoram sair por aí dando dinheiro pras pessoas como se a vida deles fosse uma eterna noite num clube de striptease."

Quando penso no quanto Gil me ofereceu para levar o *Surely Perfect*, sou obrigado a concordar. "Está saindo com alguém?" Levanto uma sobrancelha.

"Eu não... ao contrário de certas pessoas." Alana dá risada. "É engraçado ver você namorando."

"A gente não tá namorando."

"Ah tá, isso é o que todo mundo sempre diz." Depois disso, Alana se afasta.

Com uma cerveja na mão, vou até a fogueira para pegar uma cadeira, que arrasto para perto de Evan. Heidi não está mais lá, e Gen e Cassie estão perto do deque em uma discussão intensa com Mackenzie e Zale, o parceiro delas na equipe dos Beach Games. Quando Cooper passa por perto, Mac levanta a cabeça e só falta chiar para ele feito um gato arisco. Ele levanta as mãos em sinal de rendição e continua andando, revirando os olhos quando chega perto da gente.

"Acabei de ser acusado de espionagem por passar perto da equipe delas", diz Coop, com um ar divertido.

Dou uma risadinha. Meus olhos atentos não desgrudam de Cassie, que está rindo de alguma coisa que Gen falou.

"Gen gostou bastante da sua garota", comenta Evan, ao ver para onde estou olhando. "E ela odeia quase todo mundo."

"É difícil não gostar da Cassie", admito.

Cooper levanta as sobrancelhas e dá uma risadinha. "Interessante."

"Que foi?"

"Nada, ué."

"Você tá parecendo minha mãe. Ela resolveu fazer o maior interrogatório agora há pouco por causa da Cass."

"É que, sei lá, você tá com a maior pinta de namorado mesmo", complementa Evan, parecendo se divertir com a ideia. "Então, se não for isso que você estiver a fim", ele avisa, "é melhor recalcular a rota aí o quanto antes."

Tomo um gole da minha cerveja. "Como assim, namorado?"

"Toda vez que eu olho, vocês estão de mãos dadas."

"E daí?"

"Você nunca ficava de mãos dadas com a Alana", rebate Cooper.

"Alana é capaz de arrancar o pau de um cara no dente pra não ter que ficar de mãos dadas em público."

"Você tentou?", questiona Evan.

Faço uma pausa. "Não."

"Por que não?" Percebo, pelo sorrisinho sacana que ele me lança, que Evan já sabe a resposta.

E tem razão. Em momento algum eu senti pela Alana o que estou sentindo pela Cassie. A gente mantinha um distanciamento emocional porque sabia que aquele lance não ia pra lugar nenhum.

Mas com Cassie não existe distanciamento. Ela tá sempre ali comigo. E se derrete toda para mim. Não fica fugindo de mim. Não faz joguinhos. Quando estou com ela, estou feliz. E, quando penso no quanto combinamos em diversos sentidos, aquela pergunta volta a rondar minha mente.

Por que terminar?

28

CASSIE

"Tá, então chegou a hora. A hora para a qual a gente vem se preparando a vida inteira. E com 'a vida inteira' estou querendo dizer 'os últimos dois dias'. E com 'a gente vem se preparando' estou querendo dizer 'decidimos aleatoriamente quem ia participar de cada competição'. Quer dizer, sei lá, eu, pelo menos, não treinei... vocês treinaram?" Zale olha para o restante da equipe.

"Eu nadei um pouco na piscina", digo a eles. "Isso conta?"

"Isso é que é dedicação", provoca Mackenzie.

"O Beacon tem uma dívida de gratidão eterna com você", diz Genevieve, num tom solene.

Dou uma risadinha. Me diverti muito com a minha equipe nesse fim de semana e fico triste por estar chegando ao fim. Infelizmente, só resta uma disputa para o encerramento da vigésima edição dos Beach Games de Avalon Bay: o arremesso de balões com água.

O dia vem sendo meio decepcionante até agora para a Equipe Beacon. Não fizemos ponto em nenhuma bateria do percurso com obstáculos de manhã. O pessoal do iate clube ganhou as duas, então Tate está andando por aí parecendo um pavão. Também perdemos o terceiro lugar no jogo de passar o balde para aqueles bombeiros malditos. Aí conseguimos compensar o prejuízo na corrida em dupla com as pernas amarradas graças a Mackenzie e Zale. Só que infelizmente "os gêmeos idiotas que têm a porra das pernas do mesmo tamanho", como Mackenzie explicou de forma tão poética, foram os vencedores, o que rendeu mais três pontos para a Equipe Hartley.

Na aposta de Mac e Gen, elas estão perdendo para os namorados por um mísero ponto. Na competição de verdade, acho que as nossas equipes têm chances de conseguir o terceiro lugar. Mas, como elas estão mais preocupadas com a disputa paralela que está rolando, ficam bombardeando meu cérebro com um monte de contas que não fazem o menor sentido.

"Beleza", continua Mac. "Eles estão um ponto na frente, então precisamos de pelo menos um terceiro lugar para empatar..."

"Qual é o critério de desempate?", pergunta Zale.

"Não faço ideia. Ninguém esperava um empate. Vamos ter que pensar em alguma coisa. Mas, se a gente ficar em segundo lugar, o problema está resolvido, porque marcamos dois pontos e ganhamos. E, com um primeiro lugar, três pontos e ganhamos. *Mas...* a gente só ganha se *eles* não fizerem nenhum ponto."

"Espera, e se eles ficarem em terceiro e nós em primeiro?", questiona Gen. Ela estreita os olhos enquanto faz as contas. "Eles marcam um ponto e ficam dois na frente. Só que aí a gente marca três e fica um na frente. A gente ganha."

"Sim. Mas... que merda, se a gente ganhar e eles ficarem em segundo, dá empate de novo. Então..."

"Parem com isso", grito, tapando os ouvidos. "Eu não aguento mais."

"Sério mesmo", reclama Zale, com o rosto franzido em uma careta. "Tá ficando complicado demais. Vocês estão parecendo os meus irmãos discutindo as estatísticas do jogo idiota de *fantasy football* deles, tentando descobrir se conseguiram se classificar pros playoffs."

"Beleza, gente!", grita Debra Dooley no microfone. Juro, ela só pode ter trazido essa coisa de casa. Nenhum outro voluntário tem microfone. "Hora de começar."

A alguns passos de nós, Evan grita para a noiva: "Ei, Fred, qual vai ser o tamanho da sua fantasia de cortesã francesa?"

"Vai sonhando!", rebate Gen.

"Sonho toda noite", ele garante.

Mackenzie olha para Cooper e inclina a cabeça na direção dele. "E aí? Tô esperando. Qual vai ser o *seu* comentário engraçadinho?"

Cooper dá uma risadinha. "Eu não chuto cachorro morto."

"Aqui pra você, então", ela retruca, mostrando o dedo do meio.

Eu seguro o riso. É engraçado ver a interação deles. Gen e Evan são a personificação da química amorosa, cada palavra que dizem praticamente exala sexo. Cooper e Mac são mais antagônicos, mas, quando estão se olhando, a conexão entre os dois é inquestionável.

Olho para Tate, lembrando o jeito como ele segurou a minha mão ontem à noite na fogueira. Os dedos dele entrelaçados aos meus parecem uma coisa tão natural, e fico me perguntando como é que vou conseguir me despedir dele daqui a duas semanas. Meu voo para Boston está marcado para três dias depois da reinauguração do Beacon, e uma parte de mim está pensando que *pelo menos* tenho uma semana de folga depois das provas de meio de semestre em outubro. E o feriado de Ação de Graças. E o Ano-Novo.

Talvez a gente consiga fazer a coisa funcionar. Não exatamente um relacionamento; ainda estou me esforçando para manter o coração longe disso. Mas quem disse que a gente não pode continuar transando? Ou se vendo quando tiver oportunidade? Não estamos enjoados um do outro nem nada do tipo, então será que ele não pode continuar sendo meu casinho até o que a gente tem perder a graça? Quer dizer, sei lá, só se o Tate estiver interessado também.

Mas algo me diz que ele está, sim.

"Vamos fazer um sorteio para determinar a ordem dos arremessos", avisa Deb, e uma outra voluntária vem correndo com um boné com pedaços de papel contendo o nome das equipes. "Os primeiros vão ser... os elegantes velejadores do iate clube!"

Depois que todos os outros nomes já foram retirados do boné, ficamos contentes em saber que vamos por último. Assim podemos observar as outras equipes e aprender com os erros deles.

Enquanto Tate e a equipe dele assumem as posições, Deb explica as regras rapidamente uma última vez. Os quatro integrantes da equipe devem ficar em fila a meio metro um do outro. O balão é arremessado de uma pessoa para a outra e, depois de cada rodada, todos dão um passo para trás. A distância entre cada um vai ficando cada vez maior, e a equipe que conseguir se afastar mais sem estourar o balão leva os cobiçados três pontos.

"Tudo pronto?", grita Deb. "Eeeee... arremessem!"

Chegou a hora. É tudo ou nada.

A equipe do iate clube alcança uma distância de quatro metros e meio um do outro antes de o balão atingir Luke no meio da cara e deixá-lo encharcado. Quando sai da área de competição, Tate me lança um olhar como quem diz *não dá para ganhar todas*. Ele leva tudo na esportiva. Adoro isso.

"Quatro metros e meio é a distância que precisa ser batida!", anuncia Deb.

As confeiteiras e os mecânicos vêm em seguida, terminando com uma distância impressionante de seis metros e setenta para elas e decepcionantes três metros e sessenta para eles. Os bombeiros conseguem seis metros. O pessoal do Sharkey's fica nos dois e setenta.

Em seguida vem a Equipe Soapery, que parece uma máquina. Toda vez que Deb grita "Mais um passo!", as quatro aumentam a distância entre si com uma sincronia perfeita. Deb grita "Arremessem!", e o balão troca de mãos no ato.

Três minutos depois, elas já estão a seis metros umas das outras.

"Uau", se impressiona Zale.

"É esse arremesso de baixo pra cima que elas fazem", murmura Mac para a nossa equipe. "A gente tem que jogar desse jeito, de baixo pra cima."

A Equipe Soapery consegue a espetacular marca de oito metros e oitenta até que Felice não consegue pegar direito o balão, que estoura nas mãos estendidas dela. Mesmo assim, elas sabem que arrasaram e estão sorrindo de orelha a orelha quando saem da área da competição. Estão a mais de dois metros das segundas colocadas, as confeiteiras.

"Hartley & Filhos, vocês são os próximos!"

Cooper dá um sorrisinho presunçoso para a namorada quando passa. "Então é só passar de seis metros que a gente ganha? Ah, nossa! Que difícil!"

Mackenzie e Genevieve mostram o dedo do meio ao mesmo tempo, o que provoca uma explosão de risos na plateia. Quando olho para os espectadores, fico alarmada ao ver o rosto do meu pai. Ele está com Nia e as gêmeas, e todos sorriem quando olho para eles. Merda. Eu não sabia que iam vir hoje. A minha mãe e a minha avó também ficaram de vir. Para a cerimônia de premiação.

O pânico me domina enquanto fico tentando me lembrar de quando foi a última vez que os meus pais estiveram juntos no mesmo ambiente.

A sorte é que a minha mãe e a minha avó ainda não chegaram. Isso significa que tenho tempo de avisar o meu pai antes que elas apareçam. Mas primeiro precisamos arrasar nessa disputa.

Na área de competição, todos os integrantes da Equipe Hartley, enfileirados, movem o corpo com fluidez e precisão. Eles tiram de letra os arremessos de um metro e meio. E os de três metros. Quatro e meio.

Quando chegam a cinco metros e oitenta uns dos outros, a maior surpresa de hoje nos Beach Games acontece.

Spencer, que trabalha para a empreiteira, lança o balão para Evan, mas a mão dele escorrega no arremesso — só um pouco, mas o suficiente para alterar a trajetória. O balão acaba pendendo para a direita, forçando Evan a fazer um movimento brusco, e fica claro que ele não está equilibrado quando tenta pegá-lo.

Splash.

A água explode na mão de Evan.

"Parece que temos mais um balão abatido!", grita Deb no microfone, e os bombeiros comemoram, porque com esse resultado conseguem se manter em terceiro lugar com seus seis metros.

"Que dó, querido, por que você está todo molhando assim?", provoca Genevieve quando Evan volta pisando duro. Ela finge estar confusa. "O que aconteceu? Eu não estava olhando. Estourou?"

"Se é pra usar essa vozinha inocente de novo", ele estreita os olhos, "é melhor que seja mais tarde. Na cama."

Mac dá uma piscadinha para Cooper quando ele passa. "Acho que não foram seis metros, não..."

Ele dá um risinho de deboche. "Você ainda não marcou ponto nenhum, princesa. E nós ainda estamos na frente."

Finalmente chega a nossa vez. Não consigo nem acreditar no quanto estou nervosa. Por que uma simples gincana de jogos de praia está me fazendo suar tanto assim?

"Tá no papo", diz Zale.

"Tá no papo", repete Gen.

"Eeee... arremessem!", grita Deb, quando estamos posicionados.

A Equipe Beacon não perde tempo. Um metro e meio. Três metros. Quatro e meio. Até aí, tudo tranquilo. Agora vêm as pequenas e assustadoras distâncias entre quatro e meio e seis. Mas, se chegarmos aos seis metros, só empatamos com os Hartley, e isso não serve. Nós queremos essa vitória. Isso significaria que ultrapassaríamos não só os bombeiros, mas também as confeiteiras, e ficaríamos em segundo lugar na classificação geral.

Nos cinco metros e quarenta, minhas mãos estão tão suadas que preciso me agachar e secar na areia.

Nos cinco metros e setenta, paro de sentir as pernas.

A pressão é gigantesca. Chegamos nos seis metros e continuamos o jogo. Se o balão não cair, empatamos com os bombeiros.

E a gente consegue.

"Maaaaais um passinho!"

Aumentamos ainda mais a distância entre nós. Com mais uma sequência de arremessos sem erros, já sabemos que ultrapassamos os bombeiros.

"Eeee... arremessem!"

Zale arremessa. Sou a primeira a pegar.

Olho para Genevieve. "Está pronta?"

Ela enxuga a mão no short jeans. "Estou."

De uma forma metódica, lanço um arremesso de baixo para cima com uma trajetória precisa em linha reta. O balão voa como uma pluma sem peso até pousar nas mãos abertas dela. Gen o pega sem problemas e a plateia solta um suspiro de alívio.

Gen se vira para Mac, que está com o rosto crispado de concentração.

Ela arremessa.

Mackenzie consegue pegar.

"Seis metros e quarenta!", avisa Deb.

"Puta merda!", grita Zale. "Conseguimos! Conseguimos!" Ele começa a pular e dar soquinhos no ar.

Seguro o riso. "Não acabou ainda!", lembro a ele. "Ainda estamos no jogo."

"Ah, é."

"A gente tem uma boa chance de conseguir o segundo lugar", comenta Gen, maravilhada.

E é exatamente o que fazemos. Chegamos até os sete metros, mas o balão que arremesso explode nos pés de Gen. Só que já não importa mais. A gente venceu as confeiteiras e ficou com o segundo lugar na última disputa.

Vencemos os Hartley nos Beach Games.

Por *um* ponto.

Porra, foi por muito pouco.

"Que tamanho vai ser a tanguinha que eu preciso comprar?", pergunta Gen para os gêmeos, com um sorrisinho presunçoso, quando terminamos de comemorar. O olhar dela se volta para a região da virilha de Evan. "Acho que eles infelizmente não fazem num tamanho menor que o PP, querido."

"Você quis dizer maior que o GG, né?" Com um grunhido, ele pega Gen no colo como se fosse jogá-la longe, mas em vez disso a puxa para mais perto. Ela o envolve com as pernas e os dois começam a se beijar.

Revirando os olhos, vou até o meu pai, que agora está sozinho no calçadão. "Muito bem!", ele exclama, envolvendo rapidamente os meus ombros com o braço.

"Obrigada. E as meninas?", pergunto, olhando ao redor.

"Elas ficaram entediadas com essa coisa de jogar balões, então Nia foi com elas tomar sorvete."

Assinto com a cabeça. "Tá, então, acho melhor avisar logo de uma vez... A mamãe e a vovó estão pra chegar. Vão vir pra cerimônia de premiação."

"Sério? A sua mãe?" Ele levanta uma sobrancelha.

Abro um sorriso amarelo. "Pois é, né? É que... eu não contei nada pra você porque no começo não acreditei, mas ela está se esforçando de verdade pra se aproximar de mim desde que chegou aqui."

"Ah, é?" Não consigo ler ao certo o tom de voz dele.

"É. Está sendo divertido, até."

Meu pai fica pasmo. E dá para entender o motivo. A palavra *diversão* nunca fez parte do meu vocabulário quando comentava sobre a minha mãe.

"Ah. Que coisa. Que ótimo, então, Cass. Fico feliz que esteja se divertindo e que ela esteja se esforçando mais."

Dessa vez, não é difícil notar o ceticismo em seu tom de voz.

"É, eu falei, não tô acreditando muito. Mas ela vem sendo legal nos últimos tempos. Está mais atenciosa. Engraçada. Acessível..." Fico hesitante por um momento. Provavelmente não é o melhor momento para uma conversa mais séria, mas por outro lado desconfio que não vou ter outra oportunidade tão cedo para falar sobre a minha mãe, então as palavras simplesmente saem da minha boca. "Ela me contou que perdeu um bebê."

Meu pai faz uma careta como se eu tivesse batido nele. "Contou?"

"Pois é." Sinto as mãos suadas de novo. Nós quase nunca conversamos sobre assuntos delicados, então não sei ao certo como prosseguir. "Ainda bem, aliás. Eu consegui entender melhor quem ela é, sabe? O motivo para ter insistido tanto para conseguir a minha guarda. Pensei que estivesse só tentando me manter longe de você, mas acho que só queria me manter por perto depois da perda que sofreu. Então... é. Foi melhor ela ter me contado."

"É. Bem." A expressão dele fica mais fechada, mas não sem antes eu notar certa raiva.

"Cassie!"

Viro o corpo a tempo de ver minhas irmãs correndo na minha direção. Nia vem atrás, com sandálias marrons e um vestido sem mangas larguinho.

"Sabe o que o Pierre fez hoje?", pergunta Roxy. "Ele soltou um pum!"

As meninas começam a soltar gargalhadas estridentes, enquanto a mãe delas faz uma careta.

"Não foi nada agradável", comenta Nia, bem séria.

Olho para o meu pai. "Você não avisou pra elas sobre o lance do fedor?"

"*Clayton?*", esbraveja a mulher dele.

"Putz, valeu aí, Cass. Me ajudou bastante nessa."

Dou uma risadinha. "Ué, quando você comprou foi avisado que, se as tartarugas fossem pegas de um jeito brusco demais, acabavam tendo um ataque de pum."

"Ataque de pum!", grita Mo, e as meninas saem correndo repetindo isso aos berros, sem parar. Resignada, Nia abre sorrisinhos constrangidos de desculpas para as pessoas ao nosso redor.

"Atenção, Avalon Bay!"

Uma voz irrompe do sistema de alto-falantes do calçadão. A de Deb, claro. Já ouvi Debra Dooley berrar no microfone tantas vezes nos últimos dois dias que conseguiria reconhecer a voz dela de olhos fechados.

"Os vencedores da vigésima edição dos Beach Games de Avalon Bay estão prestes a ser anunciados. Por favor, se dirijam todos ao centro turístico.

"Você ganhou?", pergunta Mo, com os olhos arregalados.

"Acho que não. Mas, se as contas da minha colega de equipe estiverem certas, pode ser que a gente tenha ficado em terceiro lugar. A gente se vê mais tarde, tá? Preciso procurar a minha equipe."

"A gente já vai indo", avisa meu pai, o que me diz que levou meu aviso a sério. "Mais tarde eu ligo pra você. Parabéns por hoje."

"Obrigada, pai."

Tem uma plateia grande reunida na tenda do centro turístico quando chego lá. Fico procurando no meio do mar de rostos até encontrar o cabelo afro de Zale. "Cass!", ele grita. "Aqui!"

Eu me junto à minha equipe e esperamos com a maior impaciência enquanto Deb faz mais um de seus discursos sobre o quanto adora a cidade. Ela está em cima de um palco baixo que mal tem espaço para duas pessoas, muito menos uma equipe de quatro integrantes. Os vencedores precisam eleger uma pessoa para ir lá buscar o troféu.

Os bombeiros são os campeões, e o iate clube, os vices. E, depois do aguardado retorno da Equipe Beacon aos Beach Games, nossa equipe fica em terceiro lugar.

Enquanto comemoramos, Gen sobe no palquinho para pegar o troféu das mãos da sorridente Deb Dooley. Tem uns vinte centímetros de altura e é revestido em cobre com toques de dourado ao redor da miniatura de bola de praia no alto. A base de madeira traz uma inscrição genérica de TERCEIRO LUGAR.

Gen abre um sorriso para os Hartley ao passar lentamente ao lado deles com o troféu na mão. "Aff, que chato, o quarto lugar não tem troféu?", pergunta com uma voz meiga. "Olha só que gracinha ele é."

"É sério? Troféu de terceiro lugar, Genevieve?", retruca Cooper. "Vê se toma vergonha. Se você não ganhou, é uma perdedora como todos os outros."

Mac balança a cabeça em concordância. "Errado ele não está."

"Vocês dois se merecem, seus psicopatas", resmunga Evan.

"Ei, Cassie", diz Mac, virando para mim com um sorriso. "Queria te agradecer demais por fazer parte da nossa equipe... Foi muito divertido. No ano que vem você volta?"

"Sério? Mesmo eu não trabalhando no hotel?"

"Como assim? O Beacon foi da família Tanner por cinquenta anos. Sempre vai ter um lugar aqui pra você."

Fico tão comovida que meus olhos começam a arder. Não esperava formar um vínculo tão verdadeiro durante essas férias, mas estou muito feliz por ter acontecido. A sem-vergonha da minha avó estava certa. É legal fazer parte de um grupo.

Por falar nela, de repente eu a vejo na plateia e meus lábios se contorcem quando percebo que está sozinha. Peço licença e vou falar com ela. Minha avó me recebe com um sorriso claramente tenso.

"Oi", cumprimento, indo com ela para uma parte menos lotada do calçadão. "Cadê a minha mãe?"

"Bom..." Minha avó comprime os lábios.

"O que aconteceu?"

"Não aconteceu nada. Quer dizer... talvez um pequeno contratempo. Acabamos de cruzar com a família do seu pai no estacionamento." Minha avó faz uma pausa. "Sua mãe quis parar para falar com o Clayton."

Merda.

"Droga", murmuro. Em seguida abro um sorriso forçado para a minha avó não ficar preocupada. "Tudo bem se você me esperar aqui um minutinho? Quero ter certeza de que ninguém morreu."

Saio correndo na direção do pequeno terreno de cascalho atrás do centro turístico. É uma situação que exige uma intervenção urgente. A última coisa de que preciso é que a minha Mãe Malvada reapareça justamente na nossa última semana aqui. O que significa que preciso desarmar qualquer bomba com potencial de transformar o restante das minhas férias numa chuva de destroços.

Avisto os dois imediatamente, feliz por estarem sozinhos. Nia e as meninas já devem estar no carro. Acho que esse é o lado bom dessa história.

Indo às pressas até lá, consigo ouvir o final da acusação exaltada do meu pai.

"Usar a perda do bebê pra voltar a nossa filha contra mim? Tentando bancar a coitadinha? Isso é golpe baixo, Vic, até pra você. Todo mundo sabe que você quis a guarda unilateral porque é uma..." Ele se interrompe bruscamente. "Ah, Cassie. Oi, querida."

Minha mãe se vira. Os olhos castanhos dela estão faiscando de raiva. Mas ela nem olha para mim. Ainda está totalmente concentrada no meu pai.

"Gente", eu peço. "Por favor. Eu não quero que vocês briguem."

"Eu também não, Cassandra. Mas não sou eu quem está brigando, sou, Clayton?", ela rebate friamente.

Meu pai franze a testa. "Victoria..." Fico sem saber se é um aviso ou um apelo.

"Não, tudo bem, acho que a nossa conversa terminou, mesmo. Por que você não vai embora? Sua enfermeira e as filhas dela já estão até esperando no carro."

"As *minhas* filhas", esbraveja ele.

Estendo a mão para segurar o braço da minha mãe. "Vamos", eu chamo. "O Tate vai levar a gente pra almoçar. Ele e a vovó estão esperando."

A expressão furiosa dela permanece intocada, mas pelo menos não há nenhuma objeção quando começo a afastá-la dali. Olho por cima do ombro para o meu pai, que está vermelho de raiva quando põe os óculos de volta no rosto com movimentos bruscos.

"A gente se vê no fim de semana que vem", digo pra ele. "A gente ainda vai jantar, né?"

"Aham, nós vamos sim. Até lá, querida."

Com meu pai se afastando e a minha mãe ainda soltando fogo pelas ventas, parece que eu acabei de enfrentar uma matilha de cães raivosos. É por *isso* que confrontos precisam ser evitados a qualquer custo. Nunca dá em nada, só em sofrimento.

29

TATE

"Aquilo hoje foi brutal", murmura Cassie no meu ombro, a respiração fazendo cócegas na minha pele. Estamos deitados no atracadouro, dividindo uma única espreguiçadeira, o que significa que estamos praticamente em cima um do outro. Não que eu esteja reclamando. Aproveito toda e qualquer oportunidade de ter esse corpo delicioso bem apertado no meu.

"Você ainda está pensando nisso?", pergunto, com um tom suave.

"E dá pra esquecer? Não quero nem pensar no que podia ter acontecido se eu não tivesse conseguido afastar a minha mãe de lá. Eles pareciam que iam voar no pescoço um do outro."

"Que tenso."

"Bom, no caso deles, é o padrão."

Para mim, é difícil saber o que dizer. Meus pais quase nunca brigam. Eles se desentendem, claro. Já tiveram um ou outro período mais difícil, mas nunca vi os dois se tratarem de um jeito nem próximo do que Cassie descreveu. A discussão entre os dois a deixou abalada de verdade, e nem o almoço logo em seguida serviu para tirar o gosto amargo da boca de ninguém. Tori estava claramente de mau humor, e fiquei contente quando a conta chegou e fomos embora.

Passei o restante do dia tentando distrair Cassie da briga entre os pais dela. Nós nadamos, assamos coisas na churrasqueira, ficamos de bobeira no atracadouro. No fim da tarde, fomos dar uma volta na Lightning de novo, o que me deixou com tanto tesão que não consegui me segurar nem o tempo de ir até a cama quando voltamos. Transamos no atracadouro mesmo, o que admito que foi meio arriscado. Mas Tori e Lydia tinham saído para jantar, e tentamos não fazer barulho para não atrair olhares das outras casas à beira da água. Não sei se conseguimos. Eu faço uns barulhos meio altos quando gozo.

Agora estamos de roupas de banho, acomodados na espreguiçadeira, com a brisa da noite soprando na baía enquanto eu acaricio distraidamente os cabelos dela.

Cassie se aninha um pouco mais e uma sensação de absoluto contentamento me invade. Mesmo agora, depois de uma hora que transamos, ainda estou me recuperando. A coisa só melhora com essa mulher. Eu me esqueço de tudo quando estou dentro dela. O mundo inteiro some e se resume a eu e ela. Ao calor dela. À boceta dela. Ao sorriso dela. É perfeito. E, quanto mais penso nisso, mais percebo que não quero que acabe. Já estou pensando nas festas de fim de ano, na possibilidade de fazer uma visita a ela em Boston.

Ou, melhor ainda, de aceitar a proposta de Gil Jackson e convidar Cassie para ir comigo no *Surely Perfect*. Por um fim de semana. Uma semana, um mês. O tempo que ela quiser. Uma avalanche de imagens invade a minha mente. Cassie e eu em águas abertas. O cabelo dela voando ao vento enquanto me ajuda a navegar. A gente transando no convés. Caindo no sono na cabine. Cozinhando juntos...

Meu Deus. Que porra é essa que o meu cérebro está fazendo comigo?

Nada disso vai acontecer, até porque eu decidi recusar a proposta. Prometi para o meu pai que não iria.

"Você vai conversar com o seu pai sobre essa discussão?", pergunto, voltando meu olhar para o céu do anoitecer.

"Nossa, claro que não."

"Por que não?"

"Porque ficou óbvio que é um assunto delicado pra ele."

"E não tem como não ser. Ela perdeu um bebê. Brigou pra que a guarda fosse unilateral, e não compartilhada, como ele queria." Acaricio de leve o braço de Cassie. "Você não quer saber mais sobre tudo isso? A perspectiva dele desse aborto e tudo o que aconteceu depois?" Eu me pego enrugando a testa. "Não quer conversar com ele sobre coisas sérias *de verdade*?"

"Mas a gente conversa", ela protesta. "Às vezes. De vez em quando."

Cassie solta um suspiro. "Tá, tudo bem. A gente não conversa sobre nada sério. Eu guardo muita coisa pra mim, mas..."

"Mas tem um lado bom também?", complemento, com um risinho sarcástico. "Então tá, vamos ouvir qual é."

"Ele faz parte da minha vida", diz ela, simplesmente.

Respondo com uma careta. "E não faria mais se você conversasse com ele sobre os seus sentimentos?"

"Talvez não. Eu..." A voz dela falha. "Eu não quero ser um fardo pra ele, que já tem coisas demais pra se preocupar, com duas crianças pequenas. Ele não precisa que a filha adulta fique choramingando sobre os próprios sentimentos e exigindo saber por que o pai não lutou mais pela guarda dela tantos anos atrás. Que fique dizendo que se sentiu magoada por ele ter reformado o quarto de infância dela e que é horrível se sentir substituída. E que ela tem ciúme pra caralho da nova família dele."

Respiro fundo e a abraço com mais força. "Cara, eu não sabia que você sentia tudo isso."

"Pois é. Eu sinto." As mãos dela estão trêmulas sobre o meu abdome. "Depois que as gêmeas nasceram, e que o meu pai de repente passou a ter ainda menos tempo pra mim, eu ficava ouvindo o tempo todo uma música chamada 'Jealous'. Eu deitava no meu quarto em Boston e ouvia a mesma música sem parar porque resumia tudo o que eu estava sentindo. O meu ciúme porque o meu pai tinha uma vida nova e eu não fazia parte dela."

Puta merda. Eu me lembro da letra dessa música, e é bem triste. De partir o coração. Saber que Cassie se sente assim me dá um aperto no peito.

"E sabe, não me entenda mal, eu amo as minhas irmãs, claro. E gosto da Nia. Mas já perdi até as contas de quantas vezes chorei por causa disso. Às vezes imaginava o meu pai aparecendo do nada em Boston pra me buscar, passando por cima da autoridade da minha mãe e dizendo que ia me levar pra casa porque era uma tristeza grande demais viver sem mim. Igualzinho na música." Cassie solta um suspiro trêmulo e uma risada fraca. "Besteira, eu sei. Mas eu tinha quinze anos. O puro suco da angústia adolescente."

Minha visão fica meio borrada e começo a perceber as lágrimas se acumulando em meus cílios. Pisco algumas vezes, o que se revela um erro. Uma gota pula para o rosto de Cassie, apoiado no meu ombro.

"Ai, meu Deus, Tate. Você está chorando?"

Alguém me mata, por favor.

Engulo em seco. O nó na minha garganta é tão forte que até dói.

"Está, sim", ela diz, incrédula, apoiando-se nos cotovelos para olhar para mim. "Desculpa. Eu não queria deixar você assim pra baixo."

Levo a mão fechada ao rosto e esfrego os olhos. "Desculpa. É que isso é triste pra caralho, Cassie." Eu a abraço com mais força, sentindo o corpo dela quente e macio, e de repente imagino a Cassie de dez anos tendo que ir embora de Avalon Bay, deixando para trás o pai, sendo levada para morar com a mãe de merda que tem.

Sinto meus olhos começando a arder de novo e engulo o nó que se formou em minha garganta.

Caramba.

"Essa é a coisa mais fofa que eu já vi", murmura ela, enterrando o rosto no meu pescoço. "Ninguém nunca chorou por minha causa antes."

Porra, eu *também* nunca chorei por causa de ninguém antes. Mas estamos falando da Cassie. A melhor pessoa que eu já conheci. A mulher mais divertida, mais sexy e mais interessante com quem já me envolvi, e eu sinto que...

Respiro fundo quando me dou conta.

Só *sinto*.

Aquela coisa tão *difícil* de definir.

Seja lá o que for, é o que faz os meus pais se olharem do jeito que se olham. A sensação que venho esperando surgir, mas nunca apareceu com nenhuma outra garota que cruzou meu caminho.

Agora eu sinto.

A ironia não me passa despercebida, claro. Quase deixei de me envolver com Cassie por medo do que *ela* poderia sentir. E sem perceber, o que *eu* sinto por ela me partiu ao meio.

Mas o que isso significa na prática? Ela mora em Boston, e eu não posso ir embora de Avalon Bay por enquanto. Relacionamentos à distância são complicados, mas talvez a gente consiga. Quer dizer, ela está no último ano da faculdade. Talvez tope voltar a viver aqui. É o lugar onde nasceu. E onde o pai dela está. Tá na cara o quanto ela ama o pai.

"Você precisa conversar com ele", digo. "Com o seu pai. Porra, e com a sua mãe também. Ela precisa saber que essas coisas que costuma dizer te magoam. Você não quer poder ter uma relação mais transparente com os seus pais, em vez de varrer tudo pra debaixo do tapete? É só ser sincera, Cass. Com os dois."

"Mais ou menos do jeito que você foi sincero com o seu pai sobre o quanto gostaria de ir pra Nova Zelândia?"

"Ah, Cassie... pelo menos eu *falei* com ele sobre esse assunto. A gente conversou. Eu só não posso ir."

"Claro que pode. Seu contrato de trabalho termina em breve. Você pode tirar o outono e o inverno de folga."

"Eu já prometi pro meu pai que ia trabalhar em tempo integral na Bartlett."

"A loja ainda vai estar lá quando você voltar", diz Cassie, com um tom suave. Ela se senta para olhar melhor para mim, os olhos faiscando de energias boas para me incentivar. "São só uns poucos meses. A Marina Bartlett não vai implodir se você passar noventa dias fora."

Mordo a parte de dentro da bochecha. "Eu sei. É que... eu não quero decepcionar o meu pai."

Isso me rende um sorriso discreto. "Viu?"

"O quê?"

"Nós dois fazemos isso. Escondemos o que sentimos pra não decepcionar os nossos pais ou causar atrito."

Ela tem razão.

Como sempre.

Se eu for, a Marina Bartlett ainda vai estar aqui quando voltar. Se não for, vou deixar passar uma oportunidade única na vida. Posso nunca mais ter a chance de atravessar meio mundo velejando um Hallberg-Rassy. Tenho vinte e três anos, caralho. Tempo é o que não me falta para ficar parado no mesmo lugar trabalhando todos os dias das nove às cinco. Três meses vão passar num piscar de olhos. Meu pai vai sobreviver.

"Quer saber? Você está certa. Acho que preciso seguir meus próprios conselhos. Vamos fazer um trato", proponho, com um sorriso nos lábios. "E se a gente fizesse assim? Você fala pro seu pai tudo o que me contou agora. E conversa com a sua mãe pra dizer o quanto ela te magoou. E eu digo pro meu pai que vou pra Nova Zelândia. Combinado?"

Cassie contorce os lábios, pensando no assunto. "Só se for depois da reinauguração do Beacon."

"Você está procrastinando", provoco.

"Não, estou só sendo prática. Qualquer conversa com a minha mãe é um risco de catástrofe, e ainda tenho que conviver com ela por mais uma semana."

"Justo. Então vamos marcar as conversas pro dia depois da reinauguração." Eu levanto uma sobrancelha. "Combinado?"

Ela aperta a minha mão. "Combinado."

Sinto o peito surpreendentemente leve com a ideia de falar para o meu pai que vou aceitar a proposta de Gil. Ou talvez essa sensação seja por causa de outra confissão que pretendo fazer.

Porque, antes de contar para o meu pai sobre a viagem, vou dizer para Cassie que estou apaixonado por ela.

30

CASSIE

A última vez que estive nesse salão de festas foi um ano depois do furacão, quando os meus avós estavam me mostrando o tamanho do prejuízo. Naquela época, o mar tinha terminado de causar todo o estrago da vez, deixando para trás um rastro de destruição que poderia servir de cenário para um filme de terror. Tudo precisou ser arrancado. O drywall, o piso. Até sobrarem só as vigas e lajes.

Agora, depois de todo o trabalho comandado por Mackenzie, o salão está completamente restaurado. O antigo papel de parede e os ornamentos dourados não estão mais aqui, substituídos por uma pintura cor de creme e painéis brancos cheios de detalhes intricados. O piso novinho de madeira brilha sob nossos pés. A mudança mais impressionante, porém, está no teto. O salão ainda tem o pé-direito bem alto, mas agora o forro conta com claraboias, painéis de vidro que deixam o ambiente mais aberto e proporcionam uma vista deslumbrante do céu cravejado de estrelas.

No palco, uma banda de jazz com dez integrantes toca uma música acelerada que faz com que eu me sinta como se estivesse em outra época. Tudo aqui dentro parece moderno e vintage ao mesmo tempo, e observo a expressão da minha avó enquanto assimila o que está vendo.

"Incrível", comenta, baixinho, e consigo ver o alívio estampado nos olhos verdes de Mackenzie.

"Você fez um trabalho incrível", digo para Mac.

"Foi um trabalho em equipe." Ela passa o braço pelo de Cooper, que está arrasando num smoking. Com as tatuagens cobertas e o rosto barbeado, parece até um playboyzinho do Garnet College. Mas eu jamais diria isso em voz alta. É o tipo de coisa que arruinaria a noite dele.

Mac apresenta minha avó para Cooper. Enquanto aperta a mão dele, ainda está olhando ao redor, maravilhada com tudo. A atenção dela se volta para o lustre. "Esse é o mesmo..."

"Não, é uma réplica", Mac se apressa em explicar. O sorriso que lança é cheio de expectativa. "Mas parece o mesmo, né? Pedi para quem criou o design fazer um idêntico a partir de uma fotografia."

"É de tirar o fôlego", responde minha avó. "Tudo isso."

As duas se afastam, com Mac ainda mostrando as outras adições que fez ao salão. Enquanto isso, reconheço vários rostos que entram pelas portas em arco. São só oito da noite, então ainda falta muita gente para chegar. O hotel em si só abre para os hóspedes amanhã, quando pessoas da região e de outros lugares vão chegar para fazer check-in no novo Beacon. Mackenzie contou que todos os quartos estão reservados, e Genevieve passou a semana toda estressada, reclamando que ela havia prometido uma pré-inauguração apenas para convidados, sem lotação máxima. Acho que o plano original de Mac era disponibilizar apenas metade dos quartos no primeiro fim de semana, só para "sentir o funcionamento" da operação, mas Cooper a convenceu a fazer uma reabertura em grande estilo.

"Cass!" Minha prima Liv se destaca do meio dos convidados e vem correndo me abraçar.

"E aí? Como você está linda."

Liv tem dezoito anos e está prestes a começar o ano de caloura em Yale. É filha do meu tio Will e a única prima que tenho com uma idade próxima à minha. Os outros têm todos menos de treze anos, e a mais nova é Mariah, de cinco. Minha tia Jacqueline a teve mais tarde, aos quarenta e quatro.

"E aí, pequena", cumprimento a garotinha que aparece ao lado de Liv. Mariah está uma graça, usando um vestidinho branco com saia de tutu e fivelinhas prateadas. Ela me lembra das minhas irmãs, o que me faz desejar que as duas estivessem aqui hoje, mas o meu pai e a família dele não foram convidados e, mesmo que tivessem sido, com certeza Nia ia preferir morrer a ter qualquer tipo de contato com a minha mãe. E não dá para julgar a coitada.

Cumprimento minha tia e os meus tios, que chegaram ontem à noite de Massachusetts e Connecticut.

"Olha só, uma reunião familiar!" Meu tio Max me dá um beijo no rosto e bagunça o cabelo de Mariah. "Cadê a Victoria?", ele me pergunta.

"Não sei. Ela chegou com a gente, mas aí sumiu. Acho que foi ao banheiro." Passo os olhos pelo salão, que ainda não está muito cheio. Mesmo assim, já tem bastante gente circulando numa bela coleção de lindos vestidos, ternos sob medida e smokings. "Ah, olha ela aí."

Minha mãe vem na nossa direção. Não tenho como negar que está linda, com seu vestido preto justo, os Louboutins com sola vermelha e um penteado elegante. Tem quarenta e cinco anos, mas sinceramente parece uns dez anos mais jovem. Em termos genéticos, isso é uma boa notícia para mim.

Estou bem contente com o meu vestido também. É verde-esmeralda, com um decote halter que cobre bem os meus peitos e uma saia de pregas que vai até os tornozelos. Foi escolhido para mim por Joy, que está deslumbrante com um minivestido branco e saltos inacreditavelmente altos. Isaiah veio de acompanhante dela, mas, pela maneira como estão se estranhando desde que chegaram, tenho a sensação de que essa reconciliação não vai durar muito.

Minha mãe olha ao redor e volta a atenção para a banda animada antes de se virar para nós e admitir a contragosto: "Está tudo lindo".

"Né?", diz minha tia Jacqueline. "Estou quase arrependida por nós não termos ficado com o hotel."

Minha mãe retruca imediatamente. "Não fala assim, Jacqueline. Nós fomos obrigados a vender."

Meu tio Will concorda com veemência. "Estava na hora de dizer adeus. Lembra como era quando a mamãe e o papai tocavam o hotel? A vida deles se resumia a isso. Não tinham tempo para mais nada."

"O mundo girava ao redor do Beacon", concorda meu tio Max.

"Eu sei", admite minha tia, melancólica. "Acho que só estou meio triste pela despedida."

Mackenzie volta para nos oferecer uma turnê privativa, só para a família. Todos ficam impressionados com o que ela fez no hotel. O passeio termina no último andar, onde Mac atravessa o corredor acarpetado parecendo uma supermodelo, com seu vestido preto de cetim e seus sapatos dourados de salto. Ela nos leva até uma porta dupla no fim do corredor.

"A suíte presidencial", explica. Com um brilho nos olhos, dá um passo para o lado para mostrar a placa na parede.

SUÍTE TANNER.

Minha avó parece prestes a chorar. "Ah, Mackenzie, querida. Não precisava ter feito isso."

"Não, precisava, sim." Mac assume uma expressão séria, e a voz dela fica embargada de emoção. "Se não fosse por você, o hotel não teria se mantido nesse calçadão por cinquenta anos. O legado dele é todo seu, Lydia."

É uma suíte com todo o luxo que se pode imaginar. Tem até um piano de cauda. Em seguida, voltamos para o salão de festas, e fico surpresa ao ver uma nostalgia genuína nos olhos da minha mãe.

"Ah, você também ficou triste por ter que se despedir dele", acuso, com um sorriso para mostrar que estou só provocando. "Depois de reclamar tanto que não queria ficar com o hotel..."

"Ah, para", responde ela, me dando um tapinha de brincadeira. Fica olhando para o salão, que pouco a pouco vai enchendo. A banda está tocando uma versão em jazz de uma música da Taylor Swift, o que é bem legal. "Cadê seu namorado, hein?"

"Hã..." Pego o celular na bolsa de mão e ligo a tela. Tate ficou de avisar quando chegasse. Na última vez que mandei mensagem, ele estava no estacionamento esperando os pais. "Ah, bem na hora. Os pais dele acabaram de chegar. Estão entrando."

Um garçom aparece trazendo várias taças de champanhe, e minha mãe pega duas da bandeja. Com um sorriso, ela me entrega uma.

Fico olhando para ela com divertimento.

"Que foi?", ela pergunta. "Estamos comemorando. Vamos fazer um brinde." Ela ergue a taça delicada. "À nossa família."

"À nossa família." Tocamos nossas taças. Não sei por que ela ficou assim tão animada de repente, mas não vou reclamar.

Circulamos pelo salão, parando para cumprimentar um monte de gente que a minha mãe conhece. Então viro a cabeça e vejo que Tate está entrando.

Minha garganta imediatamente fica seca como um deserto. Eu achava que Tate de terno era bonito de ver. Mas Tate de smoking? É uma visão e tanto. Obviamente, o Tate pelado ainda é o meu preferido. Sempre que ficamos sem roupas juntos, eu até esqueço quem sou. E não é só o sexo que faz meu cérebro entrar em curto. É tudo. A risada dele. O ânimo que surge em seus olhos azuis quando fala de uma coisa que gosta. A sensibilidade dele, que é bem maior do que deixa transparecer. Apesar de tentar esconder isso por trás da fachada de surfista pegador, ele não me engana. Pelo menos não mais.

Ainda estou sem palavras com o que aconteceu na semana passada. Tate chorando quando contei sobre a fragilidade da minha relação com o meu pai. Minha intenção é cumprir a parte do combinado que me cabe: vou conversar com os dois sobre a nossa relação. Mas acho que preciso acrescentar Tate a essa lista, porque está se tornando cada vez mais difícil negar o que sinto por ele.

Tentei não me apegar, mas não deu certo.

Meu coração está oficialmente envolvido.

Era para ele ser só meu casinho de verão, mas agora não quero que o que a gente tem termine. E acho que ele também não quer. Eu preferia que fosse o Tate que tocasse no assunto e sugerisse que a gente continuasse se vendo, mas até agora não rolou. Uma parte de mim fica se perguntando se ele está esperando que eu tome a iniciativa. Porque, no fim, a ideia de ele ser meu casinho foi minha. E eu garanti que não queria que a coisa evoluísse para um relacionamento. E Tate não é o tipo de cara que ficaria insistindo no assunto. Se eu quiser alguma coisa mais, vou ter que pedir. Falar em voz alta, de modo bem claro, sobre as coisas de que preciso e as partes divertidas que vão vir com isso.

Dou mais um gole no champanhe e ponho a mão no braço da minha mãe. "Tate chegou. Vamos lá cumprimentar."

"Sim, claro." Ela também bebe a própria taça de champanhe enquanto me segue até o deus loiro de smoking que tirou minha virgindade e roubou meu coração.

"Quem foi que convidou *você*?", pergunto, fingindo que estou olhando feio quando chego até ele.

"Pois é, né?" Tate me devora com aquele olhar de admiração. "Você está maravilhosa."

"Você também não fica mal assim arrumadinho." Abro um sorriso e fico na ponta dos pés para beijá-lo na bochecha.

Os pais dele estão ali perto, conversando com Levi, tio dos gêmeos, mas Gemma vem até nós quando me vê.

"Cassie. Você está linda." Ela me dá um abraço caloroso.

"Obrigada. Você também." Gemma está com um vestido amarelo, o cabelo claro preso em um penteado que deixa algumas mechas onduladas soltas para emoldurar seu rosto. Um pequeno pingente de diamante está aninhado em seu decote.

Cumprimento o pai de Tate, que está menos caloroso que o normal quando se inclina para me beijar no rosto. Talvez esteja se contendo, porque é um evento todo chique, mas, quando abre a boca, parece estar falando de forma mais educada. "Cassie. Que bom te ver."

"Fico feliz de te ver também. Essa é minha mãe, Victoria. Mãe, essa é Gemma, e esse é..."

"Gavin", complementa minha mãe, cumprimentando-o com um sorriso tenso. Ela quase nem olha para a mãe de Tate, limitando-se a um breve aceno de cabeça. "Há quanto tempo."

"É mesmo." Gavin parece desconfortável e começa a mexer na gravata-borboleta. "Que bom rever você, Tori."

Pisco algumas vezes, surpresa. "Ah, vocês se conhecem?"

"Ah, sim, a gente se conhece muito bem." Minha mãe dá mais um gole no champanhe.

Fico esperando que ela continue a falar, ou talvez, de repente, dê uma *explicação*.

Mas ela não faz nada disso, nem Gavin.

Tate parece tão confuso quanto eu. Trocamos olhares consternados como quem diz: *O que está acontecendo aqui?*

Minha avó escolhe este exato momento para se aproximar, e tento explicar com os olhos que talvez não seja uma boa hora. Tem alguma coisa rolando aqui. Parece que uma tempestade está se formando. Dá para sentir o cheiro no ar, a mudança na atmosfera.

"Faz quanto tempo, mesmo, Gavin?", pergunta minha mãe, olhando para ele por cima da taça. Ela dá outro gole. "Onze anos?"

"Mais ou menos isso", responde, sem encará-la.

Percebo que a mãe de Tate está lançando um olhar de questionamento para ele. Beleza. Pelo menos Tate e eu não somos os únicos que estão boiando. E, o que quer que exista por trás disso, está me deixando tensa até não poder mais.

Minha avó chega até nós com uma expressão de preocupação. "Está tudo bem?", ela murmura para mim.

"Não faço ideia", sussurro de volta. Então abro um sorriso e faço uma última tentativa de desviar a tempestade que está se formando. "Mãe, acho que a tia Jacqueline está chamando a gente para..."

"Da última vez que vi você...", continua ela, falando com Gavin, me ignorando completamente. "Foi num mês de agosto, disso eu lembro. E acho que a gente se encontrou... aqui, na verdade. Neste exato bar." Ela faz um gesto distraído para as portas do salão. "Antes de fazerem aquele café ali. Era o bar do saguão, lembra?"

O pai de Tate não responde. Ou a minha imaginação está me pregando peças, ou estou vendo suor começar a brotar na testa dele.

"Vai, me ajuda a lembrar... não estou conseguindo puxar na memória exatamente quando foi isso..." Com um sorriso que faz parecer mais que ela está arreganhando os dentes do que um gesto amigável, minha mãe dá uma encarada em Gavin Bartlett. "Ah, imagina, que besteira! Acabei de lembrar. Foi na noite em que você me mandou abortar o nosso bebê."

31

CASSIE

Mas que porra é essa...

Fico só olhando para a minha mãe. E não sou a única.

Todo mundo assume um silêncio perplexo.

Tá, nem todo mundo. Ao nosso redor, tem um monte de gente se divertindo. Rindo e conversando. Mordiscando canapés e tomando champanhe. Nem a banda parou de tocar. Fico desejando ser uma dessas pessoas que têm a sorte de ignorar essa cena. Sinto falta da minha antiga vida, que eu tinha até cinco segundos atrás, antes de ouvir a minha mãe dizer aquelas palavras inexplicáveis com um tom gelado, mas estranhamente presunçoso.

A admissão chocante que ela fez paira como uma nuvem no ar, recusando-se a se dissipar.

Sou a primeira a recuperar a voz, que mesmo assim sai rouca e instável.

"Mãe." Balanço a cabeça algumas vezes, incapaz de formular uma fase completa.

"Que foi?" Ela permanece imperturbada, alegre, até, enquanto bebe o restante da taça e pede mais uma para um garçom que passa por perto.

Ela por acaso está bêbada?

Olho para Gavin e Gemma. O pai de Tate está mais pálido que os guardanapos de linho entregues junto com os canapés. Gemma, por outro lado, está com as bochechas bem vermelhas. Se é de raiva ou humilhação, eu não sei.

O olhar de divertimento da minha mãe se volta para mim. "Não era você que estava toda curiosa sobre o meu passado um dia desses?", ela me lembra, num tom de deboche. "Ué, agora não tem mais nenhuma pergunta pra fazer?" Ela estala a língua. "Sério mesmo, Cass?"

"Victoria." A voz firme da minha avó corta o ar.

"Ah, mãe, não me olha assim, né. Você já sabia disso."

Eu me volto para a minha avó, lançando uma centena de perguntas com o olhar. Ela não diz nada para amenizar meu estado de total confusão. Não faz nada para acalmar meu estresse. A expressão dela, na defensiva, é irritante, e só consigo esbravejar.

"Na boa, *o que* está acontecendo aqui?", acabo gritando, e dessa vez atraio a atenção das pessoas ao redor. Vários olhares alarmados se voltam para mim. Olhares curiosos.

Minha mãe dá mais um gole no champanhe.

Gavin, que ainda não disse uma palavra, não me olha nos olhos. Está com os dentes cerrados, o músculo do maxilar pulsando.

"Gavin?" Quem se manifesta é a voz desconfiada da mãe de Tate, que consegue despertar uma reação nele. Os olhos azuis dele se voltam para os da esposa. Não vejo nada em sua expressão, mas Gemma deve ter ligado os pontos, porque o rosto dela fica mais vermelho, os lábios contorcidos.

"Ela?", pergunta Gemma, incrédula. "Era essa aí?"

Tate dá uma encarada nos pais, com uma expressão severa. "Agora é sério, que caralho está acontecendo aqui? Que bebê é esse de que ela está falando?"

Meu estômago começa a se revirar num turbilhão de mal-estar e vergonha. Quando olho para a minha mãe, percebo que ela está gostando disso. Continua parada lá, me olhando com um sorrisinho presunçoso, bebericando seu champanhe. Não liga para ter acabado de se expor contando essa história. Não está adiando a revelação de propósito pra manter a tensão no ar. Não era essa a intenção dela. Só o que queria, percebo quando o sorrisinho de superioridade dela se volta para o visivelmente suado Gavin Bartlett, era *isso*. Ela queria fazer o pai de Tate sofrer. Assumir uma posição em que ele não teria opção a não ser se explicar para a própria família.

Ignorando a pergunta do filho, Gavin põe a mão no braço de Gemma. "Por que não deixamos para falar sobre isso a sós, querida?"

Minha mãe não gosta nem um pouco disso. Fosse qual fosse o plano original dela, fica evidente quando ela recalcula a rota e percebe que vai ter que ir mais longe.

Com uma risada áspera, solta: "Qual é o problema, Gavin? Não quer relembrar o passado com os amigos? Por que não?" Ela finge pensar a respeito. Está sendo a estrela desse filme doentio, e curtindo cada segundo. "É porque não quer que sua mulher, seu filho e os cidadãos de bem de Avalon Bay saibam o tipo de homem que você é de verdade?"

A raiva se manifesta em meio às reviravoltas das minhas entranhas. "Agora chega", esbravejo. "Chega, mãe. Hora de ir embora."

Pretendo tirar toda essa história a limpo com a mais absoluta certeza, mas não agora. Não aqui, num salão de festas cheio de gente. Percebo que Mackenzie está começando a vir até nós, com Cooper logo atrás. Mas eles param quando veem que eu balanço de leve a cabeça.

"Não, isso não pode acontecer, não é mesmo?" Minha mãe ignora meu aviso. Está rindo de novo. Fria e sádica. "Você é o Mister Simpatia de Avalon Bay, né? O perfeitinho. Não é possível que um cara tão legal quanto Gavin possa ter tido um caso, traído a mulher às escondidas, engravidado essa amante, e mesmo assim continuar sorrindo para todo mundo que entra em sua loja, falando sobre o quanto *ama* seus barcos e contando sobre a vez *que velejou até o Havaí*! Não é isso, Gavin?" O sarcasmo escorre da sua boca, parecendo veneno a cada palavra. "Bom, eu sinto muito que agora não vá mais ser possível manter essa imagem. Não dá mais para continuar fingindo."

"Victoria." Minha avó de novo. Ela segura o cotovelo da minha mãe. "Não é hora nem lugar para isso."

"Por que não?" Minha mãe faz cara de deboche. "É a última vez que eu vou pôr os pés na porra dessa cidade, então por que não *agora*?"

Faço uma careta ao ouvir o palavrão. Minha mãe costuma ter mais elegância que isso. Mas não tem nada de elegante na postura dela agora. No sorriso de desprezo estampado em seu rosto. Nesses olhos faiscantes, voltados para os pais de Tate. É uma coisa insidiosa. Assim como todo o resto dessa merda.

E Tate. Minha nossa, não consigo nem olhar para ele. Noto a presença dele em meu campo de visão, mas estou fazendo de tudo para evitar uma troca de olhares. Não quero nem ver a expressão na cara dele. Ninguém quer ver a reação de seu meio-que-namorado quando os dois descobrem que os pais tiveram um caso. Supostamente. Ainda não sei ao certo qual é a história aqui, mas algum envolvimento eles tiveram, isso está na cara.

"O perfeitinho não tem nada a dizer?" Minha mãe parece quase decepcionada com o fato de o pai de Tate não morder sua isca.

Ele não dirigiu uma palavra a ela desde que ela resolveu jogar a bomba. E isso é um problema. Narcisistas não gostam muito de ser ignorados. É geralmente nessas horas que atacam a jugular. E a minha mãe não é diferente.

"Gavin Bartlett, esse cidadão de bem que infelizmente não assume a responsabilidade quando faz merda. Que em público fica com um sorrisão para todo mundo e entre quatro paredes se oferece para pagar por um aborto."

Alguém precisa acabar com isso. Mas parece que ninguém vai fazer nada. Minha avó está num silêncio mortal. Tate está imóvel. Gavin só ouve. E eu estou atordoada demais, com o coração batendo forte demais. Alto demais. Não consigo nem ouvir meus próprios pensamentos, muito menos organizá-los e expressá-los. Estou enjoada, sentindo a bile queimar minha garganta feito ácido.

A pessoa que finalmente encerra essa tortura coletiva é a mãe de Tate.

Fazendo jus à educação sulista que recebeu, Gemma Bartlett seca as mãos no vestido antes de respirar fundo e se aproximar da minha avó.

"Avalon Bay está muito triste com sua partida, Lydia. Eu adorava te encontrar pela cidade e parar para conversar com você, e gostaria de ter te conhecido melhor, inclusive. Espero que você tenha uma vida boa em Boston." Com um sorriso gentil, Gemma cumprimenta minha avó com um aperto de mão. "Agora infelizmente vou ter que ir. Não estou me sentindo muito bem."

Sem dirigir um olhar para minha mãe, Gemma se retira numa cena digna de uma estrela de Hollywood.

Depois disso, o caos se instala. Não um caos de gente berrando, correndo e fazendo escândalo. Um caos silencioso, em que todo mundo some num piscar de olhos. Gavin vai atrás de Gemma. Abalado, Tate sai no encalço do pai. Minha mãe esvazia a taça, entrega para um garçom e sai caminhando tranquilamente na direção das portas arqueadas.

Fico olhando para ela, que balança de leve os quadris sob o vestido justo. Por um instante, fico paralisada. Mas só até a raiva agir por mim.

Com o coração disparado de um jeito perigoso, vou atrás da minha mãe. Ela está andando a um passo acelerado, e só a alcanço quando ela está saindo pela porta do saguão.

"Está zoando com a minha cara?" Eu a seguro pelo braço antes que ela chegue ao manobrista. "Nem pensar. Você não vai a lugar nenhum."

"Não fale comigo nesse tom." Ela afasta minha mão.

"Ah, o problema sou eu? Você está incomodada com o jeito que *eu* estou falando com *você*? E o tom que você usou com todo mundo lá dentro? *Que porra foi aquela?*"

Minha voz oscila loucamente. Como uma folha seca no meio de um furacão. Minhas mãos estão dormentes, a pulsação mais do que acelerada. E meu sangue é invadido pelo tipo de raiva que leva a pessoa às lágrimas. Que a faz chorar feito uma criancinha indefesa, porque é uma fúria tão intensa que nem mesmo uma mulher adulta consegue conter.

Sentindo um nó doloroso na garganta, agarro a mão dela e a afasto do balcão dos manobristas.

"Cassie! Me larga."

"Não", esbravejo.

"Cassie", ela diz num tom irritado enquanto tropeça nos saltos.

Diminuo o passo para ela conseguir se reequilibrar, mas só paro quando estamos a uma boa distância do Beacon.

"Você teve um caso com Gavin Bartlett?", pergunto.

Ela parece se divertir com a pergunta.

"Não fica sorrindo assim." Cerro os dentes. "Você tá gostando do show, é isso?"

"É, um pouco." Ela dá uma risadinha. "Acho que nunca vi você assim com tanta raiva. Mas relaxa. Isso faz muito tempo."

Fico boquiaberta. "Como assim, relaxa? Você traiu o meu pai."

"A gente já tinha se separado." Ela faz uma pausa, pensativa. Em seguida, se corrige: "Na verdade, foi depois de a gente querer se separar".

"Mas ainda não tinham se separado." Esfrego a mão no rosto, tentando não chorar. "Quando foi que isso aconteceu? Um ano antes do divórcio?"

"Foi. Eu precisava vender o barco do seu avô e fui falar com o Gavin na loja dele. E aí, enfim..." Ela encolhe os ombros. "Você conhece o cara. Ele tem todo aquele charme. Sem falar que é lindo."

Minha cabeça não para de girar. Não quero saber dos detalhes, mas ao mesmo tempo preciso. "Quem foi que tomou a iniciativa?", pergunto, cautelosa.

"Ele."

Por algum motivo, isso me surpreende. Pensei que a minha mãe tivesse começado tudo, entrando na loja de vestidinho justo, pronta para arruinar a vida de um homem.

"E ele precisou insistir muito. Eu nunca tinha traído seu pai durante todo o tempo em que estivemos casados. Se não fossem os problemas que tivemos, com certeza eu continuaria sendo fiel."

Sinto meu estômago revirar de novo. "Por quanto tempo isso durou?"

"Quatro meses. Daí eu engravidei." O divertimento e a indiferença finalmente são colocados de lado, dando lugar à amargura. Pura, simples e intensa. Um sentimento que preenche o olhar dela, faiscante. "A emoção da aventura acaba rapidinho quando a vida real dá as caras. Ele pediu... não, na verdade ele exigiu que eu me livrasse do bebê. Disse que não podia fazer isso com a própria família." Ela balança a cabeça, furiosa. "Tudo bem dormir com outra, trair todos os dias os votos que tinha feito com a esposa. Gozar em quartos de hotel por aí na hora do almoço e voltar para casa no fim da tarde como se fosse o marido e pai perfeitos. Enquanto foi divertido pra *ele*, eu ainda valia alguma coisa. Mas, quando a bolha de felicidade estourou, passei a ser um inconveniente." Ela solta uma risada seca. "Mas Victoria Tanner não nasceu para ser um inconveniente."

"E você tinha pensado em fazer o quê, ter o bebê só de birra?" Ai, meu Deus. Estou quase vomitando.

"Não, eu ia ter o bebê porque ele era *meu*." Ela parece ofendida pela pergunta, mas não percebe que a resposta que me deu foi tão problemática quanto a que eu tinha dito. Como sempre, ela fala sobre pessoas, inclusive uma que nem nasceu, como se fossem propriedade dela. Ferramentas para usar como achar melhor.

Meus olhos começam a arder de novo. Sinto as lágrimas nos cílios e, quando pisco, sinto meu rosto ficar molhado.

"Cassie. Para com isso. Está parecendo criança."

"Eu estou parecendo criança?" Começo a dar risada. Porra, não me conformo. Não consigo acreditar que sou filha dessa mulher. "Não posso chorar quando descubro que a minha mãe traía o meu pai? Que ela engravidou de outro? E decidiu ter o bebê mesmo assim? O aborto foi espontâneo mesmo?"

"Foi", responde ela, toda tensa.

"E o meu pai sabia."

"Sim, sabia."

"Ele sabia que o filho não era dele?", insisto.

"Seria um pouco difícil ser dele, já que não tínhamos nenhum contato mais íntimo fazia meses."

"E a minha avó sabia também?", pergunto, lembrando de como a minha mãe falou com ela no salão. "Que você tinha tido um caso?"

"Só soube depois do divórcio. A gente acabou discutindo por algum motivo e o assunto veio à tona no meio da briga."

Ah, sim, claro, porque pelo jeito minha mãe não consegue agir feito um ser humano normal. Guarda todas as cartas que tem na manga e joga na mesa só no momento que for mais favorável para ela. Quando quer magoar uma pessoa ou precisa de algum tipo de validação.

As orelhas da minha avó deviam estar queimando, porque ela aparece nesse momento. Os passos dela estão mais lentos que o normal, e a exaustão é visível em seus olhos. Mas o rosto dela se acende quando chega até nós, alinhando os ombros como se estivesse se preparando para uma briga.

"Agora não, mãe", protesta a minha mãe. "A última coisa que preciso agora é dos seus pitacos."

"Tem razão, Victoria. Você não precisa dos meus pitacos. Não precisa dos pitacos de ninguém, não é mesmo? Porque está sempre certa." Minha avó se volta para mim, achando melhor ignorar a própria filha. "Você está bem, querida?"

"Na verdade, não", admito. "Só espero que esteja tudo bem com o Tate e com os pais dele..."

Minha mãe praticamente rosna para mim. "Você não tem motivo

nenhum para se preocupar com o Gavin e com a família dele. Ele cavou a própria cova. Não dá para trair a mulher e continuar mentindo durante anos, fingindo que nada aconteceu. Ele não tem esse direito, e você não deveria sentir pena desse cara."

"Eu não sinto pena dele", digo, com tristeza. "Sinto pena de *você*."

Ela dá um passo atrás. "Como é?"

"Isso mesmo que você ouviu. Você foi uma cretina egoísta e manipuladora a minha vida inteira. Pra você, nada nunca está bom. A minha aparência, as minhas atitudes, os caras com quem eu me envolvo..." Eu me interrompo, horrorizada. "Espera aí, é por isso que você está dando uma de boazinha ultimamente? Porque estou saindo com o Tate? Você sabia que ele era filho do Gavin?"

"Claro que sabia. Desde que bati os olhos nele na casa dos Jackson. Ele é o pai cuspido e escarrado."

"Então você estava só fingindo ser legal comigo..."

"Para de drama, Cassie!", interrompe ela, bufando de irritação. "Ninguém estava fingindo nada. Eu sou sua mãe. Gosto de passar um tempo com você."

"Não sei se acredito nisso." Engulo minha própria amargura. "Mas já entendi tudo." Balançando a cabeça, com a decepção me corroendo por dentro, eu a encaro e pergunto: "Isso tudo foi uma armação pra humilhar o Gavin e a família dele em público?".

"Não", responde ela, com um risinho de deboche. "Eu não sou uma psicopata. Mas, como sempre digo, quando a oportunidade surge, você aproveita. E hoje essa oportunidade apareceu."

"Ah, é?", retruco, duvidando. "Então não foi nada planejado. Você não tinha nenhum outro interesse quando convidou Tate e eu pra jantar todas aquelas vezes."

"Claro que não. Gosto da companhia do Tate, também. Foi pura coincidência que isso tenha me permitido ter um vislumbre de como a família dele está anos depois da pulada de cerca do pai."

Coincidência uma ova.

"E sou obrigada a admitir que isso me irritou. Ouvir sobre a vida do Gavin, que ainda é adorado pela cidade inteira, recebendo matérias no jornal, com direito a fotografia da mulher enganada e do filho perfeito.

Talvez eu tenha perdido a linha um pouco ali dentro", ela aponta com o queixo para o hotel atrás de nós, "mas esta cidade precisa saber que tipo de homem ele é."

Olho para ela e vejo alguém que não conheço e nem quero conhecer. Vejo uma mulher amargurada e infeliz, com tanto ódio de si mesma que ataca todos os que chegam perto. Uma mulher que não suporta ver o homem com quem teve um caso levando uma vida aparentemente feliz, e que por isso precisa humilhá-lo na frente da esposa. Em público. Na frente do filho.

Vejo uma mulher que não quero mais na minha vida, e sou invadida por uma profunda sensação de perda.

E não importa o que ela diga, não acredito mais na história de que brigou para ter minha guarda unilateral porque estava se sentindo *vulnerável* e desejava ter a filha sempre por perto depois de perder um bebê. Ela só fez isso para atingir meu pai, ponto-final. Aos olhos dela, eu era uma propriedade dela, que poderia ser usada contra ele e mantida à distância para fazê-lo sofrer.

"Você é doente", digo a ela. "Você precisa se tratar, mãe. E pra mim já deu."

"Cassie..."

"Não. Chega. Nem tenta me dizer que estou fazendo drama. Nem vem reclamar por eu não estar do seu lado ou sei lá o que mais você quer reclamar. Você acabou de humilhar o meu namorado e a família dele em público num evento que deveria ser uma homenagem à *nossa* família..." Eu me interrompo porque não vale a pena. Não adianta gastar toda essa energia com um monte de palavras inúteis. Durante todo o tempo em que estamos aqui fora, ela não se desculpou nenhuma vez por suas atitudes. Na cabeça dela, ela não fez nada de errado.

Tenho um sobressalto quando sinto a mão da minha avó em meu braço. "Acho que é hora de ir embora."

"Eu também acho", respondo, assentindo com a cabeça.

Minha avó encara minha mãe. "E acho melhor você passar a noite num hotel, Victoria." Com um olhar de ironia, ela aponta com a cabeça para o Beacon. "Aliás, tem um bem aqui, querida. Talvez aquela mocinha, a Mackenzie, consiga arranjar um quarto pra você."

"Mãe. Você não pode estar falando sério."

"Ah, estou, sim. Já estou cansada de ouvir sua voz por hoje. Você tem o dom de arruinar tudo em que se envolve. Sempre foi assim. Tentei incutir bons valores em você, ensinar a importância da compaixão, da humildade. Mas parece que falhei." Minha avó balança a cabeça, entristecida. "Vou pedir para o marido da Adelaide entregar suas malas amanhã cedo onde quer que decida se hospedar. Mas por hoje, e até o fim da sua visita, Cassie e eu preferimos ficar sozinhas. Não é isso, Cassie?"

"É isso."

De braços dados, eu e minha avó vamos embora.

32

CASSIE

EU: *Você está bem?*
EU: *Aquilo foi horrível.*
EU: *Não sei nem o que dizer.*

Paro de digitar depois da terceira mensagem porque, por mais chateada que eu esteja, me recuso a ser uma pessoa que manda um monte de mensagens de uma linha.

Meu coração dispara quando vejo que Tate está digitando. Estou morrendo de vontade de falar com ele desde que cheguei, mas sei que na casa dele também tem muita coisa que precisa ser passada a limpo. Eu queria muito poder ser uma mosquinha na parede e ouvir o que Tate disse para os pais, principalmente para o pai. Preciso conhecer o lado de Gavin dessa história sórdida, porque não acredito em nada do que a minha mãe disse.

Enquanto espero a mensagem de Tate aparecer na tela, fico olhando para o teto, desejando que ele estivesse aqui comigo. São onze horas, e duvido que eu vá conseguir pregar o olho hoje. Meu cérebro continua repassando sem parar cada palavra que foi dita. Cada palavra horrível e lamentável. Eu bem que precisaria de uma distração. Mas Tate está na casa dos pais, e acho que vai passar a noite lá.

TATE: *Pois é, foi tenso. Como você está?*

Ele ficou digitando por tanto tempo que eu não esperava só isso. Mas pelo menos é melhor que nada.

EU: *Sei lá. Sua mãe está bem?*
TATE: *Não muito. Ela não falou quase nada desde que a gente chegou. Só ficou quieta. Vamos sair pra passear com os cachorros.*
EU: *Assim tão tarde?*
TATE: *Ela não está a fim de ir pra cama ainda.*

Depois de uma pausa, chega mais uma mensagem.

TATE: *Meu pai vai dormir no sofá da casa de um amigo.*

Porra. A culpa fica entalada na minha garganta feito um chiclete ressecado. Sei que não fui eu que causei tudo isso na família dele, mas me sinto responsável, uma cúmplice das ações da minha mãe.
Gavin também traiu...
Verdade. Preciso levar isso em conta também. A culpa não é só da minha mãe. O pai de Tate é tão responsável quanto ela. E duvido que vá conseguir descobrir a verdadeira história da boca de quem começou isso tudo, porque pessoas que traem tendem a distorcer o que aconteceu para minimizar a própria culpa. Não sei se consigo enxergar Gavin como um sedutor que atraiu minha mãe para a cama. Mas também duvido que tenha sido seduzido. Minha mãe tem seu charme, mas nunca foi oferecida ou, sabe, uma piranha.

Desconfio que, assim como na maioria das situações, a verdade esteja em algum meio-termo entre os dois extremos.

De qualquer forma, a noite de hoje provocou um estrago digno de um furacão nas nossas famílias. Minha avó e eu passamos mais de uma hora conversando na mesa da cozinha depois que chegamos. Ela foi bem sincera comigo e admitiu que a filha mais nova sempre foi uma grande decepção. Minha mãe não é assim por causa de nenhum trauma de infância — só foi mimada demais mesmo. Era a caçula de quatro filhos. Minha avó não pôs a culpa diretamente no meu avô Wally — ela nunca abriria a boca para falar mal dele —, mas, depois de tudo que ouvi hoje, fiquei com a sensação de que era ele quem mais fazia as vontades da minha mãe.

Mas ter sido uma criança mimada não é motivo para se tornar uma pessoa tão insensível e egoísta, ou pelo menos não o único motivo. Tem gente que simplesmente nasce ruim mesmo, eu acho.

Minha avó falou que podíamos continuar a conversa amanhã, mas sério mesmo, o que ainda tem pra gente conversar? Não quero mais saber da minha mãe. Pelo menos não agora, e provavelmente não por um bom tempo. O jeito como aquele sorrisinho presunçoso não saía do rosto dela enquanto destruía o casamento de outra mulher foi uma coisa desprezível. Uma das atitudes mais cruéis que eu já vi.

TATE: *Eu queria estar na cama com você agora.*
EU: *É, eu também. A gente vai se ver amanhã?*
TATE: *Vai. Gil e Shirley chegam no domingo, então preciso voltar e faxinar a casa toda.*

Nem acredito que o verão acabou. Vou embora para Boston na segunda. E o meu relacionamento com Tate ainda está na berlinda, sem uma resolução. Mas é só agora que me dou conta de que essa história nunca vai ter um ponto final definitivo. Se continuarmos juntos ou não, nossas famílias estarão conectadas para sempre. Mesmo.

Mas nós não somos nossos pais, lembro a mim mesma. De jeito nenhum. Eu jamais julgaria Tate pelas atitudes do pai e sei que ele não vai mudar o que pensa de mim por causa do que a minha mãe fez. Só espero que isso não mude nada entre nós. Porque, se mudar, não sei se o meu coração vai aguentar.

TATE: *Eu te ligo de manhã. Boa noite, Cass.*
EU: *Boa noite.*

Deixo o celular na mesinha de cabeceira e entro debaixo das cobertas, mas o sono não vem. Simplesmente não chega. Meus pensamentos estão a mil, passando pela minha cabeça sem parar, em um looping incessante.

Minha mãe engravidou do pai de Tate.

E meu pai sabia que o bebê não era dele, o que levanta muitos outros questionamentos. Ele sabia que era de Gavin Bartlett ou achava que era de alguém que não conhecia? E isso faz diferença? Meu pai sabia que ela estava tendo um caso do mesmo jeito. Sabia que pessoa de merda ela era. E ainda assim me deixou ir morar com ela. Me deixou sozinha com ela dos dez aos dezoito anos. Passei oito anos com a atenção dela voltada para mim. Virei o saco de pancadas verbal dela. Como ele pôde fazer isso?

De repente, me sinto invadida por uma onda de raiva. O sono está descartado de vez. Todas as coisas que quero dizer para ele começam a vir à tona, todos os questionamentos que atormentam a minha mente, e isso me faz levantar da cama, porque quer saber? Já chega. Cansei de guardar tudo dentro de mim. Cansei de não expressar o que sinto. De não comunicar meus pensamentos, como Tate gosta de dizer. Puta que pariu, já chega disso.

Não me dou nem ao trabalho de me trocar, só desço a escada com o short xadrez e a camiseta cinza que estou vestindo. Fazendo o mínimo de barulho possível, vou até o hall de entrada e calço os Crocs que a minha avó usa para jardinar. Depois pego as chaves dela e vou para o carro.

É meia-noite e dez quando encosto na frente da casa em que cresci. Fico olhando pelo para-brisa do Range Rover com um nó na garganta. Adoro este lugar. Fui criada aqui. Meu pai mora aqui. E, apesar de saber que a traição não foi o único motivo para o divórcio — eles já vinham discutindo a separação antes —, minha mãe foi a causa. O jeito como tratava as pessoas, como tratava o meu pai, foi o que pôs fim ao casamento deles. Mas a relação que ele tinha comigo não precisava ter terminado junto. Ele não precisava ficar assistindo passivamente enquanto ela me levava embora.

Poderia ter brigado por mim.

Abro a porta do carro e desço com o coração disparado quando vou andando até a varanda da frente e...

E aí eu paro. Detenho o passo, me sentindo furiosa de novo do nada. Só que dessa vez *comigo mesma*. Porque que merda eu vim fazer aqui? Tem duas crianças de seis anos dormindo. É meia-noite. Se eu entrar agora e começar a interrogar o meu pai, não vou ser muito diferente da minha mãe, que deu o showzinho dela na reinauguração do Beacon. Agindo como se o mundo girasse em torno dela.

Engolindo o nó na minha garganta, viro as costas e começo a voltar para o Range Rover. Posso voltar amanhã. É o que deveria ter feito, aliás.

Quando chego ao carro, escuto uma voz dizer meu nome baixinho.
"Cassandra?"

É Nia.

Sinto um frio na barriga. Puta que pariu. Não. Ela não. Não estou com cabeça para isso agora. Não mesmo.

Mas ela já está vindo até mim, de chinelinho branco e roupão vermelho, com o cordão amarrado na cintura. Os cachos estreitos do cabelo emolduram o rosto dela, e não dá para negar que seus olhos azuis se enchem de preocupação quando veem o meu rosto marcado por lágrimas.

"Você está bem?", pergunta Nia, preocupada, e por algum motivo isso me provoca um novo acesso de choro.

"*Não*", respondo, com um gemido, antes de me jogar nos braços dela.

Não que ela estivesse de braços abertos me esperando, mas, assim que me aproximo, ela me abraça sem hesitação. Eu desabo a chorar, aos soluços. Com dificuldade até para respirar depois que o meu mundo desmorona ao meu redor, como se tivesse dez anos de novo e os meus pais estivessem se separando, e o meu pai me dizendo que nós não íamos morar na mesma casa, mas *não se preocupa, eu vou continuar vendo você o tempo todo, Cass.*

"Ele mentiu pra mim", é o que consigo dizer, enquanto as lágrimas continuam a rolar. "Ele não continuou me vendo o tempo todo."

"Quê?" pergunta Nia, confusa.

"Ele deixou que ela ficasse comigo. Depois do divórcio. Prometeu que nada ia mudar, e tudo mudou." Se eu tivesse qualquer condição de formar pensamentos coerentes, tenho certeza de que estaria morrendo de vergonha. Mas estou abalada demais, soluçando nos braços dela na entrada para carros da casa, enquanto minha madrasta, que nem gosta de mim, me reconforta de um jeito que nenhum dos meus pais se dispôs a fazer durante a minha vida inteira.

"Precisei viver com aquela mulher, e ele sabe muito bem como é isso. Mas no fim se livrou dela, conseguiu escapar. Eu não tive esse luxo, né? Precisei continuar vivendo com ela, ouvindo o tempo todo de todas as formas que porra nenhuma do que eu fazia prestava. E enquanto isso ele aqui na *minha* casa", eu disparo. Meu desabafo é parte grunhido, parte choro. "Com as novas filhas e a mãe delas. A porra da mãe perfeita que elas têm."

Enterro a cabeça no peito dela e continuo chorando convulsivamente. Ela me abraça mais forte, passando a mão nas minhas costas e no meu cabelo, o que só torna tudo pior, porque é o que uma mãe deveria fazer. E isso me faz chorar ainda mais.

De alguma forma, consigo levantar a cabeça, que parece pesar uma tonelada.

"Queria que você fosse a minha mãe", digo, com uma voz que é pouco mais que um sussurro.

E então finalmente acontece: a vergonha me atinge na forma de um ataque de pânico avassalador. Tudo aquilo fica acumulado na minha garganta e não consigo respirar. Nunca tive um ataque de pânico antes, não desses em que a gente começa a hiperventilar. De repente estou no chão, com o cascalho machucando meus joelhos. Tento respirar, chorando e arfando e me esquivando do olhar preocupado de Nia, porque não acredito no que acabei de dizer.

Então ela se ajoelha ao meu lado. "Respira", diz Nia. "Respira, Cassandra. Olha pra mim."

Eu olho.

"Faz igual eu tô fazendo. Respira bem fundo. Puxa o ar assim. Vamos?"

Eu inspiro.

"Isso. Agora solta."

Eu expiro.

Nos minutos seguintes, ela me ajuda a lembrar como respirar. Inspirando e expirando, inspirando e expirando, até os meus batimentos voltarem ao normal e as minhas mãos pararem de formigar.

"Me desculpa", eu digo, com a voz fraca. Olho para a casa e vejo que a luz da varanda está acesa. Vejo uma movimentação na janela da sala de estar. Será que era o meu pai? "Eu acordei a casa inteira?"

"*Non, non*, nada disso."

"Como você sabia que eu estava aqui fora?"

"Apareceu uma notificação da câmera da campainha no meu celular. Eu acordei com isso, mas o seu pai ainda estava dormindo."

"Desculpa. Eu não queria atrapalhar. É que aconteceu uma coisa hoje e..." Eu paro de falar.

"Está tudo bem? É a sua avó?"

"Não, está tudo bem com ela." Respiro fundo de novo. "A gente estava na reinauguração do hotel da família e..." Quando balanço a cabeça, uma risada amarga acaba me escapando. "Bom, resumindo, minha mãe decidiu anunciar pra todos os convidados que teve um caso com o pai do meu namorado quando eu tinha dez anos."

Os olhos de Nia se arregalam. "Ah."

"Segundo ela, o meu pai sabia." Eu observo o rosto da minha madrasta. "Ele contou isso pra você?"

Depois de um tempinho de hesitação, ela confirma com a cabeça. "Contou, sim. Mas acho que não sabia quem era o outro homem."

"Acho que não, mesmo. A mãe do Tate também não sabia." Minha nossa. Que situação de merda. "Me deu muita vergonha, você não faz ideia. Fiquei olhando pra minha mãe e parecia que tinha uma estranha na minha frente. Que estava se divertindo com aquilo tudo. Durante a vida toda, só o que eu sempre quis foi uma mãe. E hoje percebi que isso nunca vai acontecer. Não com ela." Abro um sorriso para Nia. "Desculpa. Sei que não sou sua filha. Você não tem nenhuma obrigação de ficar aqui fora no meio da noite me consolando."

O tom de Nia fica mais sério. "Você pode não ter nascido de mim, Cassandra, mas eu te considero uma filha, não tenha dúvida disso."

"Merda nenhuma." Então faço uma careta bem rápido. "Foi mal o palavrão."

Ela ri baixinho. "Não se preocupa, todo dia a palavra *merde* é dita tantas vezes nesta casa que eu até perco a conta. E não é mentira. Admito que prefiro manter distância na maior parte do tempo, mas não porque não te considero parte da família nem porque não te amo." Nia fica hesitante. "É que a sua mãe... ela é difícil."

"Tá brincando? Não me diga."

Nós duas caímos na risada.

"Eu desconfiava que fosse isso", confesso. "Que você preferia manter distância por causa dela. Mas eu não sou ela. Nem *parecida* com ela. De jeito nenhum."

"Não mesmo", confirma Nia. "Mas tem muita coisa que você não sabe, *chérie*. Quando seu pai e eu viramos amantes..."

Seguro outra risada. "Por favor não usa essa palavra."

"Como eu deveria dizer?"

"Que vocês... *começaram a namorar*."

Os olhos dela brilham. "Quando seu pai e eu começamos a namorar, sua mãe não ficou nada contente. Ela não falava nada de bom para mim, nem sobre mim, no começo. Escutei muitas ameaças, inclusive sobre o que aconteceria se eu tentasse tirar você da sua mãe ou falasse dela na sua presença. Teve uma audiência na justiça em que..."

Não consigo esconder que estou chocada.

"Ela ameaçou impedir suas visitas ao seu pai." Nia solta um suspiro. "Você tinha doze anos quando o Clayton e eu começamos a namorar, e ela disse que não queria que a piranha que estava com o ex-marido dela fizesse uma lavagem cerebral em você, e que você passasse a odiar a própria mãe. Houve uma audiência de mediação, e no primeiro ano não foi permitido nem que eu ficasse sozinha com você."

Solto um suspiro de susto. Porra, como assim? "Eu não fazia ideia disso."

"Eu sei. A gente decidiu não contar pra você. E acho que continuei mantendo distância porque acabou virando um hábito. Mas venho acompanhando seu crescimento durante todos esses anos e acho que você virou uma jovem incrível. E tão criativa, com as suas histórias, seu senso de humor. Tenho muito orgulho de você."

"Então por que não quer que eu chegue perto das suas filhas?" Essa pergunta, motivada pela mágoa, escapa da minha boca antes que eu possa impedir.

Ela fica alarmada. "Por que você acha isso?"

"Você sempre fica toda superprotetora quando estou por perto. Tipo, não confia em mim pra ficar com elas. No mês passado, quando a Monique caiu, você ficou tão nervosa que..."

"Eu fiquei furiosa", interrompe Nia, "mas com a Monique!" Ela fica toda sem graça. "Ela sabe muito bem que não pode subir nos móveis! Eu disse pra você naquele dia o quanto isso me incomoda."

Disse mesmo. Nesse momento me dou conta de que, quando achamos que alguém não gosta da gente, todas as atitudes da pessoa acabam ficando distorcidas. Ela só estava expressando a irritação que estava sentindo pela desobediência da filha, mas eu pensei que fosse comigo. O tom dela era de preocupação, mas acabei ouvindo uma acusação. Fiz parecer que tudo girava em torno do meu umbigo, e fico com vergonha quando percebo que é uma coisa que a minha mãe faria.

"Pensei que você não me queria aqui. E o meu pai também não."

"O seu pai? Jamais. O seu pai te ama demais, Cassandra. Ele só fala em você."

Sinto um nó se formar na minha garganta. "Tá falando sério?"

"Não tem um dia nesta casa em que o seu nome não seja citado", garante Nia. "Ele te ama demais."

"Ele nunca me diz isso."

"E *você*, por acaso, já disse o que sente por ele?"

"Não, mas a culpa aqui é só minha?"

"Não", concorda ela. "E é por isso que agora a gente vai entrar e você vai conversar com ele."

"Você disse que ele estava dormindo."

"Quando eu me levantei, sim. Mas agora está acordado." Ela aponta com o queixo para a janela da cozinha. "Fiz um sinal para ele esperar um minutinho quando saiu aqui para fora."

"Ele veio aqui pra fora?"

"Veio. Quando você estava... triste."

Triste. E o prêmio de eufemismo do ano vai para...

"Acho que ele está preparando aquele chá de que você gosta. E eu queria que você dissesse pra ele tudo o que falou pra mim. E se a gente entrasse e você fizesse isso?"

Fico hesitante.

Ela limpa o cascalho dos joelhos e fica de pé. "Cassandra?" Ela estende a mão.

Eu aceito a ajuda dela para me levantar. Mas as dúvidas estão voltando, as antigas inseguranças, que me fazem morder o lábio. "Se você gosta de mim, então por que só me chama de Cassandra?"

"Este é o seu nome, *oui*?"

"*Oui*... quer dizer, é. Mas... é que todo mundo me chama de Cassie, ou Cass, mas você não. Tipo, como se quisesse manter a formalidade porque não gosta de mim."

Ela abre um sorriso, achando graça. "Não é nada disso. Eu só acho um nome lindo. Cas-san-dra. Gosto de pronunciar direitinho."

Seguro o riso de novo. Claramente ela gosta mesmo.

O cérebro humano pode ser bem ridículo às vezes. Cria todo um cenário complexo de intenções por trás do que as pessoas fazem, inventa motivos, sendo que, no fim, ela só gosta de pronunciar meu nome direitinho, mesmo.

33

TATE

Quando vou até a cozinha na manhã seguinte, meu pai está sentado à mesa, tomando café e lendo a edição de domingo do *Avalon Bee* enquanto a minha mãe prepara ovos mexidos no fogão. Juro que preciso olhar de novo para ver se não estou imaginando coisas. Pisco várias vezes para me certificar de que essa cena de harmonia doméstica não é coisa da minha cabeça.

Meu pai dormiu na casa do amigo dele, o Kurt, ontem à noite, e agora está aqui na cozinha. Deve ter acordado e vindo direto para casa e, em vez de bater a porta na cara dele, minha mãe o deixou entrar e está preparando a porra do café da manhã do marido.

Fico parado na porta, só olhando. Eles nem reparam na minha presença, distraídos com os afazeres de um dia comum. Minha mãe enfia duas fatias de pão na torradeira. Meu pai lê o jornal, sem parecer dar a mínima para o fato de ter acabado com a nossa família.

"Que porra ele tá fazendo aqui?"

Os dois olham para mim em completo choque.

Quando encaro o meu pai, vejo o rosto dele ser tomado pela vergonha. Que bom. É melhor que ele esteja com vergonha, mesmo. Desde que a mãe de Cassie soltou aquela bomba, não consigo parar de pensar em tudo o que aconteceu ontem. Quando cheguei em casa com a minha mãe, ela se recusou a falar sobre o assunto. Fiquei absolutamente inconformado, mas, enfim, não foi a minha vida que foi virada de cabeça para baixo. Foi o casamento dela. Então fiquei de boca fechada, apesar de ter um monte de perguntas na ponta da língua. Resolvi não insistir nem fazer nenhum tipo de pressão. A gente passeou com os cachorros, ela me deu boa-noite e fomos deitar.

E agora ela está fazendo o café da manhã pro meu pai, esse filho da puta traidor, como se nada tivesse acontecido?

"Tate", meu pai chama. Num tom cauteloso. "Senta aí. Acho que a gente precisa conversar sobre ontem à noite."

"Você *acha*?" Estou ao mesmo tempo perplexo e furioso. "Aliás, o que você está fazendo aqui? Por que tá aí na mesa, tomando café? Devia estar lá em cima fazendo a porra das malas."

Ele fica quieto.

Mesmo enquanto cuspia cada uma daquelas palavras, eu sentia um buraco se abrir em meu peito. Fazendo as malas. Caralho, só de pensar no meu pai indo embora, nos dois se divorciando... passo a mão no cabelo, com vontade de arrancar os fios pelas raízes.

Meu pai teve um caso. Transou com outra. E não com qualquer outra — com a mãe da Cassie. Ainda não me conformo com isso. E com certeza Cassie também está horrorizada. Vou conversar com ela mais tarde, mas, puta que pariu, não faço nem ideia do que dizer. Essa merda toda foi causada pelos nossos pais e não por nós, verdade. Mas tudo isso é errado pra caralho. Tão errado quanto minha mãe levando dois pratos de ovos mexidos com torradas para a mesa como se nada tivesse acontecido. Com os cachorros logo atrás, Fudge sentado aos pés dela e espichando os olhos para os pratos como se não comesse há anos e Polly a uma distância respeitosa, porque é educada.

Fico boquiaberto. "O que ele está fazendo aqui?", pergunto para a minha mãe. Sem nem dar tempo para ela responder, olho feio para ele. "Você não podia esperar nem vinte e quatro horas?"

O desdém no meu tom de voz o deixa desconfortável. Ele arregala os olhos e me dou conta de que nunca falei com o meu pai desse jeito. Mas também nunca me senti tão puto na vida.

"Não dava pra dar nem um dia pra ela se recuperar dessa bomba? Pra tentar entender..."

"A gente já se recuperou disso onze anos atrás." Quem diz isso é minha mãe. Calma e resignada.

Eu me viro para ela. "O quê?"

"É isso mesmo que você ouviu, a gente já se recuperou disso onze anos atrás. É claro que eu não sabia que a pessoa em questão era Victoria

Tanner." Ela lança um olhar amargurado para o meu pai. "Eu sei, eu sei, fui eu que fiz questão de não saber quem era. Mas..."

"Espera, você sabia que ele teve um caso?", questiono.

Mas não preciso olhar para a minha mãe assentindo para saber a verdade. Claro que ela sabia. Fiquei tão distraído com a minha própria reação à revelação bombástica de Victoria Tanner que ignorei a reação *dela*. Quando me lembro de ontem à noite, me dou conta de que ela não pareceu tão chocada e horrorizada quanto deveria.

"Eu sabia, sim", ela diz.

Olho para o meu pai. Dessa vez, ele nem me olha no rosto. Claro que não. Numa coisa Victoria — ou melhor, *Tori* — estava certa. O perfeitinho precisa manter a pose para o resto do mundo.

Mais uma onda de raiva começa a queimar dentro de mim. Durante todos esses anos, ele vem agindo como se fosse um modelo de virtude. Pregando a importância da família, que sempre deve vir em primeiro lugar. *Nunca se esqueça disso, Tate.* Gavin Bartlett, o homem que fez de tudo pela própria família.

Onde estava a família dele quando ele resolveu trepar com outra?

Meu pai vê tudo isso nos meus olhos, cada pensamento meu, e isso intensifica a nuvem de vergonha que obscurece o rosto dele e faz seus ombros desabarem. Ele merece se sentir um merda depois do que fez.

E o mais chocante é que a minha mãe sempre soube. Se foi onze anos atrás, eu tinha doze anos, chegando aos treze. Foi bem quando a gente mudou para Avalon Bay. As lembranças vêm à tona. As discussões em casa, sempre de portas fechadas. Eles tomavam cuidado para que eu não ouvisse, mas estava na cara que estava acontecendo alguma coisa. Quando eu perguntava para a minha mãe, ela só me dizia que eles estavam numa fase difícil, mas que não havia por que me preocupar. Então não me preocupei, porque durante a minha vida toda os meus pais nunca me deram motivos para isso.

No fim, as discussões eram sobre ele não conseguir manter o pau dentro das calças.

"Tate, senta um pouco. Por favor", meu pai implora.

"Não." Vou andando até o balcão e pego um café. Bebo o líquido escaldante desejando poder sumir da face da terra.

"A traição aconteceu quando a gente veio da Georgia para cá", minha mãe diz baixinho, tentando atrair meu olhar. A ausência de raiva ou de indignação no rosto dela me irrita ainda mais. "Seu pai tinha acabado de abrir um negócio. Eu não conseguia emprego. A gente vivia discutindo..."

"E por isso ele tinha passe livre pra te trair?"

"Claro que não", ela responde. "Só estou explicando o contexto..."

"Tudo bem, querida", meu pai interrompe, com um tom gentil. "Quem precisa se justificar sou eu." Com um suspiro trêmulo, ele enfim me olha nos olhos. "Eu fiz uma cagada gigante, cara. Onze anos atrás, tive uma atitude que foi muito egoísta da minha parte..."

"Não foi uma só", lembro a ele, friamente. "Porque não foi uma coisa que rolou só uma vez, né."

"Não mesmo. Durou quatro meses. E eu me odiei por cada um dos dias."

Dou um risinho de deboche. "Se está esperando que eu fique com dó..."

"Não estou. Não espero que você tenha dó de mim. Sei muito bem o que fiz. A sua mãe também sabe. E, sim, só depois de quatro meses eu tive coragem de admitir tudo o que aconteceu pra ela."

Estreito os olhos. "Foi você mesmo que contou?" Por algum motivo, pensei que minha mãe tivesse mexido no celular dele ou encontrado um recibo de pagamento de motel no bolso de alguma calça.

"Fui eu, sim", ele diz, com certo orgulho na voz que me irrita ainda mais.

"Ah, sim, claro, parabéns então."

"Tate." Ele parece magoado.

"Beleza, foi você que contou pra ela, grande coisa. Isso não muda em nada o fato de ter transado com outra."

"A gente estava passando por dificuldades nessa época. Estávamos com pouco dinheiro. Meu ego estava na lata do lixo."

"Você só está me dando mais desculpas."

"Não, estou falando a verdade. E, como sua mãe disse, o que aconteceu faz parte de um contexto. As pessoas não são assim tão preto no branco. Claro que a gente sabe o que é certo e o que é errado, mas às vezes a linha que separa uma coisa da outra não é tão nítida. A vida vai minando o seu bom senso e te faz ultrapassar limites que você nunca pensou em desrespeitar. As pessoas fazem coisas idiotas. *Eu* fiz, e há onze anos acordo todo dia com a intenção de mostrar para a sua mãe o quanto entendo o sofrimento que causei e que considero cada dia com ela o maior presente que já ganhei na vida."

Percebo que, sentada lá na mesa, os olhos da minha mãe se enchem de lágrimas.

Não sei como me sentir a respeito de tudo isso. Para mim, traição é uma coisa imperdoável. Não sei como ela conseguiu perdoar o meu pai. Mas deve ter superado isso, porque não notei nada de amargura ou ressentimento dentro da nossa casa desde então. Nem discussões a portas fechadas. Nem hostilidade. Pelo que eu sei, eles são sinceros um com o outro. Parecem tão apaixonados hoje como sempre foram.

"Eu não espero que você entenda." Meu pai encolhe os ombros. "E não estou pedindo que você me perdoe."

"Uau, valeu aí", digo, com uma risada áspera.

"A pessoa que eu magoei já me perdoou", diz ele, numa voz de quem encerra o assunto.

"E você acha que isso não me atingiu?", questiono, com uma boa dose de desdém.

"Sua vida por acaso mudou nessa última década?", ele questiona. "A gente por acaso passou a te amar menos? Eu comecei a te tratar mal?"

"Não, mas..." E fico puto de novo, porque... é verdade, ele foi um bom pai. E, não, isso não me afetou na época. Mas *agora* isso me afeta, caralho. Um grunhido escapa da minha garganta. "Você trepou com a mãe da minha namorada."

Meu pai se encolhe.

Minha mãe fica pálida.

"Então vê se faz o favor de não fingir que está tudo bem. Não me interessa se a mamãe não quis saber o nome da sua amante. Você devia ter me contado assim que comecei a sair com a Cassie..."

"Eu nem sabia que ela era filha da Victoria. Não fazia ideia!"

Isso me faz parar de falar um pouco. Pensando bem, pode ser que seja verdade. Eu disse que ela era uma vizinha, não contei especificamente de qual casa. Acho que em nenhum momento mencionei o sobrenome dela... Acabo afastando esses pensamentos. Foda-se tudo isso. Não vou ficar me apegando a detalhes.

"Você passou a minha vida inteira buzinando no meu ouvido sobre família", resmungo. "*A família é o mais importante, Tate*. Tudo pela família! E quase acabou com a nossa. E ela estava certa sobre isso de você querer parecer sempre o certinho. O grande senhor humilde e correto, um verdadeiro santo. Mas foi egoísta quando traiu, e continua sendo egoísta quando fala que abriu a loja para mim..."

"Tate...", ele tenta interromper, parecendo alarmado.

"Mas nada disso tem a ver comigo. Só tem a ver com os *seus* desejos egoístas. Você só me quer por lá pra ter alguém com quem ver fotos de barcos. Só me quer lá pra poder sair de férias com a mamãe. Não tem nada a ver comigo." Bato a xícara na bancada. O café transborda sobre o cedro da ilha da cozinha.

Minha mãe fica em pé. "Tate", ela diz, incomodada. "Sei que foi um choque para você, mas ainda somos seus pais. Você não pode falar assim com o seu pai."

Fico olhando para ela sem dizer nada. Então dou uma risadinha de desdém e saio pela porta dos fundos.

Não sei nem para onde eu vou. Estou descalço, vestindo só uma calça xadrez de pijama e uma camiseta velha do iate clube. Dou a volta na casa e saio para a rua. A mesma em que moro desde os doze anos de idade. Na mesma cidade que me deixou apaixonado assim que colocamos os pés aqui. No primeiro dia de aula, conheci os gêmeos, Wyatt, Chase. Conheci Steph, Heidi e Genevieve, e de repente eu tinha um grande grupo de amigos. Estava tão encantado, tão empolgado com a minha vida nova e incrível, que não prestei atenção no que estava acontecendo na vida dos meus pais. Sabia só vagamente que eles estavam passando por um "momento difícil", mas passou, e nunca parei para pensar no que isso podia significar.

E agora, andando descalço pela rua, tento entender por que estou tão puto, e é então que me dou conta.

Estou com raiva porque ele caiu do pedestal. Não que eu tenha posto meu pai nesse pedestal de propósito, mas sempre admirei o cara. Era alguém em que eu me espelhava. Não queria decepcioná-lo nunca. Era o cara mais forte e gentil que eu conhecia. Não tinha a menor capacidade de fazer alguma coisa errada, mas mesmo assim eu acabei descobrindo que, no fim das contas, ele é mais do que capaz de ser um imbecil egoísta.

Quer dizer, isso não devia ser surpresa nenhuma. Todo mundo tem essa capacidade. Mas acho que ninguém nunca espera isso dos próprios pais.

Acabo no parquinho no fim da nossa rua. São sete da manhã, então ainda está vazio. Vejo uma mãe empurrando um carrinho de bebê pelo caminho a uns cem metros de mim, e mais nada.

Encontro um banco para sentar e escondo o rosto entre as mãos. Estou arrependido de ter estourado com a minha mãe. Com o meu pai, nem tanto.

Eles já resolveram essa questão. Eu entendo. Tiveram onze anos para superar isso. Mas eu tive só onze minutos, porra.

Seguro um suspiro quando escuto passos. Sei que é ele, e não a minha mãe, porque eu a conheço e sei que quer que a gente faça as pazes primeiro. O que só me deixa mais irritado.

"Ela sempre põe você em primeiro lugar", acuso.

"Eu sei." A voz dele está trêmula.

Olho para ele. Está com os olhos úmidos e vermelhos.

"Sempre", ele repete, sentando ao meu lado. "Porque a sua mãe é assim. A melhor pessoa que já conheci, e que eu não mereço. Não sei de onde ela tirou forças para me perdoar. Acredita em mim, eu agradeço a Deus todos os dias por isso ter acontecido. É uma bênção que nunca vou deixar de valorizar."

"Eu não consigo acreditar que você traiu a minha mãe."

"Nem eu", ele admite. "Nunca me achei capaz de magoar alguém assim. Não tenho nenhum orgulho do que fiz. É uma vergonha que carrego comigo o tempo todo."

Ficamos olhando por um instante para os balanços, que começam a oscilar sob a brisa mais fácil. Como se estivessem sendo movidos por crianças invisíveis. Isso me evoca uma outra imagem deste parquinho, de quando ficava aqui com os meus amigos. Eu estava muito feliz quando me mudei para Avalon Bay. Não sabia que a mudança tinha sido o fator que quase acabaria com a minha família.

"Sério mesmo que você exigiu que ela fizesse um aborto?" A bile sobe pela minha garganta.

"Eu não exigi nada. Só disse que seria melhor." Meu pai parece tão enojado quanto eu. "Minha intenção era terminar tudo com a Victoria naquela noite no Beacon. A culpa estava me devorando por dentro, e eu tinha aberto o jogo com a sua mãe no dia anterior. Implorado por uma chance. Então fui falar com a Tori para dizer que estava tudo acabado, e foi quando ela me contou sobre a gravidez. Respondi que apoiaria a decisão que ela tomasse, fosse qual fosse, mas que amava a sua mãe e nunca me separaria dela. E, sim, eu disse que era melhor para nós dois se ela abortasse. Fui egoísta. Não queria um filho com ela." Ele solta o ar com força. "Mas você está enganado, garoto. Depois que esse caso quase me custou tudo o que valorizo na vida, eu me comprometi a nunca mais ser egoísta. Os últimos onze anos da minha vida não foram encenação. Dediquei a minha vida à sua mãe e a você."

"Eu nunca pedi pra você fazer isso."

"Claro que não pediu, mas você é meu filho, sangue do meu sangue. Eu estava, *sim*, tentando deixar um legado pra você. Sei que você não acredita, mas se eu tiver que cancelar umas férias ou refazer meu testamento, que seja." Ele encolhe os ombros. "Ninguém é perfeito. Muito menos eu. A gente é só humano. Gente boa, gente ruim e tudo o que tem aí no meio. Por sorte, encontrei uma mulher que, assim como eu, acredita que um único erro não define uma pessoa. Eu não sou perfeito", ele repete, então fica em silêncio por um tempo. "Dito isso, acho que você devia aceitar a proposta do Gil."

Essa mudança súbita de assunto me deixa atordoado. "Quê?"

"Faz essa viagem, Tate. Eu não devia ter feito você desistir."

Encaro meus pés. "Você não fez. Eu vou mesmo assim. Ia te contar isso hoje, inclusive."

Ele ri baixinho. "Mas é claro que você vai." Depois de mais uma risadinha, ele fica sério de novo. "Tate. O motivo pra eu ser contra essa viagem não é porque preciso de você no trabalho. Sendo bem sincero, só falei isso porque era melhor que admitir que estou me cagando de medo."

Levanto a cabeça. "Como assim?"

"É uma viagem perigosa. Não sei se a sua mãe sobreviveria se acontecesse alguma coisa com você. Mas a gente nunca quis que você crescesse superprotegido. Sempre teve liberdade pra cometer os próprios erros e aprendeu a reconhecer todos eles muito bem. A gente precisa deixar que você corra seus riscos também, então, se o seu coração está te dizendo para ir, e eu sei que está, porque..." Ele dá risada de novo. "... O meu coração fez a mesma coisa quando eu tinha sua idade. Então você devia ir."

Eu balanço a cabeça devagar. "Eu vou."

"E eu sei que falei que não preciso que você me perdoe, mas estou pedindo perdão mesmo assim."

Passando a mão pelo cabelo, olho para ele com um sorriso amarelo. "Se a mamãe conseguiu superar isso, eu também vou conseguir. Só me dá mais um tempinho."

"Pode deixar, garoto." Ele me dá um tapinha nas costas. "A gente precisa voltar lá pra casa antes que a sua mãe mande o Fudge e a Polly numa missão de resgate. Não quero que ela fique preocupada."

E ela devia estar *bem* preocupada, porque o corpo inteiro dela relaxa de alívio quando entramos em casa cinco minutos depois. Ficou de vigília na porta, com os cachorros aos seus pés, numa cena que parecia saída de alguma pintura a óleo bizarra. Abro um sorriso tranquilizador, e aí Fudge solta um peido e todo mundo cai na risada.

"Tudo certo entre os meus meninos?", pergunta minha mãe, olhando para nós.

Encolho os ombros. "Uma hora a gente chega lá."

Um leve sorriso aparece no rosto dela.

"Não é desfeita, mas não vou tomar café da manhã aqui", digo. "Só vou lá para cima me trocar e depois preciso voltar para a casa dos Jackson. Vou começar a arrumar tudo."

"Sem problemas, querido."

No meu quarto, tiro a calça do pijama e tiro um jeans desbotado da gaveta. Depois de me trocar, pego as chaves e o celular na mesinha de cabeceira.

Ouço uma batida e vejo a minha mãe encostando os dedos de leve na porta meio aberta. "Ei. Você tem um minutinho antes de ir?"

"Sempre. O que foi?"

Ela entra e senta na beirada da minha cama. Logo em seguida, vou me acomodar ao lado dela. Então minha mãe começa a falar.

34

CASSIE

"Oi."

Levanto a cabeça quando Tate se aproxima. "Oi."

São nove da manhã e ele acabou de voltar da casa dos pais. Eu estava no quarto quando ouvi o jipe dele encostar, e um instante depois uma mensagem dele pipocou no meu celular, me pedindo para encontrá-lo no atracadouro dos Jackson.

Ele parece cansado quando se senta ao meu lado, colocando as pernas compridas sobre a beirada do atracadouro.

"Você conseguiu pregar o olho ontem à noite?", pergunto.

"O que você acha?", responde ele, num tom sarcástico. "E você?"

"O que você acha?", respondo, imitando o tom dele. Solto um suspiro. "Minha mãe não está mais entre nós."

Ele fica alarmado. "Como assim?"

"Ah. Não, calma, ela só foi embora. Pegou um voo pra Boston ainda ontem. Minha avó falou para ela não voltar pra casa, dormir num hotel. Acho que o orgulho dela não permitiu. Mandou uma mensagem para a minha avó hoje de manhã pedindo pra mandar as malas dela pra Boston."

"Vocês conversaram?"

"Ah, conversamos, sim." A lembrança de confrontá-la na frente do Beacon vai ficar na minha mente por um bom tempo. Nossa, o que aconteceu nessa noite vai exigir uns dez anos de terapia para ser superado. "Ela me deu umas desculpas lá. Falou que não planejou essa emboscada contra os seus pais na festa."

Tate dá um risinho de deboche. "Até parece."

"Foi o que eu falei. Mas, enfim, não importa. O que já foi já foi."

Ele fica olhando para o meu rosto. "E em que pé vocês duas ficaram?"

"Ah, em pé nenhum", respondo secamente. Sinto um aperto doloroso no coração. "Cortei definitivamente o contato com ela."

"Cass..."

"É isso. E agora estou me sentindo... livre. Sem esse peso me prendendo. Sempre achei que eu fosse *obrigada* a manter um relacionamento com ela. Que era *obrigada* a suportar os abusos porque, enfim, ela é minha mãe. É isso o que as pessoas sempre dizem, né? *Ela é sua mãe.* Não conseguem nem cogitar a ideia de cortar a mãe da própria vida."

Eu me aproximo dele e apoio a cabeça em seu ombro. Depois de um instante, ele me abraça. Os dedos dele acariciam meu ombro descoberto. Uma parte de mim temia que ele aparecesse hoje de manhã só para dizer que não queria mais nada comigo depois das coisas horríveis que a minha mãe fez. Mas ele veio até aqui e está me abraçando, e sinto meu corpo amolecer de alívio.

"Eu não sou obrigada a ter relacionamento nenhum com ela, Tate. Quem sabe um dia, se ela fizer aquela reflexão que você falou. Mas isso não vai acontecer tão cedo. Enquanto isso, preciso viver a minha vida. Sem ela."

"E você tá bem com isso?"

"Sim. Quer dizer, machuca. Mas conviver com ela machuca muito mais."

"Esse é o lado bom, então?" Ele passa a mão no meu ombro de novo num gesto reconfortante.

"Ah. Não. O lado bom é que, se eu tivesse sofrido um colapso nervoso depois de confrontar minha mãe, não teria ido até a casa do meu *pai*, onde tive outro colapso. Foi uma noite bem agitada." Não consigo segurar o riso. "Mas já chega de falar de mim. E com os *seus* pais, como foi?"

"Ah, assim, foi." Ele solta uma risada sem nenhum humor. "Mas você não pode deixar a sua história pela metade desse jeito. O que aconteceu na casa do seu pai?"

Olho para Tate com uma careta autodepreciativa. "Bom, fui lá tirar as coisas a limpo com ele e acabei chorando em posição fetal no gramado do jardim. Nia saiu pra ver o que estava acontecendo e a gente conversou. Foi uma conversa legal, inclusive. Depois entrei pra falar com o meu pai. Fiz o que você me disse. Expressei meus sentimentos. Comuniquei meus pensamentos e essa merda toda."

Tate dá uma risadinha.

"Falei pra ele que eu quero uma relação que não se limite a jogar conversa fora e coisas como comprar tartarugas. Que quero poder recorrer a ele quando precisar, sem medo de ser rejeitada. Daí ficou tudo bem. Eu tô me sentindo mega adulta agora." Levanto a cabeça, voltando a sorrir. "Você me transformou."

As feições dele, tão bem esculpidas, ficam mais suaves. "Como foi que eu te transformei?"

"Você me ensinou a me impor, sabe? A ser sincera com as pessoas. Eu era uma cagona. Mas com você aprendi a me sentir forte e..."

Então ele me beija.

Do nada. Pra falar a verdade, foi um movimento meio Aaron, mas pelo menos a língua do Tate ainda estava dentro da própria boca. Ele cola os lábios aos meus com uma leve carícia antes de se afastar.

Passo os dedos sobre o princípio de barba por fazer no queixo dele. "Você está bem?"

"Só me beija de novo", ele pede, e nossos lábios se encontram. Agora a língua dele desliza para dentro da minha boca entreaberta, quase em desespero. Os dedos dele agarram o meu cabelo e ele começa a gemer enquanto me beija. Tem uma sensação de urgência aqui, uma emoção carregada nos envolve, e percebo que o nosso coração está na mesma sintonia.

Quando o beijo acaba, eu só solto as palavras.

"Eu te amo."

Os olhos dele se abrem na hora. "O quê?"

"Eu sei que falei um monte de coisas. Que não queria um relacionamento. Que o que a gente tem ia acabar em setembro. Que era uma coisa mais sem pressão. Sei que falei tudo isso. Mas as coisas mudaram. Não sei como, mas aconteceu, e agora estou apaixonada por você." Engulo em seco, olhando para as minhas mãos. Estão tremendo. "Você me disse pra comunicar meus sentimentos. Então eu tô aqui comunicando este sentimento específico. Eu te amo."

"Eu também te amo."

Meu olhar se volta imediatamente para o dele. "Sério?"

"É. E eu já sei disso há um tempão. Só fui cagão demais pra te dizer."

"Espera aí, então eu estou aqui expondo meus sentimentos enquanto você esconde os seus? É isso o que está me dizendo? A gente por acaso trocou de lugar?"

"Tá parecendo." Com um olhar indecifrável, Tate acaricia meu rosto. Em seguida aproxima o meu rosto do dele e nossos lábios se tocam com um beijo infinitamente carinhoso.

Mas esse beijo...

Tem alguma coisa errada nele.

Sinto um toque úmido na ponta do nariz e levanto os olhos, confusa. Tate está piscando sem parar. Ele passa o polegar sob o olho.

"O que foi?", pergunto, aflita.

"Eu também não quero que termine", confessa, com o rosto franzido de emoção.

Uma alegria me invade. "Que bom então, porque..."

"... mas precisa terminar", completa ele, com um sussurro fraco.

Meu coração vai parar na boca. "P-por quê?", eu gaguejo.

"Você perguntou como foi a conversa com os meus pais." Ele solta um suspiro. "Eles já se resolveram com a questão da traição. Minha mãe já perdoou isso muito tempo atrás. Todos esses anos de amor todo meloso não eram uma coisa falsa. Eles realmente são apaixonados um pelo outro. Se amam muito, de verdade."

"Ué, isso é bom, né?"

"É ótimo. E entendo os motivos pro meu pai ter feito o que fez. Isso não significa que concordo com as atitudes dele. Foi muito errado. Uma atitude de merda, que magoou muito a minha mãe. Mas ela perdoou ele. O casamento deles continua firme e forte."

"Isso tudo é muito bom, Tate..."

"Conversei um pouco sozinho com o meu pai também sobre os assuntos pendentes entre nós dois. Tiramos tudo a limpo. E eu vou pra Nova Zelândia."

Assinto com a cabeça quando as peças começam a se encaixar. "Entendi. E você acha que a gente precisa terminar porque você vai passar três meses fora..."

"Não, não é isso."

Franzo a testa. Estou confusa. "Então eu não entendi o que você está querendo me dizer."

"É que eu conversei com a minha mãe também, a sós."

"Tá..." Nada disso está fazendo sentido ainda.

"Ela perdoou o meu pai", reitera Tate, com a voz levemente embargada, "mas isso não significa que precisa ser lembrada do que aconteceu o tempo todo."

Meu estômago fica embrulhado e sinto até meus intestinos se revirarem. "E eu sou um lembrete disso", murmuro.

Ele assente. Com a dor estampada nos olhos.

"A gente conversou bastante. Minha mãe nunca quis saber com quem ele teve esse caso, mas agora sabe. Ela admitiu que vai ser difícil conviver com você se a gente continuar junto, como um casal."

Sinto as lágrimas se acumularem. Fecho os olhos rapidamente, na esperança de conter o acesso de choro. Não consigo nem culpar Gemma. Essa é a pior parte. Eu *entendo*. Claro que ela não vai querer lembrar. Toda vez que o filho aparecer com a namorada em casa, a primeira coisa que vai passar pela cabeça dela é que foi traída pelo marido? Com a mãe dessa namorada?

"Não posso fazer isso com a minha mãe", diz Tate, com a voz rouca. "Eu te amo, Cass. De verdade. Mas não ia conseguir ficar em paz sabendo que estou magoando a minha mãe. Não posso fazer isso com ela."

Ele mexe o maxilar sem parar. Engole em seco, com a garganta parecendo apertada. Está bem chateado.

Pego a mão dele, entrelaçando nossos dedos. "Tá tudo bem. Eu entendo."

"Eu sinto muito." A infelicidade dele fica visível em cada palavra que me diz.

"Não dá pra levar pra dentro da sua casa a filha da mulher que quase destruiu o casamento dos seus pais. Ia ser uma nuvenzinha escura pairando em cima do relacionamento deles, principalmente se a sua mãe se sentir incomodada. Não tem lado bom aí." Meu lábio inferior começa a tremer. Eu o mordo com força. Não quero chorar. "Então acho que isso é uma despedida."

"É, acho que é." A voz dele falha de novo, assim como o meu coração.

"Mas foi um bom verão pra mim", digo a ele.

"O melhor da minha vida."

Sorrio. Os olhos dele estão cheios de lágrimas de novo. Os meus logo ficam também. Mal consigo enxergá-lo, de tão borrada que fica a minha visão. Estamos os dois chorando e sei que, se ficar mais tempo aqui, vou desmoronar.

"Fico feliz de ter te conhecido, ruivinha."

"Eu também, Gate."

Vou embora e deixo Tate no atracadouro. Não sei nem como as minhas pernas conseguem me levar de volta para casa. Mas de alguma forma consigo. Mesmo dentro do meu quarto, continuo segurando as lágrimas, porque e se *ele* também estiver no quarto dele e a gente passar na janela ao mesmo tempo? Entro no banheiro e me sento na beirada da banheira. Só então eu choro.

35

CASSIE

NOVEMBRO

"Conseguimos!" O rosto vermelho de Tate preenche a tela do meu notebook. Ele passa a mão pelo cabelo loiro bagunçado pelo vento, sorrindo de orelha a orelha. Um alívio me domina. Venho me sentindo num estado de tensão permanente desde que ele saiu para o mar, e toda vez que vejo que ele está são e salvo sinto vontade de chorar de alegria. "Bom, teve horas em que eu pensei que não ia dar. E quase me mijei quando peguei aquela ventania no mês passado..."

Eu até estremeço. Aquela tempestade foi feia. Vi o vídeo que ele fez no convés depois da tempestade e é uma coisa que ainda me assombra de noite.

"... e vou continuar pedindo desculpas pra sempre por ter feito vocês ouvirem minha versão à capela de 'Poker Face', naquela noite em que virei aquela garrafa de uísque."

Dou uma risadinha.

"... Mas a viagem está oficialmente encerrada. Quer dizer, mais ou menos. Vou ficar por aqui até resolverem tirar a minha namorada de mim." Ele lança um olhar cheio de ternura para o mastro principal do *Surely Perfect*. "O próximo mês vou passar velejando pela costa da Austrália, pra ver se é mesmo tudo isso que dizem. Então podem esperar que vem mais aí. A viagem ainda não acabou. Eu vou dando notícias. Valeu."

O vídeo acaba.

Começo a chorar.

Virou parte da minha rotina semanal. Toda segunda, quando Tate posta os vídeos do diário de viagem, eu sento na cama, abro o notebook e me submeto a trinta ou quarenta minutos de Tate recapitulando tudo o que aconteceu com ele durante a semana. Não sei que tipo de software de edição ele usa, mas os vídeos são excelentes. Têm fotos sobrepostas, caracteres com as datas para mostrar de quando são certas imagens. Alguns trechos são fixos, de quando Tate monta a câmera em algum lugar e deixa gravando. Meu coração dispara quando vejo as mãos habilidosas dele içando uma vela, amarrando um cabo. Mas minhas partes favoritas são *essas* — quando ele só se senta no convés ou na mesa da cozinha e fala comigo. Na verdade, com todo mundo. Mas gosto de pensar que é comigo.

Peyton diz que estou me torturando. Joy ameaçou voar de Manhattan até aqui pra me dar uma chacoalhada. Elas acham que preciso superar e seguir em frente. E com certeza têm razão. Essa situação não me ajuda em nada, ficar olhando para o rosto bonito de Tate semana após semana por três meses inteiros. Minha saudade só aumentou.

O semestre atual na faculdade está se arrastando. Não consigo me concentrar nas aulas. Não tenho o menor interesse em sair com meus amigos nem ir às festas. Ainda não virei uma eremita por completo: tomo banho, lavo o cabelo e como. Limpo o meu quarto no alojamento estudantil e mando mensagem pras pessoas. Até respondo aos e-mails da minha agente literária, Danna Hargrove, que conseguiu um contrato com uma editora para uma série de cinco livros de Kit & McKenna. O adiantamento foi modesto, mas Danna está animada com o potencial do negócio. Acha que a série de livros vai fazer sucesso. Já está conversando sobre adaptações para a tevê e merchandising.

Eu, como sempre, estou mantendo expectativas baixas. Mas torço para dar certo. Robb topou ser o ilustrador da série, e o primeiro livro, o que dei de presente para as minhas irmãs, sai no segundo semestre do ano que vem. O prazo para entregar o segundo é só no próximo ano, então ainda bem que não preciso me forçar a usar a criatividade no momento.

Não estou me sentindo muito criativa. Não estou sentindo nada, pra falar a verdade, muito menos felicidade. Mas, como é feriado de Ação de Graças, estou um pouco mais animada. Estava ansiosa para ver a minha família. Desde a noite em que apareci do nada na casa do meu pai e chorei nos braços de Nia, as coisas melhoraram bastante. Meu pai está se preocupando mais em entrar em contato para saber como estou, e Nia e eu até começamos a trocar mensagens.

Com a minha mãe, é o contrário. Não falo com ela desde aquela noite, e nem quero. Ela me mandou mensagens várias vezes e me liga sempre, mas, apesar de ainda não ter sangue-frio para bloqueá-la, eu não atendo. Segundo a minha avó, a minha mãe está enlouquecendo com isso. Estou descobrindo que os narcisistas não gostam quando a gente adota esse método de cortar relações. De vez em quando fico até preocupada que ela apareça aqui no campus para uma reconciliação forçada, mas por enquanto vem respeitando a distância. Mas não dá para saber até quando isso vai continuar assim.

Fecho o notebook, que deixo em cima da cama, e desço para voltar ao convívio com a minha família. Nia está preparando o jantar enquanto meu pai finge que está vendo futebol americano na sala, apesar de todo mundo saber que ele não sabe o nome de nenhum jogador de nenhum dos times que está jogando. Na sala de estar, minhas irmãs estão na frente do aquaterrário de Pierre, mostrando para ele os desenhos que fizeram.

Vou até elas e olho pelo vidro. Pierre está relaxando em seu cipreste. Aceno para ele. "E aí, carinha." Olho para Mo. "Ele teve algum ataque de pum nos últimos tempos?"

"*Não*", reclama ela, e Roxy solta um suspiro de decepção.

Dando uma risadinha, vou até a cozinha e encontro Nia de cara fechada no balcão, olhando feio para a tábua de corte.

"Hã... tudo certo aí?" Olho para a pilha de cebolas picadas que ela juntou, tentando entender qual é o problema.

"Acabaram as cebolas", resmunga ela.

"Nia Soul deixando faltar um ingrediente? Não foi você que ficou toda se achando quando eu estava aqui no recesso de meio de semestre? Falando do seu sexto sentido que te faz comprar o número *exato* de batatas necessárias?"

"Sim, ué. *Batatas*." Ela cerra os dentes. "O que acabou foram as cebolas." Nia começa a xingar baixinho numa mistura de palavrões em inglês e francês que me faz rir. "*Merde*. Não tenho tempo para sair atrás de um mercado aberto a esta hora. Ainda falta muita coisa para fazer..."

"Eu vou", ofereço. "Tenho quase certeza de que o Franny's Market fica aberto até as quatro hoje. Eles sempre abrem no feriado."

O alívio faz a tensão sumir dos ombros dela. "Certeza? Você não se incomoda?"

"Imagina, nem um pouco." Pego as chaves do meu pai no balcão. "Estou saindo. De quantas você precisa?"

"De duas. Então compra umas quatro."

Dou uma risadinha. "Beleza, quatro, então."

"Obrigada, Cassandra."

Saio da casa e subo na picape do meu pai. É estranho não circular pela cidade com o Range Rover da minha avó. Ou não ficar na casa dela. Mas a minha avó não mora mais aqui. Se mudou pra Boston, para um apartamento no mesmo prédio da minha tia Jacqueline e do meu tio Charlie, e está adorando o tempo livre que ganhou com os netos. A casa de Avalon Bay foi comprada por outra família. Um desses caras que vivem de investimento, mais a esposa bem mais jovem dele e os três filhos. Segundo a minha vó, pareciam uma família simpática. Espero que aproveitem bastante a casa. Tenho ótimas lembranças dela.

No mercado, passo reto pelos carrinhos e vou para a seção dos legumes. Escolho quatro cebolas grandes, tentando equilibrar duas em cada mão, e quando me viro... dou de cara com a mãe de Tate.

"Gemma", digo, numa voz estridente. "Oi."

"Cassie." Ela também foi pega de surpresa. "Olá."

Então o silêncio se instala.

Uau. Que constrangedor.

Fico tentando pensar no que dizer. A gente não se vê desde aquela noite horrorosa no Beacon. Será que eu toco nesse assunto? Pergunto como ela está? Peço desculpas pela minha mãe?

Nós duas começamos a mexer no que temos nas mãos. No meu caso, infelizmente, são cebolas. Acabo me *esquecendo* disso e levanto uma das mãos para coçar o nariz entre os olhos. Com os dedos cobertos pelo cheiro de cebola, começo a lacrimejar imediatamente. Merda.

Gemma olha para mim e começa a chorar também.

"Ah, não, não", digo para ela, tentando limpar os olhos no cotovelo. "Não estou chorando. É por causa das cebolas."

"Bom, *eu* estou", responde ela. "E não é por causa das cebolas."

"Ah."

Nossos olhares se encontram.

Fungando, ela limpa os olhos com a manga da blusa e abre um sorriso triste. "Você tem um minutinho para conversar um pouco comigo? Sei que é Dia de Ação de Graças, mas..."

"Tenho, sim. Só preciso pagar primeiro. Encontro você lá fora."

Alguns minutos depois, vejo Gemma no pequeno estacionamento. O mercado é o único estabelecimento aberto na galeria comercial, mas o café no fim da fileira de lojas tem mesas externas. Aponto para lá.

"Vamos sentar ali", sugiro.

Ela assente. Andamos até lá, onde tiro duas cadeiras de cima de uma mesa e coloco no chão.

Nos sentamos de frente uma para a outra. Olho para ela, meu estômago se contraindo de tristeza. "Como é que você está?", pergunto, por fim. "A gente não se fala desde aquela noite em que... enfim, desde aquela noite."

"Aquela noite", ela repete, num tom irônico.

"Só pra você saber... eu não fazia ideia do que a minha mãe ia aprontar. Ela me pegou de surpresa, assim como todo mundo."

Gemma arregala os olhos. "Ah. Não. Eu jamais pensaria que você tinha qualquer coisa a ver com aquilo."

"Ah, tá. Que bom."

Mais um silêncio.

"Eu venho acompanhando os vídeos do Tate", conto para ela. "Que viagem, né?"

"Me fez envelhecer uns dez anos." Ela estremece. "Ele poderia ter morrido no meio daquela ventania. Deus do céu! E depois o GPS dele ainda quebrou!" Agora ela engole em seco sem parar, parecendo enjoada. "Nunca tenha filhos, viu, Cassie. Você vai passar o resto da vida morrendo de medo de que eles morram."

"Sabe que quando o GPS quebrou, foi quando eu fiquei *menos* preocupada."

"Sério? Porque eu só conseguia imaginar o meu menino perdido no meio do oceano Índico."

Eu balanço a cabeça. "Tate nunca vai se perder. Pelo menos enquanto existirem estrelas no céu."

De repente fico emocionada. Que saudade dele. Penso em Tate o tempo todo. Às vezes sonho que estou no *Surely Perfect* também. Que a gente está deitado nas tábuas do convés, olhando para as estrelas. Com ele apontando as diferentes constelações e explicando em que diabo de lugar a gente foi parar.

Gemma deve ver esse sofrimento estampado no meu rosto, porque seus olhos se enchem de lágrimas de novo. "Você me perdoa?", ela pergunta, do nada.

Pisco algumas vezes, surpresa. "Pelo quê?"

Em vez de esclarecer, ela muda de assunto. O rosto dela assume uma expressão distante. "Os vídeos dele, Cassie... ele está feliz, é verdade. Sempre fica quando está navegando. Mas eu conheço o meu filho. Ele não está em paz. Tem um incômodo visível nos olhos dele."

Nunca vi nenhum indício disso, mas ela é mãe do Tate. Conhece o filho melhor do que ninguém. Provavelmente tem um catálogo mental de todas as expressões que o rosto dele é capaz de fazer. De cada uma das emoções que ele sente.

"A gente conversou três vezes", ela me conta. "Uma vez por mês. Ele me liga pelo telefone que funciona por satélite no barco. Fica caro, então as conversas precisam ser curtas. Mas eu escuto a voz dele e sei que está triste."

Um soluço sobe para a minha garganta. Engulo sem nem pensar duas vezes. *Eu também estou*, sinto vontade de dizer. Mas fico quieta. Porque entendo o motivo para termos terminado: está bem aqui, sentada na minha frente. E não a culpo por isso, nem um pouco.

"Pedi para ele terminar com você", confessa Gemma. "Disse que não ia suportar ter você por perto."

"Eu sei. E super te entendo. Juro pra você."

"Eu estava enganada."

Sinto meu rosto se franzir. "Quê?"

"Eu estava enganada", repete ela, balançando a cabeça com firmeza. "Foi o Gavin que me traiu, mas eu aceitei continuar com ele e estamos juntos. É só isso que importa."

"Mas a minha mãe..." Eu franzo a testa.

"Eu não dou a mínima pra sua mãe. O motivo para ele ter esse caso nunca foi ela. Era uma questão do meu marido com ele mesmo. As inseguranças dele, a sensação de inadequação. E ele se esforçou muito para superar isso ao longo dos anos. Tenho muito orgulho dele. E vergonha de mim mesma por ter me colocado acima da felicidade do meu filho."

"Gemma, por favor. Não precisa ser tão dura com você mesma."

"Não." Ela balança a cabeça. "O Tate vem em primeiro lugar. Sempre. E para sempre."

Engulo em seco mais uma vez, emocionada, quando escuto essa prova de que elas existem: as boas mães. Essa prova aparece para mim toda vez que vejo Nia, e o quanto ela ama as meninas. E Gemma, e o quanto ama o filho. Posso até não ter isso, mas fico feliz que outras pessoas tenham.

"Ele te ama. É a primeira garota por quem se apaixonou em todos esses anos." Ela suspira. "Conheço meu filhinho. Ele sempre foi galinha... é assim que dizem hoje em dia, né? Galinha?"

Humm. Não exatamente. Acho que a palavra é *pegador*. Mas fico quieta. Além disso, Tate não é *pegador*. Não de verdade. É o melhor homem que já conheci. Extremamente maduro para a idade. Mais sensível do que deixa transparecer.

E tá, beleza, transa bem também.

"Aí nesse verão ele conheceu você e se apaixonou, e a própria mãe tirou isso dele. Estou com vergonha."

"Gemma. Para."

"Então, por favor, será que você me perdoaria?"

"Não tem nada para perdoar."

Estendo o braço até o outro lado da mesa e ofereço a minha mão, que ela segura com as duas dela.

"Sinto muita saudade dele", confesso.

"Eu sei. Eu também sinto." Ela sorri. "Preparei um pacote para ele ontem à noite. Precisa chegar em Auckland antes que ele saia velejando pela Austrália. Sabe quanto custa mandar uma encomenda para a Nova Zelândia? Gavin quase caiu das pernas."

Dou risada. "Bom, fica literalmente do outro lado do mundo. Não tinha como não ser caro." Então mordo o lábio ao sentir algo surgir no fundo da minha mente. Começa como uma sementinha, que se expande até uma ideia formada enquanto seguro a mão de Gemma. "Mas se precisarem de alguém para ir entregar..."

36

TATE

DEZEMBRO

Saio do mercadinho a uns cinco quilômetros da marina xingando baixinho. O garoto que empacotou as compras encheu demais um dos sacos. E é de papel. Fino e frágil pra caramba. Quando sinto que o fundo vai arrebentar, preciso agir rápido, reajustando a pegada ao mesmo tempo que ponho o pacote com o perigo de rasgar em cima do outro, onde estão as carnes. Juro, e se essa porra estourar e todas as frutas que escolhi uma por uma saírem rolando por aí? E se as minhas maçãs rolarem na poeira e eu precisar sair correndo atrás feito um idiota...

"Tate."

Paro de andar. Franzo a testa.

Que estranho. Eu podia jurar que ouvi a voz de Cassie chamando meu nome. Afasto essa insanidade da cabeça e continuo andando.

"Tate! Eu sei que você me ouviu! Tá querendo fugir de mim, é?"

Agora o que escuto é a voz *indignada* de Cassie.

Espera, isso está acontecendo de verdade?

Me viro para trás, me esquecendo infelizmente da delicada pirâmide de sacos de papel que tenho nas mãos. Consigo segurar por pouco, mas o saco de frutas corre grande perigo, e Cassie corre para pegá-lo das minhas mãos.

"Tudo bem aí?", pergunta ela, em tom brincalhão.

Só consigo ficar olhando para ela fixamente, boquiaberto.

"Tate?"

Finalmente eu consigo recuperar a voz. "O que você está fazendo aqui?"

"Ah, eu perguntei pro cara da marina onde você estava e ele me disse que você tinha vindo até aqui pra fazer umas compras, então o taxista me trouxe pra cá..."

"Não, tipo, *aqui*. Na Nova Zelândia. Você sabe que está na Nova Zelândia, né?"

"Não! Sério? Pensei que estivesse numa praia em Miami!"

Um sorriso se abre em meus lábios. Porra. Que saudade eu estava dela. E não consigo parar de olhar para Cassie. O cabelo avermelhado dela está preso num coque frouxo no alto da cabeça. Está usando um short jeans e uma camiseta azul. Tênis brancos. Seus olhos brilham e seu rosto está vermelho, mas pode ser por causa do sol. Aqui costuma fazer um calor da porra mesmo no inverno. Quer dizer, no verão deles.

"Ainda estou tentando descobrir se você é de verdade." Pisco algumas vezes. E mais algumas. Mas ela continua ali, na minha frente.

Cassie sorri. "Sou de verdade, sim."

"E está em Auckland."

"Estou em Auckland."

"Porque...?"

"Ah. É." Ela fica toda animada. "Vim entregar um pacote que a sua mãe preparou pra você. É meio pesadão, então deixei lá no escritório da marina. A gente pode pegar quando voltar."

Fico só olhando para ela. "Tá, agora você começou a inventar."

Cassie começa a rir. "Não, é sério, eu trouxe um pacote que Gemma preparou. Cruzei com ela na semana passada quando fui passar o feriado de Ação de Graças em casa."

Estreito os olhos. "Falei com a minha mãe logo depois do feriado de Ação de Graças e ela não falou nada de você."

"Fui eu que pedi. Queria que fosse surpresa. Mas tive que entregar alguns trabalhos de fim de semestre antes de vir."

"Cass."

"Oi?"

"Eu não estou reclamando por você estar aqui. Nem um pouco. Mas o que rolou? Por que você veio?"

"Eu vim porque..." Ela morde o lábio, de repente ficando tímida. "Porque estava com saudade de você."

Minha pulsação dispara. "Eu também estava com saudade de você", digo, com a voz embargada.

Mais do que ela imagina. Esses últimos meses foram os mais desafiadores da minha vida. Enfrentando a natureza. Navegando sozinho pelas águas mais bravas que já encarei. Não vou mentir: fiquei com medo. Apavorado com a ideia de não conseguir chegar ao meu destino. Mas não desisti, e um dos motivos foi Cassie. Sempre que pensava *porra, acho que não vai dar*, ouvia uma voz na minha cabeça fazendo algum comentário engraçadinho. Você consegue, Gate.

Agora ela está bem aqui e, apesar de eu não ter uma explicação, não consigo me conter. Deixo as compras no chão e agarro Cassie. Ela dá um gritinho de surpresa, mas eu aperto ainda mais e solto um suspiro trêmulo. "Deixa eu abraçar você só um pouquinho."

Então ela derrete nos meus braços. Enterro o rosto nos cabelos dela, sentindo o perfume doce do xampu que usa. As mechas macias fazem cócegas no meu queixo. Os braços dela envolvem a minha cintura.

"Eu estava com uma saudade do caralho de você." Minha voz ainda está rouca, a garganta seca. Eu me obrigo a soltá-la, observando a expressão enigmática que ela tem no rosto. "O que exatamente a minha mãe te disse?"

"Disse que quer que o filho dela seja feliz."

Sinto um aperto no peito. A ideia de magoar a minha mãe ainda acaba comigo. Mas os últimos três meses que passei sem Cassie também foram horríveis demais.

"E me pediu perdão", conta Cassie, me olhando nos olhos. "Acho que isso significa que pra ela tudo bem se a gente namorar."

Com o coração disparado, abro um sorriso todo arrogante. "Namorar, é? Como você é convencida. Quem disse que eu quero ser seu namorado?"

"Queridinho, acho que esse papo não cola mais depois de você ficar cheirando o meu cabelo e dizer que estava morrendo de saudade de mim."

Ela tem razão. Meu sorriso se alarga tanto que parece que meu rosto vai rasgar no meio. O sol é ofuscante, mas não coloco os óculos escuros no estilo aviador porque quero que ela veja meus olhos, a sinceridade dentro deles quando digo: "Eu te amo".

O olhar dela exala felicidade. "Eu também te amo."

"Sério mesmo que você tá aqui?", pergunto.

"Sério mesmo. E vou ficar três semanas. Depois preciso voltar pra casa pro Natal", ela diz, com um tom de tristeza.

Três semanas. Claro que o meu pau lateja quando ouço isso. Faz três meses que a gente não se vê. Não se beija. Não se encosta.

"Três semanas, é?" Eu levanto uma sobrancelha.

"Mas já vou avisando... pode ser que eu precise trabalhar no meu próximo livro enquanto estiver aqui."

Fico boquiaberto. "Não."

"Ah, é. Tenho um contrato de cinco livros pra cumprir, lindo. O primeiro da série Kit & McKenna vai ser publicado no segundo semestre do ano que vem. Eles gostaram tanto que querem lançar logo."

"Porra, você vai ficar famosa."

Eu a pego nos braços de novo e logo minha boca começa a devorar a dela. De um jeito gostoso. Desesperado. Porque três meses de tesão reprimido estão fervilhando pelo meu corpo.

"Quero tanto ver você pelada neste exato momento", digo com um gemido.

Cassie sorri. "Então a gente fica pelado."

Eu a conduzo até o jipe preto e empoeirado estacionado a poucos metros dali. Sim, eu viajei até os confins do planeta e me deram outro jipe. Eu queria uma coisa mais descolada, tipo um Humvee. Mas foi só isso o que consegui encontrar para alugar.

Colocamos as compras no banco de trás e entramos. Cassie está radiante. Com um sorriso no rosto. O rosto vermelho de excitação. Tudo nela faz a alegria borbulhar dentro de mim.

"Espera, preciso pôr os óculos escuros." Ela se vira em direção ao assento traseiro e começa a remexer na bolsa. Não consigo me segurar e acaricio o peito delicioso dela.

"Guarda isso pro barco", ela diz, num tom de provocação. Quando se vira para a frente, com os óculos na mão, de repente solta um ruído de alegria. "Olha, tem um lado bom aqui também!"

Olho para ela com um sorriso. "Você consegue ver lado bom em tudo mesmo."

"Não, tipo, *olha lá*, tem um lado bom mesmo." Um sorriso enorme surge em seu rosto quando ela aponta para um ponto bem distante no céu.

Sigo o olhar dela e vejo que tem razão. As nuvens carregadas à distância, sendo sopradas para o lado oposto de onde estamos e iluminadas pelo sol, formam uma bela visão.

"Nunca vi uma tempestade indo embora e deixando um lado bom desse jeito", comenta Cassie, maravilhada. "Que coisa linda."

Me inclino para o lado e dou um beijo em seu queixo. "Linda mesmo", concordo, mas não estou olhando para o céu.

Epílogo

CASSIE

MARÇO

"Não consigo parar de me preocupar com o Pierre."

Seria de esperar ouvir isso das minhas irmãs.

Ou do meu pai.

Ou talvez até do Tate, que desenvolveu uma relação bem próxima com a tartaruga das minhas irmãzinhas nos últimos meses. Meu pai vive mandando fotos de Pierre para o meu namorado.

Mas não, o comentário de preocupação vem de ninguém menos que Nia. Ela anda até a gente e se senta à mesa do lado do meu pai. Nós três ainda estamos terminando o café e a sobremesa; do outro lado do restaurante, Tate e as meninas estão brincando na máquina de pegar bichinhos de pelúcia. Roxy o intimou a pegar uma tartaruga de pelúcia, e estou percebendo que Tate é incapaz de recusar um desafio.

"Por quê?", meu pai pergunta para a esposa. "Algum problema? O que foi que o Joel falou?" Nia levantou da mesa para atender a uma ligação do cuidador que ficou a cargo da casa deles e da tartaruga, e voltou um pouco abalada.

"Perguntei como está o Pierre e ele só sabia dizer que LL Cool J estava bem." Ela parece perplexa. "Eu falei pra gente chamar a Chandra em vez dele. O cérebro desse menino nem tem mais neurônio por causa dessa chapação sem fim."

"*Chapação sem fim*", repito, enquanto tomo meu café. "Adorei. Vai ser o título do meu próximo livro."

Meu pai dá uma risadinha. "Adorei", ele me diz, e então põe a mão no braço de Nia para acalmá-la. "Não se preocupa. O Joel não deve estar chapado... quer dizer, ele provavelmente tá, sim, mas a questão não é essa. LL Cool J é o antigo nome do Pierre."

"Ah. Entendi." Ela relaxa.

"E confia em mim", acrescento, "não tem ninguém melhor que o Joel pra cuidar do Pierre. Ele é o encantador de tartarugas."

Talvez seja preciso espirrar um pouco de aromatizador de ambientes quando voltarem para Avalon Bay amanhã, porque com certeza Joel fumou uns baseados enquanto cuidava da casa.

Meu pai, Nia e as meninas vieram até Boston para me visitar no recesso de meio de semestre. Tecnicamente, eu moro em Hasting, uma cidadezinha a uma hora de onde fica o campus da Universidade Briar, mas vim para Boston passar o fim de semana com a minha família. E com o Tate, que ficou sabendo da visita e quis vir também.

Ele e eu nos vimos mais duas vezes depois na nossa aventura na Austrália. Num fim de semana perto do final de janeiro e outro durante o recesso de fevereiro, mas Tate reclamou que não foi o suficiente. E tem razão. Sinto falta dele o tempo todo quando não estamos juntos e estou contando os dias para a formatura. Já até comprei a passagem para Avalon Bay. Vou ficar na casa da minha família, mas Tate anda soltando umas indiretas de que a gente devia arrumar um lugar para morar junto depois do verão.

"Cassie! Olha!"

Abro um sorriso quando vejo as minhas irmãs correndo para a mesa. As mãos das duas estão segurando a tartaruga de pelúcia, que mostram para mim como se fosse um troféu. Atrás delas, Tate vem chegando com uma expressão toda presunçosa.

"E você ainda duvidou de mim", ele acusa. Em seguida, olha para as minhas irmãs. "Lembram que ela duvidou de mim?"

Roxy assente com a cabeça, bem séria. "Foi mesmo. Eu lembro."

"Eu também lembro", diz Mo.

Reviro os olhos para os três. "Claro que duvidei. Essas máquinas são o maior golpe. Ninguém ganha nada."

"Ah, é mesmo?" Tate aponta para a tartaruga. "Ninguém ganha? Acho que não é bem assim, ruivinha."

"Não é bem assim, ruivinha", repete Roxy, enquanto Nia e o meu pai riem e tomam café.

Olho feio para Tate. "Você é uma má influência pra elas."

"Até parece."

"Até parece", repete Mo.

Respiro fundo e dou a última garfada no meu bolo de limão.

Tate se senta do meu lado, passando um braço musculoso por cima do meu ombro. "Você só está com inveja, linda. Quer que eu ganhe alguma coisa pra você também? Tem uma lagosta lá que tem o mesmo tom de vermelho que a sua cara agora."

"Você é *tão* engraçado." Fecho a cara para ele, que se limita a me dar uma piscadinha. Nós dois sabemos que não estou brava. Inclusive, estou é feliz por Tate estar aqui comigo.

Nós estamos felizes.

Tipo, ridiculamente felizes.

A última coisa que eu esperava era que o meu casinho de verão virasse meu namorado sério. Minha ideia era só ter um pouco de paixão nessa vida. Diversão. E talvez um pouquinho de romance.

Mas consegui muito mais do que queria. Encontrei o amor verdadeiro com o homem mais admirável, divertido e gentil que conheci na vida. Que me ensinou a expressar meus sentimentos mesmo quando são desagradáveis. E, graças a ele, ganhei o meu pai de volta. Finalmente consegui me livrar das garras da minha mãe e encerrar uma relação que só me fazia mal. Além de criar um relacionamento genuíno com a minha madrasta. Porra, eu conheci até a Austrália — no convés de um iate pilotado pelo capitão mais gostoso do planeta.

"Tô com frio!", reclama Mo, se encolhendo para mais perto do nosso pai. Um grupo de pessoas entra no restaurante e, como a nossa mesa fica perto da porta, uma lufada do vento gelado de março esfria o ambiente.

"Juro", resmunga meu pai. "A gente não devia estar na primavera? Não sei como você consegue sobreviver aqui no Ártico."

Dou um sorriso para ele. "O Atlântico Norte não é o Ártico. E o clima não me incomoda. Principalmente no inverno. A neve é tão linda."

"O inverno é um saco", me informa Roxy.

"Um saco mesmo", concorda Tate, dando um beijo no meu rosto. "A minha estação favorita do ano é o verão."

Eu me viro para os olhos azuis brincalhões dele. "Ah, é? Por quê?"

"Ah, sabe como é. Tem um monte de meninas gatinhas vindo passar as férias na praia..."

"Ah, um *monte*?", reclamo.

"Bom, pra mim só uma." Ele segura a minha mão por baixo da mesa. "E esse verão vai ser ainda melhor que o do ano passado."

Entrelaço nossos dedos. "Mal posso esperar."

Agradecimentos

Toda vez que eu volto para o universo de Avalon Bay, escrevo com um sorriso no rosto do primeiro ao último capítulo. É uma cidadezinha de praia divertidíssima para trazer à tona, e sou muito grata por poder passar meus dias perdida nos mundos ficcionais dela. Mais do que isso, sou muito grata às pessoas que me possibilitam fazer isso:

Minha editora, Eileen Rothschild, que deixou que meu lado mais bobão aflorasse neste livro, escrevendo sobre tartarugas chamadas Keanu Reeves e qualquer outra coisa aleatória que me passasse pela cabeça.

A equipe incrível da Griffin: Lisa Bonvissuto, Alyssa Gammello e Alexis Neuville, pelo apoio e pela torcida por esta série, e Jonathan Bush, por mais uma capa incrível.

Minha agente, Kimberly Brower, por encontrar uma casa tão boa para abrigar esta série.

Minhas assistentes Natasha e Nicole, que me mantêm na linha e trabalhando quando eu preferia ficar vendo tevê por horas a fio.

Ann-Marie e Lori, da Get Red PR, por ajudar a divulgar a série Avalon Bay.

E, como sempre: a cada uma das pessoas que apoiam meus livros — lendo, resenhando, postando em blogs, no Instagram, no X (antigo Twitter) ou no TikTok. O amor e o entusiasmo de vocês é o que faz o meu trabalho valer a pena!

TIPOGRAFIA Adriane por Marconi Lima
DIAGRAMAÇÃO Vanessa Lima
PAPEL Pólen Natural, Suzano S.A.
IMPRESSÃO Gráfica Bartira, setembro de 2024

A marca FSC® é a garantia de que a madeira utilizada na fabricação do papel deste livro provém de florestas que foram gerenciadas de maneira ambientalmente correta, socialmente justa e economicamente viável, além de outras fontes de origem controlada.